L'amour d'une honnête femme

Du même auteur
chez le même éditeur

Secrets de Polichinelle
L'Amour d'une honnête femme
La Danse des ombres heureuses

en collection de poche

Les Lunes de Jupiter (n° 147)
Amie de ma jeunesse (n° 198)
Secrets de Polichinelle (n° 328)

Alice Munro

L'amour d'une honnête femme

Nouvelles traduites de l'anglais (Canada)
par Geneviève Doze

Rivages

Couverture :
illustration Rémi Pepin

Titre original : *The Love of a Good Woman*
Alfred A. Knopf, New York, 1998

106, boulevard Saint-Germain – 75006 Paris

ISBN : 2-7436-1089-1
ISSN : 1160-0977

Pour Ann Close
Mon éditrice estimée et amie de toujours

Riche à crever

Tandis que l'avion s'approchait du hall d'arrivée par une soirée d'été de 1974, Karin se pencha en avant pour tirer des choses de son sac à dos. Un béret noir qu'elle enfonça sur un œil, un rouge à lèvres écarlate qu'elle put appliquer en prenant la vitre comme miroir – il faisait nuit à Toronto – et un long fume-cigarette noir qu'elle tenait prêt pour le ficher entre ses dents au bon moment. Le béret et le fume-cigarette avaient été subtilisés dans l'ensemble Irma la Douce que sa belle-mère avait porté dans un bal costumé, et le rouge à lèvres, elle se l'était acheté.

Elle savait qu'elle pouvait difficilement arriver à ressembler à une putain adulte. Mais elle ne ressemblerait pas non plus à l'enfant de dix ans qui était montée dans l'avion à la fin de l'été dernier.

Personne dans la foule ne lui donna un second coup d'œil, même quand elle se fourra le fume-cigarette dans la bouche et afficha une expression lubrique et maussade. Les gens étaient tous trop inquiets, affolés, ravis ou désorientés. Nombre d'entre eux semblaient déguisés également. Des Africains passaient en bruissant dans des boubous éclatants, coiffés de petits chapeaux brodés, et de vieilles femmes courbées étaient assises sur leurs valises avec des châles sur la tête. Il y avait des hippies loqueteux couverts de perles de couleur et elle se trouva enserrée pendant quelques instants par un groupe d'hommes à l'air sombre, coiffés de chapeaux noirs, avec de petites boucles pendant le long de leurs joues.

Les gens qui étaient venus chercher des passagers n'étaient pas censés entrer ici, mais ils le faisaient néanmoins, se glissant entre les portes automatiques. Dans la foule de l'autre côté du tapis à bagages, Karin repéra sa mère, Rosemary, qui ne l'avait pas encore vue. Elle portait une longue robe bleu foncé, imprimée de lunes or et orange ; ses cheveux, nouvellement teints, très noirs, étaient empilés en nid d'oiseau instable au sommet de son crâne. Elle avait l'air plus âgé que dans le souvenir de Karin et un peu mélancolique. Le regard de Karin la dépassa rapidement, cherchant Derek. Il était facile à trouver dans une foule à cause de sa taille, de son front luisant et de ses cheveux tombant jusqu'aux épaules, pâles et ondulés. Également à cause de son regard vif et franc, de sa bouche ironique et de son aptitude à rester immobile. Pas comme Rosemary : ses traits se contractaient, elle s'étirait et regardait en tous sens maintenant d'un air hébété et découragé.

Derek ne se tenait pas derrière Rosemary et ne se trouvait nulle part à proximité. À moins qu'il soit allé aux toilettes, il n'était pas là.

Karin retira le fume-cigarette et poussa le béret en arrière. Si Derek n'était pas là, la plaisanterie ne rimait plus à rien. Faire une farce comme ça à Rosemary ne ferait que jeter le trouble, alors qu'elle avait l'air suffisamment troublé, suffisamment dépossédé, déjà.

« Tu as mis du rouge à lèvres », dit Rosemary, les yeux humides, éblouie. Elle enveloppa Karin dans ses manches ailées et son odeur de beurre de cacao. « Ne me dis pas que ton père te permet de porter du rouge à lèvres.

– J'allais te faire une blague, expliqua Karin. Où est Derek ?

– Pas ici », dit Rosemary.

Karin repéra sa valise sur le tapis à bagages : à force de plonger et de serpenter entre les corps, elle parvint à l'arracher. Rosemary voulut l'aider à la porter, mais Karin dit : « Ça va. Ça va. » Elles se frayèrent un chemin jusqu'aux portes de sortie, passant devant tous les gens en attente qui n'avaient pas eu l'audace ou la patience d'entrer de force. Elles ne parlèrent que lorsqu'elles furent dehors dans l'air chaud de la nuit, se dirigeant vers le parking. Alors Karin demanda : « Qu'est-ce qui se passe : vous êtes entrés dans une de vos bourrasques ? »

« Bourrasque » était le nom qu'utilisaient Rosemary et Derek eux-mêmes pour décrire leurs affrontements, qui étaient mis sur le compte des difficultés rencontrées à travailler ensemble au livre de Derek.

Rosemary annonça avec une sérénité désespérée : « Nous ne nous voyons plus. Nous ne travaillons plus ensemble.

– Vraiment ? fit Karin. Tu veux dire que vous avez rompu ?

– Si des gens comme nous peuvent rompre. »

Les phares des voitures déversaient encore leur lumière sur toutes les routes conduisant à la ville et la déversaient en même temps vers l'extérieur, autour des grands ponts autoroutiers en courbe et en flots pardessous. Il n'y avait pas de climatisation dans la voiture de Rosemary – non pas faute de moyens, mais parce qu'elle n'y croyait pas –, si bien qu'il fallait baisser les vitres, laissant le bruit de la circulation se précipiter à l'intérieur comme un torrent porté par l'air plein de gaz. Rosemary détestait conduire autour de Toronto. Quand elle venait en ville, une fois par semaine, voir l'éditeur pour lequel elle travaillait, elle prenait le car ; d'autres fois, elle demandait à Derek de la conduire. Karin resta silencieuse pendant qu'elles quittaient la grand-route de l'aéroport et prenaient la 401 vers l'est, tournant, après cent vingt kilomètres environ de concentration nerveuse de sa mère, sur la nationale qui les amènerait presque à l'endroit où vivait Rosemary.

« Alors Derek est parti ? » demanda Karin, puis : « Est-il parti en voyage ?

– Pas que je sache, dit Rosemary. Mais de toute façon je ne saurais pas.

– Et Ann ? Elle est toujours là ?

– Probablement. Elle ne va jamais nulle part.

– A-t-il emporté ses affaires et tout ça ? »

Derek avait apporté plus de choses dans la caravane de Rosemary que n'exigeait son travail sur ses liasses de manuscrits. Des livres, évidemment : pas seulement les livres auxquels il devait se référer mais des livres et des magazines à lire pendant les pauses dans son travail, quand il pourrait s'étendre sur le lit de Rosemary. Des disques à écouter. Des vêtements, des bottes à porter s'il décidait de refaire des randonnées en brousse, des pilules pour les ennuis d'estomac ou les maux de tête, même les outils et le bois pour construire un belvédère. Son matériel de rasage se trouvait dans la salle de bains, ainsi qu'une brosse à dents et son dentifrice spécial pour gencives sensibles. Son moulin à café était posé sur le comptoir de la cuisine. (Un autre, plus neuf, plus raffiné qu'Ann avait acheté était posé sur le comptoir de la cuisine dans ce qui était encore sa maison.)

« Tout emporté », dit Rosemary. Elle alla se garer sur le parking d'une boutique de beignets encore ouverte, aux abords de la première ville sur cette nationale.

« Du café pour me maintenir en vie », dit-elle.

D'habitude, quand ils s'arrêtaient ici, Karin restait avec Derek dans la voiture. Il ne voulait pas boire un café pareil. « Ta mère est accro à des endroits comme celui-ci à cause de son enfance affreuse », déclarait-il. Il ne voulait pas dire qu'on l'avait emmenée dans des lieux pareils mais qu'on lui avait interdit d'y aller, de même qu'on lui avait interdit toute nourriture frite ou sucrée et qu'elle avait été astreinte à un régime de légumes et de porridge visqueux. Pas parce que ses parents étaient pauvres – ils étaient riches – mais parce que c'étaient des maniaques de l'alimentation avant l'heure. Derek avait connu Rosemary peu de temps, comparé, mettons, au nombre d'années où le père de Karin, Ted, l'avait connue, mais il parlait plus volontiers que Ted ne le ferait jamais de sa jeunesse et dévoilait des détails la concernant, tels que le rituel des lavements hebdomadaires, que les propres histoires de Rosemary omettaient.

Karin ne se serait jamais, jamais trouvée au cours de son année scolaire, sa vie avec Ted et Grace, dans un endroit sentant cette odeur horrible de sucre brûlé, de graisse, de fumée de cigarette, de café infect. Mais le regard de Rosemary se promenait avec bonheur sur la sélection de beignets fourrés de crème fraîche et de gelée de fruits, avec un glaçage au caramel et au chocolat, les éclairs, les croissants fourrés, les cookies monstrueux. Elle ne voyait aucune raison pour rejeter tout cela, sinon peut-être la crainte de prendre du poids, et elle ne pouvait pas croire qu'une telle nourriture n'était pas ce dont tout le monde avait un désir viscéral.

Au comptoir – où l'on n'était pas censé rester assis plus de vingt minutes, selon l'écriteau – il y avait deux très grosses femmes avec des coiffures bouclées massives : entre elles se trouvait un homme maigre, d'apparence juvénile quoique ridé, qui parlait avec un débit rapide, paraissant leur dire des plaisanteries. Tandis que les femmes hochaient la tête en riant et que Rosemary choisissait son croissant aux amandes, il adressa à Karin un clin d'œil qui était à la fois salace et complice. Cela lui fit prendre conscience qu'elle portait encore du rouge à lèvres. « Pas moyen de résister, hein ? dit-il à Rosemary, qui rit, y voyant de la convivialité rurale.

– Je ne peux jamais, confirma-t-elle. Tu es sûre ? demanda-t-elle à Karin. Rien du tout ?

– La petite surveille sa ligne ? » commenta l'homme ridé.

Il n'y avait pratiquement pas de circulation au nord de cette ville. L'air était devenu plus frais et avait une odeur marécageuse. Le bruit que faisaient les grenouilles par endroits était si fort qu'il dominait celui de la voiture. La route à deux voies contournait des bouquets de chênes verts et l'obscurité plus douce de petits champs tachetés de genévriers, des fermes qui redevenaient sauvages. Puis, dans un virage, les phares illuminèrent le premier enchevêtrement de rochers, certains d'entre eux roses et gris scintillants, d'autres rouges sang-séché. Bientôt ceci arriva de plus en plus souvent et par endroits les rochers, au lieu d'être enchevêtrés et serrés les uns contre les autres, étaient étendus comme à la main en couches épaisses ou minces : ceux-ci étaient gris ou d'un blanc verdâtre. Du calcaire, se rappela Karin. Le soubassement calcaire, alternant ici avec la roche du bouclier précambrien. Derek le lui avait enseigné. Il disait regretter de ne pas avoir été géologue parce qu'il aimait les rochers. Mais il n'aurait pas aimé enrichir les compagnies minières. L'histoire l'attirait aussi : c'était une association bizarre. L'histoire pour l'homme d'intérieur, la géologie pour l'homme d'extérieur, expliquait-il, avec une solennité qui faisait comprendre à Karin qu'il se moquait de lui-même.

Ce dont elle voulait se débarrasser à présent – elle souhaitait le voir s'écouler par les vitres de la voiture, porté par le flux d'air nocturne –, c'était de son sentiment de dégoût et de supériorité. À propos du croissant aux amandes, du mauvais café que Rosemary sirotait presque subrepticement, de l'homme au comptoir et même de la robe juvénile façon hippie de Rosemary et son fouillis de cheveux. Elle voulait aussi se débarrasser de son regret de l'absence de Derek, du sentiment qu'il fallait combler un vide, et que les possibilités s'étaient réduites. Tout haut, elle dit : « Je suis contente, je suis contente qu'il soit parti.

– Vraiment ? demanda Rosemary.

– Tu seras plus heureuse, dit Karin.

– Oui. Je retrouve ma dignité. Tu sais, tu ne mesures pas à quel point tu as perdu ta dignité et combien elle te manque jusqu'à ce que tu commences à la retrouver. Je veux que toi et moi nous passions un été vraiment agréable. Nous pourrions même faire de petits voyages. Ça m'est égal de conduire tant que ce n'est pas ardu. Nous pourrions faire des randonnées dans la forêt, là où Derek t'avait emmenée. J'aimerais faire ça. »

Karin dit : « Ouais », bien qu'elle ne fût pas du tout sûre que sans Derek elles ne se perdraient pas. Ses pensées ne se portaient pas vraiment sur la randonnée mais sur une scène vue l'été dernier. Rosemary sur le lit, enroulée dans une courtepointe, pleurant, s'enfonçant à pleine main la courtepointe et l'oreiller dans la bouche, les mordant dans un accès de désolation, et Derek assis à la table où ils travaillaient, lisant une page du manuscrit. « Peux-tu faire quelque chose pour calmer ta mère ? avait-il demandé.

– Elle a besoin de toi, avait répondu Karin.

– Je ne peux pas en venir à bout quand elle est comme ça », avait dit Derek. Il avait posé la page qu'il avait fini de lire et en avait pris une autre. Entre les pages, il avait regardé Karin avec une grimace de patience éprouvée. Il avait l'air éreinté, vieux et défait. « Je suis à bout. Je suis désolé », avait-il dit.

Alors Karin était allée dans la chambre caresser le dos de Rosemary et elle aussi avait dit qu'elle était désolée.

« Que fait Derek ? avait-elle demandé.

– Il est assis dans la cuisine », avait répondu Karin. Elle préférait ne pas ajouter « en train de lire ».

« Qu'a-t-il dit ?

– Il a dit que je devrais venir te parler.

– Oh, Karin, j'ai tellement honte. »

Que s'était-il passé pour provoquer une telle dispute ? Une fois calmée et débarbouillée, Rosemary disait toujours que c'était le travail, les désaccords qu'ils avaient au sujet du travail. « Alors pourquoi n'arrêtes-tu pas de travailler à son livre ? demandait Karin. Tu as tous tes autres trucs à faire. » Rosemary préparait des manuscrits : c'est ainsi qu'elle avait rencontré Derek. Pas parce qu'il avait proposé son livre à l'éditeur pour lequel elle travaillait – il ne l'avait pas encore fait – mais parce qu'elle connaissait un de ses amis et que celui-ci avait dit : « Je connais une femme qui pourrait t'être utile. » Et au bout de quelque temps, Rosemary était allée vivre à la campagne dans la caravane qui n'était pas loin de la maison de Derek, afin d'être plus près de lui pour faire ce travail. Au début, elle avait gardé son appartement à Toronto, puis elle l'avait abandonné parce qu'elle passait de plus en plus de temps dans la caravane. Elle poursuivait ses activités antérieures, mais moins nombreuses, et elle abattait son unique journée de travail hebdomadaire à Toronto en partant à six heures du matin et en rentrant à la maison à onze heures du soir.

« Quel est le sujet de ce livre ? avait demandé Ted à Karin.

– Il s'agit plus ou moins de l'explorateur La Salle et des Indiens.

– Est-ce que ce type est historien ? Enseigne-t-il à l'université ? »

Karin ne savait pas. Derek avait fait beaucoup de choses : il avait été photographe, géomètre, avait travaillé dans une mine, mais en ce qui concernait son enseignement, elle pensait qu'il s'était effectué dans un lycée. Ann parlait de son travail comme « hors du système ».

Ted quant à lui enseignait dans une université. Il était économiste.

Bien entendu elle n'avait rien dit à Ted ou à Grace de la désolation engendrée apparemment par des désaccords sur le livre. Rosemary s'en était prise à elle-même. C'est la tension, avait-elle dit. Quelquefois, c'était la ménopause. Karin l'avait entendue dire à Derek : « Pardonne-moi » et Derek avait répondu : « Rien à pardonner » d'un ton de satisfaction tranquille.

Là-dessus, Rosemary avait quitté la pièce. Ils ne l'avaient pas entendue se remettre à pleurer, mais ils étaient restés à attendre qu'elle le fasse. Derek avait plongé le regard dans les yeux de Karin en faisant une grimace comique d'affliction et de perplexité.

Alors qu'ai-je fait cette fois ?

« Elle est tellement sensible », avait dit Karin. Sa voix était pleine de confusion. Était-ce à cause du comportement de Rosemary ? Ou parce que Derek avait semblé l'inclure, elle, Karin, dans quelque sentiment de satisfaction, de mépris, qui dépassait de loin cet instant. Et parce qu'elle ne pouvait s'empêcher de se sentir honorée.

Quelquefois elle s'en allait, tout simplement. Elle partait au bout de la route voir Ann, qui paraissait toujours heureuse qu'elle soit venue. Elle ne demandait jamais pourquoi à Karin, mais si Karin disait : « Ils sont en train de se bagarrer bêtement », ou – plus tard, quand ils eurent trouvé le mot spécial – « Ils essuient une de leurs bourrasques », elle ne semblait jamais surprise ou mécontente. « Derek est très exigeant », disait-elle par exemple, ou « Eh bien, je suppose qu'ils vont s'en sortir ». Mais si Karin essayait d'en dire plus, ajoutant : « Rosemary est en train de pleurer », Ann disait : « Il y a des choses dont il vaut mieux ne pas parler, à mon humble avis. Qu'en penses-tu ? »

Mais il y avait d'autres choses qu'elle écoutait, tout en souriant parfois comme pour faire des réserves. Ann était une femme rebondie, à l'air doux. Ses cheveux gris clair, coupés à la chien, lui tombaient librement sur les épaules. Quand elle parlait, elle clignait souvent des yeux et ne vous regardait pas tout à fait en face (Rosemary disait que c'était nerveux). Ses lèvres étaient si minces qu'elles disparaissaient presque quand elle souriait, la bouche toujours fermée, comme si elle cachait quelque chose.

« Tu sais comment Rosemary a rencontré Ted ? avait demandé Karin. C'était à un arrêt d'autobus sous la pluie et elle mettait du rouge à lèvres. » Ensuite elle avait dû revenir en arrière et expliquer que Rosemary était obligée de mettre son rouge à lèvres à l'arrêt d'autobus parce que ses parents ne savaient pas qu'elle en portait, le rouge à lèvres étant interdit par leur religion, ainsi que les films, les talons hauts, la danse, le sucre, le café, l'alcool et les cigarettes, cela allait sans dire. Rosemary était étudiante de première année à l'université et ne voulait pas ressembler à une bûcheuse dévote. Ted était maître-assistant.

« Mais ils savaient déjà qui ils étaient », avait ajouté Karin, en expliquant qu'ils habitaient la même rue. Ted dans la conciergerie de la plus grande des maisons cossues, son père en étant le jardinier-chauffeur et sa mère la gouvernante, tandis que Rosemary habitait l'une des maisons d'une opulence plus ordinaire de l'autre côté de la rue (bien que la vie que ses parents menaient n'avait rien d'une opulence ordinaire, puisqu'ils ne jouaient à aucun jeu, n'allaient jamais dans le monde, ne voyageaient pas et pour une raison obscure utilisaient une glacière plutôt qu'un réfrigérateur, jusqu'à ce que le fabricant de glace cesse ses activités).

Ted avait une voiture qu'il avait payée cent dollars : Rosemary lui avait fait de la peine et il l'avait ramassée sous la pluie.

Quand Karin racontait cette histoire, elle se rappelait ses parents la racontant, riant et s'interrompant mutuellement d'une façon qui trahissait l'habitude. Ted mentionnait toujours la marque de la voiture (Studebaker, 1947) et Rosemary le fait que la portière côté passager ne s'ouvrait pas et que Ted avait été obligé de descendre pour lui permettre de passer par-dessus le siège du conducteur. Il racontait aussi le peu de temps qui s'était écoulé avant qu'il l'emmène voir son premier film – l'après-midi – et que le titre du film était *Certains l'aiment chaud*. Il était sorti en plein jour le visage barbouillé, parce que quelle que soit la technique des autres filles à l'égard du rouge à lèvres, le tamponner ou le poudrer ou quoi, Rosemary ne l'avait pas apprise. « Elle était très passionnée », disait-il toujours.

Ensuite ils s'étaient mariés. Ils étaient allés chez un pasteur : son fils était un ami de Ted. Leurs parents ne savaient pas ce qu'ils allaient faire. Aussitôt après la cérémonie, Rosemary avait eu ses règles et la première chose que Ted dut faire en tant qu'homme marié fut de sortir acheter un paquet de serviettes hygiéniques.

« Ta mère sait-elle que tu me racontes ces choses, Karin ?

– Ça lui serait égal. Ensuite, sa mère à elle fut obligée de s'aliter quand elle a été au courant, tellement elle souffrait qu'ils se soient mariés. Si ses parents avaient su qu'elle allait épouser un infidèle, ils l'auraient cloîtrée dans une école religieuse à Toronto.

– Un infidèle ? avait dit Ann. Vraiment ? Quel dommage. »

Peut-être voulait-elle dire que c'était dommage, après tous ces ennuis, que le mariage n'ait pas tenu.

Karin se recroquevilla sur son siège. Sa tête heurta l'épaule de Rosemary.

« Est-ce que ça te gêne ? demanda-t-elle.

– Non, répondit Rosemary.

– Je ne m'endors pas vraiment, dit Karin. Je veux être éveillée quand nous prendrons la route de la vallée. »

Rosemary se mit à chanter.

« *Réveille-toi, réveille-toi, Cory chérie…* »

Elle chantait d'une voix lente et grave, imitant le Pete Seeger du disque, et ce que Karin comprit à cet instant, c'est que la voiture était arrêtée : elles avaient gravi le court bout de route plein d'ornières qui menait à la caravane et étaient garées devant, sous les arbres. La lumière était allumée au-dessus de la porte. Pas de Derek à l'intérieur, pourtant. Aucune de ses affaires. Karin n'avait pas envie de bouger. Elle se tortillait et protestait en se livrant aux délices de la mauvaise humeur, comme elle n'aurait pas pu le faire si tout autre que Rosemary se fût trouvé là.

« Sors, sors, ordonna Rosemary. Tu seras au lit dans un instant, allez, viens, dit-elle, tirant fort et riant. Tu penses que je peux te porter ? » Lorsqu'elle eut extrait Karin et l'eut emmenée trébuchant vers la porte, elle dit : « Regarde les étoiles. Regarde les étoiles. Elles sont merveilleuses. » Karin resta tête baissée, grognant.

« Au lit, au lit », fit Rosemary. Elles étaient à l'intérieur. Une vague odeur de Derek : marijuana, café en grains, bois de charpente. Et l'odeur de la caravane fermée, de tapis, de cuisine. Karin se laissa tomber tout habillée sur son lit étroit et Rosemary lui lança son pyjama de l'année dernière. « Déshabille-toi ou tu ne te sentiras pas bien quand tu te réveilleras, dit-elle. On sortira ta valise demain matin. »

Karin fit ce qui lui parut être le plus grand effort qui puisse lui être demandé de toute sa vie, se hissa en position assise, se débarrassa de ses vêtements et enfila son pyjama. Rosemary circulait en ouvrant des fenêtres. La dernière chose que Karin lui entendit dire était « Ce rouge à lèvres : à quoi rimait ce rouge à lèvres ? » et la dernière chose qu'elle sentit fut l'agression maternelle sans douceur d'un gant de toilette contre sa figure. Elle cracha le goût qu'il avait laissé, se délectant de cette puérilité, de la fraîcheur du lit en dessous et de son appétit de sommeil.

Ceci se passait le samedi soir. Le samedi soir et de bonne heure le dimanche matin. Le lundi matin, Karin demanda : « Pas de problème si je vais au bout de la route voir Ann ? » et Rosemary répondit : « D'accord, vas-y. »

Elles avaient dormi tard le dimanche et n'avaient pas quitté la caravane de toute la journée. Rosemary était désolée qu'il pleuve. « Les étoiles étaient sorties hier soir, les étoiles étaient sorties quand nous sommes rentrées, dit-elle. Qu'il pleuve le premier jour de ton été. » Il fallut que Karin lui dise que ça ne faisait rien, elle se sentait si flemmarde qu'elle ne voulait pas sortir de toute façon. Rosemary lui avait préparé du café au lait et avait découpé un melon, qui n'était pas tout à fait mûr (Ann l'aurait remarqué, mais pas Rosemary). Puis à quatre heures de l'après-midi, elles avaient fait un grand repas de bacon, de gaufres, de fraises et de crème fouettée artificielle. Le soleil parut vers six heures mais elles étaient encore en pyjama : la journée était détruite. « Au moins, nous n'avons pas regardé la télévision, constata Rosemary. Voilà une chose dont nous pouvons nous féliciter.

– Jusqu'à présent », dit Karin, en l'allumant.

Elles étaient assises au milieu de piles de vieux magazines que Rosemary avait sortis du placard. Ils se trouvaient dans la caravane quand elle s'était installée et elle avait affirmé qu'en fin de compte elle allait les jeter, après les avoir compulsés pour voir s'il y en avait qui valaient la peine d'être conservés. Elle ne les compulsa guère car elle trouvait sans cesse des choses à lire à voix haute. Karin s'ennuyait au début mais se laissa attirer dans cette époque révolue, avec ses réclames désuètes et ses coiffures peu seyantes.

Elle remarqua la couverture pliée, placée sur le téléphone. « Tu ne sais pas couper le téléphone ?

– Je ne veux pas vraiment le couper, dit Rosemary. Je veux l'entendre sonner et ne pas répondre. Pouvoir ne pas en tenir compte. Je ne veux pas qu'il sonne trop fort, c'est tout. »

Mais il ne sonna pas, de toute la journée.

Le lundi matin, la couverture se trouvait toujours sur le téléphone et les magazines étaient retournés dans le placard, parce que finalement Rosemary ne pouvait pas se décider à les jeter. Le ciel était nuageux, mais il ne pleuvait pas. Elles se levèrent de nouveau très tard parce qu'elles avaient regardé un film jusqu'à deux heures du matin.

Rosemary étala des pages dactylographiées sur la table de la cuisine. Ce n'était pas le manuscrit de Derek : cette grosse pile était partie. « Est-ce que le livre de Derek était vraiment intéressant ? » demanda Karin.

Elle n'avait jamais eu l'idée d'en parler à Rosemary auparavant. Le manuscrit avait juste ressemblé à un gros rouleau emmêlé de fil de fer barbelé, constamment posé sur la table, que Derek et Rosemary essayaient de démêler.

« Eh bien, il le modifiait sans arrêt, expliqua Rosemary. C'était intéressant mais confus. D'abord, c'était

La Salle seul qui l'intéressait, puis il est passé à Pontiac et il a voulu embrasser trop de choses, sans être jamais satisfait.

– Alors tu es contente d'en être débarrassée ?

– Infiniment contente. C'était une source de complications sans fin.

– Mais Derek ne te manque-t-il pas ?

– Cette amitié est épuisée, dit Rosemary d'un air préoccupé, penchée au-dessus d'une feuille de papier sur laquelle elle mettait une annotation.

– Et Ann ?

– Cette amitié-là, je pense qu'elle est épuisée aussi. À vrai dire, je suis en train de songer. » Elle posa son stylo. « Je suis en train de songer à quitter cet endroit. Mais je me suis dit qu'il fallait t'attendre. Je ne voulais pas qu'en revenant tu découvres que tout avait été mis en pièces. Mais la raison de ma présence ici, c'était le livre de Derek. Enfin, c'était Derek. Tu le sais.

– Derek et Ann, dit Karin.

– Derek et Ann. Oui. Et maintenant, cette raison a disparu. »

C'est à ce moment-là que Karin demanda : « Pas de problème si je vais au bout de la route voir Ann ? » Et que Rosemary avait répondu : « D'accord, vas-y. Nous ne sommes pas obligées de nous décider en vitesse, tu sais. C'est juste une idée qui m'est passée par la tête. »

Karin prit la route couverte de gravier et se demanda ce qui avait changé. En dehors des nuages, qui ne figuraient jamais dans ses souvenirs de la vallée. Puis elle comprit. Il n'y avait plus de bétail au pâturage dans les champs et, pour cette raison, l'herbe avait poussé, les genévriers s'étaient répandus, on ne voyait plus l'eau du ruisseau.

La vallée était longue et étroite, aboutissant à la maison blanche de Derek et Ann. Le sol était voué aux pâtures qui l'an dernier étaient planes et entretenues, traversées par les méandres nets du ruisseau. (Ann avait loué la terre à un homme qui possédait du bétail Black Angus.) Les coteaux boisés montaient en pente raide de part et d'autre de la vallée et se rejoignaient au loin, derrière la maison. La caravane que louait Rosemary avait au départ été installée pour les parents d'Ann, qui y venaient quand la vallée se remplissait de neige en hiver. Ils voulaient se rapprocher de la boutique, qui se trouvait alors à l'angle de la route cantonale. À présent, il n'en restait que la dalle en ciment avec deux trous, là où il y avait eu les réservoirs d'essence, et un vieux car avec des drapeaux sur les vitres où vivaient des hippies. Ils s'asseyaient parfois sur la dalle et faisaient des signes de la main solennels et recherchés à Rosemary quand elle passait en voiture.

Derek disait qu'ils cultivaient de l'herbe dans les broussailles. Mais il ne voulait pas leur en acheter, n'ayant pas confiance en son innocuité.

Rosemary refusait de fumer avec Derek.

« Je m'agite trop autour de toi, expliquait-elle. Je ne pense pas que ce serait une bonne chose.

– Comme tu veux, disait Derek. Ça pourrait être utile. »

Ann ne voulait pas fumer non plus. Elle disait qu'elle se sentirait ridicule. Elle n'avait jamais rien fumé, elle ne savait même pas inhaler.

Elles ne savaient pas que Derek avait permis à Karin d'essayer une fois. Elle ne savait pas non plus inhaler et il fut obligé de le lui apprendre. Elle exagéra l'effort, inhalant trop profondément et dut lutter pour ne pas vomir. Ils étaient dehors, dans la grange où Derek conservait tous les échantillons de roche qu'il avait recueillis dans les coteaux. Derek tenta de la remettre d'aplomb en lui disant de regarder les pierres.

« Regarde-les simplement, dit-il. Plonge ton regard à l'intérieur. Vois les couleurs. Ne fais pas trop d'efforts. Regarde simplement et attends. »

Mais ce qui l'avait calmée en définitive, c'était les caractères sur un carton. Il y avait une pile de cartons dans lesquels Ann avait emballé des objets quand Derek et elle étaient revenus s'installer ici en quittant Toronto, quelques années auparavant. L'un d'eux portait la silhouette d'un modèle de bateau sur le côté et le mot BRISE-GLACE. La première partie du mot – BRISE – était inscrite en caractères rouges. Les lettres étaient chatoyantes comme si elles étaient écrites en tubes de néon et adressaient un ordre à Karin qui dépassait la signification du mot. Il fallait qu'elle le démembre et trouve les mots à l'intérieur.

« Qu'est-ce qui te fait rire ? » demanda Derek, et elle lui expliqua ce qu'elle était en train de faire. Les mots se déversaient miraculeusement.

Ris. Bise. Si. Brie. Bis. Sire. Se. Sbire. « Sbire » était le meilleur. Il utilisait toutes les lettres.

« Étonnant, dit Derek. Étonnante Karin. Brise le Sbire de la Bise. »

Il ne fut jamais obligé de lui recommander de ne rien raconter de tout cela à sa mère ou à Ann. Lorsque Rosemary l'embrassa ce soir-là, elle renifla ses cheveux et dit : « Seigneur, cette odeur, on la sent partout, tellement Derek est accro à la marie-jeanne. »

C'était une des fois où Rosemary avait été heureuse. Elles étaient allées chez Derek et Ann dîner dans la véranda fermée. Ann avait dit : « Viens avec moi, Karin, pour voir si tu peux m'aider à sortir la mousse au chocolat du moule. » Karin l'avait suivie mais était revenue, sous prétexte de chercher la sauce à la menthe.

Rosemary et Derek étaient penchés au-dessus de la table, se lutinant, faisant des mimiques de baisers.

C'était peut-être ce soir-là, en partant, que Rosemary se moqua des deux fauteuils installés devant la porte de derrière. Deux vieux fauteuils en tubes de métal, rouge foncé, avec des coussins. Ils étaient tournés vers l'ouest, vers les derniers vestiges du couchant.

« Ces vieux fauteuils, dit Ann. Je sais qu'ils sont affreux. Ils appartenaient à mes parents.

– Ils ne sont même pas tellement confortables, ajouta Derek.

– Non, non, ils sont beaux, ils vous expriment. Je les aime. Ils disent simplement : Derek et Ann. Derek et Ann. Derek et Ann regardant le coucher de soleil à la fin des labeurs de la journée.

– S'ils parviennent à le voir à travers les rames des petits pois », commenta Derek.

Lorsque Karin retourna ramasser des légumes pour Ann, elle remarqua que les fauteuils avaient disparu. Elle ne demanda pas à Ann ce qu'ils étaient devenus.

La cuisine d'Ann se trouvait dans le sous-sol de la maison, seulement à demi enterrée. Il fallait descendre quatre marches. Karin le fit, puis colla son visage contre la porte-moustiquaire. La cuisine était sombre, à cause des arbustes qui poussaient contre ses hautes fenêtres : Karin n'y était jamais allée sans que la lumière soit allumée. Mais elle n'était pas allumée maintenant, et pour commencer elle pensa que la pièce était déserte. Puis elle vit quelqu'un assis à la table : c'était Ann, mais sa tête avait changé de forme. Elle tournait le dos à la porte.

Elle s'était coupé les cheveux. Ils étaient courts et bouffants comme ceux de n'importe quelle matrone quinquagénaire grisonnante. Et elle faisait quelque chose : ses coudes bougeaient. Elle travaillait dans la pénombre, mais Karin ne voyait pas ce qu'elle faisait.

Elle tenta l'astuce d'amener Ann à se retourner en fixant le dos de sa tête. Mais cela ne marcha pas. Elle essaya de passer les doigts légèrement sur le grillage. Finalement, elle fit du bruit.

« Woo-oo-ooo-woo. »

Ann se leva et se retourna tellement à contrecœur qu'un doute déraisonnable traversa Karin comme un éclair : pouvait-elle avoir su qui était là dès le début, l'avait-elle peut-être même vue venir et s'était-elle alors installée dans cette position protégée ?

« C'est moi, c'est moi. Ton enfant perdue, annonça Karin.

– Comment, mais c'est vrai », dit Ann en ôtant le crochet de la porte. Elle n'accueillit pas Karin en la serrant dans ses bras, mais il est vrai que Derek et elle ne le faisaient jamais.

Elle avait grossi – ou c'étaient les cheveux courts qui donnaient cette impression – et son visage était marbré de rouge, comme si des insectes l'avaient piquée. Ses yeux avaient l'air irrité.

« As-tu mal aux yeux ? demanda Karin. C'est pour ça que tu travailles dans l'obscurité ?

– Oh, je n'avais pas remarqué, dit Ann. Je n'avais pas remarqué que la lumière n'était pas allumée, j'étais seulement en train d'astiquer l'argenterie et je trouvais que j'y voyais bien. » Elle parut ensuite faire un effort pour s'animer, parlant comme si Karin était une enfant beaucoup plus jeune. « Astiquer l'argenterie est un travail tellement ennuyeux qu'il a dû me faire entrer en transe. Quel bonheur que tu sois venue m'aider. »

En guise de tactique provisoire, Karin devint cette enfant beaucoup plus jeune. Elle s'affala dans un fauteuil près de la table et demanda d'un ton exagérément réjoui : « Alors, où il est ce vieux Derek ? » Elle se disait que le comportement si bizarre d'Ann pouvait signifier que Derek était parti faire une de ses expéditions sur les coteaux et n'était pas revenu, quittant à la fois Ann et Rosemary. Ou qu'il était malade. Ou déprimé. Un jour, Ann avait dit : « Derek a été déprimé moitié moins souvent depuis que nous avons quitté la ville. » Karin s'était demandé si « déprimé » était le mot juste. Elle avait l'impression que Derek était critique et parfois qu'il en avait marre. Était-ce là de la dépression ?

« Je suis sûre qu'il se trouve quelque part dans les parages, dit Ann.

– Il y a eu une grande rupture entre lui et Rosemary, tu le savais ?

– Oh oui, Karin, je le savais.

– Est-ce que tu le regrettes ?

– Voilà la nouvelle méthode que j'utilise pour astiquer l'argenterie, dit Ann. Je vais te montrer. Tu prends simplement une fourchette ou une cuillère ou ce que tu veux et tu la plonges dans cette solution ici dans la cuvette : tu la laisses un instant seulement, puis tu la sors, tu la trempes dans l'eau de rinçage et tu l'essuies. Tu vois ? Elle brille tout aussi bien qu'au temps où je frottais et polissais à n'en plus finir. Je crois que oui. Je crois que ça brille tout autant. Je vais nous chercher de l'eau de rinçage propre. »

Karin trempa une fourchette. « Hier, Rosemary et moi, nous avons fait ce que nous voulions toute la journée, déclara-t-elle. Nous ne nous sommes même pas habillées. Nous avons fait des gaufres et nous avons lu des trucs dans ces vieux magazines. Des vieux *Ladies' Home Journal.*

– Ils appartenaient à ma mère, indiqua Ann un peu sèchement.

– Elle est ravissante, déclama Karin. Elle est fiancée. Elle utilise Pond's. »

Ann sourit – ce qui était un soulagement – et dit : « Je me souviens.

– Ce mariage peut-il être sauvé ? » poursuivit Karin d'un ton grave et sinistre. Puis elle passa aux cajoleries et aux jérémiades.

« Mon problème, c'est que mon mari est un vrai salaud et je ne sais tout bonnement pas quoi faire de lui. Pour commencer, il a mangé tous nos enfants. Ce n'est pas parce que je ne lui donne pas de bons repas à manger, non plus parce que je le fais. Je m'escrime toute la journée devant une cuisinière chaude et je lui prépare un repas délicieux et puis il rentre à la maison et pour commencer il arrache une jambe au bébé…

– Arrête-toi maintenant, dit Ann, qui ne souriait plus. Arrête, Karin.

– Mais je veux vraiment savoir, insista Karin d'une voix adoucie mais obstinée. Ce mariage *peut*-il être sauvé ? »

Toute l'année dernière, quand elle pensait à l'endroit où elle aimerait le mieux être, Karin songeait à cette cuisine. Une grande pièce dont les coins restaient obscurs même lorsque la lumière était allumée. Les motifs de feuilles vertes frôlant les fenêtres. Toutes les choses, çà et là, qui ne relevaient pas d'une cuisine à proprement parler. La machine à coudre à pédale et le gros fauteuil trop rembourré avec son tissu bordeaux que l'usure avait bizarrement fait passer au gris-vert sur les accoudoirs. Le grand tableau représentant une cascade, peint longtemps auparavant par la mère d'Ann quand elle était jeune mariée et avait le temps, qu'elle n'eut jamais plus.

(« Tant mieux pour nous tous », disait Derek.)

Il y eut un bruit de voiture dans le jardin et Karin s'interrogea, se pouvait-il que ce soit Rosemary ? Était-ce Rosemary qui s'était sentie déprimée en se retrouvant seule ; avait-elle suivi Karin en quête de compagnie ?

Quand elle entendit un bruit de bottes sur les marches de la cuisine, elle sut que c'était Derek.

Elle cria : « Surprise, surprise. Regarde qui est là ! »

Derek entra dans la pièce et dit : « Salut Karin » sans l'ombre d'un accueil chaleureux. Il posa deux sacs sur la table. Ann demanda poliment : « As-tu trouvé la bonne pellicule ?

– Oui, dit Derek. Qu'est-ce que c'est que cette cochonnerie ?

– Ça sert à nettoyer l'argenterie », répondit Ann. À Karin, comme en excuse : « Il est juste allé en ville chercher de la pellicule. Pour photographier ses pierres. »

Karin se courba au-dessus du couteau qu'elle essuyait. Ce serait la pire chose du monde si elle devait pleurer (l'été dernier, c'eût été impossible). Ann posa des questions au sujet d'autres achats – des provisions – que Derek avait faits, et Karin leva les yeux posément et les fixa sur le devant de la cuisinière. C'était un genre de fourneau qui n'était plus fabriqué, lui avait dit Ann. Un fourneau associant bois et électricité, avec un bateau à voiles estampillé sur la porte du four chauffe-plat. Au-dessus du bateau, les mots FOURNEAUX CLIPPER.

Cela aussi, elle s'en souvenait.

« Je pense que Karin pourrait t'être utile, suggéra Ann. Elle pourrait t'aider à mettre les pierres en place. »

Il y eut un bref silence pendant lequel ils se regardèrent peut-être. Puis Derek dit : « Bon, Karin. Viens m'aider à prendre des photos. »

Un grand nombre des pierres étaient simplement posées un peu partout sur le sol de la grange, pas encore triées ni étiquetées. D'autres se trouvaient sur des étagères, exposées séparément, avec des cartes imprimées pour les identifier. Pendant quelque temps, Derek ne dit mot, les bougeant, puis manipulant l'appareil photographique, essayant de trouver le meilleur angle et le bon éclairage. Quand il commença à prendre les photos, il donna des ordres brefs à Karin, lui demandant de déplacer ou d'incliner les pierres, d'en ramasser d'autres par terre, pour les photographier même sans étiquettes. Elle n'avait pas l'impression qu'il ait vraiment besoin de son aide, ni qu'il la souhaitât. Plusieurs fois, il aspira comme s'il allait le lui dire – ou lui dire quelque chose d'important ou de désagréable – mais ses seules paroles furent « Déplace-la un peu vers la droite » ou « Laisse-moi regarder l'autre côté ».

Tout l'été dernier, Karin avait supplié de façon insistante à sa manière de sale gosse, demandant sérieusement d'être emmenée dans un des raids de Derek et il avait fini par dire qu'elle pouvait y aller. Il l'avait rendu aussi pénible qu'il le pouvait, une épreuve. Ils se vaporisaient de Cinq-o-cinq mais cela n'empêchait pas totalement les insectes de les atteindre, s'introduisant dans leurs cheveux et se frayant un chemin aux encolures et sous les poignets de chemise. Ils étaient obligés de patauger dans des endroits marécageux où les empreintes de leurs bottes se remplissaient immédiatement d'eau, puis de gravir des berges escarpées couvertes de ronces, d'églantiers et de lianes coriaces, croche-pieds. Ils devaient également escalader des roches nues qui affleuraient, lisses et pentues. Ils portaient des clochettes autour du cou pour pouvoir se retrouver s'ils étaient séparés et pour que les ours qui les entendaient arriver restent à l'écart.

Ils tombèrent sur un gros monticule d'excréments d'ours, encore luisant, avec un trognon de pomme seulement à moitié digéré.

Derek lui avait dit qu'il y avait des mines partout dans cette région. On y trouvait presque tous les minéraux connus, mais habituellement en quantité insuffisante pour qu'ils soient rentables, expliquait-il. Il était allé voir toutes ces mines abandonnées, presque oubliées, et y avait obtenu ses échantillons à coups de pioche ou bien les avait tout simplement ramassés par terre. « La première fois que je l'ai amené à la maison, il a tout bonnement disparu sur un coteau où il a trouvé une mine, racontait Ann. À ce moment-là, j'ai su qu'il allait probablement m'épouser. »

Les mines apportèrent une déception : Karin toutefois ne l'aurait jamais reconnu. Elle avait espéré quelque caverne d'Ali Baba avec la lueur de roches scintillantes dans l'obscurité. À la place, Derek lui montra une entrée étroite, presque une fente naturelle de la roche, maintenant barrée par un peuplier qui s'était enraciné dans cet endroit absurde et avait poussé tordu. L'autre entrée, que Derek disait la plus praticable de toutes, n'était qu'un trou au flanc d'une colline, avec des étais pourris tombés à terre ou soutenant encore un côté du toit, et des briques retenant en partie la terre et les moellons. Derek indiqua les traces vagues où les rails destinés au chariot à minerai avaient été posés. Des débris de mica gisaient partout et Karin en ramassa. Eux au moins étaient beaux et ressemblaient à un trésor véritable. Ils étaient comme des éclats d'un verre lisse et sombre qui devenaient argentés quand on les présentait à la lumière.

Derek lui dit de n'en prendre qu'un morceau et cela en tant que souvenir personnel, à ne pas montrer aux gens. « Garde-le pour toi, ajouta-t-il. Je ne veux pas que l'on parle de cet endroit.

– Veux-tu que je jure devant Dieu ?

– Souviens-toi, c'est tout. » Puis il lui demanda si elle voulait voir le château.

Autre déception, ainsi qu'une plaisanterie. Il l'emmena dans une ruine aux murs de ciment qui avait probablement, selon lui, été un lieu de stockage du minerai. Il lui montra la clairière dans les grands arbres, remplie d'arbrisseaux, où le rail passait. La plaisanterie, c'était que certains des hippies s'étaient perdus ici quelques années auparavant et en étaient sortis en signalant la présence d'un château. Derek détestait que les gens fassent ce genre d'erreur, ne voyant pas ce qu'ils avaient sous les yeux ou ce qu'ils pouvaient identifier avec l'information adéquate.

Karin fit le tour du sommet du mur croulant et il ne lui dit pas de penser à garder l'équilibre ou de faire attention à ne pas se casser le cou.

Sur le chemin du retour, il y eut un orage et ils furent obligés de rester au milieu d'un épais taillis de cèdres. Karin ne pouvait pas rester en place : elle ne savait pas si elle était effrayée ou ravie. Ravie, décida-t-elle, puis elle se leva d'un bond et courut en rond, levant les bras et poussant des cris perçants dans la lumière vive qui pénétrait même dans cet abri. Derek lui dit de se calmer, de s'asseoir et de compter jusqu'à quinze après chaque éclair pour voir si cela n'apportait pas le coup de tonnerre.

Mais elle se dit qu'il était content d'elle. Il ne pensait pas qu'elle avait peur.

C'était la vérité, qu'il y avait des gens à qui l'on avait une envie maladive de faire plaisir. Derek en faisait partie. Si l'on échouait avec des gens de cette sorte, ils vous classeraient dans une catégorie de leur esprit où ils pourraient vous conserver et vous mépriser pour toujours. Peur des éclairs, peur quand elle avait vu les excréments d'ours, ou le souhait de croire que la ruine était celle d'un château – même l'incapacité de reconnaître les différentes qualités de mica, pyrite, quartz, argent, feldspath –, n'importe laquelle de ces faiblesses pouvait décider Derek à la lâcher. Comme il avait lâché, de façons diverses, Rosemary et Ann. Ici avec Karin il était plus sérieusement lui-même, il faisait honneur à toute chose de son attention sérieuse. Lorsqu'il était avec elle, et pas avec l'une ou l'autre de ces deux-là.

« Remarques-tu des signes funestes et mélancoliques dans l'air aujourd'hui ? » demanda Derek.

Karin passa la main sur un morceau de quartz qui ressemblait à de la glace avec une bougie à l'intérieur. « Est-ce à cause de Rosemary ? dit-elle.

– Non. C'est sérieux. Ann a reçu une proposition pour cette propriété. Un requin de Stoco est venu lui dire qu'une compagnie japonaise voulait l'acheter. Ils veulent le mica. Pour fabriquer des blocs-moteurs en céramique pour les voitures. Elle y réfléchit. Elle peut vendre si elle veut. C'est à elle.

– Pourquoi le voudrait-elle ? La vendre ?

– L'argent, dit Derek. Vois du côté de l'argent.

– Le loyer de Rosemary n'est pas suffisant ?

– Combien de temps cela va-t-il durer ? Le pâturage n'est pas loué cette année, la terre est trop détrempée. La maison a besoin d'être entretenue, sinon elle va s'effondrer. Je travaille depuis quatre ans à un livre qui n'est même pas terminé. Nous sommes en basses eaux. Tu sais ce que le type de l'agence lui a dit ? Il a dit : "Ceci pourrait être un autre Sudbury *." Ce n'était pas pour faire une plaisanterie. »

Karin ne voyait pas pourquoi il en ferait. Elle ne savait rien de Sudbury. « Si j'étais riche, je pourrais l'acheter, dit-elle. Alors vous pourriez continuer comme maintenant.

– Un jour, tu seras riche, dit Derek d'un ton neutre. Mais pas assez tôt. » Il était en train de ranger l'appareil photographique dans son étui. « Reste dans les petits papiers de ta mère. Elle est riche à crever. »

Karin sentit la chaleur lui monter au visage, elle ressentit le choc de ces mots. C'était quelque chose

* Ville minière qui a connu un grand essor. *(N.d.T.)*

qu'elle n'avait jamais entendu auparavant. *Riche à crever.* Cela paraissait détestable.

« Bon, dit-il, je pars en ville voir quand ils pourront développer ça. » Il ne demanda pas si elle voulait venir avec lui et de toute façon elle aurait eu du mal à lui répondre car ses yeux s'embuaient de manière désastreuse. Ce qu'il lui avait dit l'avait saisie et aveuglée.

Elle avait besoin d'aller aux toilettes, alors elle se dirigea vers la maison.

Une bonne odeur venait de la cuisine, celle de viande à mitonner.

Les seules toilettes étaient à l'étage. Karin entendait Ann là-haut, se déplaçant dans sa chambre. Elle ne l'appela pas ni ne jeta un coup d'œil à l'intérieur. Mais quand elle commença à redescendre, Ann l'appela.

Elle s'était maquillée, si bien que son visage était moins marbré.

Il y avait des piles de vêtements répandues sur le lit et par terre.

« J'essaie de faire des rangements, expliqua Ann. Il y a des vêtements ici dont j'avais oublié l'existence. Il faut que je me débarrasse d'un certain nombre d'entre eux une fois pour toutes. »

Cela signifiait que son projet de déménagement était sérieux. Quand Rosemary se préparait à déménager, elle faisait sa malle pendant que Karin était en classe. Karin ne la voyait jamais sélectionner les choses qui y entraient. Elle les voyait seulement faire leur réapparition plus tard, dans l'appartement de Toronto et maintenant dans la caravane. Un coussin, une paire de chandeliers, un grand plat : familières mais éternellement déplacées. En ce qui concernait Karin, il aurait mieux valu qu'elle n'apportât rien du tout.

« Tu vois cette valise ? demanda Ann. Là-haut sur l'armoire ? Crois-tu que tu pourrais grimper sur une chaise et l'amener en porte-à-faux sur le bord pour que je puisse l'attraper ? J'ai essayé de le faire, mais j'ai eu le vertige. Tu la fais pencher et je l'attraperai. »

Karin grimpa et poussa la valise de façon qu'elle soit prête à tomber du haut de l'armoire et Ann l'attrapa. Elle la remercia en haletant et la lâcha sur le lit.

« J'ai la clé, j'ai la clé ici », dit-elle.

La serrure était dure et les fermoirs difficiles à forcer. Karin donna un coup de main. Lorsque le couvercle se souleva, une odeur de naphtaline monta d'un tas de toile molle. Cette odeur était familière à Karin à cause des friperies où Rosemary aimait se fournir.

« Ce sont des vieilles affaires de ta mère ? demanda Karin.

– Karin ! C'est ma robe de mariée, expliqua Ann en riant à moitié. Ça, c'est seulement le vieux drap dans lequel elle est enveloppée. » Elle enleva la toile grisâtre et sortit un paquet de dentelle et de taffetas. Karin lui fit de la place sur le lit. Ensuite, très soigneusement, Ann entreprit de la remettre à l'endroit. Le taffetas bruissait comme des feuilles.

« Mon voile, aussi, dit Ann en soulevant une pellicule qui s'agrippait au taffetas. Oh, j'aurais dû en prendre plus soin. »

Il y avait une longue fente fine dans la jupe qu'on aurait pu attribuer, d'après l'apparence, à une lame de rasoir.

« J'aurais dû la suspendre, dit Ann. J'aurais dû la mettre dans un de ces sacs que vous donnent les teinturiers. Le taffetas est si fragile. Cette coupure se trouve à l'endroit du pli. Je le savais, aussi. Ne jamais, jamais plier le taffetas. »

Maintenant elle se mit à séparer les unes des autres les différentes parties du tissu, les soulevant peu à peu en faisant des petits bruits intimes d'encouragement, jusqu'à ce qu'elle pût, en secouant l'ensemble, lui faire prendre la forme d'une robe. Le voile était répandu par terre. Karin le ramassa.

« Mousseline », dit-elle. Elle parlait pour chasser de sa tête le son de la voix de Derek.

« *Tulle* *, corrigea Ann. Dentelle et tulle. Honte à moi de ne pas en avoir pris meilleur soin. C'est un miracle qu'il ait résisté aussi bien.

– Tulle, dit Karin. Je n'ai jamais entendu parler de tulle. Je ne crois pas avoir jamais entendu parler de taffetas.

– On s'en servait beaucoup, dit Ann. Autrefois.

– As-tu une photographie de toi la portant ? As-tu une photographie de ton mariage ?

– Papa et maman en avaient une, mais je n'ai aucune idée de ce qu'elle est devenue. Derek n'est pas porté sur les photos de mariage. Il n'était même pas porté sur le mariage. Je ne sais pas comment j'y suis arrivée. Il a eu lieu à l'église de Stoco, tu te rends compte. Et j'étais accompagnée de mes trois amies, Dorothy Smith, Muriel Lifton et Dawn Challeray. Dorothy tenait l'orgue, Dawn était ma demoiselle d'honneur et Muriel chantait.

– Quelle couleur portait ta demoiselle d'honneur ? demanda Karin.

– Vert pomme. Une robe en dentelle avec des incrustations en mousseline de soie. Non, dans l'autre sens. Mousseline de soie avec de la dentelle. »

Ann décrivit tout cela d'une voix un peu sceptique, en examinant les coutures de la robe.

« Qu'a chanté celle qui chantait ?

– Muriel. *Ô parfait amour, transcendant tout amour humain*, mais c'est un cantique en fait. En vérité, il y est question d'un amour divin. Je ne sais pas qui l'avait choisi. »

* En français dans le texte. *(N.d.T.)*

Karin toucha le taffetas. Il était sec et frais au contact.

« Essaie-la, dit Karin.

– Moi ? répondit Ann. Elle est destinée à quelqu'un avec un tour de taille de soixante centimètres. Est-ce que Derek est parti en ville ? Avec sa pellicule ? »

Elle n'écouta pas Karin dire oui. Elle avait évidemment dû entendre la voiture.

« Il pense qu'il lui faut des archives en images, expliqua-t-elle. Ensuite il va tout mettre dans des cartons étiquetés. Je ne comprends pas le pourquoi de cette hâte. Il a l'air de penser qu'il ne va jamais revoir sa collection. T'a-t-il donné l'impression que la propriété était vendue ?

– Pas encore, dit Karin.

– Non. Pas encore. Et je ne le ferais que si j'y étais obligée. Je ne le ferai que si j'y suis obligée. Bien que je pense l'être. Il arrive que certaines choses s'imposent, tout simplement. Les gens n'ont pas besoin d'en faire une tragédie ou une forme de châtiment personnel.

– Est-ce que je peux l'essayer ? » demanda Karin.

Ann l'examina de la tête aux pieds. « Il faut que nous fassions très attention. »

Karin enleva ses chaussures, son short et sa chemise. Ann passa la robe par-dessus sa tête, l'enfermant pendant un instant dans un nuage blanc. Il fallait faire descendre les manches en dentelle délicatement jusqu'à ce que les pointes qui les terminaient reposent sur le dos des mains de Karin. Elles les firent paraître brunes, bien qu'elle ne fût pas encore bronzée. Il fallut agrafer tout le côté de la taille, puis la nuque. Les agrafes devaient tenir serré une bande de dentelle autour du cou de Karin. Ne portant rien sous la robe que sa culotte, elle sentit sa peau picoter au contact de la dentelle. La dentelle avait plus de caractère, dans son approche par-ci, par-là, que tout ce qui lui était familier. Elle craignait de la sentir sur ses mamelons, mais heureusement la robe y était moins ajustée, gonflée à l'endroit où les seins d'Ann s'étaient placés. La poitrine de Karin était encore presque plate, mais parfois ses mamelons étaient enflés, tendres, comme s'ils allaient éclater.

Il fallut tirer le taffetas d'entre ses jambes et le faire ballonner. Ensuite, la dentelle tomba en boucles sur la jupe.

« Tu es plus grande que je ne pensais, dit Ann. Tu pourrais faire un petit tour si tu la soulevais juste un peu. »

Elle prit une brosse à cheveux sur la coiffeuse et commença à brosser les cheveux de Karin qui tombaient sur ses épaules couvertes de dentelle.

« Des cheveux couleur noisette, commenta-t-elle. Je me rappelle que dans les livres on décrivait autrefois des filles à cheveux couleur noisette. Et tu sais, elles n'utilisaient pas des noisettes pour les colorer. Ma mère se rappelait que des filles faisaient bouillir des noix pour obtenir de la teinture puis elles la mettaient sur leurs cheveux. Bien sûr, si vos mains étaient tachées, vous étiez trahie sans recours. C'était si difficile à enlever.

« Tiens-toi tranquille », dit-elle en agitant le voile pour qu'il tombe sur les cheveux lisses, se mettant ensuite devant Karin pour l'épingler en place. « La coiffe qui en fait partie a complètement disparu. J'ai dû l'utiliser pour autre chose ou la donner à quelqu'un qui se mariait. Je ne parviens pas à me souvenir. De toute façon, elle aurait l'air idiot de nos jours. C'était une Mary Stuart. »

Elle jeta un coup d'œil circulaire et prit des fleurs en soie – une touffe de fleurs de pommier – dans un vase sur la coiffeuse. Cette nouvelle idée l'obligeait à retirer les épingles et à recommencer, courbant la tige de pommier pour en faire une coiffure. La tige était raide, mais Ann finit par arriver à ses fins et à l'épingler comme elle le voulait. Elle s'écarta et poussa doucement Karin devant la glace.

« Oh, s'exclama Karin. Est-ce que je peux l'avoir pour quand je me marierai ? »

Elle ne le disait pas sincèrement. C'était pour faire plaisir à Ann, après tout le mal qu'elle s'était donné et pour couvrir son embarras quand elle se regarda dans la glace.

Karin en détourna les yeux, puis la regarda de nouveau, mieux préparée. Elle vit une sainte. Les cheveux brillants et les fleurs pâles, les ombres légères de la dentelle qui lui tombaient sur les joues, une ferveur pour livre d'histoires, le genre de beauté qui se prend tellement au sérieux qu'elle paraît un peu vouée au malheur, un peu stupide. Elle grimaça pour que ce visage se fissure, mais cela ne marcha pas : on aurait dit que c'était la mariée, la fille au miroir, qui avait maintenant la haute main.

« Je me demande ce que dirait Derek s'il te voyait à présent, dit Ann. Je me demande s'il saurait même que c'est ma robe de mariée ? » Ses paupières papillotaient à leur façon timide et troublée. Elle se rapprocha pour retirer les fleurs et les épingles. Karin sentit l'odeur de savon sur ses aisselles et de l'ail sur ses doigts.

« Il dirait : Qu'est-ce que c'est que cet attirail idiot ? » dit Karin en imitant le ton supérieur de Derek tandis qu'Ann enlevait le voile.

Elles entendirent la voiture longer la vallée. « Quand on parle du loup », dit Ann. Maintenant elle était tellement pressée de défaire les agrafes que ses doigts étaient maladroits et tremblants. Quand elle essaya de faire passer la robe par-dessus la tête de Karin, quelque chose s'accrocha.

« Zut, dit Ann.

– Vas-y, l'encouragea Karin. Vas-y et laisse-moi faire. J'ai trouvé. »

Quand elle émergea, elle vit la figure d'Ann crispée dans ce qui ressemblait à du chagrin.

« Je plaisantais à propos de Derek », dit-elle.

Mais l'expression d'Ann ne traduisait peut-être que de l'inquiétude et du souci pour la robe.

« Que veux-tu dire ? demanda Ann. Oh. Chut. N'y pense plus. »

Karin s'immobilisa dans l'escalier pour entendre leurs voix à la cuisine. Ann était descendue en courant avant elle.

« Est-ce que ça va être bon ? Que diable prépares-tu là ? demanda Derek.

– J'espère que oui, répondit Ann. C'est de l'osso bucco. »

La voix de Derek avait changé. Il n'était plus fâché. Il avait envie de se réconcilier. La voix d'Ann, hors d'haleine, exprimait le soulagement, essayant de s'accorder à sa nouvelle humeur.

« Est-ce que ça suffira s'il y a du monde ? demanda Derek.

– Quel monde ?

– Juste Rosemary. J'espère qu'il y en a assez, parce que je l'ai invitée.

– Rosemary et Karin, dit Ann calmement. Il y a assez de ceci, mais il n'y a pas de vin.

– Il y en a maintenant. J'en ai acheté. »

Puis il y eut des marmonnements et des chuchotements de Derek à Ann. Il devait se tenir très près d'elle et parler contre ses cheveux ou son oreille. Il semblait taquiner, implorer, réconforter, promettant de la récompenser, tout en même temps. Karin avait tellement peur que des mots émergent de tout cela – des mots qu'elle comprendrait et n'oublierait jamais –

qu'elle descendit l'escalier et entra dans la cuisine bruyamment, en criant : « Qui c'est, cette Rosemary ? Est-ce que j'ai entendu "Rosemary" ?

– Ne t'approche pas de nous comme ça en douce, *enfant* *, dit Derek. Fais un peu de bruit pour qu'on t'entende arriver.

– Ai-je entendu "Rosemary" ?

– Le nom de ta mère, dit-il. Je te le jure, le nom de ta mère. »

Tout le déplaisir tendu avait disparu. Il était plein de provocation et d'entrain, comme parfois l'été dernier.

Ann regarda le vin et dit : « Ça c'est un vin exquis, Derek, il conviendra parfaitement. Voyons. Karin, tu peux donner un coup de main. Nous mettrons le couvert sur la table longue dans la véranda. Nous utiliserons la vaisselle bleue et la belle argenterie : quelle chance que nous venions de l'astiquer. Nous mettrons deux séries de bougies. Les grandes jaunes au milieu, Karin, et un cercle de petites blanches tout autour.

– Comme une marguerite, dit Karin.

– C'est ça. Un repas de fête. Parce que tu es revenue pour l'été.

– Qu'est-ce que je peux faire ? demanda Derek.

– Voyons. Oh, tu peux aller me chercher de la verdure pour la salade. De la laitue, de l'oseille, et crois-tu qu'il y a du cresson dans le ruisseau ?

– Il y en a, dit Derek. J'en ai vu.

– Prends-en aussi. »

Derek passa un bras autour de ses épaules. « Tout ira bien », assura-t-il.

Quand ils furent presque prêts, Derek mit un disque. C'était l'un de ceux qu'il avait emportés chez

* En français dans le texte. *(N.d.T.)*

Rosemary et qu'il avait dû rapporter. Il s'appelait *Airs et danses anciennes pour le luth* : la pochette montrait un groupe de dames démodées d'une maigreur distinguée, portant toutes des robes à taille haute, avec des bouclettes pendant devant les oreilles et dansant en rond. Cette musique avait souvent poussé Derek à exécuter une danse majestueuse et ridicule à laquelle se joignaient Rosemary et Karin. Karin était de force égale, mais pas Rosemary. Elle faisait trop d'efforts, ses mouvements prenaient du retard, elle essayait d'imiter ce qui ne pouvait être que spontané.

Karin se mit à danser maintenant, autour de la table de cuisine où Ann préparait la salade et Derek débouchait le vin. « *Airs* anciens et danses pour le *luth*, chanta-t-elle avec ravissement. Ma *maman* vient dîner, ma maman vient *dîner.*

– Je crois que la maman de Karin vient dîner », dit Derek. Il leva la main. « Chut, chut. Est-ce sa voiture que j'entends ?

– Oh là là. Il faut au moins que je me lave la figure », s'écria Ann. Elle laissa tomber la verdure, passa dans le vestibule et monta l'escalier précipitamment.

Derek alla arrêter le disque. Il reposa l'aiguille au commencement. Une fois qu'il l'eut remis en route, il sortit pour accueillir Rosemary, chose qu'il ne faisait pas habituellement. Karin elle-même avait eu l'intention de sortir en courant. Mais quand Derek le fit, elle renonça. À la place, elle suivit Ann dans l'escalier. Pas jusqu'en haut, toutefois. Il y avait une petite fenêtre sur le palier où personne ne s'arrêtait jamais ni ne regardait à l'extérieur. Un rideau de voile la couvrait, si bien que l'on ne risquait pas d'être vu.

Elle fut assez rapide pour voir Derek traverser la pelouse, passer par un trou dans la haie. De grandes enjambées avides, furtives. Il arriverait à temps pour se pencher et ouvrir la portière de la voiture, l'ouvrir avec un geste élégant et aider Rosemary à descendre. Karin ne l'avait jamais vu le faire, mais elle savait qu'il avait l'intention de le faire maintenant.

Ann se trouvait encore à la salle de bains : Karin entendait la douche. Elle disposerait de quelques minutes pour observer sans être dérangée.

Et maintenant elle entendit claquer la portière de la voiture. Mais elle n'entendit pas leurs voix. Elle ne pouvait pas le faire, avec la musique qui envahissait la maison. Et ils n'étaient pas arrivés en vue du trou dans la haie. Pas encore. Et pas encore. Et pas encore.

Rosemary était revenue une fois après avoir quitté Ted. Pas à la maison : elle n'était pas censée revenir à la maison. Ted avait amené Karin dans un restaurant et Rosemary s'y trouvait. Elles avaient déjeuné là toutes les deux. Karin avait pris un Shirley Temple * et des frites. Rosemary lui avait annoncé qu'elle partait à Toronto, qu'elle y avait un emploi chez un éditeur. Karin ne savait pas ce que c'était qu'un éditeur.

Les voilà. Passant difficilement ensemble par le trou dans la haie où ils auraient dû s'introduire l'un derrière l'autre. Rosemary porte son pantalon de harem en cotonnade fine, douce, couleur framboise. Ses jambes se voient à travers comme des ombres. Son haut est en cotonnade plus épaisse couverte de broderies et d'incrustations de minuscules fragments de miroir. Elle paraît s'inquiéter de ses cheveux empilés : ses mains s'envolent dans un geste de nervosité charmante pour dégager quelques petites mèches de plus ainsi que des boucles qui peuvent voleter et

* Mélange de soda au gingembre et de grenadine. *(N.d.T.)*

pendre autour de son visage. (Un peu à la manière dont les bouclettes des dames pendent devant leurs oreilles, sur la pochette des *Airs anciens et danses*.) Le vernis de ses ongles s'harmonise avec son pantalon.

Derek ne pose la main nulle part sur Rosemary mais il semble toujours sur le point de le faire.

« Bon, mais vas-tu y habiter ? » demande Karin, au restaurant.

Le grand Derek se penche près des jolis cheveux fous de Rosemary, comme s'ils offraient un nid dans lequel il est pratiquement prêt à se laisser tomber. Il est tellement absorbé. Qu'il la touche ou pas, qu'il lui parle ou pas. Il la tire vers lui, studieusement attentif à la tâche. Mais se faisant attirer lui-même, tenté par les délices. Karin est juste capable de reconnaître cette sensation de trouble exquis lorsque vous dites : Non, je n'ai pas sommeil, non, je suis encore éveillée…

À cet instant, Rosemary ne sait que faire, mais pense qu'elle n'a pas encore besoin de faire quelque chose. Regardez-la virevolter dans sa cage rosée. Sa cage de barbe à papa. Regardez Rosemary pépier et aguicher.

Riche à crever, avait-il dit.

Ann sort de la salle de bains, ses cheveux gris sombres et humides, aplatis sur son crâne, le visage rayonnant après la douche.

« Karin. Que fais-tu là ?

– J'observe.

– Qu'observes-tu ?

– Un couple de tourtereaux.

– Oh voyons, Karin », dit Ann en descendant l'escalier.

Et bientôt des cris joyeux arrivent de la porte d'entrée (grande occasion) et du vestibule. « Qu'est-ce que c'est que cette odeur merveilleuse ? » (Rosemary). « Juste quelques vieux os qu'Ann fait mijoter » (Derek).

« Et ça, c'est ravissant », commente Rosemary tandis que l'agitation conviviale se déplace vers le séjour. Il est question du bouquet de feuillages verts, de pâturin des prés et de lis orange précoces qu'Ann a plantés dans le pot couleur crème près de la porte du séjour.

« Juste quelques vieilles herbes qu'Ann a ramassées », dit Derek, et Ann intervient : « Oh, tant pis, je les trouvais jolies », et Rosemary dit encore : « Belles. »

Après le déjeuner, Rosemary avait dit qu'elle voulait acheter un cadeau à Karin. Pas pour un anniversaire ou pour Noël, juste un merveilleux cadeau.

Elles allèrent dans un grand magasin. Chaque fois que Karin ralentissait pour regarder quelque chose, Rosemary manifestait immédiatement de l'enthousiasme et le désir de l'acheter. Elle aurait acheté un manteau de velours avec un col et des poignets en fourrure, un cheval à bascule peint de style ancien, un éléphant en peluche rose qui paraissait le quart de la grandeur nature. Pour mettre fin à cette errance douloureuse, Karin choisit un bibelot bon marché : une ballerine posée en équilibre sur une glace. La ballerine ne virevoltait pas, aucune musique ne l'accompagnait, il n'y avait rien qui justifiât ce choix. L'on aurait cru que Rosemary le comprendrait. Elle aurait dû comprendre ce que traduisait un tel choix, que Karin ne pouvait être rendue heureuse, qu'aucune réparation n'était possible, que le pardon était hors de question. Mais elle ne le vit pas. Ou bien choisit de ne pas le voir. « Oui. Ça me plaît. Elle est si gracieuse. Elle sera jolie sur ta coiffeuse. Oh, oui. »

Karin rangea la ballerine dans un tiroir. Quand Grace la trouva, Karin expliqua qu'une amie du lycée la lui avait donnée et qu'elle ne pouvait lui faire de la peine en disant que ce n'était pas le genre de chose qu'elle aimait.

À l'époque, Grace n'avait pas tellement l'habitude des enfants, sinon elle aurait pu mettre une histoire pareille en doute.

« Je peux le comprendre, avait-elle dit. Je vais la donner pour la vente de charité de l'hôpital : il est peu probable qu'elle la voie là. De toute façon, on a dû en fabriquer des centaines identiques. »

En bas, les cubes de glace s'entrechoquaient quand Derek les laissait tomber dans les verres. « Karin est par là, dit Ann, elle va sûrement paraître d'un instant à l'autre. »

Karin gravit doucement, doucement les marches qui restaient et entra dans la chambre d'Ann. Sur le lit gisaient les vêtements en vrac ainsi que la robe de mariée, enveloppée dans son drap, étalée sur le dessus. Elle ôta son short, sa chemise et ses chaussures et entama le processus éprouvant, ardu, requis pour mettre cette robe. Au lieu d'essayer de l'enfiler par la tête, elle y entra par le bas en se tortillant, à travers la jupe crépitante et le corsage en dentelle. Elle passa ses bras dans les manches en faisant attention à ne pas faire d'accroc dans la dentelle avec un ongle. Pour la plupart, ses ongles étaient trop courts pour poser un problème, mais elle fut soigneuse, de toute façon. Elle tira les pointes en dentelle sur ses mains. Puis elle accrocha toutes les agrafes à la taille. Le plus difficile était d'agrafer la nuque. Elle courba la tête et remonta les épaules pour tenter de rendre ces agrafes plus accessibles. Même ainsi, elle eut un malheur : la dentelle se déchira un peu sous un bras. Elle en fut effrayée, amenée à s'arrêter un instant, mais il apparut qu'elle était allée trop loin pour abandonner maintenant et elle vint à bout des autres agrafes sans mésaventure. Elle pourrait recoudre cette déchirure après avoir enlevé la robe. Ou bien elle pourrait mentir et affirmer qu'elle l'avait remarquée avant d'enfiler la robe. Il se pouvait qu'Ann ne s'en aperçût pas, de toute façon.

À présent, le voile. Il fallait faire très attention au voile. Toute déchirure se verrait. Elle le déploya complètement et essaya de le fixer avec le bouquet de fleurs de pommier, comme Ann l'avait fait. Mais elle n'arrivait pas à courber la tige de manière satisfaisante ni à installer les épingles glissantes pour le retenir. Elle se dit qu'il serait peut-être préférable d'attacher l'ensemble avec un ruban ou une ceinture de tissu. Elle alla voir si elle pouvait trouver quelque chose dans le placard d'Ann. Là, il y avait un porte-cravates d'homme, les cravates d'un homme. Les cravates de Derek, bien qu'elle ne lui en ait jamais vu.

Elle en prit une, rayée, et s'en entoura le front, l'attachant derrière la tête, assujettissant le voile. Elle exécuta tout cela devant la glace et, quand ce fut fait, elle vit qu'elle avait produit un effet gitane, un effet comique narquois. Une idée lui traversa l'esprit, l'obligeant à défaire péniblement toutes les agrafes, puis à rembourrer le devant de la robe avec des vêtements comprimés pris sur le lit d'Ann. Elle remplit, puis combla exagérément la dentelle qui avait pendu mollement, ayant été destinée aux seins d'Ann. C'était mieux comme ça, c'était mieux de les faire rire. Elle ne parvint pas alors à mettre les agrafes en place, mais il y en avait suffisamment pour tenir la clownesque poitrine de tissu en place. Elle arriva aussi à fermer la bande autour du cou. Quand elle eut terminé, elle était en nage.

Ann ne mettait pas de rouge à lèvres ni de fard pour les yeux, mais sur la coiffeuse, de façon surprenante, il y avait un petit pot de fard à joues durci. Karin cracha dedans et se fit des ronds rouges sur les pommettes.

La porte d'entrée conduisait dans le vestibule en bas de l'escalier et de ce vestibule une porte latérale ouvrait sur la véranda. Une autre porte (du même côté) conduisait dans le séjour. L'on pouvait également passer directement de la véranda dans le séjour, par une porte tout au bout. Le plan de la maison était bizarre, ou plutôt il n'y avait pas de plan du tout, selon Ann. Des choses avaient été changées ou ajoutées à mesure que les gens y pensaient. La longue véranda vitrée n'était d'aucune utilité pour profiter du soleil puisqu'elle se trouvait à l'est et, de toute façon, à l'ombre d'un bouquet de jeunes peupliers qui avaient échappé à tout contrôle et grandi vite, le propre des peupliers. Quand Ann était enfant, la véranda servait principalement à stocker les pommes, bien que sa sœur et elle aient aimé le trajet détourné qu'offraient les trois portes. Maintenant, elle appréciait cette pièce pour y servir le dîner en été. Quand la table était tirée, il y avait à peine la place de passer entre les chaises et le mur intérieur. Mais si les gens étaient assis d'un seul côté, face aux fenêtres, et à chaque bout – c'est ainsi que la table avait été mise ce soir –, une personne mince, Karin certainement, pouvait se faufiler derrière.

Karin descendit pieds nus. Personne ne pouvait la voir depuis le séjour. Et elle choisit de ne pas y entrer par la porte habituelle mais de passer par la véranda, de se glisser le long de la table puis d'apparaître, d'entrer en trombe, depuis la véranda où ils n'avaient aucune idée qu'elle se trouvait.

La véranda était déjà obscure. Ann avait allumé les deux grandes bougies jaunes, mais pas les petites blanches qui les entouraient. Les jaunes sentaient le citron, parfum sur lequel elle comptait probablement pour chasser toute odeur de renfermé de la pièce. Elle avait aussi ouvert la fenêtre à un bout de la table. Par les soirées les plus calmes, il arrivait toujours une brise des peupliers.

Karin se servit de ses deux mains pour tenir sa jupe en passant derrière la table. Il fallait qu'elle la soulève légèrement pour pouvoir marcher. Et elle ne voulait pas que le taffetas bruisse. Elle avait l'intention de fredonner la *Marche nuptiale* de Mendelssohn en se présentant dans l'embrasure de la porte.

La brise souffla dans sa direction avec une petite bouffée d'énergie et tira son voile, mais il était si bien arrimé à sa tête qu'elle n'avait pas peur de le perdre. Quand elle se tourna pour entrer dans le séjour, le voile tout entier s'éleva et traversa les flammes des bougies. Les gens dans la pièce ne l'avaient pas plutôt vue qu'ils aperçurent le feu dans son sillage. Elle-même eut juste le temps de sentir l'odeur de la dentelle qui se désintégrait, relevant de façon étrange et vénéneuse celle des os à moelle en train de cuire pour le dîner. Puis un déferlement de chaleur et de cris insensés, une chute brutale dans l'obscurité.

Rosemary l'atteignit en premier, lui tapant sur la tête avec un coussin. Ann courut prendre la cruche dans l'entrée, jetant l'eau, les lis, le pâturin et le reste sur le voile et les cheveux embrasés. Derek arracha le tapis du sol, renversant tabourets, guéridons et verres : il put ainsi envelopper Karin étroitement et étouffer les dernières flammes. Quelques fragments de dentelle continuaient à rougeoyer dans ses cheveux trempés : Rosemary se brûla les doigts en les retirant.

La peau de ses épaules, du haut de son dos et d'un côté de son cou fut défigurée par les brûlures. La cravate de Derek avait un peu écarté le voile de son visage, lui épargnant ainsi les marques les plus impressionnantes. Mais même lorsque ses cheveux repoussèrent et qu'elle les coiffa en avant, ils ne purent dissimuler tout à fait les dommages subis par son cou.

Après une série de greffes de peau, son aspect s'améliora. Lorsqu'elle entra à l'université, elle pouvait porter un costume de bain.

Quand elle ouvrit les yeux à l'hôpital de Belleville, elle vit toutes sortes de marguerites. Des marguerites blanches, des jaunes, des roses et des violettes, même sur le rebord de la fenêtre.

« Comme elles sont jolies, hein ? dit Ann. Ils en envoient sans cesse. Ils ne cessent d'en envoyer d'autres alors que les premières sont encore fraîches, ou à tout le moins pas prêtes à être jetées. Chaque fois qu'ils s'arrêtent au cours de leur voyage, ils en envoient. Ils devraient être à Cape Breton à l'heure qu'il est.

– As-tu vendu la ferme ? demanda Karin.

– Karin », dit Rosemary.

Karin ferma les yeux et fit un nouvel effort.

« As-tu pensé que c'était Ann ? demanda Rosemary. Ann et Derek sont partis en voyage. Je venais de te le dire. Ann a effectivement vendu la ferme, ou en tout cas elle va le faire. C'est curieux que tu penses à ça.

– C'est leur lune de miel », dit Karin. C'était une ruse – pour ramener Ann si c'était vraiment elle – pour qu'elle dise d'un ton réprobateur : « Oh, Karin. »

« C'est la robe de mariée qui te fait penser cela, suggéra Rosemary. En fait ils voyagent pour chercher où ils veulent habiter ensuite. »

Alors c'était vraiment Rosemary. Et Ann faisant le voyage. Ann faisant le voyage avec Derek.

« Il faudrait que ce soit la seconde lune de miel, dit Rosemary. Tu n'as jamais entendu parler de la troisième lune de miel, hein ? Ou de la dix-huitième ? »

Tout allait bien, chacun était à sa place. Karin pensait que c'était peut-être elle qui avait provoqué cela, par quelque effort exténuant. Elle savait devoir éprouver de la satisfaction. Elle en éprouvait effectivement. Mais tout lui paraissait bizarrement dépourvu d'importance. Comme si Ann et Derek et peut-être même Rosemary se trouvaient derrière une haie trop épaisse et malcommode à franchir.

« Pourtant je suis là, dit Rosemary. J'ai tout le temps été là. Mais ils ne me permettent pas de te toucher. »

Elle fit cette dernière remarque comme si c'était un sujet de chagrin immense.

Elle le dit encore de temps à autre.

« Ce dont je me souviens le mieux, c'est que je ne pouvais pas te toucher et que je me demandais si tu le comprenais. »

Oui, dit Karin. Elle le comprenait. Ce qu'elle ne prend pas la peine d'expliquer, c'est qu'à cette époque lointaine elle trouvait le chagrin de Rosemary absurde. C'était comme si elle se plaignait de ne pas pouvoir tendre le bras à travers un continent. Car c'est ce que Karin avait l'impression d'être devenue : quelque chose d'immense, de chatoyant, d'autosuffisant, ridée par la douleur à certains endroits, laminée à d'autres, formant de longues étendues mornes. Loin aux confins se trouvait Rosemary que Karin pouvait réduire, quand elle le voulait, à une configuration de points noirs bruyants. Elle-même, Karin, pouvait être étirée de cette manière et en même temps réduite au milieu de son territoire, aussi circonscrite qu'une perle ou une coccinelle.

Elle en émergea, bien sûr, elle redevint une Karin. Tout le monde pensait qu'elle était la même, à l'exception de sa peau. Personne ne savait en quoi elle avait changé et comme il lui paraissait naturel d'être différente, polie, se débrouillant habilement. Personne ne connaissait la sensation grave et victorieuse qui lui venait parfois quand il lui apparaissait à quel point elle était seule.

Avant le changement

Cher R. Mon père et moi nous avons regardé Kennedy débattre avec Nixon. Il a acheté une télévision depuis que tu es venu ici. À petit écran et antenne double d'intérieur. L'appareil est posé devant le buffet de la salle à manger, si bien que maintenant il n'y a plus moyen d'accéder facilement à la belle argenterie ou au linge de table, même si quelqu'un avait envie de le faire. Pourquoi dans la salle à manger où il n'y a pas un seul fauteuil vraiment confortable ? Parce qu'ils ont oublié qu'ils avaient une salle de séjour depuis un bon moment. Ou parce que Mrs. Barrie veut regarder les émissions à l'heure du dîner.

Te rappelles-tu cette pièce ? Elle ne contient rien de neuf sauf la télévision. Des rideaux épais sur le côté avec des feuillages bordeaux et des rideaux de voile au milieu. Une gravure de Sir Galahad conduisant son cheval et une gravure de Glencoe, des daims roux au lieu de la tuerie. Le vieux classeur apporté du cabinet de mon père il y a de longues années sans qu'on lui ait encore trouvé une place, si bien qu'il est simplement posé là, même pas repoussé contre le mur. Et la machine à coudre de ma mère, fermée (la seule fois où il parle d'elle, quand il dit « la machine à coudre de ta mère »), avec la même rangée de plantes ou ce qui paraît être la même, dans des pots en terre ou des boîtes en fer-blanc, ni florissantes ni moribondes.

Ainsi je suis rentrée à la maison maintenant. Personne ne s'est risqué à demander pour combien de temps. J'ai simplement bourré la Mini de tous mes livres, papiers et vêtements, et j'ai effectué le parcours depuis Ottawa dans la journée. J'avais dit à mon père au téléphone que j'avais terminé ma thèse (en fait je l'ai abandonnée mais je ne me suis pas donné la peine de le lui expliquer) et que je pensais que j'avais besoin d'une pause.

« Pause ? dit-il comme s'il n'avait jamais entendu parler d'une chose pareille. J'espère que ce n'est pas nerveux. »

J'ai dit : Quoi ?

« Dépression nerveuse », expliqua-t-il avec un gloussement inquiétant. C'est ainsi qu'il désigne encore les accès de panique, l'angoisse aiguë et l'effondrement individuel. Il dit probablement à ses malades de se secouer.

Injuste. Il doit les renvoyer munis de pilules anesthésiantes et de quelques paroles gentilles et ironiques. Il supporte les faiblesses des autres mieux que les miennes.

Il n'y a pas eu d'accueil à tout casser quand je suis arrivée mais pas non plus de consternation. Il a tourné autour de la Mini, grognant de ce qu'il voyait, tâtant les pneus.

« Étonnant que tu t'en sois tirée », a-t-il commenté.

J'avais pensé l'embrasser, plus par bravade que regain d'affection, plus c'est-ainsi-que-je-me-comporte-maintenant. Mais au moment où mes pieds ont touché le gravier, j'ai su que je ne pouvais pas le faire. Mrs. B. se tenait debout à mi-chemin entre l'allée d'accès et la porte de la cuisine. Alors, à la place, je suis allée la serrer dans mes bras et mettre le nez dans les cheveux noirs bizarres coupés à la chinoise entourant son petit visage fripé. Je sentais l'odeur de renfermé de son cardigan, d'eau de Javel sur son tablier et le contact de ses vieux os cure-dents. Elle m'arrive à peine à l'épaule.

Prise de court, j'ai dit : « Il fait beau, le trajet a été merveilleux. » C'était vrai. Il l'avait été. Les arbres n'ayant pas encore viré, juste en train de rouiller sur les bords et les chaumes comme de l'or. Dans ce cas, pourquoi la bienveillance du paysage s'estompe-t-elle en présence de mon père et sur son territoire (et n'oublie pas que c'est en présence de Mrs. B. et sur son territoire à elle) ? Pourquoi le fait que j'en parle – ou que j'en aie parlé avec émotion et pas pour la forme – semble-t-il presque à ranger à côté de mon embrassade de Mrs. B. ? D'un côté un acte insolent et de l'autre un épanchement prétentieux.

Une fois le débat achevé, mon père s'est levé et a éteint la télé. Il ne regarde pas les spots publicitaires, sauf si Mrs. B. est là et intervient pour les réclamer, disant qu'elle veut voir le gosse malin avec des dents de lapin ou le poulet courant après le trucmuche (elle n'essaie pas de dire « autruche » ou bien ne s'en souvient pas). Alors tout ce qui lui plaît est autorisé, même les corn-flakes dansants, et il arrive à mon père de dire : « Eh bien, à sa façon, c'est ingénieux. » Ceci à mon avis est une sorte d'avertissement qui m'est adressé.

Qu'a-t-il pensé de Kennedy et de Nixon ?

« Bof, c'est juste deux Américains. »

J'ai tenté d'étendre un peu la conversation.

« Que veux-tu dire ? »

Quand tu lui demandes d'approfondir des sujets dont il pense qu'il n'y a pas lieu d'en parler ou de reprendre un argument qui d'après lui ne nécessite pas de preuve, il a une manière de soulever un côté de sa lèvre supérieure, exposant deux grosses dents jaunies par le tabac.

« Juste deux Américains », répète-t-il, comme si les mots avaient pu m'échapper la première fois.

Alors nous restons assis là sans parler mais pas en silence parce que, comme tu t'en souviens peut-être, il respire bruyamment. Son souffle se traîne par des ruelles pierreuses et entre des portails grinçants. Il s'élance ensuite pour pépier et gargouiller, un peu comme si quelque dispositif inhumain était enfermé dans sa poitrine. Des tubes en plastique et des bulles colorées. On est supposé ne pas y faire attention et j'y serai bientôt habituée. Mais cela occupe beaucoup d'espace dans une pièce. Comme il le ferait de toute façon avec son ventre dur haut placé, ses grandes jambes et son expression. Qu'est-elle, cette expression ? On dirait qu'il a constitué une liste d'offenses à la fois passées et futures et qu'il fait savoir à quel point sa patience est éprouvée par ce que vous faites de mal en en ayant conscience, comme par ce dont vous ne vous doutez même pas. Je pense que beaucoup de pères et de grands-pères s'efforcent d'avoir cet air – même certains qui, contrairement à lui, n'ont pas d'autorité hors de leurs propres foyers – mais c'est lui qui le réussit à la perfection en permanence.

R. Un tas de choses à faire pour moi et pas de temps pour – comme on dit – avoir le cafard. Les murs de la salle d'attente sont éraflés sur tout le pourtour, là où des générations de patients ont appuyé leurs chaises. Les *Reader's Digest* sur la table sont en lambeaux. Les dossiers des malades sont rangés dans des boîtes en carton sous la table d'examen et le haut des corbeilles à papier – elles sont en vannerie – est tout déchiqueté, comme rongé par des rats. Dans la maison, ce n'est pas mieux. Des fentes comme des cheveux bruns dans le lavabo du rez-de-chaussée et une tache de rouille déconcertante dans la cuvette des W.-C. Enfin, tu as dû le remarquer. C'est idiot, mais la chose la plus troublante, je pense, c'est tous les prospectus publicitaires. Ils se trouvent dans les tiroirs, collés sous des soucoupes ou traînant n'importe où, et les ventes ou les réductions qu'ils annoncent sont passées depuis des semaines, des mois ou des années.

Ce n'est pas qu'ils aient baissé les bras ou qu'ils ne fassent pas d'efforts. Mais tout est compliqué. Ils donnent le linge à laver au-dehors, ce qui est raisonnable, plutôt que d'obliger Mrs. B. à continuer de faire la lessive, mais ensuite mon père ne se rappelle plus le jour de la livraison et il s'ensuit cette agitation impossible en se demandant s'il y aura assez de blouses, etc. Et Mrs. B. croit vraiment que les blanchisseurs la roulent et prennent le temps d'arracher les noms tissés et de les coudre sur des articles de qualité inférieure. Alors elle s'en prend au livreur et dit qu'il vient exprès ici en dernier, ce qui est probablement vrai.

Ensuite, les avant-toits ont besoin d'être nettoyés et le neveu de Mrs. B. est supposé venir le faire, mais il s'est abîmé le dos, alors c'est son fils qui vient. Mais son fils a été obligé de reprendre tant de commandes qu'il a du retard, etc.

Mon père appelle le fils de ce neveu du nom du neveu. Il le fait avec tout le monde. En parlant des magasins et des entreprises en ville, il emploie le nom du propriétaire précédent ou même de celui qui l'a précédé. Ceci représente plus qu'une simple défaillance de la mémoire : cela tient de l'arrogance. Se situer hors du besoin de rester précis dans ce genre de matières. Hors du besoin de remarquer les changements. Ou les individus.

J'ai demandé quelle couleur de peinture il aimerait sur les murs de la salle d'attente. Vert pâle, ai-je suggéré, ou jaune pâle ? Qui va les peindre ? a-t-il demandé.

« Moi.

– Je ne savais pas que tu étais peintre.

– J'ai peint les endroits où j'ai habité.

– Peut-être bien. Mais je ne les ai jamais vus. Où comptes-tu mettre mes clients pendant que tu es en train de peindre ?

– Je le ferai un dimanche.

– Certains d'entre eux y trouveraient à redire quand ils en entendraient parler.

– Tu veux rire ? Par les temps qui courent ?

– Ce ne sont peut-être pas tout à fait les temps auxquels tu penses. Pas par ici. »

Alors j'ai dit que je pourrais le faire la nuit, mais il a objecté que l'odeur le lendemain dérangerait trop d'estomacs. Tout ce qui m'a été permis, c'était jeter les *Reader's Digest* et disposer quelques exemplaires de *Maclean's*, *Chatelaine, Time* et *Saturday Night*. Puis il indiqua qu'il y avait eu des plaintes. Les gens regrettaient de ne pas pouvoir retrouver les plaisanteries qu'ils se rappelaient dans les *Reader's Digest*. Et certains d'entre eux n'aimaient pas les écrivains contemporains. Comme Pierre Berton *.

« Dommage », ai-je répondu, et je ne pouvais pas croire que ma voix tremblait.

Puis je me suis attaquée au classeur dans la salle à manger. Je pensais qu'il était probablement plein de dossiers de patients morts depuis longtemps et que s'il était possible de les éliminer, je pourrais le remplir des dossiers dans les cartons et remettre l'ensemble dans le cabinet qui était son emplacement attitré.

Mrs B. a vu ce que je faisais et est allée chercher mon père. Sans rien me dire.

« Qui t'a permis de venir fouiner là-dedans ? Pas moi. »

R. Les jours que tu as passés ici, Mrs. B. était partie dans sa famille pour Noël. (Elle a un mari qui a été malade d'emphysème pendant la moitié de sa vie, semble-t-il, et pas d'enfants, mais une horde de nièces, de neveux et de parents.) Je ne crois pas que tu

* Sociologue et chroniqueur satirique. *(N.d.T.)*

l'aies vue du tout. Mais elle, elle t'a vu. Elle m'a demandé hier : « Où il est ce M. Machin-chose à qui vous étiez fiancée en principe ? » Elle avait vu que je ne portais pas ma bague, bien sûr.

« À Toronto, je suppose, ai-je dit.

– J'étais chez ma nièce à Noël dernier et on vous a vus, vous et lui, vous promener du côté de la colonne d'alimentation et ma nièce elle a dit : "J'me demande où c'est y qu'y vont ces deux-là ?" » C'est ainsi qu'elle parle, exactement, et cela me semble déjà tout à fait normal sauf quand je l'écris. Je suppose que l'insinuation, c'était que nous allions quelque part pour nous envoyer en l'air, mais il gelait dur, si tu te rappelles, et nous marchions simplement pour nous éloigner de la maison. Non. Nous sortions pour pouvoir poursuivre notre dispute, qui ne pouvait être contenue qu'un certain temps.

Mrs. B. a commencé à travailler pour mon père à peu près à l'époque où je suis allée en pension. Avant cela, nous avions eu des jeunes femmes que j'aimais bien, mais elles sont parties pour se marier ou travailler dans des usines d'armement. Quand j'ai eu neuf ou dix ans, après être allée chez certaines de mes camarades de classe, j'ai demandé à mon père : « Pourquoi faut-il que notre bonne mange avec nous ? Les bonnes des autres gens ne mangent pas avec eux. »

Mon père a répondu : « Tu appelles Mrs. Barrie Mrs. Barrie. Et si tu n'aimes pas manger avec elle, tu peux aller manger dans le bûcher. »

Par la suite, je pris l'habitude de rester dans les parages et de la faire parler. Souvent elle refusait de le faire. Mais quand elle voulait bien, cela pouvait être profitable. Je me taillais un beau succès en l'imitant au lycée.

(Moi) Vos cheveux sont vraiment noirs, Mrs. Barrie.

(Mrs. B.) Dans ma famille y a rien que des cheveux noirs. Y z'ont tous les cheveux noirs même qu'y deviennent jamais gris. Ça c'est du côté d'ma mère. Y restent noirs jusque dans le cercueil. Quand mon grand-père il est mort, y l'ont gardé dans l'endroit au cimetière tout l'hiver pendant que la terre était gelée et au printemps y z'allaient le mettre en terre et un de nous il a dit : « Si qu'on regardait comment qu'il a passé l'hiver. » Alors on a demandé au type de soulever le couvercle, et voilà le vieux beau comme tout avec la figure pas foncée ni creuse ni rien et ses cheveux noirs. Noirs.

Je savais même imiter ses petits rires, des petits rires ou des aboiements, pas pour indiquer que quelque chose est drôle mais comme une sorte de ponctuation.

À l'époque où je t'ai rencontré, je ne me supportais plus le faisant.

Après que Mrs. B. m'eut raconté toute cette histoire sur ses cheveux, je l'ai rencontrée un jour sortant de la salle de bains du premier. Elle se dépêchait pour aller répondre au téléphone, ce qui m'était défendu. Ses cheveux étaient embobinés dans une serviette éponge et une dégoulinade sombre lui coulait le long du visage. Une dégoulinade sombre, violacée, et je me dis qu'elle saignait.

Comme si son sang pouvait être bizarre, sombre de malveillance comme sa nature semblait parfois l'être.

« Votre tête saigne », ai-je signalé, et elle a dit : « Oh, fichez le camp » en passant précipitamment pour attraper le téléphone. Je suis entrée dans la salle de bains et j'ai vu des traînées violettes dans le lavabo et la teinture pour cheveux sur l'étagère. Il n'en fut pas question et elle continua de parler des cheveux noirs qu'avait tout le monde du côté de sa mère dans leurs cercueils, qu'elle aurait aussi.

En ce temps-là, mon père avait une drôle de manière de me remarquer. Il lui arrivait de passer dans une pièce où je me trouvais et de dire, comme s'il ne m'avait pas vue :

La mère Angot est en colère
Elle a mangé trop de pommes de terre…

Et parfois il me parlait d'une voix ronchon théâtrale.

« Bonjour, fillette. Veux-tu un bonbon ? »

J'avais appris à répondre d'une voix enjôleuse de très petite fille : « Oh oui, monsieur.

– Eeh bien. (Une façon recherchée de faire traîner le *e*.) Eeh bien. Tu ne peux pas en avouââr. »

Et : « *Solomon Grundy, né un lundi*… » puis il m'enfonçait un doigt dans les côtes pour que je prenne la suite.

« *Baptisé le mardi*
– *Marié le mercredi*
– *Malade le jeudi*
– *Plus mal le vendredi*
– *Mort le samedi*
– *Le dimanche enseveli*… »

Puis, les deux ensemble, à tue-tête : « *Ainsi finit Solomon Grundy !* »

Jamais d'introduction, aucun commentaire quand cet échange était terminé. Pour rire, j'ai essayé de l'appeler Solomon Grundy. La quatrième ou cinquième fois, il a dit : « Ça suffit. Ce n'est pas mon nom. Je suis ton père. »

Après cela nous n'avons probablement plus récité cette comptine.

Quand je t'ai rencontré sur le campus, que tu étais seul et moi aussi, tu avais l'air de te souvenir de moi mais sans être sûr qu'il faille le reconnaître. Tu avais juste donné ce seul cours, faisant un remplacement quand notre professeur habituel était malade, et tu as été obligé de traiter du logicopositivisme. Tu as plaisanté en disant que c'était bizarre de convoquer quelqu'un de la faculté de théologie pour le faire.

Tu as paru hésiter à me saluer, alors j'ai dit : « Le précédent roi de France est chauve. »

C'était l'exemple que tu nous avais donné, d'une déclaration qui n'a pas de sens parce que le *sujet* n'existe pas. Mais tu m'as regardée d'un air vraiment ahuri et piégé que tu as ensuite dissimulé sous un sourire professionnel. Qu'as-tu pensé de moi ?

Une Je-sais-tout.

R. J'ai encore le ventre un peu gonflé. Il n'est pas marqué, mais je peux le prendre à pleines mains. Sinon, je vais bien, j'ai retrouvé mon poids habituel ou un peu moins. Je trouve quand même que j'ai l'air plus vieille. Je trouve que j'ai l'air d'avoir plus de vingt-quatre ans. J'ai encore les cheveux longs, démodés, moches en fait. Constituent-ils un mémorial à ton intention parce que tu ne voulais pas que je les coupe ? Je n'en sais rien.

Quoi qu'il en soit, j'ai commencé à faire de longues promenades dans la ville, pour l'exercice. Autrefois je partais, l'été, là où j'avais envie d'aller. Je n'avais aucune conscience des règles qui pouvaient exister ni des différentes catégories de gens. C'était peut-être dû au fait de n'avoir jamais été à l'école en ville ou parce que notre maison se trouvait à l'extérieur, là où elle est, au bout de la longue allée. Sans appartenance véritable. J'allais dans les écuries à côté du champ de courses, là où les hommes étaient propriétaires de chevaux ou entraîneurs payés et les autres enfants des lads. Je ne connaissais aucun nom, mais eux connaissaient tous le mien. Il fallait qu'ils me supportent, en d'autres termes, parce qu'ils savaient de qui j'étais la fille. Nous étions autorisés à déposer du fourrage et de la bouillie derrière les chevaux. Cela semblait aventureux. Je portais une vieille casquette de golf appartenant à mon père et un short informe. Nous grimpions sur le toit et les lads se colletaient en essayant de se faire tomber, mais moi, ils me laissaient tranquille. De temps en temps les hommes nous disaient de nous tailler. Ils me demandaient : « Est-ce que ton père sait que tu es là ? » Ensuite, les lads commençaient à se taquiner : celui qui était taquiné simulait un vomissement et je savais que c'était à mon sujet. J'abandonnai l'idée d'être une fille du Far West. Je descendais à la jetée regarder les bateaux du lac mais je ne pense pas avoir été jusqu'à rêver être embarquée comme mousse. Je ne cherchais pas non plus à leur faire croire que j'étais autre chose qu'une fille. Un homme s'était penché au bastingage et m'avait crié : « Hé. As-tu déjà du poil dessus ? »

J'avais presque dit : « Pardon ? » J'étais moins effrayée ou humiliée que perplexe. Qu'un homme adulte avec un travail sérieux puisse s'intéresser à la pousse clairsemée et gratouillante entre mes jambes. Se donne la peine d'en éprouver du dégoût, comme le son de sa voix l'indiquait certainement.

Les granges ont été démolies. La route qui descend au port est moins raide. Il y a un nouveau silo. Et de nouvelles banlieues qui pourraient se trouver n'importe où, ce en quoi elles plaisent à tout le monde. Personne ne marche maintenant. Tout le monde roule en voiture. Les banlieues n'ont pas de trottoirs et les trottoirs le long des petites rues ne sont plus utilisés : ils sont fissurés, soulevés par le gel, et ils disparaissent sous la terre et l'herbe. Le long chemin de terre sous les conifères le long de notre allée est enfoui maintenant sous des amoncellements d'aiguilles de pin, d'arbrisseaux solitaires et de framboisiers sauvages. Il y a des décennies que des gens prennent ce chemin pour aller voir le médecin. Venant de la ville par une courte extension du trottoir le long de la grand-route (la seule autre extension menant au cimetière) puis avançant entre la double allée de pins. Parce que c'est un médecin qui habite cette maison depuis la fin du siècle dernier.

Toutes sortes de malades bruyants et crasseux, enfants, mères et vieilles gens, tout l'après-midi, puis des patients plus tranquilles arrivant isolément le soir. Je m'installais près d'un poirier pris dans un bouquet de lilas et je les épiais, parce que les adolescentes aiment épier. À présent ce bouquet a entièrement disparu, éliminé pour faciliter la tâche du neveu de Mrs. B. avec la tondeuse à moteur. J'épiais les dames qui se mettaient sur leur trente et un à l'époque pour aller chez le médecin. De longues jupes larges, des ceintures drapées, des corsages bouffants et parfois des gants blancs, car en ce temps-là on en portait l'été, pas seulement pour aller à l'église. Les chapeaux non plus, pas seulement pour l'église. Des chapeaux de paille de tons pastel, encadrant le visage. Une robe avec des volants légers pour l'été, une collerette froncée sur les épaules comme une petite cape, une ceinture en tissu comme un ruban autour de la taille. La collerette se soulevait parfois dans la brise et la dame levait une main gantée de crochet pour l'écarter de sa figure. Ce geste me paraissait symboliser un charme féminin inatteignable. Le fragment de tissu arachnéen frôlant la bouche de velours parfaite. Ne pas avoir eu de mère avait peut-être un rapport avec ce que je ressentais. Mais je ne connaissais personne dont la mère avait une allure semblable. Je restais accroupie sous les arbustes à manger les poires jaunes tavelées, en adoration.

Un de nos professeurs nous avait fait lire d'anciennes ballades comme « Patrick Spens » et « Les deux corbeaux * » et il y avait eu une épidémie d'invention de ballades au lycée.

* Ballades anonymes (entre 1100 et 1500) des marches de l'Écosse. *(N.d.T.)*

Où allez-vous la belle
Par un matin si gris ?
Je suis pressée, dit-elle
De faire un grand pipi...

Les ballades vous précipitaient vraiment dans la rime avant qu'on ait le temps de réfléchir au sens. Alors, la bouche pleine de poire en bouillie, je les composais.

Sur le long chemin poudreux
Marche la dame solitaire
En quête d'un destin heureux
Fuyant l'ire de son père...

Quand les guêpes devenaient trop gênantes, j'entrais dans la maison. Mrs. Barrie se trouvait à la cuisine, en train de fumer une cigarette et d'écouter la radio, attendant que mon père l'appelle. Elle restait là jusqu'à ce que la dernière patiente soit partie et faisait le ménage ensuite. S'il venait un glapissement du cabinet, elle partait de son propre petit glapissement en riant et disait : « Vas-y, braille. » Je ne prenais jamais la peine de lui décrire les vêtements ou l'apparence des femmes que j'avais vues parce que je savais qu'elle n'admirerait jamais quelqu'un pour sa beauté ou son élégance, pas plus qu'elle ne le ferait pour sa connaissance de quelque chose que personne n'avait besoin de savoir, comme une langue étrangère. Elle admirait ceux qui jouaient bien aux cartes, et celles qui tricotaient vite : c'était à peu près tout. Elle n'avait que faire de nombre de gens. Mon père disait cela aussi. Il n'avait que faire. Du coup j'avais envie de demander : s'ils avaient que faire, que feraient-ils ? Mais je savais qu'ils ne me le diraient pas, ni l'un ni l'autre. À la place, ils me diraient de ne pas faire la maligne.

Son oncle surprit Jean Gérard
Pissant dans le canal.
Il l'étrilla de part en part
Rudement pour lui faire mal...

Si je décidais de t'envoyer tout ceci, où l'enverrais-je ? Quand je m'imagine écrivant l'adresse complète sur l'enveloppe, je suis paralysée. C'est trop douloureux de penser que tu te trouves au même endroit, ta vie se poursuivant sans changement, avec moi en moins. Et de penser à toi pas là, toi ailleurs mais sans que je sache où, est encore pire.

Cher R. Cher Robin, comment comprends-tu que je n'aie pas su ? C'était en plein devant mes yeux pendant tout ce temps. Si j'étais allée en classe ici, j'aurais sûrement su. Si j'avais eu des amies. Impossible de penser qu'une des lycéennes, une des filles plus âgées, ne se fût pas assurée que je savais.

Mais quand même, je disposais de beaucoup de temps pendant les vacances. Si je n'avais pas été aussi repliée sur moi-même, à traîner en ville et composer des ballades, j'aurais pu tirer des conclusions. Maintenant que j'y pense, je savais que certaines de ces clientes, ces dames, arrivaient par le train. Je les associais, elles et leurs beaux vêtements, au train du soir. Et il y avait un train de nuit qu'elles prenaient probablement pour repartir. Bien sûr, il pouvait tout aussi bien y avoir une voiture qui les déposait au bout de l'allée.

J'avais été informée – par Mrs. B. je crois, pas par lui – qu'elles venaient se faire faire des piqûres de vitamines. J'en suis sûre parce que je pensais : Voilà, il lui fait sa piqûre, chaque fois que nous entendions une femme émettre un bruit, et je m'étonnais un peu que des femmes aussi raffinées et maîtresses d'elles-mêmes ne soient pas plus stoïques quand il s'agissait d'aiguilles.

Maintenant encore, cela m'a pris des semaines. Pendant tout le temps où j'apprenais les habitudes de la maison, au point de ne pas songer à prendre un pinceau, où j'hésitais à ranger un tiroir ou à jeter un vieux reçu d'épicerie sans consulter Mrs. B. (qui est incapable de s'y décider de toute façon). À tel point que j'ai renoncé à les persuader ne serait-ce que d'accepter du café filtré. (Ils préfèrent le soluble parce qu'il a toujours le même goût.)

Mon père a posé un chèque à côté de mon assiette. Au déjeuner aujourd'hui, dimanche. Mrs. Barrie n'est jamais là le dimanche. Nous faisons un repas froid, que je prépare, tranches de viande, pain, tomates, pickles et fromage, quand mon père revient de l'église. Il ne me demande jamais de l'y accompagner, en pensant probablement que cela me donnerait l'occasion d'exprimer des opinions qu'il n'a pas envie d'entendre.

C'était un chèque de cinq mille dollars.

« C'est pour toi, a-t-il déclaré. Pour que tu possèdes quelque chose. Tu peux le mettre en banque ou l'investir comme tu veux. Renseigne-toi sur les taux. Moi je ne suis pas au courant. Tu auras la maison aussi, bien sûr. Chaque chose en son temps, comme on dit. »

Il me soudoie, ai-je pensé. De l'argent pour lancer une petite affaire, partir en voyage ? De l'argent représentant un premier versement pour une petite maison à moi, ou pour retourner à l'université et obtenir plus de ce qu'il a appelé mes diplômes impossibles à négocier.

Cinq mille dollars pour se débarrasser de moi.

Je l'ai remercié et, plus ou moins pour faire la conversation, je lui ai demandé ce qu'il faisait de son argent. Il a répondu que cela n'avait aucun intérêt.

« Interroge Billy Snyder si tu as besoin de conseils. » Puis il s'est rappelé que Billy Snyder n'était plus comptable en activité : il avait pris sa retraite.

« Il y a un nouveau venu là avec un drôle de nom, a-t-il dit. Ça ressemble à Ypsilanti mais ce n'est pas Ypsilanti.

– Ypsilanti est une ville du Michigan, ai-je indiqué.

– C'est une ville du Michigan mais c'était le nom d'un homme avant d'être celui d'une ville. Il semble que ce soit le nom d'un chef grec qui a combattu les Turcs au début du XIXe siècle.

– Ah. Pendant la guerre de Byron.

– La guerre de Byron ? a objecté mon père. Pourquoi l'appelles-tu ainsi ? Byron ne s'est battu dans aucune guerre. Il est mort du typhus. Alors il est mort, c'est le héros sublime, il est mort pour les Grecs et ainsi de suite. » Il asséna cela d'un ton vindicatif, comme si, moi, j'étais l'une des responsables de cette erreur, du grand cas fait de Byron. Mais il s'est calmé ensuite, relatant à mon intention ou pour se le remémorer le déroulement de la guerre contre l'Empire ottoman. Il a parlé de la Porte et j'ai voulu dire que je n'avais jamais été sûre si c'était un véritable portail ou si c'était Constantinople ou la cour du Sultan. Mais il vaut toujours mieux ne pas interrompre. Quand il se met à parler de cette manière, on a le sentiment d'une trêve, ou d'un temps de respiration, dans une guerre souterraine non déclarée. J'étais assise face à la fenêtre et je voyais à travers les rideaux de voile les tas de feuilles d'un marron jaune par terre sous l'opulent soleil généreux (peut-être la dernière de telles journées d'ici longtemps, à en juger par le bruit du vent ce soir) et cela m'a rappelé mon soulagement, enfant ; chaque fois que je pouvais le lancer, par une question ou par accident, dans un tel discours.

Les tremblements de terre, par exemple. Ils ont lieu dans les chaînes volcaniques mais l'un des plus grands s'est passé au beau milieu du continent, à New Madrid, dans le Missouri, en 1811. Je l'ai appris de lui. Les grabens. Une instabilité qu'aucun signe ne révèle en surface. Les grottes dans le calcaire, l'eau sous la terre, les montagnes que l'érosion réduit en gravats avec le temps.

Et les chiffres. Un jour, je l'ai interrogé sur les chiffres et il a expliqué : Eh bien, on les appelle chiffres arabes, n'est-ce pas, tous les idiots le savent. Mais les Grecs auraient pu concevoir un bon système, a-t-il ajouté, les Grecs auraient pu le faire, mais ils n'avaient pas trouvé le concept du zéro.

Le concept du zéro. Je l'avais rangé dans ma tête comme un paquet sur une étagère, pour l'ouvrir un jour.

Si Mrs. B. se trouvait là avec nous, il n'y aurait évidemment aucun espoir de tirer de lui quoi que ce soit de ce genre.

Ça n'a pas d'importance, aurait-il dit, mange.

Comme si toute question que je posais avait un motif ultérieur, et je suppose qu'elle en avait. Je cherchais à orienter la conversation. Et ce n'était pas poli de laisser Mrs. B. de côté. Alors, c'était devant son attitude à l'égard de ce qui provoquait les tremblements de terre ou de l'histoire des chiffres (attitude qui n'était pas simplement d'indifférence mais de mépris) qu'il fallait s'incliner, c'était son attitude qui devait régner suprêmement.

C'est ainsi que nous en revenons à Mrs. B. Au présent, Mrs. B.

Je suis rentrée hier soir vers dix heures. J'étais allée à une réunion de la société historique ou, tout au moins, à une réunion pour essayer d'en créer une. Cinq personnes se sont pointées dont deux qui s'appuyaient sur des cannes. Quand je suis entrée à la cuisine, j'ai vu Mrs. B. encadrée dans l'embrasure de la porte qui mène au vestibule de derrière, le vestibule qui conduit du cabinet aux toilettes et au devant de la maison. Elle tenait une cuvette couverte dans ses mains. Elle se dirigeait vers les toilettes et aurait pu poursuivre son chemin, passant devant la cuisine, lorsque j'entrais. Je l'aurais à peine remarquée. Mais elle interrompit sa route et s'immobilisa là, en partie tournée vers moi, faisant une grimace consternée.

Oh-oh. Prise en flagrant délit.

Puis elle s'est carapatée vers les toilettes.

C'était une mise en scène. La surprise, la consternation, la carapate. Même sa façon de tendre la bassine pour que je sois obligée de la remarquer. Tout était voulu.

J'entendais le grondement de la voix de mon père dans son cabinet, s'adressant à quelqu'un. De toute façon, j'avais vu les lumières allumées dans le cabinet. La voiture garée dehors. Personne n'est plus obligé de marcher.

J'ai enlevé mon manteau et je suis montée à l'étage. Apparemment, ce qui semblait m'importer, c'était de ne pas permettre à Mrs. B. d'arriver à ses fins. Pas de questions, pas de prise de conscience horrifiée. Pas de *Qu'est-ce que vous portez dans cette cuvette, Mrs. B., oh à quelle besogne vous êtes-vous livrés, vous et mon papa ?* (Non que je l'aie jamais appelé mon papa.) J'ai entrepris immédiatement de fourrager dans l'une des caisses de livres que je n'avais pas encore déballées. Je cherchais les journaux d'Anna Jameson. Je les avais promis à l'autre personne de moins de soixante-dix ans qui avait assisté à la réunion. Un homme qui est photographe et a quelques connaissances sur l'histoire du haut Canada. Il aurait aimé enseigner l'histoire mais souffre d'un bégaiement qui l'en a empêché. Il me l'a raconté au cours de la demi-heure que nous avons passée dehors sur le trottoir à parler au lieu de franchir le pas plus concluant d'aller prendre un café. En me disant bonsoir, il m'a expliqué qu'il aurait voulu me le proposer mais qu'il était obligé de rentrer à la maison relayer sa femme, parce que le bébé avait des coliques.

J'ai déballé toute la caisse de livres avant d'en finir. C'était comme regarder des vestiges d'un âge révolu. Je les ai parcourus jusqu'à ce qu'une fois la cliente partie mon père ramène Mrs. B. chez elle, monte, passe à la salle de bains et se couche. J'ai lu çà et là au point d'être tellement sonnée que j'ai failli m'endormir par terre.

Au déjeuner aujourd'hui, mon père a fini par dire : « Qui s'intéresse aux Turcs de toute façon ? De l'histoire ancienne. »

Alors je n'ai pas pu m'empêcher de dire : « Je crois que je sais ce qui se passe ici. »

Sa tête se dressa et il renâcla. C'est ce qu'il a vraiment fait, comme un vieux cheval.

« Ah bon, tu le sais ? Tu crois que tu sais quoi ?

– Je ne t'accuse pas, ai-je dit. Je ne suis pas contre.

– Vraiment ?

– Je suis pour l'avortement. Je crois qu'il devrait être légalisé.

– Je ne veux pas que tu utilises ce mot une fois de plus dans cette maison.

– Pourquoi pas ?

– Parce que c'est moi qui décide des mots à utiliser dans cette maison.

– Tu ne comprends pas ce que je suis en train de dire.

– Je comprends que tu es trop bavarde. Tu es trop bavarde et pas assez sensée. Trop d'instruction et pas assez d'intelligence ordinaire. »

Je persistai à ne pas me taire. J'ai dit : « Les gens doivent savoir.

– Le doivent-ils ? Il y a une différence entre savoir et jacasser. Enfonce-toi cela dans le crâne une fois pour toutes. »

Nous ne nous sommes pas parlé pendant le restant de la journée. J'ai fait cuire le rôti habituel pour le dîner et nous l'avons mangé sans mot dire. Je ne crois pas qu'il trouve cela difficile du tout. Moi non plus, parce que tout me paraît si stupide et révoltant et que je suis en colère, mais je ne resterai pas éternellement dans cet état d'esprit et je serais capable de faire des excuses. (Tu ne t'étonneras peut-être pas de l'entendre.) Il est vraiment temps que je m'en aille d'ici.

Hier soir le jeune homme m'a dit que, quand il était détendu, son bégaiement disparaissait presque. Comme lorsque je vous parle, indiqua-t-il. Je pourrais probablement le rendre amoureux de moi, dans une certaine mesure. Je pourrais le faire juste en guise de distraction. Voilà le genre de vie dans lequel je pourrais sombrer ici.

Cher R. Je ne suis pas partie, la Mini n'était pas à la hauteur. Et puis le temps a changé, le vent d'automne s'est déchaîné, écopant le lac et ravageant la plage. Il a saisi Mrs. Barrie sur son propre perron – le vent –, la renversant de côté, lui fracassant le coude. C'est son coude gauche et elle a dit qu'elle pouvait travailler avec le bras droit, mais mon père a objecté que c'était une fracture ouverte et qu'il voulait qu'elle se repose pendant un mois. Il m'a demandé si cela m'ennuyait de remettre mon départ à plus tard. C'est ainsi qu'il s'est exprimé – « remettre mon départ à plus tard ». Il n'a pas demandé où je comptais aller, mais il a des idées sur la voiture.

Je ne sais pas non plus où je compte aller.

J'ai dit d'accord, je resterai tant que je peux me rendre utile. Ainsi nous nous adressons la parole convenablement : en fait la situation est assez bonne. J'essaie de faire à peu près ce que ferait Mrs. B. dans la maison. Aucune tentative de réorganisation maintenant, aucune discussion sur les réparations. (Les avant-toits ont été faits : quand le parent de Mrs. B. est venu, j'ai été étonnée et reconnaissante.) Je ferme la porte du four en la calant avec deux lourds manuels médicaux posés sur un tabouret poussé tout contre. Je fais cuire la viande et les légumes à sa manière et je ne songe jamais à rapporter ici un avocat, un bocal de cœurs d'artichaut, une tête d'ail, bien que je voie toutes ces choses en vente à présent au supermarché. Je fais le café avec la poudre du pot de verre. J'ai essayé de le boire pour voir si je pouvais m'y habituer et c'était possible, bien sûr. Je fais le ménage dans le cabinet à la fin de chaque journée et je m'occupe du blanchissage. Le blanchisseur m'aime bien parce que je ne l'accuse de rien.

J'ai le droit de répondre au téléphone, mais si c'est une femme qui demande mon père sans donner de détails je dois prendre le numéro et dire que le docteur la rappellera. Ce que je fais et parfois la femme raccroche simplement. Quand je le dis à mon père, il répond : « Elle va probablement rappeler. »

Il n'y a pas beaucoup de ces clientes, celles qu'il nomme « les spéciales ». La plupart du temps, il traite les gorges irritées, les spasmes du colon, les oreilles et ainsi de suite. Les cœurs arythmiques, les cailloux dans les reins, les aigreurs d'estomac.

R. Ce soir, il a frappé à ma porte. Il a frappé bien qu'elle n'ait pas été complètement fermée. J'étais en train de lire. Il a demandé – pas d'un ton suppliant, bien sûr, mais, dirais-je, raisonnablement respectueux – si je pouvais lui donner un coup de main au cabinet. La première spéciale depuis que Mrs. B. est absente.

Je lui ai demandé ce qu'il voulait que je fasse.

« Juste la maintenir en place plus ou moins, a-t-il dit. Elle est jeune et n'y est pas encore habituée. Nettoie bien tes mains aussi, sers-toi du savon dans le flacon qui se trouve dans les toilettes du bas. »

La patiente était couchée à plat sur la table d'examen, couverte d'un drap depuis la taille jusqu'aux pieds. Le haut était entièrement vêtu d'un cardigan bleu foncé boutonné et d'un corsage blanc au col garni de dentelle. Ces vêtements s'ajustaient mal sur ses épaules saillantes et sa poitrine presque plate. Elle avait les cheveux noirs, tirés en arrière, nattés et remontés au sommet du crâne. Cette coiffure sage et sévère mettait en évidence la longueur de son cou et accentuait la structure osseuse royale de son visage blanc, si bien que de loin on pouvait lui donner quarante-cinq ans. Sa jupe plissée était suspendue derrière la porte. Le bord d'une culotte blanche en dépassait, qu'avec délicatesse elle avait accrochée par-dessous.

Elle grelottait bien qu'il ne fît pas froid dans le cabinet.

« Voyons, Madeleine, a dit mon père. En premier, il faut remonter les genoux. »

Je me suis demandé s'il la connaissait. Ou se contentait-il de demander un nom et d'utiliser celui que la femme lui donnait ?

« Du calme, a-t-il dit. Du calme. Du calme. » Il a mis les étriers en place et y a installé les pieds de la patiente. Ses jambes étaient nues et semblaient n'avoir jamais été bronzées. Elle portait encore ses mocassins.

Ses genoux tremblaient tant que dans cette nouvelle position ils s'entrechoquaient.

« Il faudra rester plus immobile que ça, a ordonné mon père. Vous savez, voyons, que je ne peux pas faire mon boulot si vous ne faites pas le vôtre. Voulez-vous qu'on vous mette une couverture ? »

À moi, il a dit : « Va lui chercher une couverture. Sur l'étagère du bas, là. »

Je l'ai arrangée pour qu'elle recouvre le haut du corps de Madeleine. Elle ne m'a pas regardée. Ses dents claquaient. Elle ferma la bouche en contractant les mâchoires.

« Maintenant laissez-vous glisser un peu vers le bas », a demandé mon père. Et à moi :

« Tiens-lui les genoux. Écarte-les. Tiens-la légèrement. »

J'ai mis les mains sur les rotules de la jeune femme et j'ai écarté les genoux aussi doucement que je le pouvais. La respiration de mon père remplissait la pièce de ses commentaires affairés incompréhensibles. Il fallait que je tienne très fermement les genoux de Madeleine pour les empêcher de s'entrechoquer.

« Où est cette vieille ? a-t-elle demandé.

– Chez elle, ai-je répondu. Elle a fait une chute. Je la remplace. »

Ainsi, elle était déjà venue.

« Elle est brutale », a-t-elle déclaré.

Sa voix était plate, presque un grognement, moins nerveuse que je n'aurais imaginé d'après l'agitation du corps.

« J'espère que je suis moins brutale », ai-je dit.

Elle n'a pas répondu. Mon père avait pris une tige fine comme une aiguille à tricoter.

« Voyons. Voici la partie pénible », a-t-il expliqué. Il parlait du ton de la conversation, plus doux je pense qu'aucun que je ne lui ai jamais entendu prendre. « Et plus vous vous contractez, plus dur ce sera. Alors, calme. Là. Calme. Bien, petite. Bien, petite. »

J'essayai de trouver quelque chose à dire pour la soulager ou la distraire. À présent je voyais ce que faisait mon père. Étalés sur un linge blanc couvrant la table à côté de lui se trouvaient une série de tiges, toutes de la même longueur mais de diamètres différents. C'étaient celles qu'il allait utiliser, les unes après les autres, pour ouvrir et distendre le col. Depuis mon poste derrière la barrière formée par le drap au-delà des genoux de la femme, je ne voyais pas la progression réelle et intime de ces instruments, mais je la sentais à travers les vagues de douleur qui passaient dans son corps, abattant les spasmes d'appréhension, la calmant en vérité.

D'où venez-vous ? À quel collège êtes-vous allée ? Travaillez-vous ? (J'avais remarqué une alliance, mais elles portaient peut-être toutes une alliance.) Votre travail vous plaît-il ? Avez-vous des frères ou des sœurs ?

Pourquoi aurait-elle envie de répondre à aucune de ces questions, même si elle ne souffrait pas ?

Elle aspira l'air entre ses dents et regarda le plafond en écarquillant les yeux.

« Je sais, ai-je dit. Je sais.

– On y arrive, a déclaré mon père. Vous êtes une bonne petite. Une bonne petite tranquille. Ça ne va pas tarder maintenant.

– J'allais repeindre cette pièce, ai-je raconté, mais je n'ai jamais pu le faire. Si vous deviez la peindre, quelle couleur choisiriez-vous ?

– Hoh ! dit Madeleine. Hoh. » Une expulsion de souffle brusque et étonnée. « Hoh. Hoh.

– Jaune, ai-je dit. Je pensais à un jaune pâle. Ou un vert pâle ? »

Quand nous en sommes arrivés à la tige la plus épaisse, Madeleine avait rejeté la tête en arrière sur le coussin plat, étirant son long cou et sa bouche aussi, les lèvres serrées sur ses dents.

« Pensez à votre film favori. Quel est votre film favori ? »

Une infirmière m'avait dit cela, juste au moment où j'atteignais l'incroyable palier de douleur interminable et où j'étais convaincue qu'aucun soulagement ne viendrait, pas cette fois. Comment une chose telle que des films pouvait-elle encore exister au monde ? Maintenant, je disais la même chose à Madeleine et ses yeux m'effleuraient avec l'expression froidement éperdue de quelqu'un qui voit qu'un être humain peut avoir à peu près la même utilité qu'une pendule arrêtée.

Je me suis risquée à ôter une main de son genou pour lui prendre la sienne. J'ai été étonnée de la rapidité et de la rage avec laquelle elle s'en est emparée et a broyé mes doigts. Quelque utilité après tout.

« Dites quelque… a-t-elle sifflé entre ses dents. Réce. Cité.

– Attention, a dit mon père. Maintenant nous y sommes. »

Récitez.

Qu'étais-je censée réciter ? « Une souris verte » ?

Ce qui m'est venu à l'esprit, c'est ce que tu disais autrefois, « Le chant d'Aengus le vagabond » :

Je suis entré dans un bois de noisetiers,
Parce que ma tête était en feu…

Je ne me rappelais plus la suite. Je n'arrivais pas à penser. Ensuite, c'est la dernière strophe tout entière qui m'est revenue.

Bien que l'errance m'ait épuisé
Par vallons, collines et grands chemins
Je saurai enfin te trouver
Baiser ton visage et prendre tes mains…

Tu me vois en train de dire un poème devant mon père.

Ce qu'elle en a pensé, je n'en ai rien su. Elle avait fermé les yeux.

J'avais imaginé que j'allais avoir peur de mourir parce que ma mère est morte de cette façon, en couches. Mais une fois que j'ai atteint ce palier, je compris que mourir et vivre étaient des concepts hors de propos, comme les films favoris. J'étais à la limite de la distension, convaincue que je ne pourrais rien faire pour déplacer ce qui semblait être un œuf géant ou une planète en flammes et pas du tout un bébé. Il était coincé, et moi aussi, dans un espace et un temps susceptibles de durer éternellement : il n'y avait aucune raison que j'en sorte jamais et toutes mes protestations avaient déjà été réduites à néant.

« Maintenant j'ai besoin de toi, a dit mon père. J'ai besoin de toi par ici. Va chercher la bassine. »

J'ai tenu cette même bassine que j'avais vu tenir à Mrs. Barrie. Je l'ai tenue pendant qu'il curait l'utérus de la femme avec une sorte d'ustensile de cuisine astucieux. (Je ne veux pas dire que c'était vraiment un ustensile de cuisine mais qu'il avait un aspect assez banal.)

Les parties inférieures, même d'une femme jeune et maigre, peuvent paraître volumineuses et charnues dans cet état brut. Pendant les jours suivant l'accouchement, à la maternité, les femmes restaient étendues négligemment, de façon provocante même, exposant leurs entailles ou leurs déchirures enflammées, leurs blessures, leurs tristes chairs pendantes, leurs larges flancs sans défense. C'était un curieux spectacle. Des cuillérées de gelée au vin sortaient maintenant de l'utérus, du sang et quelque part, au milieu de tout cela, le fœtus. Comme la babiole dans le paquet de lessive ou le cadeau dans le pop-corn. Une minuscule poupée en plastique aussi négligeable qu'un ongle. Je ne l'ai pas cherché. J'ai dressé la tête, loin de l'odeur de sang chaud.

« Toilettes, a dit mon père. Il y a un cache. » Il faisait allusion au linge plié posé à côté des tiges souillées. Cela m'ennuyait de demander : « Dans la cuvette ? » mais j'ai pensé qu'il allait de soi que c'était ce qu'il voulait dire. Je suis allée par le couloir aux toilettes du rez-de-chaussée en portant la bassine, j'ai vidé le contenu, tiré deux fois la chasse d'eau, rincé la bassine que j'ai rapportée. Mon père en était à bander la jeune femme en lui donnant des instructions. C'est un domaine où il est bon : il fait ça bien. Mais il avait l'air épuisé, ses traits las paraissant sur le point de se détacher des os. L'idée me traversa l'esprit qu'il avait souhaité ma présence tout au long de cette opération, au cas où il se serait effondré. Mrs. B., autrefois en tout cas, attendait apparemment à la cuisine jusqu'aux derniers instants. Peut-être reste-t-elle avec lui tout du long maintenant.

S'il s'était effondré, je ne sais pas ce que j'aurais fait.

Il tapota les jambes de Madeleine et lui dit de rester étendue à plat.

« N'essayez pas de vous lever d'ici quelques minutes, lui conseilla-t-il. Avez-vous prévu de vous faire emmener ?

– Il était supposé rester dehors pendant tout ce temps, a-t-elle indiqué d'une voix faible mais rancunière. Il était pas supposé aller quelque part. »

Mon père enleva sa blouse et se dirigea vers la fenêtre de la salle d'attente.

« C'est sûr, a-t-il dit. Il est bien là. » Il a poussé un grognement compliqué, il a demandé : « Où se trouve la corbeille à linge ? » puis s'est rappelé qu'elle était dans la pièce bien éclairée où il avait travaillé, est revenu déposer la blouse et m'a dit : « Je te serais très obligé de bien vouloir mettre de l'ordre ici. » Mettre de l'ordre signifiait s'occuper de la stérilisation et du nettoyage en général.

J'ai répondu que je le ferais.

« Bien, a-t-il dit. Je vous souhaite une bonne nuit à présent. Ma fille vous ouvrira la porte quand vous serez prête à partir. » J'ai été un peu étonnée de l'entendre dire « ma fille » au lieu de mon nom. Bien sûr, je l'avais entendu le dire avant. S'il devait me présenter, par exemple. Cependant, j'ai été étonnée.

Madeleine est descendue de la table en faisant basculer ses jambes pour toucher terre dès qu'il a quitté la pièce. Puis elle a titubé et je suis allée la soutenir. « Bon, bon, a-t-elle dit, c'est seulement que je suis descendue trop vite de la table. Où c'est y que j'ai mis ma jupe ? Je veux pas rester là avec cette dégaine. »

J'ai décroché de derrière la porte sa jupe et sa culotte, et elle les a enfilées sans aide mais en tremblant.

« Vous pourriez vous reposer un peu, ai-je suggéré. Votre mari attendra.

– Mon mari travaille dans la forêt près de Kenora. J'y vais la semaine prochaine. Il a une maison où je peux rester. Voyons, a-t-elle ajouté. J'ai posé mon manteau quelque part. »

Mon film favori – comme tu devrais le savoir et si j'avais pu y penser quand l'infirmière me l'a demandé – c'est *Les Fraises sauvages.* Je me rappelle le petit cinéma moisi où nous voyions tous ces films suédois, japonais, indiens et italiens : je me rappelle qu'il avait récemment changé la programmation de films héroïques sur la Guerre de 14, ainsi que ceux de Martin et Lewis, mais je ne peux pas me souvenir de son nom. Puisque tu enseignais la philosophie à de futurs pasteurs, ton film favori aurait dû être *Le Septième Sceau*, mais était-ce celui-là ? Je crois qu'il était japonais et j'ai oublié le sujet. Quoi qu'il en soit, nous rentrions à pied du cinéma, trois kilomètres environ, et nous avions des conversations ferventes sur l'amour humain, l'égoïsme, Dieu, la foi et la désespérance. Quand nous atteignions la maison où se trouvait mon meublé, il fallait que nous nous taisions. Nous étions obligés de monter l'escalier à pas feutrés jusqu'à ma chambre.

« Ahhh », disais-tu, émerveillé et reconnaissant, quand tu entrais.

J'aurais été très inquiète de t'amener ici à Noël dernier si nous n'avions pas déjà été profondément engagés dans notre différend. Je me serais sentie trop tenue de te protéger pour te livrer à mon père.

« Robin ? Est-ce que c'est un nom d'homme ? »

Eh bien oui, avais-tu dit, c'était ton nom.

Il feignit de ne l'avoir jamais entendu auparavant.

Mais en fait vous vous êtes plutôt bien entendus. Vous avez eu une discussion à propos de quelque grand conflit entre différents ordres monastiques au VIIe siècle, n'est-ce pas ? Le litige portait sur la façon dont les moines devaient se raser la tête.

Une grande perche aux cheveux bouclés, c'est ainsi qu'il t'appelait. Venant de lui, c'était presque un compliment.

Quand je lui ai dit au téléphone que finalement toi et moi n'allions pas nous marier, il a dit : « Oh, oh. Crois-tu que tu arriveras jamais à en trouver un autre ? » Si je lui avais reproché de le dire, il aurait naturellement prétendu que c'était une plaisanterie. Et c'était une plaisanterie. Je ne suis pas arrivée à en trouver un autre mais je n'ai peut-être pas disposé des meilleures conditions pour essayer.

Mrs. Barrie est revenue. Elle a pris moins de trois semaines de congé bien que c'eût dû être un mois. Mais elle a des journées de travail plus courtes qu'avant. Il lui faut si longtemps pour s'habiller et faire son propre ménage qu'elle arrive rarement ici (accompagnée par son neveu ou la femme du neveu) avant environ dix heures du matin.

« Votre père a l'air malade » est la première chose qu'elle m'a dite. Je crois qu'elle a raison.

« Il devrait peut-être se reposer, ai-je suggéré.

– Trop de gens qui le dérangent », a-t-elle indiqué.

La Mini est rentrée du garage et l'argent est versé à mon compte en banque. Ce que je devrais faire, c'est partir. Mais je pense à des choses idiotes. Je pense : Et s'il nous arrive une autre spéciale ? Comment Mrs. B. peut-elle l'aider ? Elle ne peut pas encore se servir de sa main gauche pour porter un poids quelconque et elle ne pourrait jamais tenir la bassine avec sa seule main droite.

R. Ce jour-ci. Ce jour est venu après la première grande chute de neige. Tout s'est passé au cours de la nuit et, au matin, le ciel était dégagé, bleu : il n'y avait pas de vent et la luminosité était prodigieuse. Je suis allée faire une promenade matinale, sous les pins. Ils filtraient la neige qui tombait tout droit, aussi brillante que ce que l'on met sur les arbres de Noël, ou des diamants. La grand-route avait déjà été déblayée, ainsi que notre allée, pour que mon père puisse aller à l'hôpital en voiture. Ou pour que moi je puisse sortir quand je le voulais.

Il passait des voitures, allant vers la ville ou en venant, comme n'importe quel autre matin.

Avant de rentrer à la maison, j'ai juste voulu voir si la Mini démarrait, et ce fut le cas. Sur le siège du passager, je vis un paquet. C'était une boîte d'un kilo de chocolats, le genre que l'on achète au drugstore. Je n'avais aucune idée de comment il était arrivé là : je me suis demandé si cela pouvait être un cadeau du jeune homme de la société historique. C'était une idée idiote. Mais qui d'autre ?

J'ai tapé mes bottes pour faire tomber la neige devant la porte de derrière et j'ai repensé qu'il fallait que je mette un balai dehors. La cuisine s'était remplie de l'explosion de lumière de cette journée.

Je croyais savoir ce que mon père allait dire. « Sortie contempler la nature ? »

Il était assis à la table avec son manteau et son chapeau. D'habitude, à cette heure-ci, il était déjà parti voir ses malades à l'hôpital.

« Ont-ils déblayé la route ? a-t-il demandé. Et l'allée ? »

Je lui ai dit que les deux étaient déblayées et praticables. Il aurait pu voir que l'allée était dégagée en regardant par la fenêtre. J'ai mis la bouilloire sur le feu et je lui ai demandé s'il voulait une autre tasse de café avant de sortir.

« D'accord, a-t-il répondu. Du moment que c'est déblayé pour que je puisse sortir.

– Quelle journée, ai-je dit.

– Très belle si tu n'es pas obligée de te frayer un chemin à coups de pelle. »

J'ai préparé les deux tasses de café soluble et je les ai posées sur la table. Je me suis assise face à la fenêtre et à la lumière du jour. Il était installé à un bout de table, ayant déplacé sa chaise de telle façon que la lumière lui arrivait dans le dos. Je ne voyais pas quelle expression il y avait sur son visage, mais sa respiration me tenait compagnie comme d'habitude.

Je me suis mise à lui parler de moi. Je n'avais absolument pas eu l'intention de le faire. J'avais voulu dire quelque chose au sujet de mon départ : j'ai ouvert la bouche et des paroles ont commencé de s'en déverser que j'ai entendues avec une quantité égale d'effroi et de satisfaction, comme l'on entend ce que l'on dit quand on est ivre.

« Tu n'as jamais su que j'avais eu un bébé, ai-je dit. Je l'ai eu le 17 juillet. À Ottawa. Je me suis dit récemment à quel point c'était ironique. »

Je lui ai raconté que le bébé avait été adopté immédiatement et que je ne savais pas si c'était un garçon ou une fille. Que j'avais demandé qu'on ne me le dise pas. Et que j'avais demandé de ne pas le voir.

« J'ai séjourné chez Josie. Tu te rappelles que je t'ai parlé de mon amie Josie. Elle est partie en Angleterre maintenant mais à l'époque elle était toute seule dans la maison de ses parents, qui avaient été nommés en Afrique du Sud. C'était une bénédiction. »

Je lui ai dit qui était le père du bébé. J'ai dit que c'était toi, au cas où il se le demanderait. Et que puisque nous étions déjà fiancés, toi et moi, officiellement fiancés même, j'avais pensé que tout ce qu'il fallait faire, c'était nous marier.

Mais tu n'étais pas de cet avis. Tu avais dit qu'il fallait chercher un médecin. Un médecin qui m'avorterait.

Il ne m'a pas rappelé que je ne devais jamais prononcer ce mot dans sa maison.

Je lui ai raconté que tu avais dit que nous ne pouvions pas nous marier tout de suite parce que n'importe qui sachant compter comprendrait que j'étais enceinte avant les noces. Nous ne pouvions nous marier que lorsque je ne serais absolument plus enceinte.

Sinon, tu risquerais de perdre ton poste à la faculté de théologie.

Ils seraient susceptibles de te faire comparaître devant une commission qui pourrait te juger moralement inapte. Moralement inapte à former de jeunes pasteurs. On pourrait juger que tu manquais de moralité. Et même en supposant que cela n'arrive pas, que tu ne perdes pas ton poste mais subisses simplement un blâme, ou même sans blâme, tu n'aurais jamais d'avancement, ton passé serait entaché. Même si personne ne te disait rien, ils *seraient renseignés* sur toi et tu ne pourrais pas le supporter. Les étudiants nouvellement arrivés entendraient parler de toi par les anciens : on se communiquerait des plaisanteries à ton sujet. Tes collègues auraient l'occasion de te dédaigner. Ou d'être compréhensifs, ce qui serait aussi pénible. Tu serais un homme méprisé, plus ou moins discrètement, et un raté.

Sûrement pas, avais-je dit.

Oh si. Ne jamais sous-estimer la méchanceté gisant dans l'âme des gens. Et pour moi aussi, ce serait catastrophique. Les épouses contrôlaient tant de choses, les épouses des professeurs plus âgés. Elles ne me permettraient jamais d'oublier. Même lorsqu'elles étaient gentilles. Surtout quand elles étaient gentilles.

Mais nous pourrions faire nos malles et aller ailleurs, avais-je suggéré. Un endroit où personne ne saurait.

Ils sauraient. Il y a toujours quelqu'un qui s'assure que les gens sachent.

De plus, cela signifierait qu'il faudrait que tu repartes du bas de l'échelle. Il faudrait que tu débutes avec un traitement inférieur, misérable, et comment pourrions-nous nous débrouiller avec un bébé, dans ce cas-là ?

J'étais étonnée de ces arguments qui ne paraissaient pas compatibles avec les idées de la personne que j'aimais. Les livres que nous avions lus, les films que nous avions vus, les choses dont nous avions parlé : j'ai demandé si cela ne signifiait rien pour toi. Tu as dit que oui, mais qu'il s'agissait maintenant de la vie. Je t'ai demandé si tu étais quelqu'un qui ne supportait pas l'idée qu'on se moque de lui, qui se dégonflerait devant une collection de femmes de professeurs.

Tu as protesté : Ce n'est pas le problème, pas du tout.

J'ai jeté ma bague en diamant et elle a roulé sous une voiture garée. Pendant que nous discutions, nous longions une rue qui passait près de mon immeuble. On était en hiver, maintenant. Janvier ou février. Mais le conflit se prolongea ensuite. J'étais censée me renseigner sur l'avortement auprès d'une amie qui avait une amie dont on disait qu'elle en avait eu un. J'ai cédé : j'ai dit que je le ferais. On ne pouvait même pas courir le risque de s'informer. Puis j'ai menti, j'ai dit que le médecin avait déménagé. Puis j'ai reconnu avoir menti. Je ne peux pas le faire, ai-je expliqué.

Mais était-ce à cause du bébé ? Pas du tout. C'était parce que je pensais avoir raison, dans cette discussion.

J'ai éprouvé du mépris. J'ai éprouvé du mépris quand je t'ai vu te précipiter pour fourrager sous la voiture garée avec les pans de ton pardessus qui te battaient les fesses. Tu grattais la neige pour trouver la bague et tu étais tellement soulagé de l'avoir trouvée. Tu étais prêt à me serrer dans tes bras et à te moquer de moi, en pensant que je serais soulagée aussi et que nous allions nous raccommoder sur-le-champ. Je t'ai déclaré que tu ne ferais jamais rien d'admirable de toute ta vie.

Hypocrite, ai-je dit. Pleurnicheur. Professeur de philosophie.

Ce n'était pas la fin pourtant. Car nous nous sommes effectivement raccommodé. Mais nous ne nous sommes pas pardonnés. Et nous n'avons fait aucune démarche. Et il a été trop tard et nous avons vu que chacun de nous avait attribué trop d'importance au fait d'avoir raison et nous nous sommes séparés et cela apporta un soulagement.

« Alors n'est-ce pas ironique ? ai-je demandé à mon père. Quand on y pense ? »

J'entendais Mrs. Barrie dehors en train de taper ses bottes, alors je me suis dépêchée de le dire. Mon père était resté assis pendant tout ce temps, raidi par l'embarras, pensais-je, ou par un dégoût profond.

Mrs. Barrie a ouvert la porte en disant : « Faudrait un balai ici dehors… » Puis elle hurla : « Qu'est-ce que vous faites assise là ? Vous pensez à quoi ? Vous voyez pas que cet homme est mort ? »

Il n'était pas mort. En fait il respirait aussi bruyamment que jamais, peut-être même plus encore.

Ce qu'elle avait vu et que j'aurais vu, même à contre-jour, si je n'avais pas évité de le regarder pendant que je contais mon histoire, c'est qu'il avait été victime d'une attaque aveuglante et foudroyante. Il était incliné légèrement en avant, la table appuyant sur l'arrondi ferme de son ventre. Quand nous avons essayé de l'enlever de sa chaise, nous sommes seulement arrivées à le heurter, si bien que sa tête s'est posée sur la table, dans un ralenti majestueux. Il avait gardé son chapeau. Et sa tasse de café était restée à quelques centimètres de son œil sans vision. Elle était encore presque à moitié pleine.

J'ai dit que nous ne pouvions rien faire pour lui : il était trop lourd. Je suis allée au téléphone appeler l'hôpital, pour faire venir l'un des autres médecins. Mrs. B. ne prêtait aucune attention à ce que je disais, tirant sans cesse sur les vêtements de mon père, défaisant des boutons, tentant d'arracher son pardessus, gémissant et larmoyant de cet effort. J'ai couru dans l'allée, laissant la porte ouverte, puis je suis revenue chercher un balai que j'ai mis à côté de la porte. Je suis allée poser une main sur le bras de Mrs. B. en disant « Vous ne pouvez pas… » ou quelque chose de ce genre et elle m'a regardée comme un chat qui feule.

Un médecin est arrivé. Lui et moi ensemble, nous sommes parvenus à traîner mon père jusqu'à la voiture et à l'installer sur le siège arrière. Je me suis assise à côté de lui pour le maintenir et l'empêcher de basculer. Le bruit de sa respiration était plus péremptoire que jamais et semblait critiquer tout ce que nous faisions. Mais il était manifeste qu'à présent vous pouviez vous en saisir, le déplacer, faire de son corps ce qu'il fallait faire et que cela était très bizarre.

Mrs. B. s'était mise en retrait et s'était calmée dès qu'elle avait vu l'autre médecin. Elle ne nous a même pas suivis quand nous sommes sortis de la maison pour voir charger mon père dans la voiture.

Il est mort cet après-midi-là. Vers cinq heures. L'on m'a dit que c'était une grande chance pour tous les intéressés.

J'avais beaucoup d'autres choses à raconter juste au moment où Mrs. Barrie est entrée. J'allais dire à mon père : Qu'arrivera-t-il s'il y a un changement de loi ? Il se peut qu'elle soit changée bientôt, allais-je dire. Peut-être pas, mais c'est possible. Cela lui poserait-il un problème ? Il perdrait son fonds de commerce à ce moment-là. Ou une partie de son fonds de commerce. Cela aurait-il une grande importance pour lui ?

À quelle réponse pouvais-je m'attendre de sa part ?

En ce qui concerne le commerce, celui-là ne te regarde pas.

Ou bien : Je gagnerais encore ma vie.

Non, aurais-je répliqué. Je ne pensais pas à l'argent. Je voulais dire le risque. La clandestinité. Le pouvoir.

Changer la loi, changer l'activité d'une personne, changer ce qu'est une personne ?

Ou trouverait-il un autre risque, un autre nœud à faire dans sa vie, quelque autre acte miséricordieux secret et problématique ?

Et si cette loi peut changer, d'autres choses le peuvent. Je pense à toi maintenant, comment il pourrait arriver que tu n'aies plus honte d'épouser une femme enceinte. La honte n'y serait plus attachée. Avance de quelques années, juste quelques années, et cela pourrait constituer une célébration. La mariée enceinte, parée de guirlandes, conduite à l'autel, même dans la chapelle de la faculté de théologie.

Si cela arrivait, toutefois, il y aurait probablement d'autres choses dont il faudrait avoir peur ou honte, d'autres erreurs à éviter.

Et moi ? Devrais-je toujours avoir une attitude arrogante ? La délectation morale, l'élévation de pensée, la certitude d'avoir raison qui peuvent m'amener à faire parade de mes défaites.

Changer la personne. Nous disons tous que nous espérons que c'est possible.

Changer la loi, changer la personne. Pourtant nous ne voulons pas que tout – pas l'existence tout entière – soit dicté de l'extérieur. Nous ne voulons pas que ce que nous sommes, tout ce que nous sommes, soit dicté de cette manière.

Qui est ce « nous » dont je parle ?

R. Le notaire de mon père dit : « C'est très inhabituel. » Je me rends compte que pour lui ce mot est assez fort, suffisant. Il y a assez d'argent sur le compte bancaire de mon père pour couvrir le coût des obsèques. Assez pour l'enterrer, comme on dit. (Pas le notaire, il ne s'exprime pas comme cela.) Mais il n'y a pas grand-chose de plus. Pas de titres dans son coffre, aucune mention d'investissements. Rien. Pas de legs à l'hôpital, ni à son église, ni au lycée pour fonder une bourse. Ce qu'il y a de plus choquant, c'est que Mrs. Barrie ne reçoive aucun argent. La maison et son contenu me reviennent. C'est tout ce qu'il y a. Sauf cinq mille dollars en ma possession.

Le notaire paraît embarrassé, douloureusement embarrassé et inquiet de cette situation. Il pense peut-être que je risque de le soupçonner d'inconduite. De tenter de noircir sa réputation. Il demande s'il y a un coffre dans ma – celle de mon père – maison, quelque cachette possible pour une forte somme d'argent. Je réponds qu'il n'y en a pas. Il essaie de me suggérer – d'une façon si discrète et détournée que pour commencer je ne comprends pas de quoi il parle – qu'il pourrait y avoir des raisons pour que mon père tienne à garder secret le montant de ses revenus. Une grande quantité d'espèces planquée quelque part est par conséquent une possibilité.

Je lui explique que je ne m'intéresse pas énormément à l'argent.

Dire une chose pareille. Il parvient à peine à me regarder droit dans les yeux.

« Vous devriez peut-être rentrer chez vous et chercher à fond, dit-il. Ne négligez pas les endroits évidents. Cela pourrait être dans une boîte à biscuits. Ou un carton sous le lit. Étonnant, les endroits que les gens sont capables de choisir. Même les gens les plus sensés et intelligents. Ou la taie d'oreiller », ajoute-t-il tandis que je passe la porte.

Une femme au téléphone demande à parler au docteur.

« Je suis désolée. Il est mort.

– Le docteur Strachan. C'est bien lui ?

– Oui, mais je suis désolée, il est mort.

– Y a-t-il quelqu'un, a-t-il par hasard un associé auquel je pourrais parler ? Y a-t-il quelqu'un d'autre là ?

– Non. Aucun associé.

– Pourriez-vous m'indiquer un autre numéro que je puisse appeler ? N'y a-t-il aucun autre médecin qui puisse…

– Non. Je n'ai pas de numéro. Il n'y a personne que je connaisse.

– Vous devez savoir de quoi il s'agit. C'est d'une importance capitale. Ce sont des circonstances très spéciales…

– Je suis désolée.

– L'argent ne pose aucun problème.

– Non.

– Essayez de trouver quelqu'un, s'il vous plaît. Si un nom vous vient à l'esprit plus tard, quand même, pourriez-vous me rappeler ? Je vais vous laisser mon numéro.

– Vous ne devriez pas le faire.

– Ça m'est égal. Je vous fais confiance. De toute façon, ce n'est pas pour moi. Je sais bien que tout le monde doit dire ça, mais c'est vrai. C'est pour ma fille qui ne va pas bien du tout. Mentalement elle va très mal.

– Je suis désolée.

– Si vous saviez par quoi je suis passée pour obtenir ce numéro, vous feriez un effort pour m'aider.

– Désolée.

– S'il vous plaît.

– Je suis désolée. »

Madeleine a été la dernière de ses spéciales. Je l'ai vue à l'enterrement. Elle n'avait pas atteint Kenora. Ou alors, elle était revenue. Je ne l'ai pas reconnue au premier abord parce qu'elle portait un chapeau noir à larges bords avec une plume horizontale. Elle avait dû l'emprunter : elle n'était pas habituée à la plume qui pendait devant son œil. Elle m'a parlé à la réception dans la salle paroissiale. Je lui ai dit exactement ce que j'avais dit à tout le monde.

« Comme c'est gentil d'être venue. »

Puis je me suis avisée de la réflexion bizarre qu'elle m'avait faite.

« J'avais pensé que vous aimiez sûrement les douceurs. »

« Peut-être ne se faisait-il pas toujours payer, ai-je suggéré au notaire. Peut-être travaillait-il parfois pour rien. Certaines personnes font des choses par charité. »

Le notaire est en train de s'habituer à moi. « Peut-être, dit-il.

– Ou une véritable œuvre charitable, ajouté-je. Une œuvre qu'il subventionnait sans conserver de traces. »

Le notaire soutient mon regard pendant un certain temps.

« Une œuvre charitable, répète-t-il.

– Eh bien, je n'ai pas encore retourné le sol de la cave », dis-je, et il sourit en grimaçant de ce manque de sérieux.

Mrs. Barrie n'a pas demandé son congé. Elle ne s'est pas présentée, tout bonnement. Aucune tâche particulière ne l'attendait puisque les obsèques avaient lieu à l'église et la réception dans la salle paroissiale. Elle n'est pas venue à l'enterrement. Personne de sa famille n'est venu. Il y avait tant de monde que je ne l'aurais pas remarqué si quelqu'un ne m'avait dit : « Je n'ai vu aucun des Barrie, et vous ? »

Je lui ai téléphoné plusieurs jours après et elle m'a dit : « Je suis pas allée à l'église parce que j'avais un trop mauvais rhume. »

Je l'ai assurée que ce n'était pas pour cela que je l'avais appelée. J'ai dit que je pouvais me débrouiller assez bien mais que je me demandais ce qu'elle comptait faire.

« Oh, je ne vois pas la nécessité de retourner là-bas maintenant. »

J'ai dit qu'elle devrait venir prendre quelque chose dans la maison, un souvenir. J'étais déjà au courant pour l'argent et je voulais qu'elle sache que cela m'avait ennuyée. Mais je ne savais comment le dire.

Elle a répondu : « Il y a des affaires que j'ai laissées là. Je passerai quand je pourrai. »

Elle est venue le lendemain matin. Les affaires qu'elle venait prendre étaient des fauberts, des seaux, des brosses en chiendent et une corbeille à linge. On avait peine à croire qu'elle tenait à récupérer de tels articles. Et difficile de croire qu'elle les voulait pour des raisons sentimentales, mais c'était peut-être vrai. C'étaient des choses qu'elle avait utilisées pendant des années, pendant toutes les années qu'elle avait passées dans cette maison, où elle avait passé plus d'heures de veille qu'elle n'en avait passé chez elle.

« N'y a-t-il rien d'autre ? ai-je demandé. Comme souvenir ? »

Elle a jeté un coup d'œil circulaire dans la cuisine en mordant sa lèvre inférieure. C'était peut-être un sourire qu'elle refoulait ainsi.

« J'pense pas qu'y ait grand-chose ici qui me serait utile. »

Je lui avais préparé un chèque. Il fallait juste que j'écrive le montant. Je n'avais pas pu décider quelle part des cinq mille dollars lui accorder. Mille ? avais-je pensé. Maintenant, cela paraissait honteux. J'ai décidé qu'il valait mieux donner le double.

J'ai sorti le chèque que j'avais caché dans un tiroir. J'ai trouvé un stylo. J'ai inscrit un montant de quatre mille dollars.

« C'est pour vous, ai-je dit. Et merci pour tout. »

Elle a pris le chèque, y a jeté un coup d'œil et l'a fourré dans sa poche. Je me suis dit qu'elle n'avait peut-être pas su lire le montant. Puis j'ai vu la rougeur croissante, la montée de la confusion, la gratitude pénible à éprouver.

Elle est parvenue à ramasser toutes les affaires qu'elle emportait en se servant de son seul bras valide. Je lui ai ouvert la porte. Je voulais tellement qu'elle ajoute quelques mots que j'ai failli dire : Désolée que tout soit fini.

À la place, j'ai demandé : « Votre coude n'est pas encore guéri ?

– Il ne guérira jamais, a-t-elle répondu. (Elle a baissé la tête comme si elle redoutait un autre de mes baisers.) Eh-bien-merci-beaucoup-au-revoir. »

Je l'ai regardée s'acheminer vers la voiture. J'avais supposé que la femme du neveu l'avait amenée ici.

Mais ce n'était pas la voiture habituelle que conduisait la femme du neveu. L'idée me traversa l'esprit qu'elle avait peut-être un nouvel employeur. Bras malade ou pas. Un employeur nouveau et riche. Cela expliquerait sa hâte, son embarras irrité.

C'est la femme du neveu, en réalité, qui est sortie donner un coup de main pour le chargement. J'ai fait signe de la main, mais elle était trop occupée à caser les fauberts et les seaux.

« Superbe voiture », ai-je crié, parce que j'ai pensé que c'était un compliment que les deux femmes apprécieraient. Je ne connaissais pas la marque de la voiture, mais elle était flambant neuve, vaste et spectaculaire. De couleur lilas argenté.

La femme du neveu a crié : « Ah ouais », et Mrs. Barrie a fait oui de la tête en reconnaissance.

Grelottant dans mes vêtements d'intérieur, mais contrainte par le besoin de faire amende honorable et la perplexité, je suis restée là en faisant signe de la main jusqu'à ce que la voiture disparaisse.

Après ça, je ne pouvais rien entreprendre. Je me suis fait du café et me suis assise à la cuisine. J'ai sorti les chocolats de Madeleine du tiroir et j'en ai mangé deux ou trois, bien que je n'aime pas vraiment assez les douceurs pour goûter leurs fourrages aux couleurs chimiques orange et jaunes. Je regrette de ne pas l'avoir remerciée. Je n'ai pas su comment je pouvais le faire maintenant : je ne connais même pas son nom de famille.

J'ai décidé de sortir faire du ski. Il y a des carrières de gravier dont je t'ai parlé, je crois, au fond de notre propriété. J'ai mis les vieux skis en bois que mon père portait au temps où les petites routes n'étaient pas déblayées en hiver, quand il était parfois obligé d'aller à travers champs mettre un bébé au monde ou enlever un appendice. Il n'y avait que des lanières croisées pour maintenir les pieds en place.

Je suis retournée aux carrières dont les pentes ont été rembourrées d'herbe au cours des ans et qui sont maintenant couvertes de neige en plus. Il y avait des empreintes de chiens, d'oiseaux, les cercles légers que font les campagnols en courant vite, mais aucune trace humaine. Je montais et je descendais, montais et descendais, prenant d'abord une diagonale prudente puis me lançant dans des descentes plus raides. Je tombais de temps à autre, mais doucement sur la neige fraîche et abondante, et entre l'instant d'une chute et le suivant, en me remettant sur pied je me suis aperçue que je savais quelque chose.

Je savais où était parti l'argent.

Une œuvre charitable peut-être.

Superbe voiture.

Et quatre mille dollars sur cinq.

Je suis heureuse depuis cet instant.

La sensation de voir l'argent jeté d'un pont ou loin en l'air m'a été donnée. L'argent, les espoirs, les lettres d'amour – toutes ces choses peuvent être lancées en l'air et retomber transformées, retomber légères et libérées du contexte.

Ce que je ne parviens pas à imaginer, c'est mon père cédant au chantage. Surtout pas à des gens qui ne seraient ni très crédibles ni très malins. Pas quand toute la ville semble être de son côté, ou au moins du côté du silence.

Ce que je peux imaginer, toutefois, c'est un grand geste pervers. Pour devancer l'exigence, peut-être, ou juste pour montrer que cela lui était égal. Prévoyant avec plaisir le choc subi par le notaire et mon effort encore plus grand pour le comprendre, maintenant qu'il est mort.

Non. Je ne crois pas que ce soit cela qu'il aurait eu en tête. Je ne crois pas avoir tant occupé ses pensées. Jamais autant que j'aimerais le croire.

Ce que j'ai tenté d'éviter, c'est l'idée que cela aurait pu être fait par amour.

Par amour, donc. Ne jamais l'exclure.

J'ai émergé de la carrière et dès que je suis sortie dans les champs le vent m'a frappée. Il soufflait de la neige dans les pistes des chiens et les traces en chaînette du campagnol et le sillon qui sera sans doute le dernier à jamais être creusé par les skis de mon père.

Cher R., Robin : quelle est la dernière chose que je devrais te dire ?

Adieu et bonne chance.

Reçois ma tendresse. (Et si les gens le faisaient réellement : envoyaient leur tendresse par la poste pour s'en débarrasser ? Qu'enverraient-ils ? Une boîte de chocolats avec un fourrage semblable aux jaunes d'œufs de dinde. Une poupée en terre aux orbites vides. Un tas de roses légèrement plus parfumées qu'elles ne sont pourries. Un colis enveloppé de papier journal sanguinolent que personne ne voudrait ouvrir.)

Prends soin de toi.

Rappelle-toi – le présent roi de France est chauve.

Les enfants restent

Il y a trente ans de cela, une famille passait ses vacances réunie sur la côte est de l'île de Vancouver. De jeunes parents, leurs deux petites filles et un couple plus âgé, les parents du mari.

Quel temps idéal. Tous les matins, tous les matins semblablement, le premier soleil pur tombant à travers les hautes branches consume la brume sur l'eau calme du détroit de Georgia. La marée basse, une vaste étendue de sable désert encore humide mais propice à la marche, comme du ciment au tout dernier stade de dessiccation. En fait, la marée est un peu moins basse, tous les matins, la bande de sable rétrécit, mais paraît encore assez grande. Les variations de la marée représentent un sujet d'intérêt majeur pour le grand-père, ce qui n'est pas tellement le cas pour les autres.

Pauline, la jeune mère, n'aime pas vraiment la plage autant qu'elle apprécie la route qui passe derrière les cottages sur un mile ou deux vers le nord jusqu'à ce qu'elle atteigne la berge d'une petite rivière qui se jette dans la mer. N'était la marée, il serait difficile de se rappeler que ceci est bien la mer. Le regard porte par-dessus l'eau jusqu'aux montagnes du continent, ces chaînes qui constituent la muraille occidentale de l'Amérique du Nord. Ces mamelons et ces pics qui apparaissent distinctement maintenant à travers la brume, qu'aperçoit Pauline çà et là entre les arbres tandis qu'elle promène sa fille en poussette sur la route, intéressent également le grand-père. Ainsi que son fils Brian, qui est le mari de Pauline. Les deux hommes cherchent sans cesse à discerner ce qui est quoi. Lesquelles de ces formes sont effectivement des montagnes du continent et lesquelles sont les sommets improbables des îles qui flottent devant le rivage ? Il est difficile de tirer les choses au clair quand l'ensemble est si compliqué et que les distances de certaines de ses parties se modifient avec les changements de lumière dans la journée.

Mais il y a une carte, montée sous verre, plantée entre les cottages et la plage. Debout là, on peut regarder la carte, puis ce que l'on a devant les yeux, puis de nouveau regarder la carte jusqu'à ce que les choses s'éclaircissent. Le grand-père et Brian font ceci tous les jours, entrant souvent en discussion, bien que vous puissiez croire qu'il n'y aurait pas de désaccord possible à cause de la carte devant eux. Brian choisit de la croire inexacte. Mais son père ne veut pas entendre la moindre critique d'aucun aspect de cet endroit qu'il a choisi lui-même pour les vacances. La carte, comme le logement et le temps, est parfaite.

La mère de Brian ne veut pas regarder la carte. Elle dit qu'elle la déconcerte. Les hommes se moquent d'elle, ils acceptent qu'elle soit déconcertée. Son mari croit que c'est parce que c'est une femme. Brian croit que c'est parce qu'elle est sa mère. Son souci est toujours de savoir si quelqu'un a déjà faim, ou soif, si les enfants ont mis leurs chapeaux de soleil et ont été oints d'huile solaire. Et quelle est cette étrange piqûre sur le bras de Caitlin qui ne ressemble pas à une piqûre de moustique. Elle oblige son mari à porter un chapeau à bords flottants en cotonnade et pense que Brian devrait aussi en porter un : elle lui rappelle comme le soleil l'avait rendu malade l'été où ils étaient allés dans l'Okanagan quand il était petit. Quelquefois Brian lui dit : « Oh, ferme-la, mère. » La plupart du temps il a un ton affectueux, mais il arrive que son père lui demande si c'est ainsi qu'il croit pouvoir parler à sa mère par les temps qui courent.

« Ça lui est égal, affirme Brian.

– Comment le sais-tu ?

– Oh, pour l'amour du ciel », dit sa mère.

Pauline se glisse hors du lit dès qu'elle est réveillée tous les matins, se glisse hors de portée des longs bras et jambes de Brian qui la cherchent dans un demi-sommeil. Ce qui la réveille sont les premiers vagissements et murmures du bébé, Mara, dans la chambre des enfants, puis le grincement du berceau quand Mara – seize mois à présent, touchant à la fin du premier âge – se hisse sur ses pieds en se pendant à la barre de protection. Elle poursuit son babillement aimable tandis que Pauline la soulève – Caitlin, qui a presque cinq ans, s'agitant sans se réveiller dans son lit à proximité – et pendant qu'elle la porte dans la cuisine pour la changer, par terre. Ensuite elle l'installe dans sa poussette, munie d'un gâteau sec et d'un biberon de jus de pomme, puis Pauline enfile sa robe de plage et ses sandales, va à la salle de bains, se coiffe, tout cela aussi rapidement et silencieusement que possible. Elles quittent le cottage et en dépassent d'autres en se dirigeant vers la route en terre raboteuse encore presque entièrement plongée dans l'ombre profonde du matin, le sol d'un tunnel sous les sapins et les cèdres.

Le grand-père, lui aussi matinal, les voit depuis la véranda de son cottage, et Pauline le voit. Mais rien d'autre n'est exigé qu'un signe de la main. Pauline et lui n'ont jamais grand-chose à se dire (quoique parfois ils éprouvent une affinité, au milieu de quelques bouffonneries prolongées de Brian ou d'embarras faits par la grand-mère, assortis d'excuses mais insistants : ils ont conscience de ne pas se regarder, de peur que leur regard révèle un découragement qui ferait honte à d'autres).

Pendant ces vacances, Pauline vole du temps pour être seule : être avec Mara est encore presque la même chose qu'être seule. Les promenades tôt le matin, l'heure en fin de matinée quand elle lave les couches et les étend. Elle aurait pu disposer d'une autre heure l'après-midi, pendant que Mara fait la sieste. Mais Brian a bricolé un abri sur la plage et il y descend le parc tous les jours pour que Mara puisse y dormir et que Pauline ne soit pas obligée de s'absenter. Il dit que ses parents seraient peut-être vexés si elle se défilait tout le temps. Il reconnaît quand même qu'elle a effectivement besoin de temps pour revoir le rôle qu'elle va interpréter, à Victoria, en septembre.

Pauline n'est pas comédienne. Il s'agit d'une production amateur, mais elle n'est même pas comédienne amateur. Elle n'avait pas auditionné pour ce rôle, bien qu'il se soit trouvé qu'elle avait déjà lu la pièce. *Eurydice*, de Jean Anouilh. Mais il est vrai, Pauline a lu toute sorte de choses.

Un homme qu'elle avait rencontré à un barbecue au mois de juin lui avait demandé si elle aimerait jouer dans cette pièce. Les gens présents au barbecue étaient pour la plupart des enseignants, leurs femmes ou leurs maris : il avait lieu à la maison du principal du lycée où Brian enseigne. La femme, professeur de français, était veuve : elle avait amené son grand fils qui passait l'été avec elle et travaillait comme réceptionniste de nuit dans un hôtel du centre-ville. Elle racontait à tout le monde qu'il avait obtenu un poste d'enseignant dans une université de l'ouest de l'État de Washington et qu'il allait le prendre à l'automne.

À propos du poste, il disait : « Aucune garantie qu'il durera, c'est une nomination pour un an. »

Qu'allait-il enseigner ?

« Le thé-âââtre », répondait-il, allongeant le mot avec dérision.

Il parla de son travail actuel avec mépris, également.

« C'est un lieu plutôt glauque, dit-il. Vous l'avez peut-être su : une pute y a été tuée l'hiver dernier. Et puis nous avons les losers habituels qui prennent une chambre pour se foutre une overdose ou se flinguer. »

Les gens ne savaient pas vraiment que penser de cette façon de parler et s'éloignèrent de lui. Sauf Pauline.

« Je songe à monter une pièce, annonça-t-il. Ça vous plairait-il de jouer dedans ? » Il lui demanda si elle avait entendu parler d'*Eurydice*.

« Vous voulez dire celle d'Anouilh ? » demanda Pauline. La surprise qu'il manifesta était peu flatteuse. Il ajouta aussitôt qu'il ne savait pas si cela se ferait jamais. « J'ai simplement pensé qu'il serait peut-être intéressant de voir si l'on pouvait faire quelque chose de différent, ici, au pays de Noël Coward. »

Pauline ne se rappelait pas quand on avait joué une pièce de Noël Coward à Victoria, mais supposa qu'il y avait eu plusieurs occasions. « Nous avons vu *La Duchesse de Malfi* l'hiver dernier à l'université, raconta-t-elle. Et le Petit Théâtre a présenté *Un tintement sonore* mais nous n'y sommes pas allés.

– Ouais. Ah bon », dit-il en rougissant. Elle avait pensé qu'il était plus vieux qu'elle, au moins aussi vieux que Brian (qui avait trente ans, bien que les gens eussent tendance à dire qu'il n'avait pas le comportement de son âge), mais dès qu'il se mit à lui parler de cette façon désinvolte, dédaigneuse, ne la regardant jamais tout à fait droit dans les yeux, elle se douta qu'il était plus jeune qu'il ne souhaitait paraître. Maintenant, avec cette rougeur, elle en était certaine.

Il s'avéra qu'il avait un an de moins qu'elle. Vingt-cinq ans.

Elle déclara qu'elle ne pouvait pas jouer Eurydice : elle n'était pas comédienne. Mais Brian s'approcha pour s'intéresser à la conversation et dit tout de suite qu'il fallait qu'elle essaie.

« Elle a juste besoin d'un coup de pied dans les fesses, expliqua-t-il à Jeffrey. Elle est comme une petite mule, difficile à mettre en train. Non, sérieusement, elle est trop modeste, je le lui dis tout le temps.

Elle est très intelligente. En fait, beaucoup plus que moi. »

Là-dessus, Jeffrey regarda bien Pauline droit dans les yeux, d'une façon impertinente et pénétrante : cette fois, c'est elle qui rougit.

Il l'avait choisie immédiatement pour son Eurydice à cause de son aspect. Mais ce n'était pas parce qu'elle était belle. « Je ne donnerais jamais ce rôle à une belle fille, déclarait-il. Je ne sais pas si je mettrais jamais une belle fille sur scène dans quoi que ce soit. Cela détourne trop l'attention. »

Alors que voulait-il dire en parlant de son aspect ? Il expliqua que c'étaient ses cheveux, qui étaient longs, bruns et plutôt broussailleux (pas la mode à cette époque-là) et son teint pâle (« Ne vous mettez pas au soleil cet été »), et par-dessus tout, ses sourcils.

« Je ne les ai jamais aimés », dit Pauline sans être vraiment sincère. Ils étaient droits, foncés, fournis. Ils dominaient son visage. Comme ses cheveux, ils n'étaient pas à la mode. Mais si elle ne les aimait vraiment pas, ne les aurait-elle pas épilés ?

Jeffrey semblait ne pas l'avoir entendue. « Ils vous donnent l'air maussade, ce qui est troublant, affirma-t-il. De plus, votre mâchoire est un peu lourde, ce qui est plutôt grec. Le choix routinier pour Eurydice serait une fille éthérée. Je ne veux pas d'une éthérée. »

En promenant Mara le long de la route, Pauline étudiait effectivement son texte. Il y avait une tirade à la fin qui lui donnait du mal. Elle faisait cahoter la poussette en se répétant : « Tu es terrible, tu sais, terrible comme les anges. Tu crois que tout le monde avance, fort et clair comme toi – Oh s'il te plaît, ne me regarde pas, mon chéri, ne me regarde pas encore – je ne suis peut-être pas celle que tu voulais que je sois, mais je suis là, je suis chaude, je suis douce et je t'aime. Je te donnerai tout les bonheurs que je peux te donner. Ne me regarde pas. Ne regarde pas. Laisse-moi vivre. »

Elle avait omis quelque chose. « Je ne suis peut-être pas celle que tu voulais que je sois, mais tu me sens, n'est-ce pas, contre toi ? Je suis chaude, je suis douce… »

Elle avait dit à Jeffrey qu'elle trouvait la pièce belle.

« Vraiment ? » avait-il répliqué. Ce qu'elle avait dit ne lui faisait pas plaisir ni ne le surprenait : il paraissait trouver que c'était prévisible, superflu. Il ne décrirait jamais une pièce en ces termes. Il en parlait comme d'un obstacle de plus à franchir. Ainsi qu'un défi à lancer à divers ennemis. Aux morveux universitaires, comme il les appelait, qui avaient monté *La Duchesse de Malfi*. Comme aux crétins socioculturels, comme il les appelait, du Petit Théâtre. Il se voyait en franc-tireur s'opposant à tous ces gens, montant sa pièce – il l'appelait la sienne – malgré leur mépris et leur hostilité. Au début, Pauline avait cru que tout cela était le fruit de son imagination et qu'en toute vraisemblance ces personnes ne savaient rien de lui. Puis il arrivait quelque chose qui pourrait être, mais pourrait ne pas être, une coïncidence. Il fallait faire des réparations à la salle paroissiale où la représentation devait avoir lieu, la rendant inaccessible. Le prix de l'impression des affiches augmentait de façon inattendue. Elle se retrouva en train de voir les choses comme lui. Si vous deviez beaucoup le fréquenter, il était presque obligatoire de voir comme lui : les discussions étaient périlleuses et épuisantes.

« Fils de putes, disait Jeffrey entre ses dents, mais avec une certaine satisfaction. Ça ne m'étonne pas. »

Les répétitions se déroulaient à l'étage dans une vieille bâtisse de Fisgard Street. Le dimanche après-midi était le seul moment où tout le monde pouvait être présent, bien qu'il y eût des répétitions partielles en cours de semaine. Le pilote de port à la retraite qui avait le rôle de Monsieur Henri pouvait assister à toutes les répétitions et finit par acquérir une familiarité irritante avec les répliques de tous les autres. Mais la coiffeuse – dont l'expérience se bornait à Gilbert and Sullivan, et qui se trouvait maintenant en train de jouer la mère d'Eurydice – ne pouvait pas quitter son salon pendant longtemps à tout autre moment. Le conducteur d'autobus qui interprétait son amant avait lui aussi son travail quotidien, de même que le serveur qui jouait Orphée (c'était le seul d'entre eux qui espérait être un véritable acteur). Pauline devait se fier à des baby-sitters lycéennes parfois peu fiables – pendant les six premières semaines de l'été, Brian était pris par des cours de vacances – et Jeffrey lui-même était obligé de reprendre son travail à l'hôtel à huit heures du soir. Mais le dimanche après-midi, ils étaient tous là. Pendant que d'autres nageaient à Thetis Lake, ou allaient en masse à Beacon Hill Park se promener sous les arbres et nourrir les canards, ou s'éloignaient de la ville pour rejoindre les plages du Pacifique, Jeffrey et sa bande peinaient dans la pièce poussiéreuse haute de plafond sur Fisgard Street. Les fenêtres étaient arrondies au sommet comme dans une église simple et digne, et tenues ouvertes dans la chaleur avec tout ce qui tombait sous la main : des registres des années vingt appartenant à la chapellerie qui avait fonctionné en bas autrefois, ou des bouts de bois restant des cadres de tableaux fabriqués par l'artiste dont les toiles étaient à présent appuyées contre un mur, apparemment abandonnées. Les vitres étaient encrassées, mais à l'extérieur le soleil rebondissait sur les trottoirs, les parkings déserts, couverts de gravier, les bâtiments bas aux façades de stuc, avec ce qui semblait être un éclat du dimanche particulier. Il ne passait pratiquement personne dans ces rues du centre-ville. Rien n'était ouvert sauf, par-ci, par-là, une échoppe à café et viennoiseries ou un commerce de proximité défraîchi.

C'était Pauline qui sortait à la pause chercher des boissons non alcoolisées et du café. C'était elle qui avait le moins à dire de la pièce et du tour qu'elle prenait – bien qu'elle fût la seule qui l'ait lue auparavant – parce qu'elle seule n'avait jamais fait de théâtre. Alors cela paraissait juste qu'elle se propose. Sa courte promenade dans les rues vides lui plaisait : elle avait l'impression d'être devenue une personne urbaine, quelqu'un de détaché et de solitaire, vivant dans la lumière éblouissante d'un rêve important. Elle pensait parfois à Brian à la maison, travaillant au jardin et surveillant les enfants. Ou peut-être les avait-il emmenés à Dallas Road – elle se rappelait une promesse – faire flotter leurs bateaux sur le bassin. Cette vie-là paraissait pauvre et fastidieuse comparée à ce qui se passait dans la salle de répétitions : les heures d'effort, la concentration, les échanges vifs, la transpiration et la tension. Même le goût du café, son amertume brûlante, et le fait que c'était ce que presque tout le monde choisissait de préférence à une boisson au goût plus frais, peut-être plus saine, sortie de la glacière, lui semblait satisfaisant. Elle aimait aussi l'aspect des vitrines. Ce n'était pas une de ces rues bichonnées près du port : c'était une rue de réparateurs de bicyclettes, de cordonniers, de soldeurs de linge et de tissus, de vêtements et de meubles qui avaient été à l'étalage si longtemps qu'ils avaient l'air d'être d'occasion même s'ils ne l'étaient pas. Sur certaines vitrines, des feuilles de plastique doré aussi frêle et fripé que de la vieille cellophane étaient tendues à l'intérieur pour protéger la marchandise du soleil. Toutes ces entreprises n'avaient été abandonnées que pour cette journée et pourtant elles avaient l'air d'être figées dans le temps autant que des peintures rupestres ou des vestiges sous le sable.

Lorsqu'elle annonça qu'elle devait s'absenter pour les deux semaines de vacances, Jeffrey parut abasourdi, comme s'il n'avait jamais imaginé que des choses telles que des vacances puissent intervenir dans sa vie. Puis il devint sévère et légèrement satirique, comme si ce n'était qu'un coup de plus auquel il aurait pu s'attendre. Pauline expliqua qu'elle ne manquerait qu'un seul dimanche, celui qui se trouvait au milieu des deux semaines, parce que Brian et elle partaient dans l'île un lundi et revenaient un dimanche matin. Elle promit d'être de retour pour la répétition. Intérieurement, elle se demanda comment elle y parviendrait : il fallait toujours tellement plus de temps qu'on ne pensait pour faire les bagages et s'en aller. Elle se demanda s'il était envisageable qu'elle revienne seule, par le car du matin. Ce serait probablement trop demander. Elle n'en parla pas.

Elle ne pouvait pas l'interroger pour savoir s'il ne pensait qu'à la pièce, si c'était seulement son absence d'une répétition qui avait provoqué ce nuage noir. À cet instant précis, c'était très probablement le cas. Quand il lui parlait pendant les répétitions, rien ne laissait supposer qu'il lui parlerait jamais d'une autre façon. La seule différence dans la manière dont il la traitait était qu'il en attendait peut-être moins, d'elle et de son jeu, que des autres. Et cela serait compréhensible pour n'importe qui. Elle était la seule choisie sur un coup de tête, à cause de son aspect : les autres s'étaient tous présentés à l'audition qu'il avait annoncée sur des affichettes dans des cafés et des librairies partout en ville. D'elle, il semblait désirer une immobilité ou une gaucherie qu'il ne souhaitait pas chez les autres. Peut-être était-ce parce que dans la dernière partie de la pièce elle était censée être déjà morte.

Cependant, elle pensait qu'ils savaient tous, que le reste de la distribution savait, ce qui se passait, en dépit des manières désinvoltes, brusques et point trop polies de Jeffrey. Ils savaient qu'une fois qu'ils seraient tous partis chez eux, les uns après les autres, il traverserait la pièce et verrouillerait la porte de l'escalier. (Au début, Pauline avait fait semblant de partir avec les autres, montant même dans sa voiture et faisant le tour du pâté de maisons, mais par la suite un tel subterfuge avait fini par paraître insultant, pas seulement pour Jeffrey et elle, mais pour les autres, dont elle était sûre qu'ils ne la trahiraient jamais, liés comme ils l'étaient tous par le sortilège temporaire mais puissant de la pièce.)

Jeffrey traversa la pièce et verrouilla la porte. Chaque fois, c'était comme une nouvelle décision qu'il lui fallait prendre. Jusqu'à ce que ce fût fait, elle ne le regardait pas. Le bruit du verrou, le bruit menaçant ou fataliste du métal heurtant le métal, lui causait un choc de capitulation localisé. Mais elle ne faisait aucun mouvement, elle attendait qu'il revienne vers elle avec toute l'histoire du labeur de l'après-midi s'écoulant de son visage, l'expression de déception prosaïque et habituelle dissipée, remplacée par une énergie vive qu'elle trouvait toujours surprenante.

« Alors. Raconte-nous de quoi il est question dans ta pièce, demanda le père de Brian. Est-ce une de celles où l'on se déshabille sur la scène ?

– Allons, ne la taquine pas », dit la mère de Brian.

Brian et Pauline avaient mis les enfants au lit et étaient allés prendre un verre dans le cottage des parents de Brian. Le couchant était derrière eux, derrière les forêts de l'île de Vancouver, mais les montagnes devant eux, toutes distinctes maintenant, ciselées contre le ciel, luisaient dans sa lumière rosée. Quelques hautes montagnes de l'intérieur étaient couronnées de neige d'été couleur saumon.

« Personne n'enlève ses vêtements, papa, dit Brian de sa voix sonore de salle de classe. Tu sais pourquoi ? Parce qu'ils n'en ont pas dès le départ. C'est la dernière mode. Bientôt ils vont monter un *Hamlet* dévêtu-nu. *Roméo et Juliette* dévêtu- nu. Bigre, cette scène au balcon quand Roméo est en train de grimper au treillage et qu'il se fait accrocher par les rosiers…

– Oh, Brian, protesta sa mère.

– L'histoire d'Orphée et d'Eurydice, c'est qu'Eurydice meurt, expliqua Pauline. Ensuite Orphée descend aux enfers pour obtenir qu'on la lui rende. Et son vœu est exaucé, mais seulement s'il promet de ne pas la regarder. De ne pas regarder en arrière. Elle marche derrière lui…

– À douze pas, dit Brian. Comme il sied.

– C'est une histoire grecque, mais située à l'époque moderne, ajouta Pauline. Enfin, cette version l'est. Plus ou moins moderne. Orphée, c'est un musicien qui voyage avec son père – ils sont musiciens tous les deux – et Eurydice est comédienne. Cela se passe en France.

– Traduit ? demanda le père de Brian.

– Non, dit Brian. Mais ne t'en fais pas, ce n'est pas en français. Ça a été écrit en transylvanien.

– C'est si difficile de saisir la signification de quoi que ce soit, dit la mère de Brian, avec un rire inquiet. C'est si difficile, quand Brian est là.

– C'est en anglais, précisa Pauline.

– Et toi tu es trucmuche ?

– Je suis Eurydice, confirma-t-elle.

– Il va te récupérer sans problème ?

– Non, dit-elle. Il se retourne pour me regarder et ensuite il faut que je reste morte.

– Oh, une fin triste, commenta la mère de Brian.

– Tu es tellement superbe ? dit le père de Brian avec scepticisme. Il ne peut pas se retenir de regarder en arrière ?

– Ce n'est pas la question », expliqua Pauline. Mais, en étant arrivée là, elle sentit que son beau-père avait réussi ce qu'il cherchait à faire, ce qu'il cherchait presque toujours à faire, dans toutes les conversations qu'elle avait avec lui. C'était enfoncer la structure de l'explication qu'il lui avait demandée, livrée par elle à contrecœur mais patiemment, et, d'un coup de pied apparemment négligent, la transformer en gravats. Il représentait un danger pour elle depuis longtemps en ce sens, toutefois ce n'était pas particulièrement le cas ce soir.

Mais Brian ne le savait pas. Brian était encore en train de réfléchir à la façon de lui venir en aide.

« Pauline est véritablement superbe, dit-il.

– Oui, c'est vrai, renchérit sa mère.

– Peut-être, si elle allait chez le coiffeur », indiqua son père. Mais les cheveux longs de Pauline étaient une objection si ancienne de sa part qu'ils étaient devenus une plaisanterie familiale. Même Pauline en rit. « Je n'en ai pas les moyens tant que nous n'avons pas fait réparer le toit de la véranda. » Et Brian s'esclaffa, soulagé qu'elle fût capable de prendre tout cela comme une plaisanterie. C'était ce qu'il lui avait toujours dit de faire. « Tu n'as qu'à te moquer de lui en retour, avait-il conseillé. C'est la seule façon d'en venir à bout. »

« Ouais, bon, si vous vous étiez payé une maison convenable », dit le père. Mais ceci, comme les cheveux de Pauline, était un sujet douloureux si familier qu'il ne pouvait faire réagir personne. Brian et Pauline avaient acheté une belle maison en mauvais état dans une rue de Victoria où l'on transformait de vieux manoirs en immeubles d'appartements malmenés. La maison, la rue, les vieux chênes du Pacifique hirsutes, le fait que l'on n'ait pas creusé un sous-sol à la dynamite dans la maison suscitaient l'horreur chez le père de Brian. En général, Brian se rangeait à son opinion et essayait de lui damer le pion. Si son père indiquait la maison voisine barrée d'un réseau d'escaliers de secours noirs et demandait quel genre de voisins ils avaient, Brian répondait : « Des gens vraiment pauvres, papa. Des toxicomanes. » Et quand son père voulait savoir comment elle était chauffée, il disait : « Chaudière à charbon. Il n'en reste presque plus de nos jours, on peut se procurer du charbon à très bas prix. Bien sûr, c'est sale et ça pue. »

Alors, ce que disait son père maintenant au sujet d'une maison convenable pouvait être une sorte de signal de paix. Ou pouvait être pris pour tel.

Brian était fils unique. Il était professeur de maths. Son père était ingénieur et copropriétaire d'une entreprise de travaux publics. S'il avait espéré avoir un fils ingénieur qui aurait pu faire partie de la société, il n'en fut jamais question. Pauline avait demandé à Brian si à son avis les critiques insistantes à propos de la maison et de ses cheveux ne pourraient pas être une couverture pour cette déception plus importante, et Brian avait dit : « Non. Dans notre famille, on se plaint d'exactement tout ce dont on a envie de se plaindre. Nous autres, on n'est pas subtils, madame. »

Pauline se posait encore des questions quand elle entendait la mère de Brian déplorer que les enseignants, qui devraient être les gens les plus estimés au monde, ne reçoivent pas la moitié des hommages qu'ils méritaient et déclarer qu'elle ne savait pas comment Brian arrivait à tenir, jour après jour. Ensuite, le père disait parfois : « C'est vrai » ou « Moi je ne voudrais sûrement pas le faire, croyez-moi. Il faudrait qu'ils me paient cher pour le faire.

– T'inquiète pas, papa, répliquait Brian. Ils ne te paieraient pas grand-chose. »

Dans la vie quotidienne, Brian était beaucoup plus théâtral que Jeffrey. Il tenait ses élèves en entretenant une parade de plaisanteries et de bouffonneries, prolongeant le rôle qu'il avait toujours joué, pensait Pauline, auprès de son père et de sa mère. Il faisait l'idiot, rebondissait après de prétendues humiliations, échangeait des insultes. Il se montrait tyrannique pour une bonne cause, un tyran harcelant, joyeux et indestructible.

« Votre garçon s'est certainement imposé chez nous, dit le principal à Pauline. Il n'a pas seulement survécu, ce qui est un succès en soi. Il s'est imposé. »

Votre garçon.

Brian traitait ses élèves d'abrutis. Il prenait un ton affectueux, fataliste. Il disait que son père était le roi des Philistins, un pur barbare naturel. Et que sa mère était une lavette, de bonne composition, épuisée. Mais tout en rejetant de telles personnes, il ne pouvait pas s'en passer longtemps. Il emmenait ses élèves camper. Et il ne pouvait pas imaginer un été sans ces vacances partagées. Il avait une peur panique, tous les ans, que Pauline refuse d'y participer. Ou bien que, ayant accepté de le faire, elle soit malheureuse, se vexe d'une remarque de son père, se plaigne de tout le temps qu'elle devait passer avec sa mère, boude parce qu'il n'y avait pas moyen de faire quelque chose seuls tous les deux. Elle risquait de vouloir passer toute la journée dans le cottage à lire, en faisant semblant d'avoir un coup de soleil.

Toutes choses qui étaient arrivées au cours de précédentes vacances. Mais cette année, elle était plus détendue. Il lui dit qu'il le voyait et lui en était reconnaissant.

« Je sais que ça exige un effort, déclara-t-il. Pour moi, c'est différent. Ce sont mes parents et j'ai l'habitude de ne pas les prendre au sérieux. »

Pauline venait d'une famille qui prenait les choses tellement au sérieux que ses parents avaient divorcé. Sa mère était morte maintenant. Elle entretenait une relation distante, quoique chaleureuse, avec son père et ses deux sœurs beaucoup plus âgées, expliquant qu'ils n'avaient rien en commun. Brian, elle le savait, ne parvenait pas à comprendre une telle justification. En constatant le bonheur qu'il éprouvait de voir tout aller si bien cette année, après avoir pensé que c'était la paresse ou la lâcheté qui l'avaient empêché d'interrompre l'arrangement, elle comprenait à présent que c'était quelque chose de beaucoup plus positif. Il avait besoin que sa femme, ses parents et ses enfants soient associés de cette façon, il avait besoin de mêler Pauline à sa vie avec ses parents et d'amener ses parents à une forme de reconnaissance de ce qu'elle était, bien que la reconnaissance, de la part du père, soit toujours sourde et contrariante, et de la part de la mère trop excessive, acquise trop facilement, pour signifier grand-chose. Il souhaitait également que Pauline soit liée, que ses enfants soient liés, à sa propre enfance : il voulait que ces vacances soient liées aux vacances de son enfance avec leur météorologie faste ou néfaste, les pannes de voiture ou les records de conduite, les frayeurs en bateau, les piqûres de guêpe, les parties marathon de Monopoly, à toutes les choses dont le récit, avait-il dit à sa mère, l'ennuyait à mourir. Il voulait que l'on prenne des photographies de cet été et qu'elles soient installées dans l'album de sa mère, une continuation de toutes les autres photographies auxquelles chaque allusion le faisait gémir.

Le seul moment où ils pouvaient se parler était au lit, tard le soir. Mais ils parlaient effectivement à ce moment-là, plus qu'ils ne le faisaient d'habitude à la maison, où Brian était si fatigué qu'il s'endormait immédiatement. Et à la lumière du jour on avait souvent du mal à lui parler à cause de ses plaisanteries. Elle voyait la plaisanterie aviver ses yeux (sa coloration ressemblait beaucoup à celle de Pauline : cheveux bruns, teint pâle, yeux gris, mais ses yeux à elle étaient embrumés tandis que ceux de Brian étaient clairs, comme de l'eau transparente sur les galets). Elle la voyait lui tirer les commissures des lèvres tandis qu'il fourrageait parmi vos paroles pour saisir un jeu de mots ou le début d'un poème, n'importe quoi pour détourner la conversation, vers l'absurdité. Tout son corps, longiligne, aux articulations lâches, presque aussi efflanqué que celui d'un adolescent, se convulsait de propension au comique. Avant de l'épouser, Pauline avait une amie appelée Gracie, une fille à l'air plutôt renfrogné, aux idées subversives sur les hommes. Brian avait pensé qu'elle avait besoin qu'on lui remonte le moral, aussi avait-il fait un effort encore plus grand que d'habitude. Alors Gracie avait dit à Pauline : « Comment peux-tu supporter ce cinéma permanent ?

– Ce n'est pas le vrai Brian, avait expliqué Pauline. Il est différent quand nous sommes seuls. » Mais, rétrospectivement, elle se demanda si cela avait jamais été vrai. L'avait-elle dit simplement pour justifier son choix, comme on le fait quand on a pris la décision de se marier ?

Donc, parler dans le noir était en rapport avec le fait de ne pas voir son visage. Et de savoir qu'elle ne voyait pas son visage.

Mais même avec la fenêtre ouverte sur l'obscurité et la tranquillité inconnues de la nuit, il la taquinait un peu. Il fallait qu'en parlant de Jeffrey il dise Monsieur le directeur, ce qui rendait la pièce, ou le fait qu'elle était française, assez ridicule. Ou était-ce peut-être Jeffrey lui-même, le sérieux avec lequel il abordait la pièce, qu'il fallait mettre en question.

Pauline ne s'en souciait pas. Cela lui procurait un tel plaisir, un tel soulagement, de prononcer le nom de Jeffrey.

La plupart du temps, elle n'en parlait pas, elle tournait autour de ce plaisir. À la place, elle décrivait tous les autres. La coiffeuse, le pilote du port, le serveur et le vieil homme qui prétendait avoir joué à la radio autrefois. Il interprétait le père d'Orphée et donnait le plus de mal à Jeffrey parce qu'il avait des idées personnelles très arrêtées sur la façon de jouer.

Monsieur Dulac, l'imprésario quinquagénaire, était interprété par un agent de voyages âgé de vingt-cinq ans. Et le rôle de Mathias, le précédent petit ami d'Eurydice, censément à peu près du même âge, avait été attribué au gérant d'un magasin de chaussures, marié et père de famille.

Brian voulait savoir pourquoi Monsieur le directeur n'avait pas inversé ces deux-là dans sa distribution.

« C'est sa façon de faire les choses, expliqua Pauline. Ce qu'il voit en nous, lui seul peut le voir. Par exemple, le serveur est un Orphée gauche. Il n'a que dix-neuf ans. Il est tellement timide que Jeffrey est obligé de le harceler. Il lui dit de ne pas jouer comme s'il faisait des avances à sa grand-mère. Il est obligé de lui expliquer ce qu'il faut faire. *Garde-la dans tes bras un peu plus longtemps, caresse-la un peu.* Je ne sais pas si ça va marcher : il faut juste que je fasse confiance à Jeffrey, en pensant qu'il sait ce qu'il fait.

– "Caresse-la un peu" ? interrogea Brian. Peut-être devrais-je venir surveiller ces répétitions. »

Lorsqu'elle avait commencé à citer Jeffrey, Pauline avait senti son utérus ou le bas de son estomac se dérober, un choc qui s'était bizarrement propagé vers le haut et avait atteint ses cordes vocales. Elle dut dissimuler ce tremblement en grognant d'une façon supposée être une imitation (bien que Jeffrey ne grognât ni ne tempêtât ni ne fît jamais de scènes en aucune manière théâtrales).

« Mais qu'il soit aussi innocent a un intérêt, dit-elle précipitamment. Qu'il ne soit pas tellement physique. Qu'il soit gauche. » Puis elle se mit à parler d'Orphée dans la pièce, pas du serveur. Orphée a des problèmes concernant l'amour ou la réalité. Il n'admet rien d'autre que la perfection. Il veut un amour hors du commun. Il veut une Eurydice parfaite.

« Eurydice est plus réaliste. Elle a eu une liaison avec Mathias et Monsieur Dulac. Elle a côtoyé sa mère et l'amant de sa mère. Elle sait à quoi ressemblent les gens. Mais elle aime Orphée. D'une certaine façon, elle l'aime mieux qu'il ne l'aime. Elle l'aime mieux parce qu'elle n'est pas aussi sotte. Elle l'aime comme une personne humaine.

– Mais elle a couché avec ces autres types, dit Brian.

– Eh bien, avec Monsieur Dulac, elle était obligée de le faire, elle ne pouvait pas l'éviter. Elle ne voulait pas, mais au bout d'un certain temps elle y a pris goût probablement, parce qu'à ce stade elle ne pouvait pas ne pas y prendre goût. »

Alors Orphée est en tort, déclara Pauline fermement. Il regarde Eurydice exprès, pour la tuer et s'en débarrasser parce qu'elle n'est pas parfaite. À cause de lui, elle doit mourir une seconde fois.

Brian, sur le dos, les yeux grands ouverts (elle le savait au ton de sa voix), demanda : « Mais ne meurt-il pas aussi ?

– Si. Il le choisit.

– Alors ils sont réunis ?

– Oui. Comme Roméo et Juliette. *Orphée est avec Eurydice, enfin.* Ce sont les paroles de Monsieur Henri. C'est la dernière réplique de la pièce. C'est la fin. » Pauline se tourna sur le côté et appuya sa joue sur l'épaule de Brian, pas pour déclencher quelque chose mais pour souligner ce qu'elle allait dire. « C'est une belle pièce, d'une certaine manière, mais d'une autre c'est tellement stupide. Et ce n'est pas vraiment comme *Roméo et Juliette* parce que la malchance ou les circonstances ne sont pas en cause. Il s'agit d'une volonté délibérée. Alors ils ne sont pas obligés de poursuivre leur existence, de se marier, d'avoir des enfants, d'acheter une vieille maison et de la retaper, et…

– Et d'avoir des aventures, dit Brian. Après tout, ils sont français. D'être comme mes parents, ajouta-t-il.

– Ont-ils des aventures ? demanda Pauline en riant. C'est possible.

– Oh, bien sûr. Je veux dire, leur vie, précisa Brian. Logiquement, je peux imaginer que l'on se tue pour ne pas devenir ses parents. Simplement, je crois que personne ne le ferait.

– Tout le monde dispose de choix, dit Pauline rêveusement. La mère d'Eurydice et le père d'Orphée sont tous les deux méprisables d'une certaine façon, mais eux n'ont pas besoin de leur ressembler. Ils ne sont pas corrompus. Simplement d'avoir couché avec ces hommes ne signifie pas qu'elle soit corrompue. Elle n'était pas amoureuse à cette époque-là. Elle n'avait pas rencontré Orphée. Il y a une tirade où il lui déclare que tout ce qu'elle a fait lui colle à la peau et que c'est répugnant. Les mensonges qu'elle lui a dits. Les autres hommes. Tout cela lui colle à la peau éternellement. Et naturellement Monsieur Henri en rajoute. Il dit à Orphée qu'il ne vaudra pas plus cher et qu'un jour il se promènera dans la rue avec Eurydice en ayant l'air d'un homme avec un chien qu'il essaie de perdre. »

À sa surprise, Brian rit.

« Non, dit-elle. C'est ça qui est stupide. Ce n'est pas inévitable. Ce n'est pas inévitable du tout. »

Ils continuèrent à s'interroger et à discuter doucement d'une façon qui ne leur était pas habituelle, mais pas totalement inconnue. Ils l'avaient déjà fait de loin en loin au cours de leur vie conjugale, parlé la moitié de la nuit de Dieu, ou de la peur de la mort, ou de la manière d'élever les enfants, ou de savoir si l'argent était important. Enfin ils reconnurent être trop fatigués pour tenir encore des propos sensés, prirent une position amicale et s'endormirent.

Enfin un jour de pluie. Brian et ses parents allaient à Campbell River chercher des provisions et du gin, et conduire au garage la voiture du père de Brian pour s'occuper d'un problème qui s'était manifesté pendant le trajet depuis Nanaimo. C'était un problème très léger, mais comme cette voiture neuve était encore sous garantie, le père de Brian voulait la faire réparer dès que possible. Brian était obligé de l'accompagner avec sa propre voiture, au cas où il faudrait laisser celle de son père au garage. Pauline expliqua qu'elle devait rester à la maison à cause de la sieste de Mara.

Elle persuada Caitlin de s'allonger aussi, en lui permettant d'emporter sa boîte à musique dans le lit avec elle à condition de la faire jouer très doucement. Ensuite Pauline étala le texte sur la table de la cuisine, but du café et relut la scène où Orphée dit que c'est intolérable, enfin, de rester à l'intérieur de deux peaux, deux enveloppes avec chacune son sang et son oxygène scellées dans leur solitude, et Eurydice lui dit de se taire.

« *Ne parle plus. Ne pense plus. Laisse ta main se promener sur moi, laisse-la être heureuse toute seule.* »

« *Ta main est mon bonheur*, dit Eurydice. *Accepte-le. Accepte ton bonheur.* »

Il dit qu'il ne peut pas le faire, évidemment.

Caitlin appelait souvent pour demander l'heure. Elle augmenta le son de la boîte à musique. Pauline alla vite à la porte de la chambre et dans un souffle lui demanda de le baisser, pour ne pas réveiller Mara.

« Si tu la mets de nouveau aussi fort je te l'enlève. Compris ? »

Mais Mara commençait déjà à bruisser dans son berceau et dans les minutes qui suivirent il y eut des murmures de conversation douce et encourageante venant de Caitlin, destinée à réveiller sa sœur complètement. Également de la musique mise plus fort, puis baissée. Ensuite Mara agitant la barre du berceau, se hissant sur ses pieds, jetant son biberon par terre et amorçant les cris d'oiseau qui allaient devenir de plus en plus désespérés jusqu'à ce qu'ils fassent venir sa mère.

« C'est pas moi qui l'ai réveillée, elle était réveillée toute seule. Il pleut plus. Est-ce qu'on peut descendre à la plage ? »

Elle avait raison. Il ne pleuvait pas. Pauline changea Mara, dit à Caitlin de mettre son maillot de bain et d'aller chercher son seau. Elle enfila son propre costume de bain, mettant son short par-dessus, au cas où le reste de la famille arriverait pendant qu'elle était en bas. (« Papa n'aime pas la façon dont certaines femmes sortent directement de leurs cottages en costume de bain, lui avait dit la mère de Brian. Je suppose que lui et moi, nous avons grandi à une autre époque. ») Elle ramassa le texte pour l'emporter, puis le posa. Elle avait peur qu'il retienne excessivement son attention, la détournant des enfants pendant un instant de trop.

Les pensées qui lui venaient, de Jeffrey, n'étaient pas vraiment des pensées : elles ressemblaient plus à des transformations de son corps. Ceci pouvait survenir quand elle était assise sur la plage (en essayant de rester à mi-ombre sous un arbuste pour conserver sa pâleur, selon l'ordre de Jeffrey) ou quand elle essorait des couches ou quand Brian et elle rendaient visite à ses parents. Au milieu de parties de Monopoly, de Scrabble, de cartes. Elle continuait à parler, écouter, travailler, suivre la trace des enfants, tandis qu'un souvenir de sa vie secrète la troublait comme une explosion rayonnante. Suivie d'une pesanteur chaude qui s'installait, le réconfort comblant tous ses creux. Mais cela ne durait pas, ce réconfort fuyait et elle se retrouvait comme un avare dont l'aubaine a disparu et qui est convaincu qu'une telle chance ne pourra jamais plus se présenter. Elle s'effondrait sous le coup du désir qui la contraignait par discipline à compter les jours. Il lui arrivait même de découper les jours en fractions pour calculer plus précisément combien de temps s'était écoulé.

Elle songea à se rendre à Campbell River sous un prétexte quelconque pour pouvoir atteindre une cabine téléphonique et d'appeler Jeffrey. Les cottages n'avaient pas de téléphones : le seul appareil public se trouvait dans l'entrée du pavillon central. Mais elle ne connaissait pas le numéro de l'hôtel où il travaillait. Qui plus est, elle ne pourrait pas aller à Campbell River le soir. Elle craignait, si elle appelait chez lui dans la journée, que sa mère professeur de français réponde. Il avait dit qu'elle ne quittait pratiquement jamais la maison en été. Une fois seulement, elle était allée en ferry à Vancouver pour la journée. Jeffrey avait téléphoné à Pauline pour lui demander de venir. Brian enseignait et Caitlin était à la garderie.

« Je ne peux pas, avait répondu Pauline. J'ai Mara.

– Qui ? avait dit Jeffrey. Oh. Dommage. » Puis : « Ne peux-tu l'amener ? »

Elle dit que non.

« Pourquoi pas ? Tu ne peux pas apporter des jouets pour qu'elle s'amuse ?

– Non, répéta Pauline. Je ne pourrais pas. C'est simple, je ne pourrais pas. »

Trimballer son bébé dans une expédition aussi coupable lui semblait trop périlleux. Dans une maison où les liquides de nettoyage n'étaient pas rangés sur des étagères élevées, et où pilules, sirops pour la toux, cigarettes et boutons ne seraient pas hors d'atteinte. Et même si elle échappait à l'empoisonnement ou à l'étouffement, Mara risquait d'emmagasiner des bombes à retardement : des souvenirs d'une maison inconnue où elle était bizarrement laissée à l'écart, d'une porte fermée, de bruits à l'intérieur.

« Je te voulais, c'est tout, avait dit Jeffrey. Je te voulais dans mon lit, c'est tout.

– Non, avait-elle encore répété, faiblement. Non. »

Ces paroles de Jeffrey lui revenaient sans cesse en mémoire. *Je te voulais dans mon lit*. Une insistance à demi plaisante dans sa voix mais une détermination aussi, un aspect pratique, comme si « dans mon lit » signifiait encore autre chose, le lit dont il parlait prenant des dimensions plus vastes, moins matérielles.

Ce refus avait-il été une grande erreur ? Rappelant ainsi à quel point elle était entravée par ce que n'importe qui appellerait sa vraie vie ?

La plage était presque déserte – les gens s'étaient faits à l'idée que la journée serait pluvieuse. Le sable était trop lourd pour que Caitlin construise un château ou creuse un système d'irrigation, entreprises qu'elle ne réaliserait qu'avec son père, de toute façon, parce qu'elle sentait qu'il s'y intéressait de tout cœur tandis que ce n'était pas vrai de sa mère. Elle errait d'un air un peu triste au bord de l'eau. La présence d'autres enfants lui manquait probablement, les amis anonymes instantanés et de temps à autre les ennemis jetant des pierres, donnant des coups de pied dans l'eau, les cris, les éclaboussures, les bousculades. Un garçon un peu plus grand qu'elle, apparemment tout seul, se tenait debout avec de l'eau jusqu'aux genoux un peu plus loin sur le rivage. Si ces deux-là pouvaient se rejoindre, tout pourrait s'arranger, l'expérience de la plage pourrait être sauvée. Pauline ne pouvait pas discerner si les petites courses éclaboussantes que faisait Caitlin dans l'eau étaient destinées au gamin et s'il l'observait avec intérêt ou avec mépris.

Mara n'était pas en manque de compagnie, en tout cas pas encore. Elle avança en trébuchant vers l'eau, la sentit lui toucher les pieds, regarda autour d'elle et repéra Pauline. « Pau. Pau », dit-elle en la reconnaissant avec bonheur. « Pau » était sa façon de dire Pauline, au lieu de « mère » ou « maman ». De s'être retournée la déséquilibra : elle s'assit à moitié sur le sable, à moitié dans l'eau, poussa un braillement de surprise qui se transforma en annonce, puis, au moyen de quelques manœuvres disgracieuses déterminées, exigeant de faire porter son poids sur ses mains, elle se mit debout, vacillante et triomphante. Elle marchait depuis six mois, mais se déplacer sur le sable représentait encore un défi. Maintenant elle revint vers Pauline en faisant des remarques raisonnables et désinvoltes dans son langage personnel.

« Sable, dit Pauline en en levant une boule. Regarde. Mara. Sable. »

Mara la corrigea, attribuant un autre nom à cette matière : on aurait dit « whap ». La couche épaisse sous la culotte en plastique et la barboteuse en tissu-éponge lui donnaient un gros derrière : cela, ajouté à ses joues et ses épaules potelées, et à son regard oblique prononcé, la faisait ressembler à une matrone polissonne.

Pauline prit conscience que quelqu'un appelait son nom. Il avait été appelé deux ou trois fois, mais comme la voix ne lui était pas familière, elle ne l'avait pas reconnu. Elle se leva et fit un signe de la main. C'était la femme qui travaillait à la boutique du pavillon. Elle se penchait au balcon et appelait : « Mrs. Keating. Mrs. Keating ? Téléphone, Mrs. Keating. »

Pauline hissa Mara sur sa hanche et appela Caitlin. Le petit garçon et elle avaient pris conscience l'un de l'autre à présent : ils ramassaient tous les deux des cailloux et les jetaient dans l'eau. Au début, elle n'entendit pas Pauline ou feignit de ne pas l'entendre.

« Boutique, appela Pauline. Caitlin. Boutique. » Quand elle fut certaine que Caitlin allait suivre – c'était le mot « boutique » qui avait été décisif, le rappel de la boutique minuscule dans le pavillon où l'on pouvait acheter des glaces, des bonbons, des cigarettes et des sodas –, elle attaqua le chemin à travers le sable puis l'ascension de la volée de marches en bois au-dessus de la plage et des Gaultheria Shallon *. À mi-hauteur, elle s'arrêta et dit : « Mara, tu pèses une tonne » en transférant le bébé sur son autre hanche. Caitlin frappait le garde-fou avec un bâton.

« Je peux avoir un esquimau ? Maman ? Je peux ?

– On verra.

– S'il te plaît, je peux avoir un esquimau ?

– Attends. »

Le téléphone public se trouvait à côté d'un tableau d'affichage à l'autre bout du hall principal, face à la porte de la salle à manger. On y avait organisé un bingo, à cause de la pluie.

« J'espère qu'il est encore au bout du fil », cria la femme qui travaillait à la boutique. Elle était invisible maintenant derrière son comptoir.

Pauline, portant encore Mara, prit le combiné qui pendait et dit « Allô ? » d'une voix essoufflée. Elle pensait entendre Brian lui annoncer un retard à Campbell River ou lui demander ce qu'elle voulait qu'il achète au drugstore. Il n'y avait qu'une chose – de la lotion apaisante à la calamine –, si bien qu'il ne l'avait pas notée.

« Pauline, dit Jeffrey, c'est moi. »

* Sorte de bruyère arborescente décrite par J.-F. Gaulthier, médecin botaniste français travaillant au Québec (1708-1756). *(N.d.T.)*

Mara, impatiente de descendre, donnait des coups et se débattait contre le flanc de Pauline. Caitlin traversa le hall et entra dans la boutique en laissant des empreintes de pas humides et sableuses. « Juste un instant, dit Pauline, juste un instant. » Elle laissa Mara glisser à terre et alla vite fermer la porte qui ouvrait sur les marches. Elle ne se souvenait pas avoir dit le nom de cet endroit à Jeffrey, bien qu'elle lui ait indiqué en gros où il se trouvait. Elle entendit la femme de la boutique parler à Caitlin plus sèchement qu'elle ne l'aurait fait à des enfants dont les parents seraient à côté d'eux.

« As-tu oublié de mettre tes pieds sous le robinet ? »

« Je suis là, dit Jeffrey. Je ne m'en suis pas très bien sorti sans toi. Je ne me suis pas du tout sorti d'affaire. »

Mara se dirigea vers la salle à manger.

« Là. Où ? » demanda Pauline.

Elle lut les annonces punaisées au tableau d'affichage à côté du téléphone.

BATEAUX ET CANOËS INTERDITS À TOUTE PERSONNE DE MOINS DE QUATORZE ANS NON ACCOMPAGNÉE PAR UN ADULTE

CONCOURS DE PÊCHE

VENTE DE PÂTISSERIES ET D'ARTISANAT, ÉGLISE DE ST. BARTHOLOMEW

VOTRE VIE EST ENTRE VOS MAINS. CHIROMANCIE, CARTOMANCIE RAISONNABLE ET EXACTE. APPELEZ CLAIRE.

« Dans un motel. À Campbell River. »

Pauline sut où elle était avant d'avoir ouvert les yeux. Rien ne l'étonna. Elle avait dormi, mais pas assez profondément pour rien laisser échapper.

Elle avait attendu Brian sur le parking du pavillon, avec les enfants, et lui avait demandé les clés. Devant ses parents, elle lui avait dit qu'elle avait besoin de quelque chose d'autre, à Campbell River. Qu'est-ce que c'était ? lui avait-il demandé. Et avait-elle de l'argent ?

Elle avait répondu : « Juste quelque chose », pour qu'il pense que c'étaient des tampons ou des contraceptifs dont elle ne voulait pas parler.

« D'accord, mais il faudra que tu prennes de l'essence. »

Plus tard, elle fut obligée de lui parler au téléphone. Jeffrey lui dit que c'était elle qui devait le faire.

« Parce qu'il ne l'acceptera pas de ma part. Il pensera que je t'ai enlevée ou un truc de ce genre. Il ne me croira pas. »

Mais ce qu'il y avait eu de plus étrange, c'est que Brian sembla bien, immédiatement, la croire. Se tenant là où elle s'était tenue peu de temps auparavant, dans le hall public du pavillon – la partie de bingo terminée à présent mais avec des gens qui passaient, elle les entendait, les gens qui sortaient de la salle à manger après le dîner –, il dit : « Oh. Oh. D'accord », d'une voix qu'il lui faudrait rapidement maîtriser mais paraissant puiser dans un fonds de fatalisme ou de prescience dépassant de loin cette nécessité.

Comme s'il avait su depuis toujours, depuis toujours, ce qui pouvait se passer avec elle.

« Bon, dit-il. Et la voiture ? »

Il ajouta autre chose, quelque chose d'impossible, puis raccrocha, et elle, elle sortit de la cabine téléphonique à côté des pompes à essence de Campbell River.

« Ça a été rapide, commenta Jeffrey. Plus facile que tu ne pensais.

– Je ne sais pas, dit Pauline.

– Il savait peut-être, inconsciemment. Les gens savent, en fait. »

Elle hocha la tête pour lui faire comprendre de ne plus rien dire, et il s'excusa. Ils marchèrent le long de la route sans se toucher ni se parler.

Ils avaient été obligés d'aller chercher une cabine téléphonique à l'extérieur parce qu'il n'y avait pas de téléphone dans la chambre du motel. Maintenant, au petit jour, en jetant tranquillement un coup d'œil circulaire – le premier moment de tranquillité ou de liberté véritable qu'elle ait eu depuis qu'elle était entrée dans cette pièce –, elle vit qu'elle ne contenait pas grand-chose. Juste une coiffeuse minable, le lit sans dosseret, une chauffeuse rembourrée, devant la fenêtre un store vénitien dont une latte était cassée et un rideau en tissu plastique orange, censé imiter le tulle, qui n'exigeait pas d'être ourlé, simplement coupé net en bas. Il y avait un climatiseur bruyant : Jeffrey l'avait éteint pendant la nuit en laissant la porte ouverte avec la chaîne, puisque la fenêtre était bloquée. La porte était fermée à présent. Il avait dû se lever pendant la nuit pour la fermer.

C'est tout ce qu'elle possédait. Son lien avec le cottage où Brian était couché, endormi ou pas, était rompu, ainsi que son lien avec la maison qui avait été l'expression de sa vie avec Brian, de la façon dont ils voulaient vivre. Elle ne possédait plus de meubles. Elle s'était coupée de tous les achats importants et sérieux comme la machine à laver et le sèche-linge, la table en chêne, l'armoire restaurée et le lustre, copie de celui d'un tableau de Vermeer. Et tout autant de ces choses qui lui appartenaient plus spécifiquement : les gobelets en verre moulé qu'elle avait collectionnés, le tapis de prière qui, sans être authentique, bien sûr, était beau. Même ses livres, elle les avait peut-être perdus. Même ses vêtements. La jupe, le chemisier et les sandales qu'elle avait mis pour venir à Campbell

River pouvaient bien être tout ce qui lui restait. Elle ne retournerait jamais pour revendiquer quoi que ce soit. Si Brian la contactait pour lui demander que faire de ses affaires, elle lui dirait d'en faire ce qu'il voulait : tout fourrer dans des sacs-poubelle et les porter à la décharge, si c'est ça qu'il voulait. (En fait, elle savait qu'il allait probablement remplir une malle, ce qu'il fit, faisant suivre, scrupuleusement, non seulement son manteau et ses bottes d'hiver mais également des articles comme l'obi qu'elle avait porté pour son mariage et jamais depuis, avec le tapis de prière étalé sur l'ensemble comme une déclaration finale de sa générosité, naturelle ou calculée.)

Elle croyait ne plus jamais se soucier du genre de pièces où elle habiterait ou du genre de vêtements qu'elle porterait. Elle ne chercherait pas ce genre de support pour donner aux gens une idée de qui elle était, de comment elle était. Même pas pour se donner une idée. Ce qu'elle avait fait suffirait, représenterait le tout.

Ce qu'elle était en train de faire serait ce dont elle avait entendu parler, ce qu'elle avait lu dans les livres. C'était ce qu'avait fait Anna Karénine et ce qu'avait souhaité faire Madame Bovary. C'est ce qu'avait fait un enseignant de l'école de Brian, avec la secrétaire du lycée. Il s'était sauvé avec elle. C'est ainsi que cela s'appelait. Se sauver avec. Prendre le large avec. On en parlait de façon péjorative, avec humour, envieusement. C'était l'adultère augmenté d'un degré. Les gens qui en passaient par là avaient très probablement déjà eu une liaison, commettant l'adultère pendant un certain temps avant d'être assez désespérés ou courageux pour prendre cette décision. Rarement, il arrivait qu'un couple prétende que leur amour avait été platonique et techniquement pur, mais on estimerait que ces gens – si on les croyait – étaient non seulement très sérieux et nobles de caractère mais prodigieusement téméraires, presque à mettre dans le même sac que ceux qui prenaient le risque de tout abandonner pour aller travailler dans un pays pauvre et dangereux.

Les autres, les adultères, étaient jugés irresponsables ; égoïstes ou même cruels. Chanceux également. Ils étaient chanceux parce que l'amour qu'ils avaient fait dans des voitures garées, dans les hautes herbes, dans les lits conjugaux souillés de l'un ou de l'autre, ou plus vraisemblablement dans des motels comme celui-ci, devait sûrement avoir été magnifique. Sinon, ils n'auraient jamais éprouvé un désir si ardent de jouir à tout prix de leur compagnie mutuelle, ni une telle foi que leur avenir partagé serait en tous points meilleur et différent en nature de ce qu'ils avaient connu dans le passé.

Différent en nature. C'est ce que Pauline était obligée de croire maintenenant : qu'il existait cette différence majeure dans les vies, les mariages ou les unions entre les gens. Que certains d'entre eux soient dotés d'une nécessité, d'une fatalité dont les autres étaient dépourvus. Bien sûr, elle aurait dit la même chose une année auparavant. Les gens le disaient effectivement, ils paraissaient le croire, et penser que leurs propres cas appartenaient tous à la première catégorie, la catégorie particulière, même quand n'importe qui voyait que ce n'était pas vrai et que ces gens ne savaient pas de quoi ils parlaient. Pauline n'aurait pas su de quoi elle parlait.

Il faisait trop chaud dans la pièce. Le corps de Jeffrey dégageait trop de chaleur. Il semblait irradier la conviction et la chicanerie, même en dormant. Son torse était plus épais que celui de Brian ; son tour de taille était plus enrobé. Plus de chair sur les os et pourtant moins mou au toucher. Moins beau dans l'ensemble : c'était ce que diraient la plupart des gens, elle en était sûre. Et moins soigné. Brian au lit n'avait pas d'odeur. La peau de Jeffrey, chaque fois qu'elle s'était trouvée près de lui, avait eu une odeur recuite, évoquant l'huile ou les noisettes. Il ne s'était pas lavé hier soir, mais elle non plus, après tout. Ils n'avaient pas eu le temps. Avait-il même apporté une brosse à dents ? Elle non. Mais elle ne savait pas qu'elle allait rester.

Lorsqu'elle avait retrouvé Jeffrey ici, elle avait encore derrière la tête l'idée qu'il lui faudrait concocter quelque mensonge colossal quand elle rentrerait. Et il fallait qu'elle – qu'ils – fasse vite. Quand Jeffrey lui déclara qu'il avait décidé qu'ils devaient rester ensemble, qu'elle irait avec lui dans l'État de Washington, qu'ils seraient obligés de laisser tomber la pièce parce que les choses allaient être trop difficiles pour eux à Victoria, elle l'avait regardé avec l'air ébahi que l'on aurait pour regarder quelqu'un au début d'un tremblement de terre. Elle était prête à lui dire toutes les raisons pour lesquelles ce n'était pas possible, elle croyait encore qu'elle allait le faire, mais sa vie était partie à la dérive à cet instant. Retourner serait comme s'enfiler un grand sac sur la tête.

« Es-tu sûr ? fut tout ce qu'elle dit.

– Sûr, confirma-t-il. Je ne te quitterai jamais », ajouta-t-il sincèrement.

Cela ne semblait pas être le genre de chose qu'il dirait. Puis elle se rendit compte que c'était une citation – peut-être ironique – de la pièce. C'est ce qu'Orphée dit à Eurydice quelques instants après leur première rencontre au buffet de la gare.

Ainsi sa vie s'effondrait : elle devenait une de ces personnes qui se sauvent. Une femme qui abandonne tout de façon incompréhensible et choquante. Par amour, commenteraient les observateurs, acides. Laissant entendre, pour le sexe. Rien de tout cela n'arriverait si le sexe n'entrait pas en jeu.

Et pourtant, quelle est la grande différence ici ? La procédure n'est pas tellement variable, quoi qu'on vous dise. Les peaux, les mouvements, le contact, les résultats. Les résultats s'obtiennent sans peine chez Pauline. Brian les obtenait. N'importe qui les obtiendrait probablement, qui ne soit pas d'une extrême stupidité ou moralement répugnant.

Mais rien n'est pareil, en vérité. Avec Brian, surtout avec Brian – à qui elle a voué une sorte de bonne volonté égoïste, avec qui elle a vécu une complicité conjugale –, il ne peut jamais y avoir ce dépouillement, cette fuite inévitable, ces sentiments qui ne requièrent aucun effort de sa part, mais simplement qu'elle s'y abandonne comme pour respirer ou mourir. Cela, elle en est persuadée, ne peut se passer que lorsque c'est Jeffrey que la peau enveloppe, lorsque les mouvements sont ceux de Jeffrey et que le poids qui l'écrase contient le cœur de Jeffrey, ainsi que ses habitudes, pensées, traits distinctifs, son ambition et sa solitude (qui, pour autant qu'elle sache, sont probablement liés à sa jeunesse, pour la plupart).

Pour autant qu'elle sache. Il y a beaucoup de choses qu'elle ne sait pas. Elle ne sait pratiquement rien de ce qu'il aime manger ou de la musique qu'il aime écouter ou du rôle que joue sa mère dans son existence (sans doute mystérieux mais important, comme celui des parents de Brian). Il y a une chose dont elle est assez certaine : quelles que soient ses préférences ou ses interdictions, elles seront catégoriques.

Elle se glisse de sous la main de Jeffrey et de sous le drap qui a une odeur âcre d'eau de Javel, elle se laisse doucement tomber sur le plancher où gît le couvre-lit et s'enveloppe hâtivement dans cette loque de chenille jaune verdâtre. Elle ne veut pas qu'il ouvre les yeux et la voie par-derrière, remarquant ses fesses tombantes. Il l'a déjà vue nue, mais dans des circonstances plus indulgentes.

Elle se rince la bouche et fait sa toilette en utilisant une savonnette grosse comme deux minces carrés de chocolat et dure comme de la pierre. Son entrecuisse est éprouvé, enflé et puant. Uriner nécessite un effort et elle est constipée, semble-t-il. Hier soir, quand ils sont sortis et ont acheté des hamburgers, elle s'est aperçue qu'elle ne pouvait pas manger. Vraisemblablement, elle apprendra à refaire toutes ces choses, elles reprendront leur place naturelle dans sa vie. Pour l'instant, c'est comme si elle n'avait pas vraiment les moyens de leur accorder de l'attention.

Elle a un peu d'argent dans son sac à main. Il faut qu'elle sorte acheter une brosse à dents, du dentifrice, un déodorant, du shampooing. Ainsi que du gel vaginal. La nuit dernière, ils ont utilisé des préservatifs les deux premières fois mais rien la troisième.

Elle n'avait pas pris sa montre et Jeffrey n'en porte pas. Il n'y a évidemment pas de pendule dans la pièce. Elle pense qu'il est tôt : la lumière a encore un air matinal, malgré la chaleur. Les boutiques ne seront probablement pas ouvertes, mais il y aura bien un endroit où elle pourra trouver du café.

Jeffrey s'est retourné. Elle a dû le réveiller, l'espace d'un instant.

Ils auront une chambre. Une cuisine, une adresse. Il ira travailler. Elle, elle ira à la laverie automatique. Peut-être ira-t-elle travailler également. Vendeuse, serveuse, donnant des cours particuliers aux étudiants. Elle sait le français et le latin : enseigne-t-on le français et le latin dans les lycées américains ? Peut-on trouver un emploi si l'on n'est pas américain ? Jeffrey ne l'est pas.

Elle lui laisse la clé. Elle sera obligée de le réveiller pour rentrer. Il n'y a rien avec quoi, ni sur quoi, écrire un mot.

Il est tôt. Le motel se trouve sur la grand-route à l'extrémité nord de la ville, à côté du pont. Il n'y a pas encore de circulation. Elle marche en traînant les pieds sous les peupliers de Virginie pendant un bon moment avant qu'un véhicule quelconque traverse le pont dans un grondement, bien que le trafic y passant ait ébranlé leur lit jusque tard dans la nuit.

Il vient quelque chose à présent. Un camion. Mais pas seulement un camion : il y a un énorme fait désolé qui lui arrive dessus. Et il n'arrive pas de nulle part : il a été en attente, lui donnant des petits coups de coude cruels depuis qu'elle s'est réveillée, ou même toute la nuit.

Caitlin et Mara.

Hier soir au téléphone, après avoir parlé d'une voix si neutre, maîtrisée et presque agréable – comme s'il tirait orgueil de ne pas se montrer choqué, ni faire d'objections, ni supplier –, Brian avait éclaté. Il avait dit avec mépris et fureur, sans se soucier de qui pouvait l'entendre : « Bon, dans ce cas, et les gamines ? »

Le combiné s'était mis à trembler contre l'oreille de Pauline.

« On va en parler... » avait-elle répondu, mais il avait paru ne pas l'entendre.

« Les enfants », avait-il dit, de cette même voix grelottante et vindicative. Passer du mot « gamines » à « enfants » était comme rabattre violemment une planche sur elle, une menace pesante, en règle, justifiée.

« Les enfants restent, avait dit Brian. Pauline. M'as-tu entendu ?

– Non, dit Pauline. Oui. Je t'ai entendu, mais...

– Très bien. Tu m'as entendu. Rappelle-toi. Les enfants restent. »

C'est tout ce qu'il pouvait faire. L'obliger à voir ce qu'elle était en train d'accomplir, ce à quoi elle mettait fin, et la punir si elle le faisait. Personne ne lui donnerait tort. Il pourrait y avoir des resquilles, des marchandages, elle serait certainement humiliée, mais cette chose se trouvait là comme une pierre ronde dans son gosier, comme un boulet de canon. Et elle y demeurerait, à moins que Pauline change complètement d'avis. *Les enfants restent.*

Leur voiture – celle de Brian et la sienne – était encore stationnée sur le parking du motel. Brian allait devoir demander à son père ou à sa mère de l'amener ici aujourd'hui pour la reprendre. Elle avait les clés dans son sac à main. Il y avait des doubles : il les apporterait certainement. Elle ouvrit la portière de la voiture, jeta ses clés sur le siège, verrouilla la portière de l'intérieur et la poussa. Maintenant, elle ne pourrait plus retourner. Elle ne pourrait pas monter dans la voiture, rentrer et dire qu'elle avait eu un coup de folie. Si elle le faisait, il lui pardonnerait, mais il ne s'en remettrait jamais et elle non plus. Leur vie poursuivrait son cours, cependant, comme cela arrivait à d'autres.

Elle quitta le parking et se mit à longer le trottoir, vers la ville.

Le poids de Mara sur sa hanche, hier. La vue des traces des pas de Caitlin par terre.

Pau. Pau.

Elle n'a pas besoin des clés pour aller les retrouver, elle n'a pas besoin de la voiture. Elle pourrait se faire prendre en stop sur la grand-route. Céder, céder, les retrouver de n'importe quelle manière, comment ne peut-elle pas le faire ?

La tête enfouie dans un grand sac.

Un choix fluide, le choix de la fantaisie, se déverse par terre et durcit immédiatement : il a pris sa forme incontestable.

Cette douleur est aiguë. Elle va devenir chronique. Chronique signifie qu'elle sera permanente mais peut-être pas constante. Cela peut aussi signifier que vous n'en mourrez pas. Vous ne vous en affranchirez pas, mais vous n'en mourrez pas. Vous ne l'éprouverez pas à tout instant, mais vous ne passerez pas beaucoup de jours sans la rencontrer. Et vous apprendrez des trucs pour l'émousser ou la faire disparaître, en tentant de ne pas finir par détruire ce que vous avez obtenu moyennant cette douleur. Ce n'est pas sa faute. C'est encore un innocent ou un sauvage, qui ne sait pas qu'il existe une douleur aussi durable au monde. Dites-vous que vous les perdez de toute façon. Ils deviennent adultes. Pour une mère, il y a toujours en attente cette désolation intime légèrement ridicule. Ils oublieront cette époque, d'une manière ou d'une autre ils vous désavoueront. Ou bien ils resteront à proximité comme l'a fait Brian, jusqu'à ce que vous ne sachiez plus que faire.

Et pourtant, quelle douleur. À trimballer, à apprivoiser jusqu'à ce qu'elle ne pleure que le passé et plus aucun présent possible.

Ses enfants sont adultes. Elles ne la détestent pas. D'être partie et d'être restée partie. Elles ne le lui pardonnent pas non plus. Peut-être qu'elles ne lui auraient pas pardonné de toute façon, mais cela aurait été pour quelque chose de différent.

Caitlin a de vagues souvenirs de l'été au pavillon, Mara aucun. Un jour, Caitlin en parle à Pauline, en l'appelant « cet endroit ou grand-mère et grand-père ont séjourné ».

« L'endroit où nous étions quand tu es partie, dit-elle. Mais c'est seulement plus tard que nous avons su que tu étais partie avec Orphée.

– Ce n'était pas Orphée, rectifia Pauline.

– Ce n'était pas Orphée ? Papa disait que c'était lui. Il disait : "Et ensuite ta mère s'est sauvée avec Orphée."

– Alors il plaisantait.

– J'ai toujours pensé que c'était Orphée. Alors c'était quelqu'un d'autre.

– C'était une personne liée à la pièce. Avec laquelle j'ai vécu pendant un certain temps.

– Pas Orphée.

– Non. Jamais. »

Le rêve de ma mère

Pendant la nuit – ou pendant le temps où elle dormait – il y avait eu une forte chute de neige.

Ma mère regarda par une grande fenêtre cintrée comme l'on en trouve dans un manoir ou un édifice public à l'ancienne. Son regard tomba sur des pelouses et des arbustes, des haies, des massifs de fleurs, des arbres, tous couverts de neige en tas ou en coussins, que le vent n'avait pas nivelés ni dispersés. La blancheur n'agressait pas les yeux comme elle le faisait au soleil. C'était une blancheur de neige sous un ciel dégagé, juste avant l'aube. Tout était calme : cela ressemblait à *Douce nuit, sainte nuit* sauf que les étoiles s'étaient éteintes.

Cependant quelque chose détonnait. Il y avait une erreur dans cette scène. Le feuillage d'été était complètement sorti sur tous les arbres, tous les arbustes et plantes. L'herbe qui transparaissait dans les endroits abrités de la neige était fraîche et verdoyante. La neige s'était déposée au cours de la nuit sur la luxuriance de l'été. Un changement de saison inexplicable, inattendu. Aussi, tout le monde était parti – bien qu'elle n'eût aucune idée de qui était « tout le monde » – et ma mère se trouvait seule dans la grande maison spacieuse au milieu de ses arbres et jardins plutôt conventionnels.

Elle se dit que ce qui s'était passé, quoi que ce fût, lui serait bientôt communiqué. Cependant, personne n'était venu. Le téléphone ne sonna pas, le loquet du portail du jardin ne fut pas levé. Elle n'entendait aucun bruit de circulation et elle ne savait même pas dans quelle direction se trouvait la rue, ou la route, si elle était à la campagne. Il lui fallait sortir de la maison, où l'atmosphère était pesante et figée.

Lorsqu'elle fut dehors, elle se rappela. Elle se rappela qu'elle avait laissé un bébé quelque part à l'extérieur, avant que la neige tombe. Pas mal de temps avant que la neige tombe. Ce souvenir, cette certitude, s'abattit sur elle avec horreur. C'est comme si elle s'éveillait d'un rêve. À l'intérieur de son rêve, elle s'éveillait d'un rêve pour prendre connaissance de sa responsabilité et de sa faute. Elle avait laissé son bébé dehors pendant la nuit, elle l'avait oublié. L'avait laissé exposé quelque part comme si c'était une poupée dont elle s'était lassée. Et cela ne remontait peut-être pas à la nuit dernière mais à une semaine ou un mois. Elle avait laissé son bébé dehors pendant toute une saison ou pendant de nombreuses saisons. Elle avait eu d'autres occupations. Il se pouvait qu'elle ait même quitté cet endroit et vienne de rentrer, en ayant oublié ce qu'elle allait retrouver.

Elle s'en fut chercher partout sous les haies et les plantes à larges feuilles. Elle voyait d'avance que le bébé serait ratatiné. Il serait mort, ratatiné et marron, la tête comme une noix, et sur sa minuscule figure renfermée il y aurait une expression non pas de détresse mais de deuil, un chagrin ancien et patient. On n'y lirait pas une accusation portée contre elle, sa mère, mais simplement la patience et l'impuissance avec lesquelles il attendait d'être sauvé ou perdu.

Le chagrin qui accabla ma mère était le chagrin de l'attente du bébé et de ne pas avoir su qu'il l'attendait, son seul espoir, alors qu'elle l'avait complètement oublié. Un bébé si petit et si nouvellement né qu'il ne pouvait même pas se détourner de la neige. Le chagrin l'empêchait presque de respirer. Il n'y aurait jamais de place en elle pour autre chose. Pas de place pour autre chose que la prise de conscience de ce qu'elle avait fait.

Quelle grâce, donc, lui fut accordée lorsqu'elle trouva le bébé dans son berceau. Couché sur le ventre, la tête tournée de côté, la peau pâle et douce comme des perce-neige, le duvet sur sa tête roussâtre comme l'aube. Des cheveux roux comme les siens, sur la tête du bébé qui était indubitablement à elle et parfaitement en sécurité. La joie de se trouver pardonnée.

La neige, les jardins feuillus et la maison inconnue s'étaient tous évanouis. Le seul reste de blancheur était la couverture du berceau. Une couverture en laine blanche légère, descendue en tapon à mi-dos du bébé. Dans la chaleur, la vraie chaleur d'été, le bébé ne portait qu'une couche et une culotte en plastique pour que le drap reste sec. La culotte était imprimée de papillons.

Ma mère, pensant encore sans doute à la neige et au froid qui l'accompagne habituellement, remonta la couverture pour protéger le dos et les épaules nues du bébé, sa tête au duvet roux.

C'est au petit jour que ceci se passe dans le monde réel. Le monde de juillet 1945. À une heure où, n'importe quel autre jour, le bébé exigerait sa première tétée, il dort encore. La mère, bien qu'elle soit debout, les yeux ouverts, est encore beaucoup trop ensommeillée pour s'en étonner. Le bébé et la mère sont épuisés par un long combat et la mère l'a même oublié à cet instant. Certains circuits sont fermés : le calme le plus implacable s'est déposé sur son cerveau et sur celui du bébé. La mère – ma mère – ne comprend rien à la lumière du jour qui croît à chaque instant. Elle ne comprend pas que le soleil se lève tandis qu'elle se tient là. Aucun souvenir de la veille, ni de ce qui s'est passé autour de minuit, ne vient la secouer. Elle remonte la couverture sur la tête du bébé, sur son profil doux, satisfait, endormi. Elle retourne à pas feutrés dans sa chambre, s'effondre sur le lit et sombre immédiatement de nouveau dans l'inconscience.

La maison dans laquelle ceci se passe ne ressemble en rien à la maison du rêve. C'est une maison en bois blanche, d'un étage et demi, étriquée mais respectable, avec une véranda dont l'avancée est à quelques pieds du trottoir et un bow-window dans la salle à manger donnant sur un petit jardin entouré de haies. Elle se trouve dans une rue secondaire d'une petite ville impossible à distinguer – pour un étranger – de quantité d'autres petites villes, dispersées à quinze ou vingt kilomètres les unes des autres, situées dans le territoire agricole à la population autrefois dense près du lac Huron. Mon père et ses sœurs ont grandi dans cette maison : les sœurs et la mère y habitaient encore quand ma mère les a rejointes – et moi aussi, étant volumineuse et active dans son ventre – après que mon père eut été tué pendant les dernières semaines de la guerre en Europe.

Ma mère, Jill, se tient debout près de la table de la salle à manger, dans la lumière vive de fin d'après-midi. La maison est pleine de gens que l'on a invités à venir après la messe de souvenir à l'église. Ils boivent du thé ou du café et se débrouillent pour tenir dans leurs mains les minuscules sandwiches, les tranches de gâteau à la banane, de pain aux noix, de quatre-quarts. Les tartelettes à la crème pâtissière ou aux raisins secs avec leur pâte friable sont supposées se manger avec une fourchette à dessert dans une des petites assiettes décorées de violettes peintes par la belle-mère de Jill quand elle était jeune mariée. Jill ramasse tout avec ses doigts. Il est tombé des miettes de pâte, un raisin sec, qui se sont incrustés dans le velours vert de sa robe. Elle est trop chaude par le temps qu'il fait et ce n'est pas du tout une robe de grossesse mais une sorte de robe flottante prévue pour les auditions, les occasions où elle joue du violon en public. L'ourlet remonte devant, à cause de moi. Seulement c'est l'unique chose qu'elle possède qui soit assez ample et digne d'être portée pour la messe de souvenir de son mari.

Pourquoi manger ainsi ? Les gens ne peuvent éviter de le remarquer. « Elle mange pour deux », explique Ailsa à un groupe d'invités, afin qu'ils ne remportent pas l'avantage sur elle par les commentaires qu'ils font ou ne font pas sur sa belle-sœur.

Jill s'est sentie nauséeuse toute la journée, jusqu'à ce qu'elle se rende compte brusquement à l'église, au moment précis où elle se disait comme l'orgue était mauvais, qu'elle avait une faim de loup. Pendant tout *Ô cœurs vaillants*, elle pensait à un hamburger épais dégouttant de jus de viande et de mayonnaise fondue et à présent elle essaie de trouver quelle concoction de noix, de raisins secs et de sucre roux, quelle douceur de glaçage à la noix de coco propre à causer des élancements dans les dents ou quelle bouchée apaisante de gâteau à la banane ou cuillérée de crème pâtissière pourra le remplacer. Rien ne le fera, bien sûr, mais elle ne désarme pas. Lorsque sa vraie faim est satisfaite, sa faim imaginaire est encore à l'œuvre, et plus encore une irritabilité confinant à l'affolement qui lui fait enfourner des nourritures dont elle n'est presque plus en état de sentir le goût. Elle ne pourrait pas décrire cette irritabilité sinon en disant qu'elle a un rapport avec la frayeur et l'oppression. La haie d'épine-vinette devant la fenêtre, épaisse et hérissée au soleil, le contact de la robe de velours qui se colle à ses aisselles humides, les boucles en petits bouquets – de la même couleur que les raisins secs sur les tartelettes – groupées sur la tête de sa belle-sœur Ailsa, même les violettes peintes qui ressemblent à des croûtes que l'on pourrait arracher de l'assiette, toutes ces choses lui paraissent particulièrement horribles et oppressantes bien qu'elle sache qu'elles sont tout à fait ordinaires. Elles semblent porter quelque message à propos de sa nouvelle vie inattendue.

Pourquoi inattendue ? Il y a un certain temps qu'elle est au courant de mon existence et elle savait aussi que George Kirkham risquait d'être tué. Il était dans l'armée de l'air, après tout. (Autour d'elle, dans la maison des Kirkham cet après-midi, les gens disent – pas à elle, sa veuve, ni à ses sœurs – qu'étant donné le personnage, on avait toujours su qu'il se ferait tuer. Ils veulent dire, parce qu'il était beau et plein d'entrain et faisait l'orgueil de sa famille, celui dans lequel elle mettait tous ses espoirs.) Elle le savait mais elle poursuivait sa vie habituelle, coltinant son violon dans le tramway par de sombres matins d'hiver, allant au conservatoire où elle étudiait heure après heure dans une pièce crasseuse avec le bruit du radiateur pour seule compagnie, la peau des mains marbrée d'abord à cause du froid, puis desséchée par la chaleur à l'intérieur. Elle avait continué à vivre dans une chambre louée, avec une fenêtre mal ajustée qui laissait entrer les mouches en été et un saupoudrage de neige sur le rebord en hiver, rêvant – quand elle n'avait pas mal au cœur – de saucisses, de *pies* à la viande et de gros morceaux de chocolat noir. Au conservatoire, les gens avaient traité sa grossesse avec tact, comme si c'était une tumeur. Elle ne fut pas apparente pendant longtemps, de toute façon, comme il arrive fréquemment pour les premières grossesses chez les grandes femmes au bassin large. Même lorsque je faisais des cabrioles elle jouait en public. Majestueusement épaissie, avec ses longs cheveux roux embroussaillés sur les épaules, le visage large et rayonnant, elle fut soliste dans son audition la plus importante à ce jour. Interprétant le *Concerto pour violon* de Mendelssohn.

Elle prêta quelque attention au monde : elle savait que la guerre touchait à sa fin et pensait que George serait peut-être rentré peu de temps après ma naissance. Elle savait qu'elle ne pourrait pas continuer à vivre dans sa chambre à ce moment-là, il faudrait qu'elle s'installe quelque part avec lui. Elle savait aussi que j'y serais, mais il lui semblait que ma naissance mettait fin à quelque chose plutôt qu'elle n'en commençait une autre. Elle mettrait fin aux coups de pied dans l'endroit sensible en permanence d'un côté de son ventre, et à la douleur dans ses organes génitaux lorsqu'elle se levait et que le sang s'y précipitait (comme si un cataplasme brûlant était posé là). Ses mamelons ne seraient plus gros, foncés et remplis de protubérances, et elle ne serait plus obligée de bander ses jambes aux veines enflées avant de se lever tous les matins. Elle ne serait plus obligée d'uriner à peu près toutes les demi-heures et ses pieds dégonflés rentreraient dans leurs chaussures habituelles. Elle pense qu'une fois que je serai sortie, je ne lui causerai plus tant d'ennuis.

Lorsqu'elle a su que George ne reviendrait pas, elle a songé à me garder avec elle pendant un certain temps dans cette même pièce. Elle s'est procuré un livre sur les bébés. Elle a acheté les choses essentielles dont j'aurais besoin. Il y avait une vieille femme dans l'immeuble qui pourrait s'occuper de moi pendant qu'elle étudierait. Elle allait recevoir une pension de veuve de guerre et, six mois plus tard, elle obtiendrait son diplôme du conservatoire.

C'est alors qu'Ailsa est arrivée par le train pour l'emmener. « Nous ne pouvions pas te laisser coincée ici toute seule, a-t-elle dit à ma mère. Tout le monde se demande pourquoi tu n'es pas venue nous rejoindre quand George est parti outre-mer. Il est temps que tu viennes, maintenant. »

« Ma famille est givrée, avait dit George à Jill. Iona est une épave nerveuse et Ailsa aurait dû être sergent-major. Quant à ma mère, elle est sénile. C'est Ailsa qui a reçu l'intelligence, avait-il ajouté, mais elle a été obligée d'abandonner le lycée et d'aller travailler à la poste quand mon père est mort. Moi j'ai reçu un aspect physique agréable et il n'est plus resté à la pauvre Iona que le vilain teint et les nerfs malades. »

Jill avait rencontré ses sœurs pour la première fois quand elles étaient venues à Toronto pour assister au départ de George. Elles n'avaient pas été présentes au mariage, qui avait eu lieu deux semaines auparavant. Personne n'était là que George, Jill, le pasteur et la femme du pasteur, ainsi qu'un voisin convoqué pour être le second témoin. Moi j'y étais aussi, déjà blottie dans le ventre de Jill, mais je n'étais pas la cause du mariage et, à l'époque, personne ne connaissait mon existence. Ensuite George avait insisté pour que Jill et lui se prennent en photo avec des visages impassibles dans une de ces cabines où l'on se prend soi-même. Il s'acharnait à être follement gai. « Ça leur réglera leur compte », avait-il dit en regardant les photos. Jill s'était demandé s'il voulait régler un compte à quelqu'un en particulier. Ailsa ? Ou bien les jolies filles, les filles aguichantes et délurées qui lui avaient couru après, lui écrivant des lettres sentimentales et lui tricotant des chaussettes aux motifs écossais ? Il portait les chaussettes quand il le pouvait, il empochait les cadeaux et il lisait les lettres à voix haute dans les bars pour en rire.

Jill n'avait pas pris de petit déjeuner avant la noce et, au beau milieu, elle avait eu des pensées de crêpes et de bacon.

Les deux sœurs avaient l'air plus normales qu'elle ne l'avait imaginé. Mais c'était bien à George que la beauté avait été attribuée. Il était doté d'une ondulation soyeuse dans ses cheveux d'un blond foncé, d'un éclat dur et malicieux dans ses yeux, de traits enviables, aux contours nets. Une seule réserve : il n'était pas très grand. Juste assez pour regarder Jill dans les yeux. Et pour être pilote de guerre.

« Ils n'ont pas besoin de grands types comme pilotes, disait-il. Là je les bats. Les grandes perches. Il y a un tas de mecs dans les films qui sont petits. Ils se juchent sur des caisses pour embrasser. »

(Au cinéma, il arrivait à George de faire du tapage. Il sifflait parfois les baisers. Il ne s'y livrait pas beaucoup dans la vie, non plus. « Passons à l'action », disait-il.)

Les sœurs étaient petites également. Leurs noms venaient de lieux en Écosse où les parents étaient allés en voyage de noces, avant que la famille soit ruinée. Ailsa avait douze ans de plus que George, Iona neuf. Dans la foule à Union Station, elles paraissaient boulottes et désemparées. Elles portaient toutes les deux des tailleurs et des chapeaux neufs, comme si c'étaient elles qui venaient de se marier. Et elles étaient toutes deux chagrinées parce que Iona avait oublié ses meilleurs gants dans le train. C'était vrai que la peau d'Iona était vilaine bien qu'il n'y eût pas d'éruption à présent, le temps de l'acné étant peut-être révolu. Elle était bosselée de cicatrices anciennes et terne sous la poudre de riz rose. Ses cheveux s'échappaient en vrilles alanguies de sous son chapeau et ses yeux larmoyaient, soit à cause des réprimandes d'Ailsa, soit parce que son frère partait à la guerre. Les cheveux d'Ailsa étaient arrangés en bouquets de boucles serrées permanentées, son chapeau perché dessus. Elle avait des yeux pâles perspicaces derrière des lunettes à monture scintillante, des joues rondes et roses, un menton à fossettes. Iona et elle avaient toutes les deux des silhouettes bien tournées : les seins hauts, la taille fine, les hanches galbées, mais chez Iona cette silhouette ressemblait à quelque chose qu'elle avait acquis par erreur et essayait de cacher en arrondissant les épaules et en croisant les bras. Ailsa maîtrisait ses courbes avec autorité, sans provocation, comme si elle était faite de quelque céramique robuste. Et elles avaient toutes les deux la coloration blond foncé de George, sans son éclat. Elles ne semblaient pas non plus partager son sens de l'humour.

« Eh bien, me voilà en route. En route pour mourir en héros sur le champ de bataille de Passchendaele.

– Ne dis pas ça, implora Iona. Ne parle pas comme ça. » La bouche couleur framboise d'Ailsa frémit.

« Je vois d'ici la pancarte objets perdus, dit-elle. Mais je ne sais pas si c'est seulement pour ce que l'on perd dans la gare ou est-ce pour ce qui est trouvé dans les trains ? Passchendaele, c'était pendant la Première Guerre mondiale.

– C'est vrai ? Tu es sûre ? J'arrive trop tard ? » s'écria George en se frappant la poitrine.

Il fut carbonisé quelques mois plus tard au cours d'un vol d'entraînement au-dessus de la mer d'Irlande.

Ailsa sourit tout le temps. Elle dit : « Eh bien je suis fière, évidemment. Je le suis. Mais je ne suis pas la seule à avoir perdu quelqu'un. Il a fait ce qu'il devait faire. » Certains trouvent sa sécheresse un peu choquante. Mais d'autres disent : « Pauvre Ailsa. » Avoir tout concentré sur George, économisé pour lui payer ses études de droit, et qu'il l'ait flouée ensuite en s'engageant. Il est parti se faire tuer. Il ne pouvait pas attendre.

Ses sœurs avaient sacrifié leurs études. Même se faire redresser les dents, elles l'avaient sacrifié. Iona est bien allée à l'école d'infirmières, mais il s'est avéré que de s'être fait redresser les dents lui aurait été d'un plus grand secours. À présent, Ailsa et elle se sont retrouvées avec un héros. Tout le monde le reconnaît : un héros. Les plus jeunes dans l'assistance pensent que cela compte d'avoir un héros dans la famille. Ils pensent que l'importance de ce moment perdurera, qu'il restera auprès d'Ailsa et d'Iona à jamais. Les plus âgés, ceux qui se souviennent de la guerre précédente, savent que tout ce qui leur reste, c'est un nom sur le cénotaphe. Parce que c'est la veuve, cette femme qui se goberge, qui recevra la pension.

Ailsa est d'humeur agitée en partie parce qu'elle vient de passer deux nuits de suite à faire le ménage. Non que la maison n'ait pas été propre auparavant. Cependant elle avait cru bon de laver tous les plats, casseroles et bibelots, astiquer le verre sur chaque gravure, tirer le réfrigérateur et nettoyer derrière, lessiver les marches de la cave et verser de l'eau de Javel dans la poubelle. Jusqu'au luminaire au-dessus de la table de la salle à manger qu'il avait fallu démonter, dont chaque pièce avait été trempée dans de l'eau savonneuse, rincée, essuyée puis remontée. Et à cause de son travail au bureau de poste, Ailsa n'avait pu s'y mettre qu'après le dîner. C'est elle qui est receveuse maintenant : elle aurait pu s'accorder un jour de congé, mais étant Ailsa, elle ne le ferait jamais.

Maintenant elle a chaud sous son fard à joues, souffre de fourmillements dans sa robe de crêpe bleu foncé à col de dentelle. Elle ne tient pas en place. Elle regarnit les assiettes de service et les passe, déplorant que le thé dans les tasses ait pu refroidir, se dépêchant d'aller en préparer d'autre. Soucieuse du bien-être de ses invités, s'inquiétant de leurs rhumatismes ou petits maux, souriant devant sa tragédie, répétant sans cesse que sa perte est le lot commun, qu'elle ne doit pas se plaindre quand tant d'autres sont logés à la même enseigne, que George ne voudrait pas que ses amis soient dans la peine mais qu'ils soient reconnaissants que tous ensemble nous ayons terminé la guerre. Le ton de la voix élevée et emphatique, de réprobation joyeuse, à laquelle les gens sont habitués à cause du bureau de poste. Si bien qu'il leur reste l'impression vague d'avoir peut-être fait un impair, de même qu'au bureau de poste ils sont parfois amenés à comprendre que leur écriture ne peut que représenter une épreuve ou que leurs colis sont empaquetés n'importe comment.

Ailsa se rend compte que sa voix est trop élevée, qu'elle sourit trop et qu'elle a versé du thé à des personnes qui ont dit qu'elles n'en voulaient plus. À la cuisine, tandis qu'elle réchauffe la théière, elle dit : « Je ne sais pas ce qui m'arrive. Je suis trop tendue. »

La personne à laquelle elle s'adresse est le Dr Shantz, son voisin du fond du jardin.

« Ce sera bientôt fini, dit-il. Voulez-vous du bromure ? »

Sa voix accuse un changement tandis que s'ouvre la porte de la salle à manger. Le mot « bromure » jaillit, ferme et professionnel.

La voix d'Ailsa change elle aussi, passant de la désolation à la vaillance. « Oh non, merci. Je vais essayer de tenir le coup par mes propres moyens. »

Iona est chargée de veiller sur leur mère, de s'assurer qu'elle ne renverse pas son thé – ce qu'il lui arrive de faire, pas par maladresse mais par oubli – et qu'elle soit emmenée si elle se met à geindre et à pleurer. Mais en fait, les manières de Mrs. Kirkham sont affables la plupart du temps et elle met les gens plus facilement à l'aise qu'Ailsa. Pendant un quart d'heure d'affilée, elle comprend la situation – ou paraît la comprendre – et dit courageusement et avec à-propos comme son fils va toujours lui manquer, mais qu'elle est reconnaissante d'avoir encore ses filles auprès d'elle : Ailsa si compétente et sérieuse, la merveille qu'elle a toujours été, et Iona la bonté même. Elle pense même à parler de sa nouvelle belle-fille, mais laisse affleurer un signe de dérangement quand elle fait allusion à ce que la plupart des femmes de son âge ne mentionnent pas en société, avec des hommes à l'écoute. En nous regardant, Jill et moi, elle dit : « Et nous avons toutes la promesse d'un réconfort. »

Ensuite, passant de pièce en pièce ou d'invité en invité, elle oublie tout, son regard erre dans sa propre maison et elle demande : « Pourquoi sommes-nous ici ? Que de monde ! Que célébrons-nous ? » Puis, saisissant que cela a un rapport avec George, elle interroge : « Est-ce la noce de George ? » Ayant acquis son information récente, elle perd un peu de sa douce discrétion. « Ce n'est pas ta noce, n'est-ce pas ? dit-elle à Iona. Non, il me semblait bien que non. Tu n'as jamais eu de petit ami, n'est-ce pas ? » Sa voix a pris une tonalité du style regardons-les-choses-en-face et sauve-qui-peut. Quand elle aperçoit Jill, elle rit. « Ce n'est pas elle la mariée, hein ? Oh-oh. Nous comprenons à présent. »

Mais la vérité l'atteint de nouveau aussi brutalement qu'elle l'avait quittée.

« Y a-t-il des nouvelles ? demande-t-elle. Des nouvelles de George ? » Et c'est à ce moment-là que commencent les pleurs qu'Ailsa redoutait.

« Emmène-la si elle commence à se donner en spectacle », avait recommandé Ailsa.

Iona est incapable d'emmener sa mère – elle n'a jamais pu exercer d'autorité sur personne de toute sa vie – mais la femme du Dr Shantz prend le bras de la vieille dame.

« George est mort ? » demande Mrs. Kirkham avec angoisse et Mrs. Shantz répond : « Oui, c'est vrai. Mais vous savez que sa femme attend un enfant. »

Mrs. Kirkham s'appuie sur elle. Son visage se décompose et elle dit doucement : « Pourrais-je avoir mon thé ? »

Où que se tourne ma mère dans cette maison, elle voit une photographie de mon père, semble-t-il. La dernière, officielle, de lui en uniforme, est posée sur un chemin de table brodé qui recouvre la machine à coudre fermée, dans l'embrasure de la fenêtre de la salle à manger. Iona l'entoure de fleurs mais Ailsa les a enlevées. Elle a déclaré que cela le faisait trop ressembler à un saint catholique. Suspendue au-dessus de l'escalier il y en a une de lui à six ans, sur le trottoir, un genou posé sur son chariot, et dans la chambre où dort Jill il y en a une de lui à côté de sa bicyclette, avec son sac de journaux *Free Press*. Dans la chambre de Mrs. Kirkham se trouve celle où il est costumé pour jouer l'opérette en classe de quatrième, coiffé d'une couronne en carton doré. Ayant une voix qui ne portait pas, il ne pouvait pas avoir un des premiers rôles, mais il avait bien sûr été choisi pour le meilleur rôle secondaire, celui de roi.

La photographie teintée à la main au-dessus du buffet le montre à l'âge de trois ans, un bambin blond flou traînant une poupée de chiffons par une jambe. Ailsa a songé à enlever celle-là parce qu'elle risquait de paraître propre à tirer des larmes, mais elle l'a laissée plutôt que de mettre en évidence un carré de couleur vive sur le papier peint. Et personne n'en dit rien sauf Mrs. Shantz, qui s'est arrêtée un instant et a répété ce qu'elle avait déjà dit parfois, sans larmes mais avec une appréciation légèrement amusée. « Ah… Christopher Robin *. »

* Enfant sujet des poésies de A.A. Milne. *(N.d.T.)*

Les gens avaient coutume de ne pas faire très attention à ce que disait Mrs. Shantz.

Sur toutes ses photographies, George brille comme un sou neuf. Il y a toujours la mèche ensoleillée qui lui tombe sur le front, à moins qu'il ne porte sa casquette d'officier ou sa couronne. Et même lorsqu'il n'était guère plus qu'un nourrisson, il donnait l'impression de se voir comme un type farceur, calculateur, charmant. Le genre qui ne laissait jamais les gens en paix, qui les titillait pour les faire rire. Parfois à ses dépens, mais habituellement à ceux des autres. Jill se rappelle en le regardant comme il buvait sans jamais sembler saoul et comme il s'employait à faire confesser aux autres personnes ivres leurs craintes, faux-fuyants, virginités ou infidélités, qu'il tournait ensuite en plaisanteries ou en sobriquets humiliants que ses victimes feignaient d'apprécier. Car il avait des foules de familiers et d'amis qui s'attachaient peut-être à lui par crainte, ou peut-être, comme l'on disait toujours de lui, parce qu'il mettait de l'animation. Là où il se trouvait, c'était le centre de la pièce et l'air autour de lui crépitait d'audace et d'hilarité.

Que devait comprendre Jill à un tel amant ? Elle avait dix-neuf ans lorsqu'elle le rencontra et personne ne s'était jamais intéressé à elle. Elle ne comprenait pas ce qui l'attirait et elle voyait bien que personne d'autre ne le comprenait non plus. Jill représentait une énigme pour la plupart des gens de son âge, mais une énigme ennuyeuse. Une fille dont la vie était consacrée à l'étude du violon et qui n'avait pas d'autres centres d'intérêt.

Ce n'était pas tout à fait vrai. Elle se blottissait sous ses édredons fatigués et s'imaginait avoir un amant. Mais ce n'était jamais un plaisantin étincelant comme George. Elle pensait à un type chaleureux un peu ours, ou à un musicien plus âgé qu'elle d'une décennie et déjà légendaire, d'une puissance farouche. Ses idées sur l'amour venaient de l'opéra, bien que ce ne fût pas la musique qu'elle admirait le plus. Mais George plaisantait en faisant l'amour, il caracolait dans la pièce une fois qu'il en avait terminé, il faisait des bruits grossiers et infantiles. Ses prestations rapides étaient loin d'apporter à Jill le plaisir que ses propres initiatives lui valaient.

La vérité serait plutôt qu'elle était étourdie par la rapidité des choses. Et qu'elle s'attendait à être heureuse – reconnaissante et heureuse – quand son esprit rattraperait la réalité physique et sociale. Les attentions de George et son mariage : tout cela semblait être un prolongement brillant de sa vie. Des pièces éclairées se dévoilant, pleines d'une sorte de splendeur déconcertante. Ensuite survint la bombe ou l'ouragan, le coup désastreux assez probable, et le prolongement tout entier disparut. Explosa et s'évanouit, la laissant avec l'espace et les choix qui avaient été les siens auparavant. Elle avait perdu quelque chose, certainement. Mais pas quelque chose dont elle s'était vraiment saisie ou qu'elle avait vue comme autre qu'une préfiguration hypothétique de l'avenir.

Elle a suffisamment mangé, maintenant. Elle a mal aux jambes d'être restée debout si longtemps. Mrs. Shantz est à côté d'elle, demandant : « Avez-vous eu l'occasion de rencontrer des amis que George avait ici ? »

Elle veut dire les jeunes gens qui se tiennent à l'écart dans l'embrasure de la porte du vestibule. Deux jeunes filles sympathiques, un jeune homme encore en uniforme de la marine, et d'autres. En les regardant, Jill pense clairement que personne n'a vraiment de chagrin. Ailsa peut-être, mais Ailsa a ses raisons personnelles. Personne n'a de chagrin parce que George est mort. Pas même la fille qui pleurait à l'église et a l'air prête à pleurer encore. Or cette fille peut se rappeler qu'elle était amoureuse de George et penser qu'il était amoureux d'elle – en dépit de tout – et ne jamais craindre ce qu'il pourrait faire ou dire pour lui donner tort. Et aucun d'eux ne devra se demander, lorsqu'un groupe agglutiné autour de George se met à rire, de qui ils se moquent ou ce que George leur raconte. Personne ne sera plus obligé de peiner pour rester à son niveau ou chercher comment rester dans ses bonnes grâces.

L'idée ne lui vient pas à l'esprit que, si George avait vécu, il aurait pu devenir une personne différente, parce qu'elle ne pense pas devenir une personne différente elle-même.

Elle répond « non », avec un manque d'enthousiasme qui amène Mrs. Shantz à dire : « Je sais. C'est difficile de rencontrer des gens nouveaux. Particulièrement… Si j'étais vous, je préférerais aller m'étendre. »

Jill était presque sûre qu'elle voulait dire « aller boire un coup ». Mais ici on ne propose rien, que du thé et du café. De toute façon, Jill boit peu. Elle sait repérer l'odeur à l'haleine de quelqu'un et elle a pensé la reconnaître chez Mrs. Shantz.

« Pourquoi pas ? dit Mrs. Shantz. Ces occasions sont très éprouvantes. Je l'expliquerai à Ailsa. Allez-y maintenant. »

Mrs. Shantz est petite, avec des cheveux gris et fins, des yeux vifs, un visage ridé et pointu. Chaque hiver, elle passe un mois toute seule en Floride. Elle est fortunée. La maison que son mari et elle se sont construite, derrière celle des Kirkham, est longue et basse, d'un blanc aveuglant, avec des angles arrondis et des briques de verre. Le Dr Shantz a vingt ou vingt-cinq ans de moins qu'elle. C'est un homme trapu, sémillant, à l'aspect aimable, avec un front haut et lisse et des cheveux blonds bouclés. Ils n'ont pas d'enfants. On prête à Mrs. Shantz des enfants d'un premier mariage, mais ils ne viennent pas la voir. En fait, la véritable histoire est que le Dr Shantz était un ami de son fils, qu'il avait ramené de l'université : il est tombé amoureux de la mère de son ami, et elle est tombée amoureuse de l'ami de son fils, il y eut un divorce et les voilà mariés, vivant dans un exil luxueux et discret.

Jill avait bien senti une odeur de whisky. Mrs. Shantz emporte toujours une flasque lorsqu'elle se rend à une réunion dont – selon ses propres mots – elle ne peut raisonnablement rien espérer. La boisson ne l'entraîne pas à faire des chutes, à dire des absurdités, à chercher des querelles ou à prendre les gens dans ses bras. À vrai dire, il se peut qu'elle soit toujours éméchée mais jamais vraiment ivre. Elle a l'habitude de laisser l'alcool pénétrer son corps d'une façon raisonnable, rassurante, si bien que ses cellules cérébrales ne sont jamais détrempées ni complètement asséchées. Elle est seulement trahie par l'odeur (que nombre de personnes dans cette ville prohibitionniste attribuent à quelque médicament qu'elle doit prendre ou même à une pommade dont il lui faut oindre sa poitrine). Cela, ainsi peut-être qu'une lenteur dans l'élocution, la façon dont elle paraît dégager un espace autour de chaque mot. Bien sûr elle dit des choses qu'une femme élevée par ici ne dirait pas. Elle dit des choses la concernant. Elle dit être prise de temps à autre pour la mère de son mari. Elle dit que la plupart des gens s'affolent quand ils s'aperçoivent de leur erreur tellement ils sont embarrassés. Mais certaines femmes – une serveuse par exemple – la regarderont d'un sale œil, comme pour demander : Où a-t-il la tête de se galvauder avec vous ?

Et Mrs. Shantz se contente de leur répliquer : « Je sais. Ce n'est pas juste. Mais la vie n'est pas juste et vous seriez bien avisés de vous faire une raison. »

Cet après-midi, elle ne trouve pas le moyen d'espacer ses gorgées de manière satisfaisante. La cuisine et même l'office exigu derrière sont des endroits où les femmes risquent d'aller et venir à tout moment. Elle est obligée de monter dans la salle de bains et ce, pas trop souvent. Quand elle le fait en fin d'après-midi, peu après que Jill a disparu, elle trouve la porte verrouillée. Elle songe à passer rapidement dans une des chambres et se demande laquelle est libre, laquelle occupée par Jill. Puis elle entend la voix de Jill venant de la salle de bains, disant : « Un instant » ou quelque chose de cet ordre. Quelque chose de tout à fait banal, mais le ton de voix est tendu et apeuré.

Mrs. Shantz avale une gorgée rapide, là, dans le vestibule, saisissant l'excuse de l'urgence.

« Jill ? Ça va ? Pouvez-vous m'ouvrir la porte ? »

Jill se tient à quatre pattes, essayant d'éponger la flaque par terre. Elle a entendu parler de la perte des eaux – de même que ses lectures l'ont instruite des contractions, du liquide amniotique, du placenta, mais malgré tout, la fuite de liquide tiède l'a étonnée. Elle est obligée de se servir de papier hygiénique, parce que Ailsa a enlevé les serviettes éponge habituelles, sortant ces petits morceaux lisses de toile de lin brodée que l'on nomme serviettes d'invités.

Elle se cramponne au bord de la baignoire pour se mettre debout. Elle tire le verrou de la porte et c'est l'instant où la première douleur la surprend. Il ne lui sera pas donné d'éprouver une douleur modérée isolée ni des préludes ni un premier stade de travail orchestré : tout devra être assaut implacable, accouchement précipité et dévastateur.

« Laissez-vous aller, dit Mrs. Shantz, la soutenant de son mieux. Dites-moi où est votre chambre et on va vous allonger. »

Avant même qu'elles atteignent le lit, les doigts de Jill agrippent le bras maigre de Mrs. Shantz en y laissant des ecchymoses.

« Oh, comme ça va vite, dit Mrs. Shantz, pour un premier bébé. C'est une force de la nature. Je vais aller chercher mon mari. »

C'est ainsi que je suis née sur place, avec dix jours d'avance si les calculs de Jill étaient fiables. Ailsa a tout juste eu le temps de faire partir les invités avant que la maison se remplisse du bruit de Jill, de ses cris incrédules et des énormes ahanements éhontés qui leur succèdent.

Même si une mère était prise de court et accouchait à la maison, on avait coutume à ce moment-là de les emmener, elle et son bébé, à l'hôpital ensuite. Mais une forme de grippe estivale sévissait en ville et l'hôpital était rempli des cas les plus aigus, si bien que le Dr Shantz avait décidé que Jill et moi serions mieux à la maison. Après tout, Iona avait terminé une partie de sa formation d'infirmière et pouvait prendre quinze jours de vacances à présent pour s'occuper de nous.

Jill ne connaissait vraiment rien à la vie de famille. Elle avait grandi dans un orphelinat. De six à seize ans, elle avait dormi dans un dortoir. Les lumières éteintes à heure fixe, la chaudière ne fonctionnant jamais avant ou après une date spécifiée. Une longue table couverte de toile cirée où elles mangeaient et faisaient leurs devoirs, une usine de l'autre côté de la rue. Ce que cela évoquait avait plu à George. Cela rendrait une fille résistante, disait-il. La rendrait sûre d'elle, dure et solitaire. En ferait le genre qui ne s'attendrait pas à des fariboles romanesques. Mais cet endroit n'avait pas été géré d'une façon aussi inhumaine qu'il le pensait peut-être et les gestionnaires n'avaient pas manqué de générosité. On avait emmené Jill, avec d'autres, à un concert lorsqu'elle avait douze ans et c'est là qu'elle avait décidé qu'elle devait apprendre le violon. Elle s'était déjà amusée au piano à l'orphelinat. Quelqu'un s'intéressa suffisamment à elle pour lui obtenir un violon d'occasion de qualité très médiocre et quelques leçons : ceci aboutit finalement à une bourse au conservatoire. Il y eut un récital pour les donateurs et la direction, une fête avec des robes habillées, du punch aux fruits, des discours et des gâteaux. Il fallut que Jill fasse aussi un petit discours, exprimant sa gratitude, mais à la vérité elle estimait plutôt que tout cela allait de soi. Elle était convaincue qu'un violon et elle étaient liés par nature, inévitablement, et se seraient rejoints sans aide humaine.

Au foyer, elle avait eu des amies, mais elles étaient parties tôt travailler en usine ou dans des bureaux et elle les oublia. Au lycée où l'on envoyait les orphelines, un professeur s'entretint avec elle. Les mots « normal » et « équilibré » figurèrent dans la conversation. Le professeur semblait penser que la musique représentait une évasion de quelque chose ou un substitut de quelque chose. De sœurs, de frères, d'amis et de rendez-vous. Elle suggéra que Jill fasse un large usage de son énergie au lieu de la concentrer sur une seule activité. Qu'elle se laisse aller, joue au volleyball, fasse partie de l'orchestre du lycée si elle avait besoin de musique.

Jill se mit à éviter ce professeur-là, montant l'escalier ou faisant le tour du pâté de maisons pour ne pas avoir à lui parler. Tout comme elle cessait de lire une page où les mots « équilibré » ou « populaire » lui sautaient aux yeux.

Au conservatoire, c'était plus facile. Elle y rencontra des gens tout aussi peu équilibrés, aussi surmenés qu'elle-même. Elle conçut des amitiés assez distraites et concurrentielles. Une de ses amies avait un frère aîné aviateur, et ce frère se trouvait être victime et adorateur de George Kirkham. Lui et George étaient arrivés inopinément au milieu d'un repas familial du dimanche soir auquel Jill était invitée. Ils étaient en route pour se saouler ailleurs. C'est ainsi que George a rencontré Jill. Que mon père a rencontré ma mère.

Il fallait que quelqu'un reste constamment à la maison pour veiller sur Mrs. Kirkham. À cette époque Iona avait rejoint l'équipe de nuit à la boulangerie-pâtisserie. Elle décorait les gâteaux – même les gâteaux de noces les plus tarabiscotés – et elle mettait la première fournée de pain en route à cinq heures. Ses mains, qui tremblaient tant qu'elle était incapable de servir un tasse de thé, étaient fortes, habiles et patientes, inspirées même, dans n'importe quelle tâche solitaire.

Un matin après qu'Ailsa était partie au travail – pendant le bref laps de temps que Jill passa dans la maison avant ma naissance –, Iona appela en sifflant depuis sa chambre tandis que Jill passait. Comme s'il y avait un secret. Mais à qui, des personnes présentes à ce moment-là dans la maison, fallait-il cacher un secret ? Ce ne pouvait être Mrs. Kirkham.

Iona eut du mal à ouvrir un tiroir coincé de sa commode. « Zut, s'exclama-t-elle, et elle gloussa. Zut de zut. Ça y est. »

Le tiroir était plein de vêtements de bébé : pas les indispensables brassières ou chemises de nuit simples, comme Jill en avait acheté dans une boutique vendant des seconds choix, articles de rebut, à Toronto, mais des bonnets tricotés, des chandails, des chaussons, des bavoirs, de minuscules robes faites à la main. Toutes les couleurs pastel ou associations de couleurs imaginables – aucun préjugé bleu ou rose – avec des garnitures au crochet, des broderies de fleurs, d'oiseaux et d'agneaux miniatures. Le genre de choses dont Jill avait à peine soupçonné l'existence. Elle l'aurait connue, si elle s'était adonnée à des recherches approfondies dans les rayons premier âge des magasins ou en scrutant l'intérieur des landaus, mais elle ne l'avait pas fait.

« Évidemment, je ne sais pas ce que tu as déjà, dit Iona. Il se peut que tu aies tant de choses, ou que tu n'aimes pas le fait main, je ne sais pas… » Ses gloussements fournissaient une sorte de ponctuation à ses paroles et une sorte de prolongement à son ton d'excuse. Tout ce qu'elle disait, chaque regard et geste, paraissait encombré, enduit du miel poisseux ou de la morve d'excuses offertes, et Jill ne savait comment s'en sortir.

« C'est vraiment joli, dit-elle platement.

– Oh non, je ne savais même pas si tu en voudrais. Je ne savais pas si ça te plairait ou non.

– C'est ravissant.

– Je n'ai pas tout fait, j'en ai acheté une partie. Je suis allée à la kermesse paroissiale et à l'hôpital auxiliaire, leur kermesse, j'ai juste pensé que ce serait bien, mais si ça ne te plaît pas ou si tu n'en as pas besoin éventuellement, je peux le porter au Colis des missionnaires.

– Mais j'en ai effectivement besoin, dit Jill. Je n'ai absolument rien de semblable.

– C'est vrai ? Ce que j'ai fait moi n'est pas si réussi, mais ce qu'ont fait les dames de la paroisse ou de l'Auxiliaire, tu vas peut-être le trouver bien. »

Était-ce ce que George voulait dire en décrivant Iona comme épave nerveuse ? (Selon Ailsa, sa dépression à l'école d'infirmières était due à son hypersensibilité et à un excès de sévérité que lui manifestait la directrice.) Vous pourriez croire qu'elle suppliait d'être rassurée, mais tout ce que vous tentiez dans ce sens ne paraissait pas suffire ou ne pas lui parvenir. Jill avait l'impression que les paroles d'Iona, ses gloussements, reniflements, regards humides (ses mains, sans doute, étaient humides également) rampaient sur elle – Jill –, des acariens essayant de pénétrer sous sa peau.

Mais c'est une chose à laquelle elle s'accoutuma, avec le temps. Ou c'est Iona qui l'atténua. Toutes deux, Iona et elle, éprouvaient un soulagement – comme si le professeur était sorti de la pièce – lorsque la porte se refermait derrière Ailsa le matin. Elles prirent l'habitude de boire une seconde tasse de café pendant que Mrs. Kirkham faisait la vaisselle. Elle exécutait cette tâche très lentement – cherchant des yeux le tiroir ou l'étagère où chaque chose devait être rangée – et avec quelques défaillances. Mais avec des rituels, aussi, qu'elle n'omettait jamais, comme de répandre le marc de café sur un arbuste près de la porte de la cuisine.

« Elle pense que le café le fait pousser, chuchota Iona. Même si elle le met sur les feuilles et pas sur la terre. Tous les jours, nous sommes obligées de l'arroser à la lance pour faire partir le marc de café. »

Jill pensait que le discours d'Iona évoquait celui des filles qui étaient le plus harcelées à l'orphelinat. Elles étaient toujours prêtes à harceler quelqu'un d'autre. Mais une fois que l'on avait amené Iona à dépasser ses ribambelles d'excuses ou ses barricades d'accusations humbles (« Évidemment, je suis la dernière à qui l'on demande son avis sur quoi que ce soit à la boulangerie », « Évidemment, Ailsa n'a pas voulu écouter mon opinion », « Évidemment, George n'a jamais caché à quel point il me méprisait »), il était possible de la faire parler de choses assez intéressantes. Elle parla à Jill de la maison qui avait été celle de leur grand-père et était maintenant l'aile centrale de l'hôpital, du détail des opérations douteuses qui avaient fait perdre son travail à leur père, et de l'idylle entre deux personnes mariées alors en cours à la boulangerie. Elle raconta également l'histoire antérieure supposée des Shantz et même qu'Ailsa avait un faible pour le docteur. Il était possible que les électrochocs subis par Iona après sa dépression nerveuse aient percé une brèche dans sa discrétion : la voix qui passait par cette brèche, une fois déblayé le camouflage de fatras, était maléfique et sournoise.

Quoi qu'il en soit, Jill pouvait aussi bien passer le temps à bavarder : ses doigts étaient trop gonflés maintenant pour essayer de jouer du violon.

Ensuite je suis née et tout a changé, surtout pour Iona.

Jill dut rester alitée pendant une semaine, et même lorsqu'elle put se lever, elle se déplaçait comme une vieille femme raide et respirait avec précaution chaque fois qu'elle s'installait dans un fauteuil. Elle était douloureusement recousue, son ventre et ses seins bandés aussi serré qu'une momie : c'était la coutume à cette époque. Son lait montait à flots, transperçant le bandage et détrempant les draps. Iona desserra la bande et essaya de raccorder le mamelon à ma bouche. Mais je ne voulais pas le prendre. Je refusais le sein de ma mère. Je criais comme un putois. Ce gros sein dur aurait aussi bien pu être un animal à groin fourrageant dans mon visage. Iona me tenait, elle me donna un peu d'eau tiède et je me calmai. Je perdais du poids cependant. Je ne pouvais pas vivre d'eau. Alors Iona a préparé du lait en poudre et m'a prise dans les bras de Jill où je me raidissais en vagissant. Iona m'a bercée, apaisée et m'a touché la joue avec la tétine en caoutchouc : il s'est avéré que c'était ce que je préférais. J'ai bu ce lait-là avec avidité, sans le régurgiter. Les bras d'Iona et la tétine dont elle était responsable sont devenus le refuge de mon choix. Il a fallu serrer encore plus le bandage de Jill : elle a été obligée de renoncer aux liquides (souvenez-vous, il faisait chaud) et de supporter la douleur jusqu'à ce que son lait se tarisse.

« Quelle coquine, quelle coquine, chantonnait Iona. Tu es une coquine de ne pas vouloir le bon lait de ta maman. »

J'ai vite progressé en poids et en force. Je pouvais pleurer plus fort. Je pleurais si n'importe qui d'autre qu'Iona essayait de me tenir. Je repoussais Ailsa et le Dr Shantz, malgré ses mains réchauffées avec prévenance, mais évidemment c'était mon aversion pour Jill qui retenait le plus l'attention.

Lorsque Jill put se lever, Iona l'installa dans le fauteuil où elle s'asseyait d'habitude pour me nourrir : elle entoura les épaules de Jill de son propre corsage et mit le biberon dans la main de Jill.

En vain, je ne fus pas trompée. Je frappai le biberon avec ma joue, jambes tendues, l'abdomen transformé en boule dure. Je refusai d'accepter la substitution. Je pleurai. Je ne voulus pas me soumettre.

Mes cris étaient encore des cris grêles de nouveau-né, mais ils créaient un dérangement dans la maison et Iona était seule à pouvoir les faire taire. Qu'une non-Iona me touche ou me parle, je pleurais. Posée pour dormir, sans être bercée par Iona, je pleurais jusqu'à l'épuisement, m'assoupissant dix minutes, me réveillant prête à recommencer. Je n'avais pas de bons moments ou de mauvais moments. J'avais les moments-Iona et les moments désertion-d'Iona qui devenaient parfois – oh, de pire en pire – les moments-autres personnes, pour la plupart moments-Jill.

Comment Iona pouvait-elle reprendre le travail, les quinze jours étant achevés ? Elle ne le pouvait pas. Il n'en était pas question. La boulangerie dut embaucher quelqu'un d'autre. Iona était passée du rang le plus négligeable dans la maison au plus important : c'était elle qui s'interposait entre ceux qui y vivaient et la discordance permanente, la plainte sans réponse possible. Il fallait qu'elle soit debout à toute heure du jour et de la nuit pour conserver à la maisonnée une forme quelconque de bien-être. Le Dr Shantz était inquiet ; même Ailsa était inquiète. « Iona, ne t'épuise pas. »

Et pourtant un changement merveilleux s'était opéré. Iona était pâle mais son teint était éclatant, comme si elle était enfin sortie de l'adolescence. Et il n'y avait plus de tremblement, presque plus de gloussements, plus de servilité sournoise dans sa voix, devenue aussi autoritaire que celle d'Ailsa, en plus joyeux. (Jamais plus joyeuse que lorsqu'elle me réprimandait pour mon attitude envers Jill.)

« Iona est au septième ciel, elle adore ce bébé, tout bonnement », racontait Ailsa. Mais en fait, le comportement d'Iona semblait trop brusque pour l'adoration. Elle ne se souciait pas du bruit qu'elle faisait en étouffant le mien. Elle montait l'escalier en trombe, criant à bout de souffle : « J'arrive, j'arrive, arrête. » Elle se promenait en me laissant négligemment collée à son épaule, tenue d'une seule main, tandis que l'autre accomplissait une tâche quelconque liée à mon entretien. Elle gouvernait la cuisine, s'appropriant le fourneau pour le stérilisateur, la table pour préparer le biberon, l'évier pour laver le linge du bébé. Elle jurait joyeusement, même en présence d'Ailsa, quand elle avait égaré ou renversé quelque chose.

Elle avait conscience d'être la seule personne qui ne tressaillait pas, qui ne ressentait pas la menace lointaine d'annihilation quand je faisais retentir mon premier vagissement annonciateur. Au contraire, elle était celle dont le cœur bondissait à un rythme redoublé, qui avait envie de danser, en raison simplement du sentiment de puissance qu'elle éprouvait, et de sa gratitude.

Une fois débarrassée de ses bandes, après avoir vu son ventre plat, Jill regarda ses mains. Le gonflement semblait avoir disparu. Elle descendit prendre son violon dans le placard et le sortit de sa housse. Elle était prête à tenter quelques gammes.

Cela se passait un dimanche après-midi. Iona s'était étendue pour faire la sieste, une oreille toujours tendue pour entendre mon cri. Mrs. Kirkham était étendue aussi. Ailsa se vernissait les ongles à la cuisine. Jill se mit à accorder le violon.

Mon père et la famille de mon père ne s'intéressaient pas vraiment à la musique. Ils n'en avaient pas absolument conscience. Ils pensaient que l'intolérance ou même l'hostilité qu'ils éprouvaient à l'égard d'un certain type de musique (que révélait la manière même dont ils prononçaient le mot « classique ») était fondée sur une force de caractère, une intégrité et une détermination à ne pas se faire avoir. Comme si une musique qui s'écartait de la simple mélodie essayait de vous duper et que tout le monde le savait, en son for intérieur, mais que certaines personnes – par prétention, par manque de simplicité et d'honnêteté – ne veuillent jamais en convenir. Et de cette artificialité et de cette tolérance veule était issu tout ce monde d'orchestres symphoniques, d'opéras, de ballets, de concerts soporifiques.

La plupart des habitants de cette ville étaient de cet avis. Mais parce qu'elle n'avait pas grandi ici, Jill ne comprenait pas la profondeur de ce sentiment, à quel point son évidence s'imposait. Mon père n'en avait jamais fait étalage ni n'en avait fait une vertu, parce qu'il n'était pas adepte des vertus. Il avait aimé l'idée que Jill fût musicienne, pas à cause de la musique mais parce que cela faisait d'elle un choix bizarre, tout comme ses vêtements, sa façon de vivre et ses cheveux fous. En la choisissant, il montrait aux gens ce qu'il en pensait. Le montrait à ces filles qui avaient espéré mettre le grappin sur lui. Le montrait à Ailsa.

Jill avait fermé les portes vitrées, munies de rideaux, du séjour et s'était accordée très doucement. Peut-être qu'aucun bruit ne s'était échappé. Ou si Ailsa avait entendu quelque chose à la cuisine, elle avait pu croire que cela venait de l'extérieur, une radio aux environs.

Maintenant Jill se mit à faire des gammes. C'était vrai que ses doigts n'étaient plus gonflés mais elle les trouvait raides. Elle trouvait tout son corps raide, sa posture n'était pas vraiment naturelle, elle avait le sentiment que l'instrument se cramponnait à elle avec méfiance. Mais peu importe, elle allait travailler ses gammes à fond. Elle était certaine de s'être déjà sentie ainsi, après une grippe ou quand elle était très fatiguée, s'étant épuisée à étudier ou même sans la moindre raison.

Je me suis réveillée sans petit cri de mécontentement. Aucun avertissement, aucune montée en puissance. Un cri déchirant, simplement, une cascade de cris déchirants s'abattit sur la maison, un cri différent de tous les cris que j'avais réussi à pousser jusqu'alors. La libération d'un flot d'angoisse insoupçonnée, une peine qui punissait le monde avec ses vagues pleines de pierres, une volée d'affliction lancée des fenêtres de la chambre de torture.

Iona se leva instantanément, s'alarmant pour la première fois d'un bruit venant de moi, appelant : « Qu'y a-t-il, qu'y a-t-il ? »

Tandis qu'Ailsa, qui s'était précipitée partout pour fermer les fenêtres, criait : « C'est le violon, c'est le violon. » Elle ouvrit grand les portes du séjour.

« Jill, Jill. C'est affreux. C'est absolument affreux. Tu n'entends pas ton bébé ? »

Ailsa fut obligée d'arracher le grillage-moustiquaire sous la fenêtre à guillotine du séjour pour pouvoir la fermer. Elle s'était assise en kimono pour se faire les ongles et voilà qu'un garçon passant à bicyclette avait jeté un coup d'œil à l'intérieur et vu son kimono ouvert sur sa combinaison.

« Mon Dieu », dit-elle. Il ne lui arrivait presque jamais de perdre à ce point la maîtrise d'elle-même. « Veux-tu ranger cet objet. »

Jill posa son violon.

Ailsa courut dans l'entrée et cria à Iona, à l'étage :

« On est dimanche. Tu ne peux pas la faire taire ? »

Jill se dirigea sans mot dire, lentement, vers la cuisine où se trouvait Mrs. Kirkham, accrochée au comptoir.

« Qu'arrive-t-il à Ailsa ? demanda-t-elle. Qu'a fait Iona ? »

Jill sortit s'asseoir sur la marche derrière la maison. Son regard se porta sur le mur du fond aveuglant, ensoleillé, de la maison blanche des Shantz. Tout autour il y avait d'autres jardins et les murs étouffants d'autres maisons. À l'intérieur se trouvaient des gens qui se connaissaient bien de vue, de nom et d'histoire. Et si vous alliez vers l'est à trois rues d'ici, ou à cinq rues vers l'ouest, six rues vers le sud ou dix vers le nord, vous atteindriez les cultures d'été déjà sorties de terre et hautes, les prairies et les champs de blé et de maïs. La plénitude de la campagne. Nulle part où respirer à cause des relents de cultures en croissance, de basses-cours, de bêtes mâchonnant, se bousculant. Des taillis dans le lointain faisant signe comme des flaques d'ombre, de paix et de protection, mais grouillant de bestioles en réalité.

Comment décrire ce qu'est la musique pour Jill ? Oubliez les paysages, les visions, les dialogues. Il s'agit plus d'un problème, dirais-je, qu'il lui faut résoudre rigoureusement et audacieusement, qu'elle a assumé comme sa responsabilité dans la vie. Dans ce cas, supposez qu'on lui enlève les outils qui lui permettent de résoudre ce problème. Il est encore là dans toute sa grandeur et d'autres personnes l'entretiennent, mais il lui est retiré. Pour elle, il n'y a que la marche derrière la maison, le mur aveuglant et mon hurlement. Mon hurlement est un couteau destiné à retrancher de sa vie tout ce qui n'a pas d'utilité. Pour moi.

« Entre, dit Ailsa par la porte-moustiquaire. Entre donc. Je n'aurais pas dû crier contre toi. Entre, les gens vont te voir. »

Le soir arrivé, tout l'épisode pourrait être traité à la légère. « Vous avez dû entendre les braillements chez nous aujourd'hui », dit Ailsa aux Shantz. Ils l'avaient invitée à venir s'asseoir dans leur patio pendant qu'Iona me préparait au sommeil.

« Il semble que bébé ne soit pas amateur de violon. Ne tienne pas de maman. »

Même Mrs. Shantz avait ri.

« C'est un goût qui s'acquiert. »

Jill les entendait. Tout au moins, elle entendait les rires et devinait ce qui les provoquait. Elle était étendue sur son lit, en train de lire *Le Pont de San Luis Rey* * qu'elle avait pris dans la bibliothèque sans avoir compris qu'elle devait en demander la permission à Ailsa. De temps à autre, elle perdait le fil de l'histoire, entendant ces voix hilares là-bas dans le jardin des Shantz, puis le babillage adorateur d'Iona dans la pièce à côté, et une transpiration morne l'envahissait. Dans un conte de fées, elle se serait élevée du lit avec la force d'une jeune géante et aurait traversé la maison en brisant les cous et les meubles.

Lorsque j'eus près de six semaines, Ailsa et Iona étaient supposées emmener leur mère faire un séjour annuel de vingt-quatre heures à Guelph, chez des cousins. Iona voulait m'emmener. Mais Ailsa convoqua le Dr Shantz pour la persuader que ce n'était pas une bonne idée de faire faire un tel voyage à un bébé par temps chaud. Alors Iona voulut rester à la maison.

« Je ne peux pas à la fois conduire et m'occuper de mère », dit Ailsa.

* Roman de Thornton Wilder. *(N.d.T.)*

Elle estimait qu'Iona se consacrait trop à moi et qu'un jour et demi à s'occuper de son propre bébé ne serait pas excessif pour Jill. « N'est-ce pas, Jill ? » Jill répondit que non.

Iona essaya de faire croire que ce n'était pas parce qu'elle voulait rester avec moi. Elle affirma que conduire par temps chaud lui donnait mal au cœur.

« Ce n'est pas toi qui conduis, tu ne fais que rester assise, répliqua Ailsa. Et moi ? Je ne le fais pas pour le plaisir. Je le fais parce qu'ils nous attendent. »

Iona fut obligée de s'asseoir à l'arrière, ce qui, d'après elle, aggravait son mal de cœur. Ailsa expliqua que cela ferait mauvaise impression si elles y mettaient leur mère. Mrs. Kirkham dit que cela lui était égal. Ailsa dit non. Iona descendit la vitre au moment où Ailsa mettait le contact. Elle avait les yeux rivés sur la fenêtre de l'étage où elle m'avait couchée après le bain du matin et mon biberon. Ailsa fit au revoir de la main à Jill, qui était debout à la porte d'entrée.

« Au revoir petite mère », cria-t-elle d'une voix joyeuse, provocante, qui rappela vaguement George à Jill. La perspective de s'éloigner de la maison et de la nouvelle menace de perturbation qu'elle abritait paraissait avoir ragaillardi Ailsa. Peut-être aussi qu'il lui semblait bon – rassurant – qu'Iona soit revenue à sa place attitrée.

Il était environ dix heures du matin lorsqu'elles partirent, et la journée à venir devait être la plus longue et la pire de l'expérience de Jill. Même pas le jour de ma naissance, et son travail cauchemardesque, ne purent s'y comparer. Avant que la voiture ait pu atteindre la ville voisine, je me suis réveillée en détresse, comme si je sentais qu'Iona m'avait été retirée. Elle m'avait nourrie si peu de temps auparavant que Jill pensa que je ne pouvais absolument pas avoir faim. Mais elle découvrit que j'étais mouillée et bien qu'elle ait lu que les bébés n'avaient pas besoin d'être changés à chaque fois et que ce n'était pas l'humidité qui les faisait pleurer, elle décida de me mettre des couches propres. Ce n'était pas la première fois qu'elle le faisait, mais elle n'avait jamais trouvé cela facile et, en fait, Iona avait pris le relais le plus souvent pour terminer l'opération. Je m'évertuai à rendre la tâche aussi difficile que je le pus : me débattant des mains et des pieds, arquant mon dos, faisant de mon mieux pour me retourner, sans, évidemment, interrompre mon vacarme. Les mains de Jill tremblaient, elle eut du mal à piquer les épingles dans le tissu. Elle feignit d'être calme, essayant de me parler, d'imiter le babillage d'Iona et ses câlineries tendres mais cela ne servit à rien, un manque de sincérité aussi maladroit m'enragèrent encore plus. Une fois ma couche épinglée, elle me prit dans ses bras, tenta de m'ajuster à sa poitrine et à son épaule, mais je me raidis comme si son corps était fait d'aiguilles chauffées au rouge. Elle s'assit, me berça. Elle se leva, me fit sauter en l'air. Elle me chanta les douces paroles d'une berceuse, remplie et tremblante de son exaspération, de sa colère et de quelque chose qui pourrait parfaitement se définir comme de la haine.

Nous étions des monstres l'une pour l'autre, Jill et moi.

Elle me posa enfin, plus doucement qu'elle n'aurait aimé le faire et je me calmai, de soulagement, semblait-il, à m'éloigner d'elle. Elle sortit de la pièce sur la pointe des pieds. Et je ne tardai pas à recommencer.

Cela continua à l'identique. Je ne pleurai pas sans arrêt. J'observai des pauses de deux, cinq, dix ou vingt minutes. Lorsque arriva l'heure où elle devait me donner mon biberon, je l'acceptai, raidie dans ses bras et reniflant de façon menaçante tout en buvant. Le lait étant à moitié bu, je repris l'assaut. Je finis par terminer le biberon, presque distraitement, entre les vagissements. Me voyant assoupie, elle me posa. Elle descendit l'escalier à pas feutrés puis s'arrêta dans l'entrée, comme pour chercher où aller sans danger. L'épreuve et la chaleur du jour l'avaient fait transpirer. Elle se déplaça dans le silence précieux et fragile jusqu'à la cuisine où elle osa mettre la cafetière sur le fourneau.

Le café n'était pas passé que déjà je faisais s'abattre sur sa tête le couperet de mon hurlement.

Elle se rendit compte qu'elle avait oublié quelque chose. Elle ne m'avait pas fait roter après le biberon. Résolument, elle monta, me prit et me promena en tapotant et frictionnant mon dos courroucé : au bout d'un petit moment, je rotai, mais je ne m'arrêtai pas de pleurer et, rendant les armes, elle me coucha.

Qu'y a-t-il dans les pleurs d'un nourrisson qui les rend si puissants, capables de mettre à mal l'ordre dont vous dépendez, intérieurement et extérieurement ? Ils ressemblent à un orage : insistants, théâtraux, cependant, d'une certaine façon, sans artifice et improvisés. Ils font des reproches plutôt qu'ils ne supplient, proviennent d'une rage impossible à calmer, une rage légitimée par la naissance, dénuée d'amour et de pitié, prête à vous écraser le cerveau à l'intérieur du crâne.

Jill ne peut rien faire d'autre que déambuler. En long et en large sur le tapis du séjour, tournant autour de la table de la salle à manger, dans la cuisine où l'horloge lui apprend avec quelle lenteur, quelle lenteur le temps passe. Elle parvient seulement à s'immobiliser le temps de boire une gorgée de café. Lorsqu'elle a faim, elle ne s'arrête pas pour préparer un sandwich mais mange des corn-flakes dans ses mains en en laissant une traînée dans toute la maison. Manger et boire, avoir n'importe quelle activité banale semble aussi risqué que de faire ces choses dans une petite barque en mer au milieu d'une tempête ou dans une maison dont les poutres sont en train de se gauchir dans un vent terrible. Vous ne pouvez pas détourner votre attention de la tempête, sinon elle mettra en pièces vos ultimes défenses. Pour sauver votre équilibre mental, vous essayez de vous attacher à un détail tranquille de votre cadre, mais les hurlements du vent – mes hurlements – sont à même de s'incorporer dans un coussin, un motif du tapis ou un minuscule tourbillon dans le verre de la vitre. Je ne permets pas l'évasion.

La maison est close comme une boîte. Une part de la honte qu'éprouve Ailsa a déteint sur Jill. Une mère qui est incapable d'apaiser son bébé, quoi de plus honteux ? Elle tient fermées les portes et les fenêtres. Elle ne met pas non plus en marche le ventilateur portatif, en fait parce qu'elle n'y pense pas. Elle ne pense plus en termes de soulagement matériel, elle ne se dit pas que ce dimanche est l'un des jours les plus chauds de l'été et que c'est peut-être l'origine de ma souffrance. Une mère expérimentée ou douée d'instinct m'aurait sûrement fait prendre l'air au lieu de m'attribuer des pouvoirs démoniaques. La suette lui serait venue à l'esprit, au lieu d'une désolation atroce.

À un moment de l'après-midi, Jill prend une décision stupide ou simplement désespérée. Elle ne quitte pas la maison en m'abandonnant. Bloquée dans la prison que j'ai construite, elle songe à un espace lui appartenant, une évasion vers l'intérieur. Elle sort son violon, qu'elle n'a plus touché depuis le jour des gammes, la tentative dont Ailsa et Iona avaient fait une plaisanterie familiale. Sa musique ne peut pas me réveiller puisque je le suis déjà complètement, et comment peut-elle me rendre plus furieuse que je ne le suis ?

D'une certaine manière, elle me fait honneur. Plus d'apaisement falsifié, plus de simulation de berceuses ou d'inquiétude pour la colique, plus de l'a-bobo mon-ptit-chou. À la place, elle va jouer le *Concerto pour violon* de Mendelssohn, celui qu'elle a donné pour son audition et doit jouer de nouveau pour l'examen afin d'obtenir son diplôme de fin d'études.

Elle a choisi le concerto de Mendelssohn – plutôt que celui de Beethoven qu'elle admire plus passionnément – parce qu'elle croit que c'est le Mendelssohn qui lui vaudra des notes plus élevées. Elle pense pouvoir le maîtriser – l'avoir maîtrisé – plus complètement : elle est persuadée de pouvoir se mettre en valeur et impressionner les examinateurs sans la moindre crainte de catastrophe. Ce n'est pas une œuvre qui va la tourmenter pendant toute sa vie, a-t-elle décidé, sur laquelle elle va s'acharner et essayer éternellement de faire ses preuves. Elle va simplement la jouer.

Elle s'accorde, fait quelques gammes, s'efforce de ne plus m'entendre. Elle se sait raide, mais cette fois elle y est préparée. Elle imagine que ses problèmes diminueront à mesure qu'elle entrera dans la musique.

Elle commence à jouer, continue, encore et encore, jusqu'à la fin. Son jeu est épouvantable. Une épreuve. Elle s'accroche, pensant qu'il doit changer, qu'elle peut le changer, mais elle n'y arrive pas. Rien ne va plus, elle joue aussi mal que Jack Benny dans une de ses parodies. Le violon est ensorcelé, il la déteste. Il lui renvoie une déformation obstinée de tout ce qu'elle cherche à faire. Rien ne pourrait être pire : c'est pire que si elle se regardait dans la glace et voyait le visage attendu creusé, malade, avec un sourire sardonique. Un tour qui lui est joué, qu'elle ne peut pas admettre et dont elle voudrait démontrer la fausseté en détournant le regard, pour regarder à nouveau, maintes et maintes fois. C'est ainsi qu'elle continue à jouer en essayant de contrecarrer le tour. Sans y parvenir. Cela empire, à tout prendre : la sueur lui dégouline sur le visage, les bras et les flancs, sa main glisse : son jeu est exécrable.

Finie. Elle est totalement finie. L'œuvre dont elle avait maîtrisé l'exécution des mois auparavant, perfectionnée depuis, si bien qu'il n'y restait rien de redoutable ou même de délicat, l'a complètement vaincue. Il l'a révélée à elle-même, vidée, mutilée. Dévalisée nuitamment.

Elle n'abandonne pas. Elle fait ce qu'il y a de pire. Dans cet état de désespoir, elle se lance de nouveau : elle va tenter le Beethoven. Et bien entendu ce n'est pas bon, c'est de pire en pire et elle sent un hurlement, un soulèvement interne. Elle pose l'archet et le violon sur le canapé du séjour, puis les reprend et les pousse dessous pour ne plus les voir, parce qu'elle se voit les brisant et les fracassant contre un dossier de fauteuil au cours d'une consternante manifestation dramatique.

Moi je n'ai pas renoncé pendant tout ce temps. Bien sûr que non, avec une telle concurrence.

Jill s'étend sur le canapé dur, recouvert de brocart bleu ciel, où personne ne s'étend ni même ne s'assied jamais, à moins qu'il y ait des invités, et elle s'endort vraiment. Elle se réveille après qui sait combien de temps, son visage échauffé enfoncé dans le brocart, dont le dessin est imprimé sur sa joue, un peu de salive s'écoulant de sa bouche, tachant le tissu bleu ciel. Mon vacarme se poursuit encore, augmentant ou diminuant comme le martèlement d'un mal de tête. Elle a effectivement mal à la tête aussi. Elle se lève et se fraye un chemin – c'est l'impression qu'elle a – à travers l'air chaud jusqu'au placard de la cuisine où Ailsa range l'Aspégic 1000. L'air épais lui rappelle l'eau d'égout. Pourquoi pas ? Pendant qu'elle dormait j'ai sali mes couches et leur odeur puissante a eu le temps de remplir la maison.

De l'Aspégic 1000. Faire chauffer un autre biberon. Monter l'escalier. Elle change les couches sans me sortir du berceau. Le drap est souillé aussi bien que les couches. L'Aspégic n'a pas encore fait son effet et son mal de tête devient plus virulent tandis qu'elle se penche. Enlever ce qui est sali, nettoyer mes fesses échauffées, épingler des couches propres, emporter les couches et le drap à la salle de bains pour les vider dans les toilettes. Les mettre dans le seau de désinfectant qui est déjà plein à ras bord parce que le lavage habituel du linge de bébé n'a pas été fait aujourd'hui. Me rejoindre ensuite avec le biberon. Moi assez calme de nouveau pour téter. C'est un miracle qu'il me reste encore assez d'énergie pour le faire, mais je le fais. Ce repas a plus d'une heure de retard et j'ai une vraie faim à ajouter à ma réserve de griefs ou éventuellement la subvertir. Je tète goulument, je termine le biberon puis, épuisée, je m'endors et, cette fois, je reste endormie.

Le mal de tête de Jill s'atténue. Vacillante, elle lave mes couches, chemises, robes et draps. Les frotte à la brosse, les rince et fait même bouillir les couches pour vaincre les éruptions auxquelles je suis sujette. Elle tord le tout à la main et l'étend à l'intérieur parce que le lendemain c'est dimanche et qu'Ailsa, lorsqu'elle reviendra, ne voudra rien voir étendu dehors ce jour-là. Jill ne tient pas à être obligée de sortir, de toute façon, surtout maintenant avec la soirée qui avance et les gens assis dehors, profitant de la fraîcheur. Elle redoute d'être vue par les voisins – même d'être saluée par les chaleureux Shantz – après ce qu'ils ont dû écouter aujourd'hui.

Et cela prend si longtemps pour qu'aujourd'hui s'achève. Pour que la longue étendue de soleil et les ombres étirées s'épuisent et que la chaleur monumentale bouge un peu, ouvrant de douces fissures fraîches. Puis tout à coup les étoiles paraissent en grappes et les arbres se dilatent comme des nuages, faisant retomber la paix. Mais pas pour longtemps et pas pour Jill. Bien avant minuit jaillit un cri grêle, que l'on ne pourrait pas dire indécis, mais grêle au moins, expérimental, comme si malgré la pratique du jour j'avais perdu le savoir-faire. Ou comme si je me demandais vraiment si cela valait la peine. Donc, un petit repos, faux répit ou abandon. Mais suivi d'une reprise intégrale, pleine de souffrance, implacable. Juste au moment où Jill a commencé à refaire du café, pour se débarrasser du reste de mal de tête. Croyant que cette fois elle pourrait s'asseoir à la table et le boire.

Maintenant, elle éteint le gaz.

C'est presque l'heure du dernier biberon. Si le repas précédent n'avait pas été retardé, je serais prête à l'heure qu'il est. Peut-être le suis-je ? Tandis que le biberon chauffe, Jill pense qu'elle va s'administrer deux Aspégic 1000 de plus. Puis elle se dit que cela pourrait ne pas suffire, qu'il lui faut quelque chose de plus fort. Dans l'armoire de la salle de bains elle ne trouve que du bicarbonate, des laxatifs, une poudre pour les pieds, des prescriptions qu'elle ne voudrait pas toucher. Mais elle sait qu'Ailsa prend quelque chose pour ses douleurs menstruelles, va dans sa chambre et fouille dans les tiroirs de sa commode jusqu'à ce qu'elle trouve un flacon de pilules analgésiques posées, logiquement, sur une pile de serviettes hygiéniques. Ce sont aussi des pilules sur prescription, mais l'étiquette indique clairement à quoi elles sont destinées. Jill en prend deux et retourne à la cuisine, trouvant l'eau en train de bouillir autour du biberon, le lait devenu trop chaud.

Elle tient le biberon sous le robinet pour le refroidir – mes cris descendant vers elle comme les clameurs d'oiseaux de proie au-dessus d'une rivière murmurante –, elle regarde les pilules qui attendent sur le comptoir et pense : Oui. Elle prend un couteau et gratte quelques grains sur une des pilules, enlève la tétine du biberon, ramasse les grains grattés sur la lame du couteau et les saupoudre – juste un saupoudrage de poussière blanche – sur le lait. Ensuite, elle avale un et sept huitièmes ou peut-être un et onze douzièmes ou même un et quinze seizièmes de pilule elle-même et monte le biberon. Elle lève mon corps immédiatement rigide et introduit la tétine dans ma bouche accusatrice. Le lait est encore un peu trop chaud à mon goût et je le lui recrache à la figure pour commencer. Puis au bout d'un certain temps je décide que cela suffit et je l'avale en entier.

Iona est en train de hurler. Jill se réveille dans une maison pleine d'un soleil agressif et Iona hurle.

Il avait été prévu qu'Ailsa, Iona et leur mère séjournent chez leurs parents à Guelph jusque tard dans l'après-midi, évitant ainsi de rouler aux heures chaudes de la journée. Seulement, après le petit déjeuner, Iona s'était mise à faire des histoires. Elle voulait rentrer retrouver le bébé, disant qu'elle avait à peine dormi de la nuit par inquiétude. C'était gênant de continuer à discuter avec elle devant la famille, alors Ailsa céda et elles arrivèrent en fin de matinée, ouvrant la porte de la maison inerte.

« Pouah, dit Ailsa. Est-ce que ça sent toujours comme ça ici et que nous y sommes si habituées que nous ne le remarquons pas ? »

Iona la contourna et monta l'escalier en courant.

À présent elle hurle.

Morte. Morte. À l'assassin.

Elle ne sait rien des pilules. Alors pourquoi hurle-t-elle « À l'assassin » ? C'est la couverture. Elle voit la couverture remontée par-dessus ma tête. La suffocation. Pas le poison. Il ne lui a pas fallu longtemps, pas une demi-seconde, pour passer de « morte » à « à l'assassin ». C'est un saut instantané dans l'espace. Elle m'empoigne dans le berceau, enroulée dans la couverture mortelle et tenant le baluchon serré contre son corps, elle se précipite hors de la pièce en hurlant et entre dans la chambre de Jill.

Jill peine à se lever, embrumée, après douze ou treize heures de sommeil.

« Tu as tué mon bébé », lui hurle Iona.

Jill ne la corrige pas, ne dit pas : le mien. Iona me tient d'un air accusateur pour me montrer à Jill, mais avant que celle-ci puisse me jeter le moindre coup d'œil, j'ai été ramenée en arrière. Iona gémit et se plie en deux comme si elle avait reçu une balle dans le ventre. Me tenant toujours, elle descend l'escalier en trébuchant, se heurtant à Ailsa qui est en train de monter. Ailsa manque perdre l'équilibre, se cramponne à la rampe sans qu'Iona y prête attention : elle essaye, semble-t-il, de faire entrer de force le baluchon que je suis dans un nouveau trou terrifiant au milieu de son corps. Elle émet des paroles entre de nouveaux gémissements à mesure qu'elle prend conscience.

Bébé. Aime-moi. Chérie. Ooh. Oh. Cherche le. Suffoquée. Couverture. Bébé. Police.

Jill a dormi sans couverture et sans s'être changée. Elle porte encore le short et le bain de soleil qu'elle avait hier, et ne sait pas si elle s'éveille d'une nuit de sommeil ou d'une sieste. Elle ne sait pas bien où elle est ni quel jour on est. Et qu'a dit Iona ? Émergeant à tâtons d'un bac de laine tiède, Jill voit plutôt qu'elle n'entend les cris d'Iona, qui ressemblent à des éclairs rouges, des veines chaudes à l'intérieur de ses paupières. Elle se cramponne au luxe de ne pas être obligée de comprendre, mais sait alors qu'elle a compris. Elle sait qu'il s'agit de moi.

Mais Jill pense qu'Iona s'est trompée. Iona est entrée dans la mauvaise partie du rêve. Cette partie est complètement terminée.

Le bébé va bien. Jill s'est occupée du bébé. Elle est sortie, a trouvé le bébé et l'a couvert. Tout va bien.

Dans l'entrée, en bas, Iona fait un effort et crie des mots agglutinés. « Elle a remonté la couverture jusqu'en haut par-dessus sa tête, elle l'a étouffée. »

Ailsa descend, accrochée à la rampe. « Pose-la, pose-la. »

Iona m'étreint et gémit. Puis elle me tend à Ailsa en disant : « Regarde. Regarde. »

Ailsa détourne violemment la tête. « Je ne veux pas, proteste-t-elle. Je ne veux pas regarder. » Iona s'approche pour me pousser vers le visage d'Ailsa : je suis encore enveloppée dans ma couverture mais Ailsa ne le sait pas et Iona ne fait pas attention ou n'y attache pas d'importance.

Maintenant c'est Ailsa qui hurle. Elle court de l'autre côté de la table de la salle à manger en criant : « Pose-la. Pose-la. Je ne vais pas regarder un cadavre. »

Mrs. Kirkham arrive de la cuisine, en s'exclamant : « Mes filles. Oh mes filles. Qu'est-ce qui se passe entre vous ? Je ne veux pas de ça, vous le savez.

– Regarde », dit Iona, oubliant Ailsa et faisant le tour de la table pour me montrer à sa mère.

Ailsa atteint le téléphone dans l'entrée et donne le numéro du Dr Shantz à la standardiste.

« Oh, un bébé, constate Mrs. Kirkham après avoir un peu écarté la couverture.

– Elle l'a étouffée, raconte Iona.

– Oh, non », déplore Mrs. Kirkham.

Ailsa parle au Dr Shantz en lui demandant d'une voix tremblante de venir tout de suite. Elle se détourne du téléphone, regarde Iona, déglutit pour se calmer et ordonne : « Allons, toi. Tu la boucles. »

Iona pousse un glapissement de défi haut perché et s'éloigne d'elle en courant, à travers l'entrée, vers le séjour. Elle est toujours cramponnée à moi.

Jill est venue se poster en haut de l'escalier. Ailsa la repère. « Allez, viens un peu par ici. »

Elle n'a aucune idée de ce qu'elle va faire à Jill, ou lui dire, une fois qu'elle l'aura fait descendre. Elle a l'air d'avoir envie de la gifler. « Ça ne sert à rien d'avoir une crise de nerfs à présent », dit-elle.

Le bain de soleil de Jill s'est entortillé, si bien qu'un de ses seins est presque entièrement à l'air.

« Habille-toi, commande Ailsa. As-tu dormi tout habillée ? Tu as l'air ivre. »

Jill a le sentiment d'être encore en train de marcher dans la lumière neigeuse de son rêve. Mais le rêve a été envahi par ces frénétiques.

Ailsa est capable à présent de penser aux choses qu'il faut faire. Quoi qu'il se soit passé, une chose telle que l'assassinat doit être hors de question. Les bébés meurent effectivement, sans raison, en dormant. Elle en a entendu parler. Pas question de police. Pas d'autopsie. Un petit enterrement triste et discret. Iona constitue un obstacle à cela. Le Dr Shantz peut lui faire une piqûre maintenant : elle la fera dormir. Mais il ne pourra pas continuer à lui en donner tous les jours.

Ce qu'il faut, c'est la faire admettre à Morrisville. C'est l'hôpital pour les déments, que l'on appelait autrefois l'asile et qui à l'avenir portera le nom d'hôpital psychiatrique, puis d'unité de santé mentale. Mais la plupart des gens l'appellent simplement Morrisville, du nom du village voisin.

Aller à Morrisville, dit-on. Ils l'ont emmenée à Morrisville. Fais des scènes comme ça et tu finiras à Morrisville.

Iona y est déjà allée et elle risque d'y retourner. Le Dr Shantz peut la faire interner et obtenir qu'elle le reste jusqu'à ce que l'on estime qu'elle est prête à sortir. Traumatisée par la mort du bébé. Hallucinations. Une fois que ce sera établi, elle ne représentera plus une menace. Personne ne fera attention à ce qu'elle dit. Elle aura eu une dépression. En fait, il semble que cela pourrait être vrai : il semble qu'elle pourrait déjà être à mi-chemin de la dépression, à en juger par ces glapissements et ces cavalcades. Ce pourrait être définitif. Mais probablement pas. Il existe toutes sortes de traitements actuellement. Des drogues pour la calmer, l'électrochoc s'il vaut mieux effacer certains souvenirs et une opération qu'ils pratiquent, s'ils y sont obligés, sur les personnes qui sont constamment malheureuses ou en proie à des désordres mentaux. Ils ne la font pas à Morrisville : ils vous envoient en ville.

Pour tout cela – qui lui a traversé l'esprit en un instant – Ailsa devra compter sur le Dr Shantz. Une certaine complaisance de sa part dans le manque de curiosité et l'aptitude à voir les choses à sa façon. Mais cela ne devrait pas poser de problème à quelqu'un qui connaît les épreuves qu'elle a traversées. L'investissement qu'elle a consenti dans la respectabilité de cette famille et les coups qu'il lui a fallu recevoir, depuis la carrière minable de son père et la confusion mentale de sa mère, jusqu'à l'effondrement d'Iona à l'école d'infirmières et au départ de George pour se faire tuer. Ailsa mérite-t-elle un scandale public par-dessus le marché, un article dans les journaux, un procès, peut-être même une belle-sœur en prison ?

Le Dr Shantz ne le penserait pas. Et pas seulement parce qu'il est à même de faire le compte de ces raisons d'après ce qu'il a observé en voisin amical. Pas seulement parce qu'il peut comprendre que des gens obligés de se passer de respectabilité seront tôt ou tard laissés à l'écart.

Les raisons pour lesquelles il aidera Ailsa s'entendent dans sa voix tandis qu'il arrive en courant par la porte de derrière, traversant la cuisine, en appelant son nom.

Jill au pied de l'escalier vient de dire : « Le bébé n'a rien. »

Et Ailsa lui réplique : « Tu te tais tant que je ne t'ai pas indiqué ce qu'il faut dire. »

Mrs. Kirkham est debout dans l'embrasure de la porte, entre la cuisine et l'entrée, barrant carrément le passage au Dr Shantz.

« Oh, comme je suis contente de vous voir, déclare-t-elle. Ailsa et Iona se sont affolées l'une l'autre. Iona a trouvé un bébé devant la porte et voilà qu'elle dit qu'il est mort. »

Le Dr Shantz soulève Mrs. Kirkham et la dépose à l'écart. Il répète : « Ailsa ? » et tend les bras, mais pour finir se contente de lui prendre fermement les épaules.

Iona sort du séjour les mains vides.

« Qu'as-tu fait du bébé ? demande Jill.

– Je l'ai caché », répond Iona d'un ton effronté en lui adressant une grimace : le genre de grimace qu'est susceptible de faire une personne au comble de la frayeur en simulant la méchanceté.

« Le Dr Shantz va te faire une piqûre, dit Ailsa. Ton compte sera réglé. »

S'ensuit une scène ridicule où Iona court dans tous les sens, se jette sur la porte d'entrée – Ailsa bondit pour faire barrage – puis sur l'escalier : c'est là que le Dr Shantz l'empoigne, la coince entre ses jambes, lui plaque les bras au corps en disant : « Allons, allons, allons, Iona. Ne vous inquiétez pas. Vous allez être d'aplomb dans un petit moment. » Iona braille alors, pleurniche et s'apaise. Les bruits qu'elle a faits, sa course désordonnée, ses efforts pour s'échapper, tout ressemble à du théâtre. Comme si, bien qu'ayant littéralement perdu la tête, elle se rendait compte que la résistance opposée à Ailsa et au Dr Shantz est tellement près d'être vouée à l'échec qu'elle peut seulement tenter de la prolonger par cette espèce de parodie. Ce qui rend évident – et c'est peut-être là sa véritable intention – qu'elle ne leur résiste pas du tout mais qu'elle est en train de se désintégrer. Se désintégrer de façon aussi embarrassante et malcommode que possible, avec Ailsa qui lui crie : « Tu devrais te trouver répugnante. »

La seringue en main, le Dr Shantz dit : « Bien sage, Iona. Là, là. »

Par-dessus son épaule, il conseille à Ailsa : « Occupez-vous de votre mère. Faites-la asseoir. »

Mrs. Kirkham essuie des larmes avec ses doigts. « Ça va, ma petite, assure-t-elle à Ailsa. Je voudrais seulement que vous ne vous disputiez pas toutes les deux. Tu aurais dû me dire qu'Iona avait un bébé. Tu aurais dû lui permettre de le garder. »

Mrs. Shantz, portant un kimono par-dessus son pyjama d'été, entre dans la maison par la porte de la cuisine.

« Est-ce que tout le monde va bien ? » demande-t-elle.

Elle voit le couteau sur le comptoir de la cuisine et croit prudent de le prendre et de le ranger dans un tiroir. Au cours d'une scène, la dernière des choses souhaitables est un couteau à portée de main.

Au milieu de tout cela, Jill croit entendre un cri faible. Elle a enjambé tant bien que mal la rampe pour éviter Iona et le docteur – elle avait remonté une partie de l'escalier quand Iona y était arrivée en courant – et se trouve en bas. Elle passe la double porte donnant sur le séjour où, pour commencer, elle ne voit pas trace de moi. Mais le cri faible s'entend de nouveau, elle le suit jusqu'au canapé et regarde dessous.

C'est là que je suis, enfoncée à côté du violon.

Pendant le bref trajet depuis l'entrée jusqu'au séjour, Jill s'est tout rappelé, et elle a l'impression d'avoir le souffle coupé et la bouche remplie d'horreur, puis un éclair de joie la ranime lorsque, tout comme dans le rêve, elle trouve un bébé vivant, pas un petit cadavre desséché à tête de noix muscade. Elle me tient. Je ne me raidis pas, ne m'arque pas, ne donne pas de coups de pied. Je suis encore assez assoupie à cause du sédatif dans mon lait qui m'a sonnée pendant une nuit et une demi-journée et qui, à dose plus forte – peut-être pas tellement plus forte, au fond –, m'aurait vraiment achevée.

Ce n'était pas du tout la couverture. N'importe qui, en examinant sérieusement cette couverture, aurait vu qu'elle était si légère et d'un tissage si lâche qu'elle ne pouvait pas me priver de l'air dont j'avais besoin. L'on pouvait respirer au travers aussi facilement qu'au travers d'un filet de pêche.

L'épuisement avait pu jouer un rôle. Hurler pendant une journée entière, accomplir un exploit aussi furieux pour m'exprimer avait pu m'harasser. Cela, et la poussière blanche qui était tombée sur mon lait, m'avaient fait sombrer dans un sommeil profond et inébranlable, avec une respiration si ténue qu'Iona n'avait pas pu la détecter. L'on pourrait croire qu'elle aurait remarqué que je n'étais pas froide, et par ailleurs que tous ces gémissements, ces hurlements, cette agitation m'auraient rapidement fait reprendre connaissance. Je ne sais pas pourquoi ce n'est pas arrivé. Je pense qu'elle ne l'a pas remarqué, en raison de son affolement et de l'état dans lequel elle était même avant de m'avoir trouvée, mais je ne sais pas pourquoi je n'ai pas pleuré plus tôt. Ou bien j'ai peut-être pleuré et dans le tohu-bohu personne ne m'a entendue. Ou bien Iona m'a entendue, m'a regardée et m'a fourrée sous le canapé parce qu'à ce moment-là tout avait déjà été gâché.

Alors Jill a entendu. C'est Jill qui a entendu.

On a porté Iona sur ce même canapé. Ailsa lui a enlevé ses chaussures pour sauvegarder le brocart et Mrs. Shantz est montée à l'étage chercher une courtepointe légère pour la couvrir.

« Je sais bien qu'elle n'en a pas besoin pour la chaleur, explique-t-elle. Mais je pense que lorsqu'elle se réveillera elle se trouvera mieux d'être couverte. »

Auparavant, bien sûr, tout le monde s'était rassemblé pour se pénétrer de l'idée que j'étais en vie. Ailsa se reprochait de ne pas l'avoir découvert immédiatement. Il lui coûtait de reconnaître qu'elle avait eu peur de regarder un bébé mort.

« La nervosité d'Iona devait être contagieuse, dit-elle. J'aurais sûrement dû me rendre compte. »

Elle regarda Jill comme si elle était sur le point de lui dire d'aller enfiler un chemisier par-dessus son bain de soleil. Puis elle se rappela avec quelle rudesse elle lui avait parlé, sans raison comme il s'était avéré, alors elle se tut. Elle ne tenta même pas de convaincre sa mère qu'Iona n'avait pas eu de bébé, bien qu'elle soufflât à Mrs. Shantz : « Eh bien, ça pourrait lancer la rumeur du siècle. »

« Je suis si heureuse que rien d'affreux ne se soit passé, déclara Mrs. Kirkham. J'ai cru pendant un instant qu'Iona l'avait fait disparaître. Ailsa, il faut que tu essaies de ne pas t'en prendre à ta sœur.

– Non, maman, dit Ailsa. Allons nous asseoir à la cuisine. »

Il y avait un biberon préparé que j'aurais dû normalement exiger et boire plus tôt ce matin-là. Jill le mit à chauffer, me tenant au creux de son bras pendant tout ce temps.

Elle avait cherché le couteau des yeux dès qu'elle était entrée dans la cuisine et s'était émerveillée de ne pas l'y voir. Mais elle détecta d'infimes traces de poussière sur le comptoir, ou crut les détecter. Elle les essuya de sa main libre avant d'ouvrir le robinet et de faire couler l'eau pour réchauffer le biberon.

Mrs. Shantz s'activa à préparer du café. Pendant qu'il passait, elle posa le stérilisateur sur le fourneau et rinça le biberon de la veille. Elle se montrait pleine de tact et d'efficacité, parvenant juste à dissimuler que dans toute cette débâcle et ce méli-mélo de sentiments quelque chose la réconfortait.

« Je pense qu'Iona était bel et bien obsédée par ce bébé, dit-elle. Un événement de ce genre devait forcément arriver. »

En se détournant du fourneau pour adresser ces derniers mots à son mari et à Ailsa, elle vit que le Dr Shantz était en train d'abaisser les mains d'Ailsa, qui les avait portées à sa tête. Il enleva ses propres mains trop vite et d'un air trop coupable. S'il ne l'avait pas fait, il aurait eu l'air de lui prodiguer un réconfort banal. Comme un médecin est certainement en droit de le faire.

« Tu sais, Ailsa, je pense que ta mère devrait s'étendre aussi, dit Mrs. Shantz d'un air pensif et sans marquer de pause. Je crois que je vais aller la convaincre. Si elle parvient à trouver le sommeil, il est possible que tout ceci s'efface complètement de sa mémoire. Ainsi que de celle d'Iona si nous avons de la chance. »

À peine Mrs. Kirkham était-elle entrée à la cuisine au cours de ses déambulations qu'elle l'avait quittée. Mrs. Shantz la trouva dans le séjour en train de regarder Iona, tripotant la courtepointe pour s'assurer qu'elle était bien mise. Mrs. Kirkham n'avait pas vraiment envie de s'étendre. Elle voulait qu'on lui explique des choses – ayant conscience que ses propres explications étaient quelque peu déglinguées –, que les gens lui parlent comme ils lui parlaient avant, pas de cette manière bizarrement douce et suffisante qu'ils adoptaient maintenant. Mais avec sa politesse coutumière et sachant que son pouvoir dans la maison était négligeable, elle permit à Mrs. Shantz de l'emmener dans sa chambre.

Jill était en train de lire les indications pour la préparation du biberon, imprimées sur le côté de la boîte de sirop de glucose. Lorsqu'elle entendit les pas monter dans l'escalier, elle pensa qu'elle avait quelque chose de mieux à faire pendant qu'elle en avait l'occasion. Elle me porta dans le séjour et me posa dans un fauteuil.

« Là, là, chuchota-t-elle sur le ton de la confidence. Reste tranquille, hein. »

Jill s'agenouilla, attrapa le violon et le tira doucement de sa cachette, puis elle trouva sa housse et son étui et le rangea convenablement. Moi, je restai tranquille, n'étant pas encore tout à fait capable de me retourner, et ne fis aucun bruit.

Laissés seuls, seuls à la cuisine, le Dr Shantz et Ailsa ne profitèrent probablement pas de cette occasion pour s'embrasser, se regardant simplement. Avec ce qu'ils savaient, sans promesses ni désespoir.

Iona reconnut ne pas avoir cherché le pouls. Elle n'avait pas prétendu que j'étais froide, elle avait dit que je lui paraissais raide. Ensuite, ce n'était pas raide mais lourde. Si lourde, affirma-t-elle, qu'elle avait pensé aussitôt que je ne pouvais pas être vivante. Un poids mort.

Je pense qu'il y a là une certaine vérité. Je ne crois pas avoir été morte, ou revenue d'entre les morts, mais je crois m'être effectivement transportée dans un lointain d'où il m'était possible de revenir ou non. J'ai le sentiment que l'issue n'était pas établie et que la volonté a joué un rôle. C'est à moi qu'il incombait, veux-je dire, d'aller dans un sens ou dans l'autre.

Et ce n'est pas l'amour d'Iona, certainement le plus inconditionnel que je recevrai jamais, qui me décida. Ses cris et son étreinte ne fonctionnèrent pas, n'apportèrent pas la persuasion finale. Parce que ce n'était pas Iona que je devais accepter. (Pouvais-je le savoir, pouvais-je même savoir qu'en fin de compte ce ne serait pas Iona qui me ferait le plus de bien ?) C'était Jill. Il fallait que j'accepte Jill et ce qu'elle pouvait m'apporter, même si cela paraissait dérisoire.

Il me semble que je suis devenue féminine à cet instant-là seulement. Je sais bien que cette question était tranchée longtemps avant ma naissance et qu'elle était claire pour tout le monde depuis le commencement de mon existence, mais je crois que c'est seulement à l'instant où j'ai décidé de revenir, où j'ai abandonné la lutte contre ma mère (lutte qui devait avoir pour but quelque chose comme sa capitulation sans condition) et lorsque j'ai choisi en fait de survivre plutôt que de vaincre (la mort eût été la victoire), que j'ai assumé ma nature féminine.

Et dans une certaine mesure, Jill a assumé la sienne. Calmée et reconnaissante, ne se risquant même pas à envisager le danger auquel elle venait d'échapper, elle s'est prise à m'aimer, parce que l'alternative à l'amour était le désastre.

Le Dr Shantz soupçonna quelque chose, mais ne s'acharna pas. Il demanda à Jill comment je m'étais comportée la veille. Difficile ? Oui, répondit-elle, très difficile. Il expliqua que les bébés prématurés, même légèrement prématurés, étaient prédisposés aux traumatismes et qu'il fallait les traiter avec douceur. Il recommanda de toujours me faire dormir sur le dos.

L'on n'imposa pas d'électrochocs à Iona. Le Dr Shantz lui prescrivit des pilules. Il expliqua qu'elle s'était surmenée à s'occuper de moi. La femme qui avait repris l'emploi d'Iona à la boulangerie voulait l'abandonner : elle n'aimait pas travailler la nuit. Alors Iona y retourna.

C'est ce que je me rappelle le mieux de mes séjours d'été chez mes tantes, quand j'avais six ou sept ans. Être emmenée à la boulangerie à minuit, heure étrange, habituellement interdite, et regarder Iona mettre son calot et son tablier blancs, l'observer pétrissant la grande masse de pâte blanche, mouvante, en ébullition, comme quelque chose de vivant. Puis découpant des sablés dont elle me donnait les chutes à manger, et dans des occasions spéciales sculptant un gâteau de noces. Comme cette grande cuisine était blanche et lumineuse, avec la nuit remplissant chaque fenêtre. Je raclais dans le bol le glaçage du gâteau, le sucre fondant, agaçant, irrésistible.

Ailsa pensait que je ne devrais pas veiller si tard, ni manger tant de sucreries. Mais elle ne prenait aucune mesure. Elle se demandait, disait-elle, ce que ma mère en penserait, comme si c'était Jill qui avait de l'autorité et pas elle. Ailsa imposait quelques règles que je n'étais pas obligée de respecter chez moi – « suspends cette veste, rince ce verre avant de l'essuyer, sinon il sera taché » – mais je n'ai jamais vu la personne rude et harcelante que se rappelait Jill.

Aucune remarque méprisante ne fut jamais faite alors sur la musique de Jill. Après tout, c'était notre moyen d'existence. Finalement, le Mendelssohn ne l'avait pas vaincue : elle avait obtenu son diplôme du conservatoire. Elle s'était fait couper les cheveux et avait maigri. Avec sa pension de veuve de guerre, elle put louer un duplex près de High Park à Toronto et engager une femme pour s'occuper de moi une partie du temps. Elle entra ensuite dans l'orchestre de la radio : plus tard, elle tira fierté d'avoir été employée comme musicienne pendant toute sa vie de travail et de n'avoir jamais eu à se rabattre sur l'enseignement. Elle avait conscience, disait-elle, de ne pas être une grande violoniste, n'ayant ni don ni destinée mirifiques, mais elle pouvait au moins gagner sa vie en faisant ce qu'elle avait envie de faire. Même après avoir épousé mon beau-père, après que nous étions allées nous installer avec lui à Edmonton (il était géologue), elle continua à jouer avec l'orchestre symphonique. Elle joua jusqu'à la dernière semaine avant la naissance de chacune de mes demi-sœurs, se félicitant de sa chance : son mari n'élevait jamais d'objection.

Iona eut bien quelques rechutes par la suite, la plus grave alors que j'avais environ douze ans. Elle fut hospitalisée à Morrisville pendant plusieurs semaines. Je pense qu'elle y fut soignée à l'insuline : elle en sortit grosse et loquace. Je revins en vacances pendant son absence et Jill m'accompagna, amenant ma première petite sœur, née peu auparavant. D'après la conversation entre ma mère et Ailsa, je compris qu'il n'eût pas été sage d'introduire un bébé dans la maison si Iona s'y trouvait, cela aurait pu la déstabiliser. Je ne sais pas si ce qui l'avait fait partir à Morrisville avait un rapport quelconque avec un bébé.

Je me sentis exclue au cours de ce séjour. Jill et Ailsa s'étaient mises à fumer toutes les deux et elles veillaient tard le soir, buvant du café et grillant des cigarettes à la table de la cuisine en attendant la tétée d'une heure du matin. (Ma mère allaitait ce bébé-là : je fus heureuse d'apprendre qu'à moi, de tels repas intimes, chauffés par le corps, n'avaient pas été servis.) Je me rappelle être descendue d'humeur maussade parce que je n'arrivais pas à dormir, devenant ensuite bavarde, prise d'audace écervelée, essayant de m'immiscer dans leur conversation. Je compris qu'elles parlaient de choses dont elles ne voulaient pas que j'eusse connaissance. De façon inexplicable, elles étaient devenues bonnes amies.

J'essayai d'attraper une cigarette et ma mère dit : « Arrête ça, laisse-nous tranquilles. Nous sommes en train de parler. » Ailsa me proposa de prendre quelque chose à boire dans le réfrigérateur, un Coca ou du soda au gingembre. Ce que je fis, mais au lieu de le monter, je sortis.

Je m'installai sur la marche, mais les voix des femmes se firent tout de suite trop basses pour que je puisse rien comprendre à leurs regrets ou à leurs propos rassurants. Alors je rôdai dans le jardin, par-delà la tache de lumière projetée à travers la porte grillagée.

La longue maison blanche aux angles en briques de verre avait de nouveaux occupants à présent. Les Shantz étaient allés vivre à longueur d'année en Floride. Ils envoyaient des oranges à mes tantes, oranges dont Ailsa disait qu'elles vous dégoûteraient à jamais de celles que l'on achetait au Canada. Les nouveaux venus avaient installé une piscine, utilisée la plupart du temps par deux jolies adolescentes – dont le regard me traversait quand elles me croisaient dans la rue – et par leurs petits amis. Certains arbustes avaient pas mal grandi entre le jardin de ma tante et le leur, mais je parvenais encore à les regarder courir autour de la piscine et se faire tomber dans l'eau, avec de grands cris et des éclaboussures. Je méprisais leurs jeux parce que je prenais la vie au sérieux et que j'avais une idée beaucoup plus élevée et plus tendre d'une relation romanesque. Mais j'aurais tout de même aimé attirer leur attention. J'aurais aimé que l'un d'eux voie mon pyjama clair se déplacer dans le noir et crie pour de vrai, en me prenant pour un fantôme.

Sauvez le moissonneur

Le jeu auquel ils jouaient était presque identique à celui qu'Eve avait pratiqué avec sa fille pendant les longs trajets fastidieux en automobile quand Sophie était petite. Il s'agissait d'espions à cette époque-là : maintenant, c'étaient des extraterrestres. Les enfants de Sophie, Philip et Daisy, étaient assis sur la banquette arrière. Daisy avait tout juste trois ans et ne comprenait pas de quoi il était question. Philip avait sept ans et contrôlait le déroulement de l'opération. C'était lui qui choisissait la voiture qu'ils devaient suivre, dans laquelle se trouvaient des voyageurs de l'espace nouvellement arrivés, en route pour le quartier général clandestin, le repaire des envahisseurs. Les instructions leur étaient transmises par les signaux qu'envoyaient des gens à l'aspect plausible dans d'autres voitures, ou quelqu'un debout à côté d'une boîte aux lettres, ou même à bord d'un tracteur dans un champ. Nombre d'extraterrestres étaient déjà arrivés sur terre et avaient été « traduits » – le mot employé par Philip – si bien que n'importe qui pouvait en être un. Les employés de stations-service, les femmes poussant des landaus ou même les bébés qui s'y trouvaient. Ils étaient susceptibles d'envoyer des signaux.

Autrefois, Eve et Sophie jouaient à ce jeu sur une route nationale très fréquentée où il y avait suffisamment de circulation pour qu'elles ne soient pas repérées. (Un jour, cependant, elles s'étaient laissées emporter et avaient échoué dans une allée de banlieue.) Sur les routes de campagne qu'Eve prenait aujourd'hui, ce n'était pas si facile. Elle essaya de résoudre le problème en disant qu'ils seraient peut-être obligés de changer de véhicule à suivre, parce que certains d'entre eux n'étaient que des leurres, ne se dirigeant pas du tout vers la planque, mais vous égarant.

« Non, c'est pas comme ça, dit Philip. Ce qu'ils font, c'est aspirer les gens d'une voiture pour les faire passer dans une autre, au cas où quelqu'un les suivrait. Ils peuvent être comme à l'intérieur d'un corps et puis traverser l'air, *schlup,* pour passer dans un autre corps dans une autre voiture. Ils passent dans des personnes différentes tout le temps et les gens ne savent jamais ce qu'ils ont dedans.

– Vraiment ? s'étonna Eve. Alors comment savoir quelle est la bonne voiture ?

– Le code se trouve sur la plaque d'immatriculation. Il est changé par le champ électrique qu'ils créent dans la voiture. De façon que leurs traqueurs dans l'espace puissent les suivre. Ce n'est qu'une petite chose simple, mais je ne peux pas te la dire.

– Non, certainement. Je suppose que très peu de gens la connaissent.

– Je suis le seul dans l'Ontario », dit Philip.

Il se pencha en avant autant qu'il le pouvait avec sa ceinture de sécurité, en se tapotant les dents de temps à autre sous l'effet d'une concentration insistante et en produisant des sifflements légers tandis qu'il la mettait en garde.

« Hé hé, fais attention ici, dit-il. Je pense que tu vas être obligée de faire demi-tour. Ouais. Ouais. Je crois que c'est peut-être celle-ci. »

Ils avaient suivi une Mazda blanche et devaient maintenant, semblait-il, suivre un vieux pick-up vert, un Ford. Eve demanda : « Es-tu certain ?

– Certain.

– Tu as senti qu'ils étaient aspirés ?

– Ils sont "traduits" simultanément, expliqua Philip. J'ai peut-être dit "aspirés" mais c'est juste pour aider les gens à comprendre. »

Ce qu'Eve avait projeté à l'origine, c'était que le quartier général soit l'épicerie du village qui vendait des crèmes glacées ou bien le terrain de jeux. On pourrait révéler que tous les extraterrestres y étaient rassemblés sous la forme d'enfants, séduits par les plaisirs des crèmes glacées, des toboggans ou des balançoires, leurs pouvoirs provisoirement suspendus. Pas de danger qu'ils vous enlèvent – ou qu'ils s'infiltrent en vous – sauf si vous choisissiez le seul parfum de glace non conforme ou si vous vous balanciez exactement le mauvais nombre de fois sur la balançoire désignée. (Il faudrait que quelque danger subsiste, sinon Philip se sentirait trahi, humilié.) Mais il avait tout pris en main si complètement qu'il était difficile désormais d'organiser le dénouement. Le pick-up était en train de quitter la route départementale pour prendre un chemin vicinal au revêtement de gravier. Il était délabré, sa carrosserie rongée de rouille : il n'allait sûrement pas loin. Rentrant chez lui dans quelque ferme, très probablement. Ils risquaient de ne pas rencontrer d'autre véhicule pour effectuer la mutation avant d'atteindre leur destination.

« Tu es sûr que c'est celui-ci ? demanda Eve. Il n'y a qu'un homme là-dedans, tu sais. Je croyais qu'ils ne voyageaient jamais seuls.

– Le chien », dit Philip.

Car un chien était installé dans la partie découverte à l'arrière, courant dans tous les sens comme si partout se passaient des choses dont il fallait suivre le déroulement.

« Le chien, c'en est un aussi », dit Philip.

Ce matin-là, pendant que Sophie quittait la maison pour aller chercher Ian à l'aéroport de Toronto, Philip trouvait des occupations pour Daisy dans la chambre d'enfants. Elle s'était assez bien habituée à la maison inconnue – sinon qu'elle avait fait pipi au lit toutes les nuits pendant les vacances – mais c'était la première fois que sa mère partait sans l'emmener. Aussi Sophie avait-elle demandé à Philip de la distraire, ce qu'il avait fait avec enthousiasme (heureux du nouveau tour pris par les événements ?). Il lançait violemment les petites autos à travers le plancher avec des vrombissements de moteur agressifs pour couvrir le bruit que faisait Sophie en mettant le contact de la vraie voiture louée et en démarrant. Peu après, il cria à Eve : « Est-ce que la G. M. est partie ? »

Eve était à la cuisine, en train de mettre de l'ordre après le petit déjeuner et de se raisonner. Elle entra dans le séjour. La cassette vidéo du film que Sophie et elle avaient regardé hier soir se trouvait là. *Sur la route de Madison*.

« Quoi ça veut dire, "G. M." ? » demanda Daisy.

La chambre des enfants ouvrait sur le séjour. C'était une petite maison étriquée, arrangée à peu de frais pour une location d'été. Eve avait voulu louer un cottage au bord du lac pour les vacances – le premier séjour de Sophie et Philip avec elle depuis près de cinq ans, le tout premier de Daisy. Elle avait choisi cette partie du rivage du lac Huron parce que ses parents l'y amenaient avec son frère quand ils étaient enfants. Les temps avaient changé : les cottages étaient tous aussi confortables que des maisons de banlieue et les loyers avaient crevé le plafond. Ce cottage à huit cents mètres de l'extrémité rocheuse, ingrate, de la plage utilisable avait correspondu au maximum de ses moyens. Il était situé au milieu d'un champ de maïs. Elle avait raconté aux enfants ce que son père lui avait raconté autrefois : que, la nuit, on entendait pousser les plants.

Tous les jours, quand Sophie décrochait de la corde à linge les draps de Daisy, lavés à la main, elle était obligée de faire tomber les insectes venus du maïs.

« Ça veut dire “Grosse Merde” », répondit Philip en adressant à Eve un regard de défi rusé.

Eve s’arrêta sur le pas de la porte. Hier soir, Sophie et elle avaient regardé Meryl Streep assise dans le camion du mari, sous la pluie, la main appuyée sur la poignée de la porte, étouffant de désir tandis que la voiture de son amant démarrait. Elles s’étaient tournées et chacune avait vu les yeux de l’autre pleins de larmes ; elles avaient secoué la tête et s’étaient mises à rire.

« Cela signifie aussi “Grosse Maman”, dit Philip d’un ton plus conciliant. C’est comme ça que papa l’appelle parfois.

– Eh bien, si c’est ta question, dit Eve, la réponse est oui. »

Elle se demanda s’il voyait Ian en vrai père. Elle n’avait pas interrogé Sophie sur ce qu’ils lui avaient dit. Elle ne le ferait pas, évidemment. Son vrai père était un jeune Irlandais qui faisait le tour de l’Amérique du Nord en essayant de décider de son avenir, maintenant qu’il s’était résolu à ne pas être prêtre. Eve l’avait vu en ami passager de Sophie et c’est ainsi que Sophie le voyait aussi, jusqu’au jour où elle l’avait séduit. (« Il était tellement timide que je n’avais jamais songé que ça marcherait », avait-elle dit.) C’est seulement en voyant Philip qu’Eve put vraiment imaginer à quoi ressemblait ce garçon. Elle le vit alors reproduit fidèlement, ce jeune Irlandais aux yeux brillants, pédant, sensible, méprisant, critique, rougissant, timide, raisonneur. Un peu comme Samuel Beckett, dit-elle, jusqu’aux rides même. Bien sûr, à mesure que le bébé vieillissait, les rides tendaient à disparaître.

Sophie étudiait l’archéologie, à l’époque. Eve s’occupait de Philip pendant qu’elle assistait aux cours. Eve, elle, était comédienne ; elle l’était encore maintenant, quand elle trouvait du travail. Même en ce temps-là, elle ne travaillait pas à certains moments ou, s'il y avait des répétitions dans la journée, elle pouvait emmener Philip. Pendant deux ans environ ils avaient tous habité ensemble – Eve, Sophie et Philip – dans l'appartement d'Eve à Toronto. C'est Eve qui promenait Philip dans son landau, et plus tard dans sa poussette, dans toutes les rues entre Queen et College, et Spadina et Ossington. Au cours de ces promenades, elle découvrait parfois une petite maison à vendre, parfaite quoique en mauvais état, dans une impasse longue de deux pâtés de maisons, ombragée d'arbres, dont elle avait ignoré l'existence auparavant. Elle envoyait Sophie la regarder, elles la visitaient avec l'agent immobilier, elles discutaient hypothèque, débattaient des rénovations qu'il leur faudrait payer et de celles qu'elles pouvaient faire elles-mêmes. Se tâtant, fantasmant jusqu'à ce que la maison soit vendue à quelqu'un d'autre ou qu'Eve soit en proie à l'une de ses crises périodiques mais intenses de prudence financière, ou jusqu'à ce que quelqu'un les persuade que ces charmantes petites rues étaient loin d'être aussi sûres pour les femmes et les enfants que la rue éclatante, laide, criarde et bruyante qu'elles continuaient à habiter.

Ian retint encore moins l'attention d'Eve que le jeune Irlandais. C'était un ami : il ne venait à l'appartement qu'en bande. Ensuite il partit travailler en Californie – c'était un géographe urbain – et Sophie provoqua une facture de téléphone si importante qu'Eve fut obligée de lui en parler ; l'atmosphère de l'appartement changea complètement. (Eve n'aurait-elle pas dû parler de la facture ?) Un séjour fut bientôt décidé et Sophie emmena Philip parce que Eve jouait tout l'été dans un théâtre de la région.

Peu de temps après, la nouvelle arriva de Californie. Sophie et Ian allaient se marier.

« Est-ce que ce ne serait pas plus astucieux d'essayer de vivre ensemble pendant un moment ? » demanda Eve au téléphone depuis sa pension de famille. « Oh non, dit Sophie. Il est bizarre. Ce n'est pas son genre.

– Mais je ne peux pas m'absenter pour un mariage, expliqua Eve. Nous continuons jusqu'à mi-septembre.

– Aucun problème. Ça ne va pas être un mariage *mariage*. »

Et jusqu'à cet été, Eve ne l'avait pas revue. Au début, il y avait un manque d'argent aux deux bouts. Quand Eve travaillait, elle avait des frais fixes et quand elle ne travaillait pas, elle ne pouvait rien se permettre de superflu. Bientôt, Sophie trouva aussi un travail : réceptionniste chez un médecin. Juste au moment où Eve allait prendre un billet d'avion, Sophie l'appela pour annoncer que le père d'Ian était mort et qu'il partait en Angleterre pour l'enterrement avec l'intention de ramener sa mère.

« Et nous n'avons qu'une seule chambre, dit-elle.

– Loin de moi cette pensée, répliqua Eve. Deux belles-mères dans une maison, sans parler d'une seule pièce.

– Une fois qu'elle sera partie, peut-être ? » suggéra Sophie.

Mais cette mère resta jusqu'après la naissance de Daisy, resta jusqu'à ce qu'ils emménagent dans la nouvelle maison, resta huit mois en tout. À ce moment-là, Ian commençait à écrire son livre et la présence de visiteurs dans la maison le dérangeait. Il y avait suffisamment de dérangements de toute façon. Le temps où Eve se sentait assez sûre d'elle pour s'inviter passa. Sophie envoya des photographies de Daisy, du jardin, de toutes les pièces de la maison.

Puis elle annonça qu'ils pouvaient venir, Philip et Daisy et elle pouvaient revenir dans l'Ontario cet été-là. Ils passeraient trois semaines avec Eve pendant qu'Ian travaillait seul en Californie. À la fin de cette période, il les rejoindrait et ils prendraient l'avion à Toronto pour l'Angleterre où ils passeraient un mois avec sa mère.

« Je vais louer un cottage sur le lac, dit Eve. Oh, ce sera merveilleux.

– C'est vrai, approuva Sophie. C'est idiot d'avoir mis si longtemps. »

Effectivement, ça avait été merveilleux. Modérément, avait pensé Eve. Sophie n'avait pas paru très ennuyée ou surprise que Daisy fasse pipi au lit. Philip avait été difficile et réservé pendant deux ou trois jours, réagissant froidement lorsque Eve lui dit l'avoir connu bébé et geignant à cause des moustiques qui les agressaient pendant qu'ils traversaient hâtivement les bois du littoral pour aller à la plage. Il voulait qu'on l'emmène au muséum de Toronto. Mais il finit par se calmer, nageant dans le lac sans se plaindre qu'il était froid, s'occupant à des tâches solitaires, telles que faire bouillir et enlever la chair d'une tortue morte qu'il avait traînée jusqu'à la maison pour pouvoir en conserver la carapace. L'estomac de la tortue contenait une écrevisse non digérée et la carapace partait en lambeaux, mais rien de tout cela ne le désola.

Pendant ce temps-là, Eve et Sophie avaient mis au point un train-train agréable de corvées matinales effectuées sans hâte, d'après-midi sur la plage, de vin avec le dîner et de films en fin de soirée. Elles étaient entraînées à des spéculations à demi sérieuses au sujet de la maison. Que pouvait-on y faire ? D'abord décoller le papier peint du séjour imitant les lambris. Arracher le linoléum avec ses motifs idiots de fleurs de lis dorées que le sable piétiné et l'eau de lavage sale avaient rendues marron. Sophie s'était tellement emballée qu'elle en détacha un morceau qui avait pourri devant l'évier, découvrant un plancher en pin que l'on pourrait certainement sabler. Elles débattirent du prix de location d'une ponceuse (c'est-à-dire en supposant que la maison leur appartienne) et des tons qu'elles choisiraient pour la peinture des portes et des boiseries, des volets aux fenêtres, des étagères sans portes à la cuisine au lieu des placards minables en contreplaqué. Et pourquoi pas une cuisinière à gaz ?

Qui allait vivre ici ? Eve. Les pilotes de motoneige qui utilisaient la maison comme pavillon de club pendant l'hiver étaient en train de se construire un local à eux et le propriétaire serait peut-être heureux de la louer toute l'année. Ou pourquoi pas de la vendre à très bas prix étant donné son état ? Elle pouvait servir de retraite, si Eve obtenait l'emploi qu'elle espérait avoir l'hiver prochain. Et si elle ne l'obtenait pas, pourquoi ne pas sous-louer l'appartement et vivre ici ? Il y aurait la différence de loyers, la pension qu'elle commencerait à toucher en octobre et l'argent qui rentrait encore d'un spot publicitaire qu'elle avait tourné pour un supplément aux régimes. Elle pourrait s'en tirer.

« Et puis, si nous venions en été, nous pourrions participer aux frais de location », proposa Sophie.

Philip les entendit. « Tous les étés ? demanda-t-il.

– Eh bien, tu aimes le lac, dit Sophie. Ça te plaît ici maintenant.

– Et tu sais, les moustiques ne sont pas aussi agressifs tous les ans, indiqua Eve. D'habitude, ils ne sont agressifs qu'au début de l'été. En juin, avant même que tu arrives ici. Au printemps, tous ces endroits marécageux sont pleins d'eau et ils s'y reproduisent, puis les endroits marécageux s'assèchent et ils ne se reproduisent plus. Mais cette année, il y a eu tant d'eau plus tôt que ces endroits ne se sont pas asséchés, si bien qu'il y a eu toute une nouvelle génération. »

Elle avait découvert à quel point il respectait l'information et la préférait à ses opinions et réminiscences. Sophie n'avait pas non plus le goût des réminiscences. Chaque fois que l'on faisait allusion au passé qu'Eve et elle avaient partagé – même ces mois après la naissance de Philip qu'Eve voyait comme les plus heureux, les plus significatifs et harmonieux de sa vie –, le visage de Sophie affichait un air exprimant la gravité et la dissimulation, les jugements patiemment retenus. La première époque, celle de l'enfance de Sophie elle-même, était un véritable champ de mines, ce qu'Eve découvrit tandis qu'elles parlaient de l'école de Philip. Sophie la trouvait un peu trop stricte et Ian la jugeait parfaite.

« Quelle différence avec Le Merle », commenta Eve, et Sophie répliqua aussitôt, presque méchamment : « Oh, Le Merle. Quelle farce. Quand je pense que tu payais ça. Tu *payais.* »

Le Merle était une école alternative sans niveaux qu'avait fréquentée Sophie. Les frais de scolarité dépassaient les moyens d'Eve, mais elle pensait que c'était mieux pour une enfant dont la mère était comédienne et le père invisible. Lorsque Sophie avait neuf ou dix ans, l'établissement avait fermé pour cause de mésentente entre les parents.

« J'apprenais les mythes grecs et je ne savais pas où se trouvait la Grèce, raconta Sophie. Je ne savais pas ce que c'était. Nous étions obligés de passer l'heure d'art plastique à dessiner des symboles antinucléaires.

– Oh, non, sûrement pas, dit Eve.

– Si. Et ils nous asticotaient littéralement – ils nous asticotaient – pour que nous parlions de sexualité. C'était du harcèlement verbal. Tu *payais.*

– Je ne savais pas que c'était nul à ce point, se défendit Eve.

– Oh, après tout, j'ai survécu.

– C'est le principal. Survivre. »

Le père de Sophie était originaire du Kerala, dans le sud de l'Inde. Eve l'avait rencontré, et avait passé tout le temps qu'elle passa avec lui, dans un train qui allait de Vancouver à Toronto. C'était un jeune médecin venu étudier au Canada grâce à une bourse. Il avait déjà une femme et une petite fille, chez lui en Inde.

Le voyage dura trois jours. Il y eut un arrêt d'une demi-heure à Calgary. Eve et le médecin coururent partout à la recherche d'un drugstore pour acheter des préservatifs. Ils n'en trouvèrent pas. Lorsqu'ils arrivèrent à Winnipeg, où le train s'arrêtait une heure, il était trop tard. En fait – disait Eve quand elle racontait leur histoire – lorsqu'ils atteignirent les confins de la ville de Calgary, il était probablement trop tard.

Il voyageait dans la voiture sans couchettes : la bourse n'était pas généreuse. Mais Eve avait fait une folie et s'était payé un compartiment de wagons-lits. C'est cette dépense excessive – décision de dernière minute –, le confort et l'intimité du compartiment qui furent responsables, disait Eve, de l'existence de Sophie et du plus grand changement dans sa vie, à elle, Eve. Cela, et le fait que les préservatifs ne s'achetaient nulle part autour de la gare de Calgary, pour tout l'or du monde.

À Toronto, elle fit adieu de la main à son amant du Kerala, comme on le ferait à n'importe quelle personne rencontrée dans le train, parce qu'elle y était attendue par l'homme qui représentait à l'époque l'intérêt sérieux et le souci principal de sa vie. Ces trois jours entiers avaient été soulignés par les balancements et trépidations du train : les mouvements des amants n'étaient jamais exactement ceux qu'ils inventaient eux-mêmes et pour cette raison peut-être semblaient innocents, irrésistibles. Leurs sentiments et leur conversation avaient dû s'en ressentir aussi. Eve se les rappelait doux et généreux, jamais solennels ou désespérés. La solennité eût posé problème lorsqu'on se trouvait aux prises avec les dimensions et les saillies du compartiment.

Elle dit son prénom à Sophie : Thomas, à cause du saint. Avant de l'avoir rencontré, Eve n'avait jamais entendu parler des anciens chrétiens dans le sud de l'Inde. Adolescente, pendant un certain temps, Sophie s'était intéressée au Kerala. Elle rapportait à la maison des livres de la bibliothèque et se mit à porter un sari dans les fêtes. Elle parlait de chercher à voir son père quand elle serait plus vieille. Le fait de connaître son prénom et sa spécialisation – les maladies du sang – lui paraissait peut-être suffisant. Eve lui fit valoir l'immensité de la population indienne et la possibilité qu'il ne fût pas resté en Inde. Ce qu'elle ne pouvait se résoudre à expliquer, c'est comme l'existence de Sophie paraîtrait forcément secondaire, presque inimaginable, dans la vie de son père. Heureusement, cette idée s'estompa et Sophie renonça à porter le sari à l'époque où tous ces costumes ethniques, à sensation, se banalisèrent. La seule fois où elle fit allusion à son père, plus tard, fut quand elle était enceinte de Philip et plaisantait sur le maintien de la tradition familiale des pères volatiles.

Finies maintenant les plaisanteries de cet ordre. Sophie était devenue majestueuse, femme faite, gracieuse et réservée. À un moment donné – elles traversaient les bois pour aller à la plage et Sophie s'était penchée pour ramasser Daisy afin de quitter plus vite le champ d'action des moustiques – Eve avait été saisie par la manifestation nouvelle et récente de la beauté de sa fille. Une beauté pleine, paisible, classique, acquise non grâce aux soins et à la vanité mais par l'oubli de soi et le sens du devoir. Elle avait l'air plus indienne à présent, sa peau d'un ton café-crème avait foncé au soleil de Californie et elle portait sous les yeux les croissants couleur lilas d'une légère fatigue permanente.

Mais c'était encore une bonne nageuse. La natation était le seul sport qu'elle ait jamais aimé et elle nageait aussi bien qu'avant, se dirigeant, semblait-il, vers le milieu du lac. Le premier jour où elle y arriva, elle s'exclama : « C'était merveilleux. Je me suis sentie si libre. » Elle ne dit pas que c'était parce que Eve surveillait les enfants qu'elle avait eu cette sensation, mais Eve comprit que cela allait sans dire. « Je suis contente », déclara-t-elle, bien qu'en fait elle ait eu peur. Elle avait pensé plusieurs fois : Fais demi-tour maintenant, mais Sophie avait poursuivi sa route, ne tenant aucun compte de ce message télépathique urgent. Sa tête noire était devenue une tache, puis une poussière, puis une illusion ballottée par les vagues régulières. Ce qu'Eve craignait et se refusait à envisager, ce n'était pas une défaillance de ses forces mais de son désir de revenir. Comme si cette Sophie, cette femme adulte si liée à la vie, pouvait en réalité y être plus indifférente que l'adolescente qu'avait connue Eve autrefois, la jeune Sophie avec sa pléthore de risques, d'amours et de drames.

« Nous devons rendre ce film à la boutique, annonça Eve à Philip. Il faudrait peut-être le faire avant d'aller à la plage.

– J'en ai marre de la plage », dit Philip.

Eve n'avait pas envie de discuter. Sophie étant partie, tous les projets étaient changés si bien qu'ils s'en allaient, s'en allaient tous plus tard dans la journée, elle aussi en avait marre de la plage. Et marre de cette maison : tout ce qu'elle voyait maintenant c'était ce à quoi ressemblerait cette pièce demain. Les crayons de couleur, les petites autos, les grosses pièces du puzzle simple de Daisy, tous ramassés et emportés. Partis les livres d'histoires qu'elle connaissait par cœur. Plus de draps à sécher devant la fenêtre. Dix-huit jours à tenir, seule, dans ce lieu.

« Et si nous allions ailleurs aujourd'hui ? suggéra-t-elle.

– Où est ailleurs ? demanda Philip.

– C'est une surprise. »

Eve était revenue du village, la veille, chargée de provisions. Des crevettes fraîches pour Sophie – l'épicerie de village était en fait un supermarché chic maintenant où l'on trouvait pratiquement n'importe quoi –, du café, du vin, du pain de seigle sans graines de carvi parce que Philip détestait le carvi, un melon mûr, les cerises noires qu'ils aimaient tous, bien qu'il faille surveiller Daisy à cause des noyaux, un pot de crème glacée moka et caramel mou, ainsi que toutes les choses habituelles pour leur subsistance pendant une semaine de plus.

Sophie était en train de débarrasser le déjeuner des enfants. « Oh, cria-t-elle. Oh, qu'allons-nous faire de tout ça ? »

Ian avait téléphoné, expliqua-t-elle. Ian avait téléphoné pour dire qu'il arrivait le lendemain par avion à Toronto. Le travail sur son livre avait avancé plus vite que prévu : il avait changé ses projets. Au lieu d'attendre l'expiration des trois semaines, il venait demain prendre Sophie et les enfants pour les emmener faire un petit voyage. Il voulait aller au Québec. Il n'y était jamais allé et il pensait que les enfants devraient voir cette partie du Canada où les gens parlaient français.

« Il s'est senti seul », dit Philip.

Sophie rit. « Oui. Nous lui avons manqué. »

Douze jours, pensa Eve. Il s'était passé douze jours des trois semaines. Elle avait été obligée de louer la maison pour un mois. Son ami Dev profitait de son appartement. C'était un autre comédien au chômage : il courait un tel danger financier, réel ou imaginaire, qu'il répondait au téléphone en utilisant diverses voix théâtrales.

Sophie dit qu'ils iraient au Québec dans la voiture de location puis reviendraient directement à l'aéroport de Toronto où ils devaient la rendre. Aucune allusion à la possibilité qu'Eve les accompagne. Il n'y avait pas de place dans la voiture louée. Mais n'aurait-elle pas pu utiliser sa propre voiture ? En emmenant Philip, peut-être, pour lui tenir compagnie. Ou Sophie. Ian pouvait prendre les enfants, s'ils lui manquaient tant, et permettre à Sophie de se reposer. Eve et Sophie feraient route ensemble comme elles le faisaient autrefois en été, se dirigeant vers une ville qu'elles n'avaient jamais vue, où Eve avait trouvé du travail.

C'était absurde. La voiture d'Eve avait neuf ans et n'était pas en état de faire un long trajet. Et c'était Sophie qui avait manqué à Ian : cela se voyait à son visage empourpré, à son regard détourné. Et puis, Eve n'avait pas été invitée.

« Eh bien, c'est merveilleux, dit Eve. Qu'il ait si bien fait progresser son livre.

– C'est vrai », reconnut Sophie. Elle prenait toujours un air soigneusement détaché quand elle parlait du livre de Ian : quand Eve avait demandé de quoi il s'agissait, elle s'était bornée à dire : « de géographie urbaine ». C'était peut-être ainsi que devaient se comporter les épouses d'universitaires : Eve n'en avait jamais connu.

« Quoi qu'il en soit, tu vas avoir du temps pour toi, dit Sophie. Après tout ce cirque. Tu vas savoir si tu as vraiment envie d'avoir une maison à la campagne. Une retraite. »

Eve se sentit obligée de parler de quelque chose d'autre, n'importe quoi, pour éviter de demander d'une voix bêlante si Sophie songeait encore à venir l'été suivant.

« Un ami à moi avait participé à une de ces vraies retraites, annonça-t-elle. Il était bouddhiste. Non, hindou peut-être. Pas un vrai Indien. » (Cette allusion aux Indiens fit sourire Sophie d'une façon qui laissait entendre que c'était encore un sujet qu'il était inutile d'aborder.) « De toute façon, il fallait rester trois mois sans parler au cours de cette retraite. D'autres personnes étaient présentes, mais vous ne pouviez pas leur parler. Il a raconté que l'une des choses qui arrivait souvent et contre laquelle ils avaient été mis en garde, était que vous tombiez amoureux de l'une de ces personnes à qui vous n'aviez jamais parlé. Vous sentiez que vous communiquiez avec elle d'une façon particulière du fait que vous ne pouviez pas parler. Bien sûr, c'était une forme d'amour spirituel et vous ne pouviez rien en faire. Ils étaient stricts à cet égard. Enfin, c'est ce qu'il a dit.

– Alors, demanda Sophie. Quand vous aviez enfin le droit de parler, que se passait-il ?

– C'était une grande déception. En général, la personne avec laquelle vous pensiez communiquer, pensait peut-être communiquer de cette manière avec quelqu'un d'autre, qui pensait… »

Sophie rit de soulagement. « C'est ainsi que va le monde. » Heureuse qu'il n'y ait pas de manifestation de déception, pas de sentiments blessés.

Ils s'étaient peut-être chamaillés, pensa Eve. Ce séjour avait peut-être été entièrement tactique. Sophie aurait emmené les enfants pour lui donner une leçon. Passé du temps avec sa mère pour lui donner une leçon. Projeté des vacances futures sans lui pour se prouver à elle-même qu'elle était capable de le faire. Une diversion.

Restait la question brûlante. Qui avait téléphoné ?

« Pourquoi ne pas laisser les enfants ici ? suggéra-t-elle. Le temps que tu ailles à l'aéroport. Ensuite tu reviens les prendre puis vous partez. Tu disposerais d'un peu de temps pour toi et d'un peu de temps seule avec Ian. Ce sera l'enfer avec eux à l'aéroport.

– Je suis tentée », dit Sophie.

Aussi, en fin de compte, les laissa-t-elle.

Maintenant, il fallut qu'Eve se demande si elle n'avait pas manœuvré ce petit changement juste pour pouvoir parler à Philip.

(Ça a dû être une grande surprise quand ton papa a téléphoné de Californie ?

Il n'a pas téléphoné. Ma maman lui a téléphoné.

Ah bon. Je ne savais pas. Qu'est-ce qu'elle a dit ?

Elle a dit : « Je ne supporte pas d'être ici, j'en ai marre, trouvons quelque moyen pour me tirer de là. »)

Eve amena sa voix à un niveau terre à terre pour indiquer une interruption du jeu. « Philip, Philip, dit-elle. Je pense qu'il faut que nous en finissions. Ce pick-up appartient simplement à un fermier : il va entrer dans un endroit quelconque et nous ne pouvons pas continuer à le suivre.

– Si, nous le pouvons.

– Non, nous ne le pouvons pas. Ils voudraient savoir ce que nous faisons. Ils risqueraient d'être très en colère.

– Nous ferions venir nos hélicoptères pour qu'ils les abattent.

– Ne dis pas de bêtises. Tu sais bien que c'est seulement un jeu.

– Ils les abattraient.

– Je ne pense pas qu'ils aient des armes, dit Eve, tentant une autre approche. Ils n'ont pas mis au point d'armes pour détruire les extraterrestres.

– Tu te trompes », répartit Philip en abordant la description d'une variété de fusées. Elle n'écouta pas.

Dans son enfance, quand elle séjournait dans un village avec son frère et ses parents, Eve avait parfois fait des promenades en automobile avec sa mère. Ils n'avaient pas de voiture : c'était le temps de la guerre, ils étaient venus en train. La gérante de l'hôtel était une amie de la mère d'Eve et elles étaient invitées à l'accompagner quand elle allait en voiture à la campagne acheter du maïs, des framboises ou des tomates. De temps à autre, elles s'arrêtaient pour prendre le thé ou regarder des plats anciens ou des meubles à vendre dans le salon de quelque fermière entreprenante. Le père d'Eve préférait rester sur place et jouer aux échecs avec d'autres hommes sur la plage. Il y avait un grand carré de ciment sur lequel était peint un échiquier, avec un toit pour le protéger, mais pas de murs : là, même sous la pluie, les hommes déplaçaient posément des pièces énormes, avec de longues perches. Le frère d'Eve les regardait ou allait nager sans surveillance : il était plus âgé. Tout cela était parti maintenant, même le ciment était parti, ou bien l'on avait construit quelque chose juste dessus. L'hôtel avec ses vérandas qui avançaient jusque sur le sable avait disparu, ainsi que la gare avec ses massifs de fleurs épelant le nom du village. Les voies du chemin de fer également. À la place, il y avait une copie de mail ancien avec un nouveau supermarché qui donnait satisfaction, les boutiques du marchand de vin, des vêtements de sport et d'artisanat rustique.

Quand elle était très petite, parée d'un énorme nœud dans les cheveux au sommet du crâne, Eve aimait ces expéditions dans la campagne. Elle mangeait de minuscules tartelettes à la confiture et des gâteaux dont le glaçage était dur au-dessus et mou en dessous, avec une cerise au marasquin sanguinolente au milieu. Elle n'était pas autorisée à toucher les plats, ni les pelotes d'épingles en satin et dentelle, ni les poupées au teint cireux. Les conversations des femmes lui passaient au-dessus de la tête avec un effet temporaire légèrement déprimant, comme les nuages inévitables. Mais elle était heureuse, assise sur la banquette arrière, s'imaginant à cheval ou dans un carrosse royal. Par la suite, elle refusa ces promenades. Elle se mit à détester être à la traîne de sa mère et qu'on l'identifie comme sa fille. Avec quelle condescendance, quelle possessivité abusive cette voix résonnait à ses oreilles. (Elle devait l'utiliser, celle-là ou une autre version, pendant des années comme base de certaines de ses interprétations les plus vulgaires, les moins accomplies.) Elle détestait également l'habitude qu'avait sa mère de s'endimancher, portant de grands chapeaux et des gants à la campagne, ainsi que des robes transparentes, imprimées de fleurs en relief, comme des verrues. Les chaussures plates, en revanche – mises par sollicitude pour ses cors –, lui paraissaient d'une robustesse inélégante qui la gênait.

« Que détestais-tu le plus chez ta mère ? » était un jeu auquel Eve jouait avec ses amies dans ses premières années de liberté loin de chez elle.

« Le corset », disait une fille, « les tabliers mouillés », ajoutait une autre. Les filets dans les cheveux. Les gros bras. Les citations de la Bible. *Danny Boy* *.

Eve disait toujours : « ses cors ».

Elle avait oublié ce jeu jusqu'à une date récente. Y penser maintenant était comme toucher une dent malade.

Devant eux, le pick-up ralentit et, sans mettre de clignotant, tourna dans une longue allée bordée d'arbres.

* Chanson irlandaise sentimentale. *(N.d.T.)*

« Je ne peux plus les suivre, Philip », dit Eve en poursuivant sa route. Mais en dépassant l'allée, elle remarqua les montants du portail. Ils étaient inhabituels, d'une forme évoquant des minarets grossiers, décorés de cailloux ronds blanchis à la chaux et de tessons de verre de couleur. Ils n'étaient droits ni l'un ni l'autre et se trouvaient à demi cachés par de la verge d'or et de la carotte sauvage, si bien qu'ils avaient perdu toute réalité comme piliers, ressemblant plutôt à des accessoires de scène pour une opérette de mauvais goût. Dès l'instant où elle les vit, Eve se rappela autre chose : un mur extérieur blanchi à la chaux dans lequel des tableaux étaient enchâssés. Ces tableaux dépeignaient des scènes rigides, fantastiques, enfantines. Des églises avec des flèches, des châteaux avec des tours, des maisons carrées avec des fenêtres carrées, jaunes, de guingois. Des arbres de Noël triangulaires, des oiseaux tropicaux à moitié aussi grands que les arbres, un gros cheval avec des jambes fluettes et des yeux rouges flamboyants, des rivières bleues bouclées, comme des métrages de ruban, une lune, des étoiles ivres et de gros tournesols hochant la tête au-dessus des toits des maisons. Tout ceci fabriqué avec des tessons de verre de couleur noyés dans le ciment ou le plâtre. Elle l'avait vu, et ce n'était pas dans un lieu public. C'était dans la campagne, et elle était en compagnie de sa mère. La silhouette de sa mère se dessinait devant le mur : elle parlait à un vieux fermier. Il n'avait peut-être que l'âge de sa mère, bien sûr, aussi Eve le trouvait-elle vieux.

Sa mère et la femme de l'hôtel allaient effectivement regarder des choses singulières pendant ces promenades, elles n'allaient pas seulement regarder des antiquités. Elles étaient allées voir un arbuste taillé en forme d'ours et un verger de pommiers nains.

Eve ne se rappelait pas du tout les montants du portail, mais il lui sembla qu'ils ne pouvaient appartenir à aucun autre endroit. Elle fit marche arrière et demi-tour pour prendre la piste étroite sous les arbres. C'étaient des vieux pins sylvestres, lourds et probablement dangereux : l'on voyait pendre des branches à moitié mortes ; des branches qui avaient déjà été brisées par le vent ou étaient tombées gisaient dans l'herbe et les plantes sauvages de part et d'autre de la piste. La voiture tanguait dans les ornières et Daisy approuvait ce mouvement, semblait-il. Elle se mit à faire un bruit d'accompagnement. *Badam. Badam. Badam.*

C'était quelque chose que Daisy pourrait se rappeler – tout ce qu'elle pourrait se rappeler – de cette journée. La voûte d'arbres, l'ombre soudaine, le mouvement intéressant de la voiture. Peut-être les visages blancs des carottes sauvages qui se présentaient aux vitres. La sensation d'avoir Philip à côté d'elle, de son excitation grave, incompréhensible, la vibration de sa voix enfantine maîtrisée de façon peu naturelle. Une impression beaucoup plus vague d'Eve : des bras nus, criblés de taches de rousseur, ridés par le soleil, des bouclettes frisottées gris-blond retenues par un bandeau noir. Une odeur peut-être. Ce n'était plus celle de cigarette, ni des crèmes et des cosmétiques aux publicités racoleuses pour lesquelles Eve avait autrefois dépensé tant d'argent. Peau âgée ? Ail ? Vin ? Bain de bouche ? Eve serait peut-être morte lorsque Daisy se souviendrait de tout cela. Daisy et Philip seraient peut-être brouillés. Eve ne parlait plus à son propre frère depuis trois ans. Pas depuis qu'il lui avait dit au téléphone : « Tu n'aurais pas dû être comédienne si tu n'avais pas les dons pour mieux t'en sortir. »

Rien n'indiquait la présence d'une maison devant eux, mais, par une trouée dans les arbres, le squelette d'une grange s'éleva, aux murs effondrés, aux poutres intactes, au toit entier mais versant sur le côté comme un chapeau comique. Des machines, des voitures ou des camionnettes vétustes semblaient être dispersées alentour dans la mer d'herbes en fleur. Eve n'avait pas vraiment le loisir de regarder : elle était occupée à maîtriser la voiture sur cette piste raboteuse. Le pick-up vert avait disparu devant elle : jusqu'où avait-il pu aller ? Elle vit ensuite que l'allée décrivait une courbe. Après la courbe, ils quittaient l'ombre des pins et émergeaient au soleil. La même écume marine de carottes sauvages, la même impression de ferraille rouillée éparpillée. Une haute haie sauvage d'un côté et voilà la maison, enfin, derrière elle. Une grande maison, deux étages de brique d'un gris jaunâtre, un étage mansardé en bois, ses lucarnes bouchées avec de la mousse de caoutchouc sale. Une des fenêtres du bas brillait, couverte à l'intérieur de feuilles d'aluminium.

Elle s'était trompée d'endroit. Elle n'avait aucun souvenir de cette maison. Il n'y avait pas de mur ici, entourant du gazon tondu. De jeunes arbres poussaient au hasard parmi les herbes sauvages.

Le pick-up était garé devant elle. Au-delà, elle voyait un bout de terrain nettoyé sur lequel du gravier avait été répandu, où elle aurait pu faire demi-tour. Mais elle ne pouvait pas passer à côté du pick-up pour effectuer la manœuvre et dut s'arrêter aussi. Elle se demanda si l'homme s'était garé exprès à cet endroit précis pour l'obliger à s'expliquer. Il descendait maintenant en prenant son temps. Sans la regarder, il libéra le chien qui avait couru dans tous les sens et aboyé avec une bonne dose d'énergie furieuse. Une fois à terre, il continua d'aboyer mais en restant à côté de l'homme. L'homme portait une casquette qui faisait de l'ombre à son visage, si bien qu'Eve ne voyait pas son expression. Il resta là à les regarder, ne se décidant pas encore à s'approcher.

Eve défit sa ceinture de sécurité.

« Ne descends pas, dit Philip. Reste dans la voiture. Fais demi-tour. Pars.

– Je ne peux pas. Tout va bien. Ce chien est un jappeur, voilà tout, il ne me fera pas de mal.

– Ne descends pas. »

Elle n'aurait jamais dû permettre à ce jeu de tant lui échapper. Un enfant de l'âge de Philip pouvait se laisser entraîner trop loin. « Ceci ne fait pas partie du jeu, dit-elle. Ce n'est qu'un homme.

– Je sais. Mais *ne descends pas.*

– Arrête », ordonna Eve. Elle descendit et ferma la portière.

« Salut, dit-elle. Je suis désolée. Je me suis trompée. Je croyais que c'était un autre endroit. »

L'homme dit quelque chose qui ressemblait à « Hé ».

« En fait, je cherchais un autre endroit. Un endroit où je suis venue quand j'étais petite. Il y avait un mur avec des tableaux, tous faits en morceaux de verre cassé. Un mur en ciment, je crois, blanchi à la chaux. Quand j'ai vu ces piliers près de la route, j'ai cru que c'était ici. Vous avez dû penser que nous vous suivions. Ça paraît si bête. »

Elle entendit la porte de la voiture s'ouvrir. Philip sortit, traînant Daisy derrière lui. Eve pensa qu'il venait se rapprocher d'elle et tendit le bras pour l'accueillir. Mais il se détacha de Daisy, contourna Eve et s'adressa à l'homme. Il s'était soustrait à la frayeur du moment précédent et semblait maintenant plus assuré qu'Eve.

« Est-ce que votre chien est gentil ? demanda-t-il d'un ton provocateur.

– Elle te f'ra pas de mal, répondit l'homme. Tant qu'je suis ici, elle est tranquille. Elle s'affole parce que c'est un chiot, pas beaucoup plus. Elle est encore pas beaucoup plus qu'un chiot. »

Il était petit, pas plus grand qu'Eve. Il portait un jean et une de ces vestes au tissage coloré fabriquée au Pérou ou au Guatemala. Des chaînes et des médailles en or étincelaient sur sa poitrine glabre, hâlée et musclée. Quand il parlait, il rejetait la tête en arrière et Eve voyait que son visage était plus vieux que son corps. Il lui manquait quelques dents de devant.

« Nous n'allons plus vous déranger, dit-elle. Philip, je venais d'expliquer à ce monsieur que nous avons pris cette route en cherchant un endroit où je suis venue quand j'étais petite, où il y avait des tableaux en verre de couleur enchâssés dans un mur. Mais je me suis trompée, ce n'est pas le bon endroit.

– Comment s'appelle-t-elle ? demanda Philip.

– Trixie », répondit l'homme. En entendant son nom, le chien bondit et lui cogna le bras. Il lui donna une tape pour la faire descendre. « Moi j'connais pas de tableaux. J'habite pas ici. Harold, c'est lui qui saurait.

– Ça ne fait rien, dit Eve en hissant Daisy sur sa hanche. Si vous avanciez la camionnette, je pourrais faire demi-tour.

– Moi j'connais pas de tableaux. Vous voyez, si y z'étaient dans le devant de la maison, je les aurais jamais vus parce que Harold, il a condamné le devant de la maison.

– Non, ils étaient dehors, dit Eve. Cela n'a pas d'importance. Il y a bien des années de cela.

– Ouais, ouais, ouais, disait l'homme en s'intéressant peu à peu à la conversation. Vous allez entrer et demander à Harold de vous en parler. Vous connaissez Harold ? C'est lui qu'est le propriétaire ici. Mary, c'est elle la propriétaire, mais il l'a mise à l'hospice, alors maintenant c'est lui. C'était pas la faute d'Harold, elle était obligée d'y aller. » Il tendit le bras pour prendre deux caisses de bière dans le pick-up. « J'ai été obligé d'aller en ville, Harold y m'a envoyé en ville. Allez-y. Entrez. Harold y sera content d'vous voir.

– Au pied, Trixie », dit Philip sévèrement.

Le chien courut autour d'eux en jappant et en bondissant, Daisy poussa des cris aigus de peur et de plaisir, et sans savoir comment ils se trouvèrent tous en route pour la maison, Eve portant Daisy tandis que Philip et Trixie gravissaient tant bien que mal des bosses de terre qui avaient autrefois été des marches. L'homme les suivait de près, sentant la bière qu'il avait dû boire en roulant.

« Ouvrez la porte, entrez, dit-il. Passez comme vous pouvez. Ça vous fait rien qu'y a un peu de bordel ici ? Mary est à l'hospice, personne pour mettre de l'ordre comme avant. »

Ce fut à travers un désordre massif qu'ils durent se frayer un chemin, le genre de désordre qui prend des années à s'accumuler. La couche inférieure constituée de chaises, de tables, de canapés et d'un ou deux poêles peut-être, avec de vieux draps et couvertures, des journaux, des stores, des plantes en pot mortes, des morceaux de bois de charpente, des bouteilles vides, des éléments d'éclairage cassés et des tringles à rideaux entassés dessus, jusqu'au plafond par endroits, occultant presque toute la lumière extérieure. Pour compenser, une lampe était allumée près de la porte intérieure.

L'homme déplaça la bière et ouvrit cette porte, puis appela Harold en criant. Il était difficile de savoir dans quelle sorte de pièce ils se trouvaient à présent : il y avait des placards de cuisine dont les portes étaient enlevées, des boîtes de conserve sur les étagères, mais il y avait aussi deux lits de camp avec des matelas nus et des couvertures en tapon. Les fenêtres étaient encombrées de meubles ou d'édredons suspendus, avec un tel succès qu'on ne pouvait discerner où elles se trouvaient. L'odeur était celle d'une boutique de bric-à-brac, d'un évier ou de toilettes bouchés. Odeur de cuisine, de graisse, de cigarettes, de sueur humaine, de crottes de chien et d'ordures oubliées.

Personne ne répondit aux cris. Eve se retourna – il y avait de la place pour le faire, ici, alors qu'il n'y en avait pas dans la véranda – et dit : « Je crois que nous ne devrions pas… » mais Trixie lui barra le passage et l'homme la contourna pour donner de grands coups dans une autre porte.

« Le voilà, annonça-t-il, toujours à tue-tête bien que la porte se fût ouverte. Voilà Harold qu'arrive. » Au même instant, Trixie se précipita en avant et la voix d'un autre homme dit : « Merde. Fous ce chien dehors.

– La dame ici, a veut voir des tableaux », expliqua le petit homme. Trixie geignit de douleur : elle avait reçu un coup de pied. Eve n'avait d'autre choix que d'entrer dans la pièce.

C'était une salle à manger. Il y avait la vieille table de salle à manger massive et les chaises solides. Trois hommes y étaient installés, en train de jouer aux cartes. Le quatrième s'était levé pour donner un coup de pied au chien. Il faisait à peu près trente-cinq degrés dans la pièce.

« Ferme la porte. Y a un courant d'air », dit l'un des hommes à la table.

Le petit homme traîna Trixie de sous la table et la jeta dans la pièce extérieure, puis ferma la porte derrière Eve et les enfants.

« Bon Dieu. Merde », dit l'homme qui s'était levé. Il y avait une telle accumulation de tatouages sur sa poitrine et ses bras que sa peau paraissait violette ou bleuâtre. Il agitait un pied comme s'il était douloureux. Peut-être avait-il également heurté un pied de table quand il avait botté Trixie.

Un jeune homme au cou délicat, avec des épaules étroites et saillantes, était assis le dos à la porte. En tout cas, Eve le jugea jeune parce que ses cheveux étaient coiffés en pointes dorées teintes et qu'il portait des boucles d'oreilles en or. Il ne se retourna pas. L'homme en face de lui était aussi vieux qu'Eve : il avait le crâne rasé, une barbe grise bien tenue et des yeux bleus injectés de sang. Il contempla Eve sans aménité mais avec un certain degré d'intelligence et de compréhension, ce en quoi il était différent de l'homme tatoué qui l'avait regardée comme si elle constituait une sorte d'hallucination qu'il avait choisi d'ignorer.

Au bout de la table, à la place de l'hôte ou du père, était assis l'homme qui avait donné l'ordre de fermer la porte mais qui n'avait pas levé les yeux ni autrement prêté attention à l'interruption. Il était solidement charpenté, gras et pâle, avec des boucles brunes humides de sueur et, pour autant qu'Eve pût en juger, entièrement nu. Le tatoué et le blond portaient des jeans ainsi que l'homme à la barbe grise qui avait aussi une chemise à carreaux boutonnée jusqu'au cou et une cravate-lacet. Il y avait des verres et des bouteilles sur la table. L'homme à la place de l'hôte – ce devait être Harold – et le barbu buvaient du whiskey. Les deux autres buvaient de la bière.

« J'y ai dit qu'y avait des tableaux dans le devant mais qu'a pouvait pas y aller, que t'avais tout condamné, expliqua le petit homme.

– Toi tu la boucles, dit Harold.

– Je suis vraiment désolée », s'excusa Eve. Il semblait n'y avoir rien d'autre à faire que de se lancer dans son baratin en l'augmentant de ses séjours à l'hôtel du village quand elle était petite, des promenades en voiture avec sa mère, des tableaux dans le mur, des montants du portail, de son erreur évidente, de ses excuses. Elle s'adressait directement à la barbe grise puisqu'il paraissait être le seul disposé à écouter ou capable de la comprendre. Le poids de Daisy, ainsi que la tension qui s'était emparée de son corps tout entier lui faisaient mal au bras et à l'épaule. En même temps, elle songeait à la manière dont elle décrirait cette scène : elle dirait que c'était comme se trouver au milieu d'une pièce de Pinter. Ou comme tous ses cauchemars d'un public impassible, silencieux, hostile.

La barbe grise parla lorsque Eve ne trouva plus rien à dire de charmant ou de disculpant. « J'sais pas. Faut que vous demandiez à Harold. Hé. Hé Harold. Ça te dit quelque chose, des tableaux faits avec des morceaux de verre cassé ?

– Dis-lui que j'étais pas né quand elle se baladait en regardant des tableaux, dit Harold sans lever les yeux.

– Pas de veine, ma p'tite dame », commenta la barbe grise.

Le tatoué siffla. « Hé, toi, dit-il à Philip. Hé, gamin. Tu sais jouer du piano ? »

Il y avait un piano dans la pièce derrière la chaise de Harold. Il n'y avait ni tabouret ni banquette – Harold lui-même occupant presque toute la place entre le piano et la table – et des objets incongrus tels que des assiettes et des pardessus étaient empilés dessus, comme ils l'étaient sur toutes les surfaces de la maison.

« Non, affirma Eve précipitamment, non, il ne sait pas.

– C'est à lui qu'je cause, dit le tatoué. Tu sais jouer un air ?

– Fous-lui la paix, intervint la barbe grise.

– J'y demande s'y sait jouer un air, qu'est-ce qu'y a d'mal à ça ?

– Fous-lui la paix.

– Vous comprenez, je ne peux pas bouger tant qu'on n'aura pas déplacé le pick-up », dit Eve. Elle pensa : Cette pièce sent le sperme.

Philip était muet, serré contre elle.

« Si vous pouviez juste déplacer… » demanda-t-elle en se retournant, s'attendant à trouver le petit homme derrière elle. Elle s'interrompit en voyant qu'il n'était pas là, qu'il n'était nulle part dans la pièce : il s'était tiré sans qu'elle sache à quel moment. Et s'il avait fermé la porte à clé ?

Elle mit la main sur le bouton et le tourna, la porte s'ouvrit avec une certaine difficulté, en provoquant un mouvement précipité de l'autre côté. Le petit homme était accroupi là, précisément, en train d'écouter.

Eve sortit sans lui parler, passant par la cuisine, Philip trottinant à ses côtés comme le petit garçon le plus docile du monde. Le long de l'allée étroite dans la véranda, à travers le bric-à-brac. Lorsqu'ils atteignirent l'air pur, elle l'aspira profondément, n'ayant pas respiré vraiment depuis longtemps.

« Vous devriez aller plus loin sur la route et demander à la maison de la cousine d'Harold, conseillait la voix du petit homme qui la suivait. C'est chouette chez eux. Y z'ont une maison neuve, et elle la tient nickel. Y vous montreraient des tableaux ou tout ce que vous voulez, vous seriez comme chez vous. Y vous feraient asseoir et vous donneraient à manger, y laissent jamais personne partir à vide. »

Il n'avait pas pu être accroupi contre la porte pendant tout ce temps parce qu'il avait déplacé le pick-up. Ou bien quelqu'un l'avait fait. Il avait complètement disparu, il avait été emmené vers quelque hangar ou emplacement invisible.

Eve feignit de ne pas l'entendre. Elle boucla la ceinture de sécurité autour de Daisy. Philip boucla la sienne tout seul, sans qu'il faille le lui rappeler. Trixie surgit de quelque part et fit le tour de la voiture d'un air désolé, en flairant les pneus.

Eve monta en voiture et ferma la porte, posant sa main transpirante sur la clé. La voiture démarra, avançant sur le gravier : un espace entouré de buissons épais, des ronciers supposa-t-elle, de vieux lilas aussi bien que d'herbes folles. Par endroits, ces buissons avaient été aplatis par des piles de pneus usagés, de bouteilles et de boîtes en fer-blanc. On avait peine à imaginer que ces choses aient été éjectées de la maison, étant donné tout ce qui y restait, mais c'était le cas, apparemment. Tandis qu'Eve faisait demi-tour, elle vit, révélé par l'aplatissement, un fragment de mur auquel s'agrippaient quelques parcelles de chaux.

Elle crut y distinguer des morceaux de verre noyés là, luisant.

Elle ne ralentit pas pour regarder, espérant que Philip n'avait rien remarqué : il pourrait vouloir s'arrêter. Ayant amené la voiture face à l'allée, elle dépassa les marches en terre montant à la maison. Le petit homme se tenait là, faisant signe des deux bras, et Trixie agitait la queue, suffisamment sortie de sa docilité apeurée pour aboyer un adieu et les pourchasser sur une partie de la piste. Cette chasse était une simple formalité : elle aurait pu les rattraper si elle l'avait voulu. Eve avait été obligée de ralentir tout de suite quand elle avait rejoint les ornières.

Elle conduisait si lentement qu'il fut possible, facile, pour quelqu'un d'émerger des hautes herbes du côté du passager et d'ouvrir la portière – qu'Eve avait oublié de verrouiller – et de sauter à l'intérieur.

C'était le blond qui avait été assis à la table, celui dont elle n'avait jamais vu le visage.

« N'ayez pas peur. N'ayez peur aucun de vous. Je me demandais juste si je pouvais faire du stop avec vous autres, d'accord ? »

Ce n'était ni un homme ni un garçon : c'était une fille. Une fille vêtue maintenant d'une sorte de tricot de peau sale.

« D'accord », dit Eve. Elle était tout juste arrivée à maintenir la voiture sur la piste.

« Je pouvais pas vous le demander à la maison, expliqua la fille. Je suis allée à la salle de bains, j'ai sauté par la fenêtre et j'ai couru ici. Y savent probablement pas encore que je suis partie. Y sont pétés. » Elle prit un bout du tricot qui était beaucoup trop grand pour elle et le renifla. « Y pue, dit-elle. J'ai juste attrapé ce tricot d'Harold qui était dans la salle de bains. Y pue. »

Eve quitta les ornières, l'obscurité de l'allée et reprit la route ordinaire. « Seigneur, je suis heureuse de m'être tirée de là, dit la fille. Je savais pas dans quoi je me fourrais. Je savais même pas comment j'étais arrivée là, c'était la nuit. C'était pas un endroit pour moi. Vous voyez ce que je veux dire ?

– Ils avaient l'air passablement saouls, effectivement, reconnut Eve.

– Ouais. Eh bien, je regrette de vous avoir fait peur.

– Ça ne fait rien.

– Si j'avais pas sauté dedans je pensais que vous vous seriez pas arrêtée. C'est vrai ?

– Je ne sais pas, dit Eve. Je crois que je l'aurais fait si j'avais compris que vous étiez une fille. Je n'avais pas vraiment pu vous voir auparavant.

– Ouais. Je ressemble plus à grand-chose maintenant. J'ai une allure de merde maintenant. Je dis pas que j'aime pas faire la bringue. J'aime faire la bringue. Mais y a bringue et bringue, si vous voyez ce que je veux dire. »

Elle se tourna et regarda Eve si longuement que celle-ci fut obligée de détourner les yeux de la route pendant un instant et de la regarder aussi. Ce qu'elle vit, c'est que cette fille était beaucoup plus ivre que ses paroles ne le laissaient entendre. Ses yeux marron foncé étaient vitreux mais grands ouverts, arrondis par l'effort, avec cette expression implorante quoique distante que prennent les yeux d'ivrogne, une sorte d'insistance ultime pour vous tromper. Sa peau était marbrée par endroits, couleur de cendre à d'autres : son visage tout entier était fripé sous l'effet de cuites monumentales. Elle était brune naturellement – les pointes étaient volontairement dorées de façon provocante – et suffisamment jolie, si l'on ne faisait pas attention à son aspect négligé actuel, pour que l'on soit amené à se demander comment elle s'était jamais trouvée embarquée avec Harold et son équipe. Son mode de vie et le style de l'époque avaient dû lui enlever sept ou dix kilos naturels, mais elle n'était pas grande et vraiment pas garçonne. Sa tendance véritable était d'être une fille à caliner, pulpeuse, une délicieuse boulotte.

« Herb était malade de vous amener là-bas comme ça, déclara-t-elle. Il lui manque une case, à Herb.

– C'est ce que j'ai compris, dit Eve.

– Je sais pas ce qu'il fait dans ce truc, je suppose qu'il travaille pour Harold. Je pense que Harold le traite pas trop bien non plus. »

Eve n'avait jamais pensé être attirée sexuellement par les femmes. De plus cette fille dans son état sale et fripé paraissait peu à même de plaire à personne. Mais peut-être que la fille ne croyait pas cela possible, tant elle devait avoir l'habitude de plaire. En tout cas, elle glissa la main sur la cuisse nue d'Eve, passant juste sous l'ourlet de son short. C'était une manœuvre experte, saoule comme elle l'était. Écarter les doigts, saisir la chair au premier essai, c'eût été excessif. Une manœuvre experte, automatiquement assurée, cependant tellement dépourvue de tout désir vrai, fort, convulsif, amical qu'Eve eut le sentiment que la main aurait facilement pu manquer le but et caresser la garniture de la voiture.

« J'suis réglo », dit la fille, et la voix, comme la main, s'efforçait de les amener, Eve et elle, à un nouveau degré d'intimité. « Vous voyez ce que j'veux dire ? Vous m'comprenez. Réglo ?

– Bien sûr », répondit Eve vivement, et la main s'éloigna, s'étant acquittée de sa courtoisie de putain fatiguée. Mais elle n'avait pas échoué, pas entièrement. Si criante et dépourvue de conviction qu'elle fût, elle avait suffi à faire vibrer quelques cordes anciennes.

Ce fait remplit Eve de craintes, projeta une ombre rétrospective à partir du moment présent sur tous les accouplements de sa vie, qu'ils fussent tapageurs et impulsifs ou prometteurs et sérieux, ceux dont elle s'était plus ou moins repentie. Ce n'était pas une vraie flambée de honte, un sentiment de péché : simplement une ombre sale. Quel tour lui était joué si elle se mettait maintenant à rêver d'un passé plus pur, d'un dossier plus net.

Mais il se pouvait simplement qu'encore, et toujours, elle rêve d'amour.

« Où voulez-vous aller ? » demanda-t-elle.

La fille s'écarta brusquement, se mettant face à la route. « Où vous allez, vous ? Vous habitez par ici ? » dit-elle. Le ton adouci de la séduction avait changé, comme il changerait sans doute après l'amour, en assurance teintée de méchanceté.

« Il y a un bus qui traverse le village, dit Eve. Il s'arrête à la station-service. J'ai vu la pancarte.

– Ouais mais y a un problème, répliqua la fille. J'ai pas d'argent. Vous comprenez, je me suis tirée de là si vite que j'ai pas pu récupérer mon argent. Alors à quoi que ça servirait que je monte dans un bus sans argent ? »

Ce qu'il fallait, c'était ne pas reconnaître une menace. Lui dire qu'elle pouvait faire du stop, si elle n'avait pas d'argent. Il était peu probable qu'elle ait un pistolet dans son jean. Elle voulait simplement faire croire qu'elle pourrait en avoir un.

Mais un couteau ?

La fille se retourna pour la première fois pour regarder la banquette arrière.

« Ça va bien les gosses là-derrière ? » demanda-t-elle.

Pas de réponse.

« Ils sont mignons, dit-elle. Timides avec les inconnus ? »

Comme Eve avait été sotte de penser au sexe alors que la réalité, le danger, se trouvaient ailleurs.

Le sac d'Eve se trouvait par terre aux pieds de la fille. Elle ne savait pas combien d'argent il y avait dedans. Soixante, soixante-dix dollars. Guère plus. Si elle proposait de l'argent pour un billet, la fille indiquerait une destination coûteuse. Montréal. Ou Toronto au moins. Si elle disait : « Prenez donc ce qu'il y a dedans », la fille y verrait une capitulation. Elle percevrait la peur d'Eve et essaierait peut-être de pousser plus loin. Que pouvait-elle faire de plus avantageux ? Voler la voiture ? Si elle abandonnait Eve et les enfants au bord de la route, la police serait à ses trousses rapidement. Si elle les laissait morts dans quelque fourré, elle irait peut-être plus loin. Ou si elle les emmenait tant qu'elle en avait besoin, avec un couteau contre le flanc d'Eve ou la gorge d'un enfant ?

De telles choses arrivent. Mais pas aussi régulièrement qu'à la télévision ou dans les films. De telles choses n'arrivent pas souvent.

Eve prit la route départementale qui était assez fréquentée. Pourquoi de ce fait se sentit-elle mieux ? La sécurité était une illusion. Elle pouvait se trouver sur la grand-route au milieu de la circulation en plein jour en train de les conduire, les enfants et elle, à la mort.

« Où elle va cette route ? demanda la fille.

– Elle rejoint la grand-route.

– Allons-y.

– C'est là que je vais, dit Eve.

– Dans quelle direction va la grand-route ?

– Elle va vers le nord à Owen Sound ou à Tobermory où l'on prend le bateau. Ou vers le sud à… je ne sais pas. Mais elle rejoint une autre grand-route, on peut atteindre Sarnia. Ou London. Ou Detroit ou Toronto si vous allez plus loin. »

Plus aucune parole ne fut échangée jusqu'à ce qu'ils atteignirent la grand-route. Eve dit : « Nous y sommes.

– Dans quelle direction vous allez maintenant ?

– Je vais vers le nord, répondit Eve.

– Alors c'est par là que vous habitez ?

– Je vais au village. Je m'arrêterai pour prendre de l'essence.

– Vous en avez de l'essence, dit la fille. Le réservoir est plus qu'à moitié plein. »

C'était stupide. Eve aurait dû dire : des provisions.

À côté d'elle, la fille émit une longue plainte de renonciation peut-être.

« Vous savez, dit-elle, vous savez, je pourrais aussi bien descendre ici si je dois faire du stop. Je pourrais me faire emmener ici aussi bien qu'ailleurs. »

Eve alla se garer sur le gravier. Le soulagement était en train de devenir quelque chose comme de la honte. C'était probablement vrai que cette fille s'était enfuie sans récupérer son argent, qu'elle n'avait rien. Comment était-ce de se trouver au bord de la route saoule, décharnée, sans argent ?

« Dans quelle direction vous avez dit que vous alliez ?

– Vers le nord, lui redit Eve.

– Sarnia, c'est par où que vous avez dit ?

– Dans le sud. Vous traversez simplement la route, les voitures vont vers le sud. Attention à la circulation.

– Bien sûr », affirma la fille. Sa voix était déjà distante, elle était en train de calculer de nouvelles perspectives. Elle était à moitié sortie de la voiture lorsqu'elle dit : « À la prochaine. » Puis, s'adressant à la banquette arrière : « À la prochaine, les potes. Soyez sages.

– Attendez », dit Eve. Elle se pencha, chercha à tâtons son portefeuille dans son sac et en tira un billet de vingt dollars. Elle sortit de la voiture et alla vers l'endroit où la fille attendait. « Tenez, dit-elle. Ça vous aidera.

– Ouais. Merci, fit-elle en fourrant le billet dans sa poche, les yeux sur la route.

– Écoutez, dit Eve. Si vous êtes en carafe, je vais vous expliquer où se trouve ma maison. Elle est à trois kilomètres environ au nord du village et le village est à un kilomètre environ d'ici. Au nord. Dans cette direction. Ma famille s'y trouve en ce moment, mais ils devraient être partis d'ici ce soir, si ça vous ennuie. Il y a le nom Ford sur la boîte aux lettres. Ce n'est pas mon nom, je ne sais pas pourquoi il est là. La maison est toute seule au milieu d'un champ. Elle a une fenêtre ordinaire d'un côté de la porte d'entrée et une drôle de petite fenêtre de l'autre. C'est là où ils ont ajouté la salle de bains.

– Ouais, fit la fille.

– C'est juste que j'ai pensé, si personne ne vous prenait…

– D'accord, dit la fille. Bien sûr. »

Lorsqu'ils se remirent en route, Philip dit : « Beurk. Elle sentait le vomi. » Un peu plus loin, il déclara : « Elle ne savait même pas qu'il fallait regarder le soleil pour connaître les directions. Elle était bête. N'est-ce pas ?

– Je suppose que oui, dit Eve.

– Beurk. Je n'ai jamais vu personne d'aussi bête. »

Tandis qu'ils traversaient le village, il demanda s'ils pouvaient s'arrêter pour acheter des cornets de glace. Eve dit non.

« Il y a tant de gens qui s'arrêtent pour les glaces qu'on a du mal à trouver une place où se garer, expliqua-t-elle. Nous avons suffisamment de glace chez nous.

– Tu ne devrais pas dire “chez nous”, corrigea Philip. Ce n'est que l'endroit où nous séjournons. Tu devrais dire “à la maison”. »

Les gros rouleaux de foin à l'est de la grand-route présentaient leur extrémité au soleil, tellement serrés les uns contre les autres qu'ils ressemblaient à des boucliers ou des gongs ou des visages aztèques en métal. Au-delà, il y avait un champ de queues ou de plumets dorés, pâles et doux.

« Ça s'appelle de l'orge, cette chose dorée avec les queues, dit Eve à Philip.

– Je sais, fit-il.

– Les queues s'appellent parfois des barbes. » Elle se mit à réciter : « "Mais les moissonneurs, moissonnant de bon matin, tout parmi l'orge à barbes..."

– Quoi ça veut dire "crabes" ? demanda Daisy.

– Barbes, rectifia Philip.

– "Seuls les moissonneurs, moissonnant de bon matin", dit Eve. Elle essaya de se rappeler. "Sauvez les moissonneurs, moissonnant de bon matin..." » « Sauvez » était ce qui sonnait le mieux. Sauvez les moissonneurs *.

Sophie et Ian avaient acheté des épis de maïs à un étal au bord de la route. C'était pour le déjeuner. Les projets avaient changé : ils ne partaient que le lendemain matin. Et ils avaient acheté une bouteille de gin, du tonic et des citrons verts. Ian prépara les boissons pendant qu'Eve et Sophie décortiquaient le maïs. « Deux douzaines, protesta Eve. C'est aberrant.

– Attends de voir, dit Sophie. Ian adore le maïs. »

Ian s'inclina en présentant son verre à Eve, et quand elle l'eut goûté, elle déclara : « Ceci est absolument divin. »

* Citation de *La Dame de Shalott,* d'Alfred Tennyson, poème inspiré des légendes arthuriennes. Amoureuse de Lancelot, elle est morte du chagrin de ne pas être aimée de retour. *(N.d.T.)*

Ian n'était pas vraiment tel qu'elle se le rappelait ou l'imaginait. Il n'était ni grand ni dépourvu d'humour. C'était un homme de taille moyenne, mince, blond, agile, sympathique. Sophie était moins assurée, plus hésitante dans tout ce qu'elle disait et faisait qu'elle n'avait paru l'être depuis qu'elle était ici. Mais plus heureuse, aussi.

Eve raconta son histoire. Elle débuta par l'échiquier sur la plage, l'hôtel disparu, les promenades en voiture dans la campagne. Le récit comprenait les attirails citadins de sa mère, ses robes transparentes avec les combinaisons assorties, mais pas la répugnance éprouvée par la jeune Eve. Ensuite, les choses qu'elles allaient voir : le verger nain, l'étagère de vieilles poupées, les merveilleux tableaux en verre de couleur.

« Ils ressemblaient un peu à du Chagall ? dit Eve.

– Ouais. Même nous autres géographes urbains connaissons Chagall, dit Ian.

– Excuse-moi », dit Eve. Ils rirent tous les deux.

Puis les montants du portail, le souvenir brusque, l'allée sombre, la grange en ruines avec les machines rouillées, la maison bordélique.

« Le propriétaire s'y trouvait, en train de jouer aux cartes avec ses amis, raconta Eve. Il n'en savait rien. Ne savait pas ou s'en foutait. Et, mon Dieu, il y avait peut-être près de soixante ans que j'y étais allée, vous vous rendez compte.

– Oh maman, dit Sophie. Quel dommage. » Elle rayonnait de soulagement en voyant sa mère et Ian s'entendre si bien.

« Es-tu certaine même que c'était le bon endroit ? demanda-t-elle.

– Peut-être que non, répondit Eve. Peut-être que non. » Elle ne voulait pas parler du fragment de mur qu'elle avait vu derrière les buissons. Pourquoi s'en donner la peine quand il y avait tant de choses qu'elle pensait préférable de ne pas évoquer ? D'abord, le jeu surexcitant qu'elle avait fait jouer à Philip. Et presque tout ce qui concernait Harold et ses compagnons. Tout, absolument tout sur la fille qui avait sauté dans la voiture.

Il y a des gens qui transportent la décence et l'optimisme avec eux, qui semblent nettoyer toutes les atmosphères dans lesquelles ils s'installent : vous ne pouvez pas raconter certaines choses à de telles personnes, c'est trop perturbant. Eve vit en Ian une de ces personnes, en dépit de sa bienveillance présente, et en Sophie quelqu'un qui remerciait le ciel de l'avoir trouvé. Autrefois, c'étaient les personnes plus âgées qui vous réclamaient cette protection, mais maintenant il semblait, de façon croissante, que ce fût des gens plus jeunes : quelqu'un comme Eve devait essayer de ne pas révéler qu'elle se trouvait abandonnée au milieu. Toute sa vie risquant d'être vue comme une sorte de combat désordonné inconvenant, une erreur radicale.

Elle pouvait dire que l'odeur de la maison était infecte, que le propriétaire et ses amis avaient l'air totalement alcoolos et louches, mais pas que Harold était nu et jamais qu'elle avait eu peur. Et jamais ce dont elle avait eu peur.

Philip était chargé de ramasser les enveloppes du maïs et de les jeter en bordure du champ. De temps à autre Daisy en prenait quelques-unes toute seule et les emportait pour les éparpiller dans la maison. Philip n'avait rien ajouté au récit d'Eve et n'avait pas paru concerné par la narration. Mais une fois qu'elle fut achevée et que Ian (que cela intéressait d'inclure cette anecdote dans ses recherches professionnelles) demanda à Eve ce qu'elle savait de la dislocation des modèles anciens des villages et de la vie rurale et de l'extension de ce qu'on appelait l'agrocommerce, Philip leva bel et bien les yeux de son travail, courbé et rampant autour des pieds des adultes. Il regarda

Eve. Un regard neutre, un instant de vide complice, un sourire enfoui, passant avant même qu'il faille le reconnaître.

Qu'est-ce que cela signifiait ? Seulement qu'il avait commencé le travail personnel d'engranger et de cacher, décidant seul de ce qui devait être conservé et de quelle manière, ainsi que de la signification que revêtiraient ces choses dans son avenir inconnu.

Si cette fille venait la retrouver, ils seraient encore tous là. Alors les précautions d'Eve ne serviraient plus à rien.

La fille ne viendrait pas. Des propositions bien meilleures se présenteraient avant qu'elle ait passé dix minutes au bord de la grand-route. Des propositions plus dangereuses, peut-être, mais plus aguichantes, plus profitables vraisemblablement.

La fille ne viendrait pas. Sauf si elle tombait sur quelque propre-à-rien sans abri, sans cœur, de son âge. (*Je connais un endroit où on pourrait crécher, si on peut se débarrasser de la vieille.)*

Ce soir non, mais demain soir, Eve allait se coucher dans cette maison vide, ses murs en planches comme une coque de papier l'entourant, s'efforçant de devenir légère, sans souci des suites, la tête occupée seulement par le froissement des hautes tiges du maïs qui avait peut-être cessé de pousser maintenant, mais continuait à faire entendre son bruit vivant à la nuit tombée.

Cortes Island

La petite mariée. J'avais vingt ans, je mesurais un mètre soixante-dix et je pesais entre soixante et soixante-deux kilos, mais certaines personnes : la femme du patron de Chess, la plus âgées des secrétaires de son bureau ainsi que Mrs. Gorrie à l'étage, me désignaient comme une petite mariée. Notre petite mariée, parfois. Chess et moi, nous en plaisantions, mais sa réaction en public était un regard caressant et affectueux. La mienne était une moue : timide, consentante.

Nous habitions un sous-sol à Vancouver. La maison n'appartenait pas aux Gorrie, comme je l'avais cru d'abord, mais au fils de Mrs. Gorrie, Ray. Il venait faire des réparations, entrant par la porte du sous-sol, comme Chess et moi. C'était un homme maigre, étroit de poitrine, la trentaine environ, toujours muni d'une boîte à outils et coiffé d'une casquette d'ouvrier. Il semblait perpétuellement voûté, peut-être parce qu'il se penchait en avant la plupart du temps, à effectuer des travaux de plomberie, d'électricité ou de menuiserie. Son teint était cireux et il toussait pas mal. Chaque quinte représentait une déclaration indépendante discrète, définissant sa présence dans le sous-sol comme une intrusion nécessaire. Il ne s'excusait pas de s'y trouver, mais ne se déplaçait pas dans cet endroit comme s'il en était le propriétaire. Les seules fois où je lui parlais, c'était quand il frappait à la porte pour me dire que l'eau, ou bien le courant, allaient être coupés pendant un petit moment. Le loyer était versé tous les mois à Mrs. Gorrie. Je ne sais pas si elle le lui reversait intégralement ou si elle en conservait une partie pour faire face aux dépenses. En dehors de cela, tout ce dont Mr. Gorrie et elle disposaient, c'était – m'a-t-elle affirmé – la pension de Mr. Gorrie. Pas la sienne, à elle. Je suis loin d'être assez vieille, avait-elle précisé.

Mrs. Gorrie criait toujours dans l'escalier pour demander comment allait Ray et s'il voulait une tasse de thé. Il répondait invariablement qu'il allait bien et n'avait pas le temps. Elle disait qu'il travaillait trop, comme elle. Puis elle essayait de lui refiler le reste d'un dessert qu'elle avait confectionné, des confitures ou des cookies ou du pain d'épices : le même genre de choses qu'elle m'offrait sans arrêt. Il disait non, qu'il avait mangé, ou qu'il avait plein de provisions à la maison. Moi aussi, je résistais, mais à la septième ou huitième tentative, je cédais. C'était si gênant de continuer à refuser, face à ses façons enjôleuses et à sa déception. J'admirais la capacité de Ray de toujours dire non. Il ne disait même pas : « Non, maman. » Non, tout court.

Ensuite elle essayait de trouver un sujet de conversation.

« Alors, qu'est-ce qui t'arrive de nouveau et de passionnant ?

– Pas grand-chose. J'sais pas. » Ray n'était jamais malpoli ou irritable, mais il ne lui accordait rien. Sa santé était bonne. Son rhume évoluait bien. Mrs. Cornish et Irene allaient toujours bien, de même.

Mrs. Cornish était la propriétaire de la maison où il habitait, quelque part dans East Vancouver. Il y avait toujours du bricolage à faire chez Mrs. Cornish, comme dans cette maison-ci, c'est pourquoi il était obligé de partir vite, aussitôt le travail fini. Il donnait aussi un coup de main pour soigner Irene, qui était dans un fauteuil roulant. Elle était atteinte de troubles moteurs. « La pauvre », disait Mrs. Gorrie, après que Ray lui avait dit qu'Irene allait bien. Elle ne lui reprochait jamais en face le temps qu'il passait avec la malheureuse, les promenades dans le parc Stanley ou les virées du soir pour acheter des glaces. (Elle était au courant de ces choses parce qu'elle parlait quelquefois avec Mrs. Cornish au téléphone.) Mais à moi, elle déclarait : « Je ne peux pas m'empêcher d'imaginer quel spectacle elle doit offrir avec la glace qui lui coule sur la figure. Je ne peux pas m'en empêcher. Les gens doivent se payer du bon temps à les mater. »

Quand elle sortait Mr. Gorrie dans son fauteuil roulant, racontait-elle, les gens les regardaient (Mr. Gorrie avait eu une attaque), mais c'était différent parce que lorsqu'il était hors de la maison il ne bougeait pas, ne faisait aucun bruit et qu'elle prenait toujours soin de le rendre présentable, tandis qu'Irene versait dans tous les sens et faisait *agagagaga*. La pauvre ne pouvait pas se retenir.

Mrs. Cornish devait avoir un souci, pensait Mrs. Gorrie. Qui allait s'occuper de cette infirme quand elle ne serait plus là ?

« Il devrait y avoir une loi pour que des gens sains ne puissent pas épouser quelqu'un comme ça, mais il n'y en a pas jusqu'à présent. »

Quand Mrs. Gorrie m'invitait à monter prendre le café, je n'avais jamais envie d'y aller. J'étais occupée à vivre ma vie au sous-sol. Parfois, lorsqu'elle frappait à ma porte, je faisais semblant de ne pas être chez moi. Mais pour que ça marche, il fallait que j'éteigne les lumières et que je mette le verrou dès que je l'entendais ouvrir la porte en haut de l'escalier ; ensuite, j'étais obligée de rester absolument immobile pendant qu'elle frappait du bout des ongles et chevrotait mon nom. En plus, je devais rester très tranquille ensuite pendant au moins une heure et m'abstenir de tirer la chasse d'eau. Si je disais que je n'avais pas le temps, que j'avais des choses à faire, elle riait et demandait : « Quelles choses ?

– Des lettres que j'écris.

– Vous écrivez tout le temps des lettres. Votre famille doit vous manquer. »

Elle avait des sourcils roses, une variante du roux rosâtre de ses cheveux. Je ne pensais pas que ses cheveux puissent être naturels, mais comment pouvait-elle s'être teint les sourcils ? Son visage était maigre et vif, avec des joues fardées, de grandes dents étincelantes. Son appétit de relations amicales, de compagnie, ne tenait aucun compte des résistances. Dès le tout premier matin où Chess m'a amenée dans cet appartement, après être venu me chercher au train, elle avait frappé à notre porte avec une assiette de cookies et ce sourire carnassier. Je n'avais pas encore enlevé mon chapeau et Chess avait dû s'arrêter de tirer sur ma gaine. Les cookies étaient secs et durs et ils étaient couverts d'un glaçage rose vif en l'honneur de mon accession au statut de femme mariée. Chess lui avait parlé d'un ton cassant. Il disposait de moins d'une demi-heure avant de devoir reprendre le travail et une fois qu'il se fut débarrassé, le temps manquait pour poursuivre ce qu'il avait entrepris. À la place, il avait mangé les cookies un à un, en se plaignant qu'ils avaient un goût de sciure.

« Votre petit mari est tellement sérieux, me disait-elle. Je ne peux pas m'empêcher de rigoler, il me regarde toujours de cet air sérieux, si sérieux, quand je le croise. J'ai envie de lui dire de ne pas s'en faire, il ne porte pas le monde sur ses épaules. »

Il arrivait parfois que je sois obligée de la suivre en haut, arrachée à mon livre ou au paragraphe que j'étais en train d'écrire. Nous nous asseyions à sa table de salle à manger. Dessus, il y avait une nappe en dentelle et un miroir octogonal qui reflétait un cygne en céramique. Nous buvions du café dans des tasses en porcelaine et mangions dans des assiettes à dessert assorties (encore ces mêmes cookies, ou des tartelettes poisseuses aux raisins secs ou des scones mastocs) en portant de minuscules serviettes de table brodées à nos lèvres pour essuyer les miettes. J'étais installée face à la vitrine à porcelaines dans laquelle étaient alignés tous les verres précieux, les séries de pots à crème et de sucriers, de salières et de poivriers trop mignons ou trop compliqués pour un usage quotidien, ainsi que des vases soliflores, une théière en forme de cottage à toit de chaume et des bougeoirs en forme de lis. Une fois par mois, Mrs. Gorrie faisait le ménage dans la vitrine et lavait tout. Elle m'en informa. Elle m'informait de choses qui avaient trait à mon avenir, la maison et les perspectives qu'elle envisageait pour moi et, plus elle parlait, plus je sentais du fer peser sur mes membres, plus j'avais envie de bâiller à m'en décrocher la mâchoire au milieu de la matinée, de partir en rampant me cacher et dormir. Mais à voix haute j'admirais tout. Le contenu de la vitrine, le train-train domestique de la vie de Mrs. Gorrie, les ensembles harmonisés qu'elle mettait tous les matins. Jupes et chandails dans des tons de mauve ou de corail, des foulards assortis en soie artificielle.

« Il faut toujours vous habiller au saut du lit, comme si vous alliez partir au travail, vous coiffer et vous maquiller – elle m'avait surprise plus d'une fois en robe de chambre – et ensuite vous pouvez toujours mettre un tablier si vous devez faire la lessive ou de la pâtisserie. C'est bon pour le moral. »

Et ayez toujours quelques gâteaux à disposition au cas où des gens arriveraient à l'improviste. (Pour autant que je sache, elle ne recevait jamais d'autres visiteurs que moi, or l'on pouvait difficilement affirmer que j'arrivais à l'improviste.) Et ne servez jamais le café dans des chopes.

Ce n'était pas exprimé de façon tout à fait aussi péremptoire. C'était invariablement « Moi, je fais toujours… » ou « J'aime toujours… » ou encore « Je trouve qu'il est plus agréable de… »

« Même lorsque j'habitais au fin fond de la forêt, j'aimais toujours… » Mon besoin de bâiller ou de hurler s'apaisa un instant. Où avait-elle habité dans la forêt ? Et quand ?

« Oh, en remontant la côte, loin, dit-elle. J'ai été une jeune mariée, moi aussi, autrefois. J'ai vécu pendant des années à Union Bay. Mais là ce n'était pas trop sauvage. Cortes Island. »

J'ai demandé où cela se trouvait et elle a répondu : « Oh, loin là-bas.

– Ce devait être intéressant, ai-je dit.

– Oh, intéressant. Si vous appelez les ours intéressants. Si vous appelez les pumas intéressants. Moi, personnellement, je préfère un peu de civilisation. »

La salle à manger était séparée du séjour par des portes en chêne coulissantes. Elles étaient toujours entrouvertes pour que Mrs. Gorrie, assise à un bout de la table, puisse surveiller Mr. Gorrie, installé sur sa chaise longue devant la fenêtre du séjour. Elle en parlait comme de « mon mari dans son fauteuil roulant » mais en fait il n'y était que lorsqu'elle l'emmenait promener. Ils n'avaient pas la télévision : c'était encore presque une nouveauté à l'époque. Mr. Gorrie, assis, observait la rue, le parc de Kitsilano de l'autre côté et l'anse Burrard au-delà. Il allait seul aux toilettes, avec sa canne dans une main, en agrippant les dossiers de chaises ou frappant les murs de l'autre. Une fois à l'intérieur, il se débrouillait sans aide, bien que cela lui prît beaucoup de temps. Et Mrs. Gorrie disait qu'il fallait parfois un peu passer la serpillière.

D'habitude, tout ce que je voyais de Mr. Gorrie, c'était une jambe de pantalon étendue sur la chaise longue vert vif. Une ou deux fois, il fut obligé de la traîner et d'arriver par à-coups aux toilettes alors que je me trouvais là. Un homme massif, aux épaules larges, à la charpente lourde.

Je n'ai pas regardé son visage. Les gens rendus infirmes par une attaque ou la maladie me paraissaient de mauvais augure, des rappels rudes. Ce qu'il me fallait éviter, ce n'était pas la vue des membres inertes ou les autres signes physiques de leur destin affreux, mais le caractère humain de leurs yeux.

Je ne crois pas qu'il m'ait regardée non plus, bien que Mrs. Gorrie lui ait crié que j'étais en visite, venue du sous-sol. Il émit un grognement qui était sans doute ce qu'il pouvait produire de mieux en guise de salutation ou de congédiement.

Notre appartement se composait de deux pièces et demie. Il était loué meublé et, à la manière de ce genre de lieu, l'était à moitié, de choses qui sinon auraient été mises au rebut. Je me rappelle le plancher du séjour, couvert de chutes de linoléum découpées en carrés et en rectangles : des couleurs et des motifs disparates ajustés et cousus ensemble, comme un patchwork, avec des joints en métal. Le réchaud à gaz était alimenté avec des pièces de vingt-cinq cents. Notre lit se trouvait dans une alcôve qui donnait sur la cuisine, inséré dans un espace si réduit qu'il fallait s'y introduire par le bout. Chess avait lu que c'était ainsi que les femmes du harem devaient entrer dans la couche du sultan, se prosternant d'abord devant ses pieds puis rampant vers le haut en rendant hommage aux autres parties de son corps. Alors nous jouions parfois à ce jeu.

Un rideau était tiré tout le temps devant l'alcôve pour la séparer de la cuisine. En fait, c'était un vieux dessus-de-lit, un tissu glissant effrangé, beige jaunâtre sur une face, avec un dessin de roses vineuses et de feuilles vertes et, sur l'autre face, côté lit, rayé de rouge lie-de-vin et de vert, les fleurs et le feuillage apparaissant fantomatiques sur le fond beige. Je me rappelle ce rideau plus nettement que quoi que ce soit d'autre dans l'appartement. Ce n'est pas étonnant. Au sommet de l'extase et pendant le repos comblé qui lui succédait, ce tissu se trouvait devant mes yeux : il devint un rappel de ce qui me plaisait dans le mariage, la récompense pour laquelle j'endurais l'insulte inattendue d'être une petite mariée et la menace étrange d'une vitrine à porcelaines.

Chess et moi venions tous deux de foyers où les relations sexuelles hors mariage étaient tenues pour répugnantes et impardonnables. Quant à la sexualité conjugale, il n'en était apparemment jamais question et elle était vite oubliée. Nous nous trouvions tout à la fin de l'époque où ces façons de voir avaient cours, bien que nous ne l'ayons pas su. Quand la mère de Chess avait trouvé des préservatifs dans sa valise, elle était allée le dire à son père en pleurant. (Chess avait expliqué qu'ils avaient été distribués au camp où il avait fait sa préparation militaire universitaire, ce qui était vrai, et qu'il les avait totalement oubliés, ce qui était faux.) Ainsi, de disposer d'un endroit à nous, d'un lit à nous où nous pouvions nous envoyer en l'air à notre guise nous paraissait merveilleux. Nous avions conclu ce marché – mais l'idée ne nous traversa pas l'esprit que des gens plus âgés, nos parents, tantes, oncles, auraient pu conclure ce même marché – pour la luxure. Il semblait que leur désir principal se portait sur les maisons, la propriété, les tondeuses autotractées, les congélateurs et les murs de soutènement. Et, bien sûr, en ce qui concerne les femmes, les bébés. Toutes choses dont nous pensions que nous pourrions les choisir, ou non, dans l'avenir. Nous n'avons jamais pensé que certaines nous tomberaient dessus inexorablement, comme la vieillesse ou le temps qu'il fait.

Et maintenant que j'en viens à y penser honnêtement, ce fut le cas. Rien n'est venu sans que nous l'ayons choisi. La grossesse non plus. Nous l'avons risquée, juste pour voir si nous étions vraiment adultes, si cela pouvait vraiment arriver.

L'autre chose que je faisais derrière le rideau, c'était lire. Je lisais des livres que j'empruntais à la bibliothèque de Kitsilano, à quelques rues de distance. Quand je levais les yeux dans cet état d'étonnement bouillonnant qu'un livre pouvait provoquer chez moi, un vertige de richesses avalées gloutonnement, c'étaient ces rayures que je voyais. Non seulement les personnages, l'intrigue mais aussi l'atmosphère du livre se rattachèrent à ces fleurs frelatées et se coulèrent dans le courant lie-de-vin ou le vert lugubre. Je lus les livres de poids dont les titres incantatoires m'étaient déjà familiers – j'ai même essayé de lire *Les Fiancés* * – et entre ces plats de résistance, je dévorai les romans d'Aldous Huxley et d'Henry Green, *La Promenade au phare* et *La Fin de Chéri*. Je les engloutis les uns après les autres sans établir de préférences, m'abandonnant à chacun comme je l'avais fait aux livres lus dans mon enfance. Je me trouvais encore à ce stade de boulimie, de voracité proche du supplice.

Seulement, une complication s'était ajoutée depuis l'enfance : il semblait que je dusse être auteur aussi bien que lectrice. J'achetai un cahier d'écolier et j'essayai d'écrire – j'écrivis effectivement – des pages qui débutaient avec autorité puis s'asséchaient, si bien que j'étais obligée de les arracher, d'en faire des tortillons punitifs et de les mettre à la poubelle. Je l'ai fait à maintes reprises jusqu'à ce qu'il ne reste que la couverture du cahier. Ensuite j'achetais un autre cahier et

* Roman d'Alessandro Manzoni (1785-1873). *(N.d.T.)*

recommençais tout le processus. Le même cycle : exaltation et désespoir, exaltation et désespoir. C'était comme avoir une grossesse cachée et une fausse couche toutes les semaines.

Pas tellement cachée, d'ailleurs. Chess savait que je lisais beaucoup et que j'essayais d'écrire. Il ne me décourageait pas du tout. Il pensait que c'était une chose raisonnable que j'avais quelques chances d'apprendre à faire. Cela demanderait un entraînement ardu mais pourrait se maîtriser, comme le bridge ou le tennis. Je ne le remerciai pas de cette foi généreuse. Elle vint simplement s'ajouter à la farce de mes désastres.

Chess travaillait pour une entreprise d'épicerie en gros. Il avait songé à être professeur d'histoire, mais son père l'avait persuadé que l'enseignement ne permettait pas d'entretenir une femme et de faire son chemin dans la vie. Il l'avait aidé à obtenir cet emploi mais lui avait dit que lorsqu'il serait entré en fonction il ne devait pas attendre de faveurs. Il n'en attendait pas. Il quittait la maison avant le jour, pendant ce premier hiver de notre mariage, et rentrait la nuit tombée. Il travaillait dur, ne demandant pas que son travail soit compatible avec des intérêts qu'il aurait pu avoir, ou ait un but qu'il aurait pu tenir en estime à un moment donné. Il m'arrivait de m'émerveiller de sa soumission, si j'y pensais. Sa soumission gaie, voire courageuse.

Mais après tout, me disais-je, c'est ce que font les hommes.

Moi aussi je me suis mise en quête d'un travail. S'il ne pleuvait pas trop, j'allais au drugstore, j'achetais un journal et je lisais les petites annonces en buvant un café. Ensuite je partais à pied, même sous le crachin, vers les endroits où l'on cherchait une serveuse, une vendeuse ou une ouvrière, n'importe quoi n'exigeant pas explicitement la dactylographie ou l'expérience. Si la pluie s'était aggravée, je prenais l'autobus. Chess disait que je devrais toujours le prendre et ne pas marcher pour faire des économies. Pendant que je faisais des économies, disait-il, une autre fille avait peut-être décroché le boulot.

En fait, c'est bien ce que j'espérais, semblait-il. Je n'étais jamais absolument désolée de l'apprendre. Parfois, j'atteignais ma destination et je restais sur le trottoir à contempler le magasin de confection pour dames avec ses glaces et sa moquette claire, ou je regardais dévaler l'escalier, pour la pause du déjeuner, les filles du bureau qui demandait une employée aux fichiers. Je n'entrais même pas, sachant que mes cheveux, mes ongles et mes souliers plats et éraflés allaient me desservir. J'étais tout aussi découragée devant les usines : j'entendais le bruit des machines en action dans les bâtiments où les boissons non alcoolisées étaient embouteillées, les décorations de Noël assemblées, et je voyais les ampoules nues qui pendaient de plafonds semblables à ceux d'un hangar. Mes ongles et mes talons plats n'auraient peut-être pas d'importance ici, mais ma maladresse et mon incapacité mécanique me feraient agonir d'injures, étourdir de cris (j'entendais également les ordres hurlés dominant le bruit des machines). Je serais déconsidérée et licenciée. Je ne me croyais même pas capable de manipuler une caisse enregistreuse. Je l'ai dit au patron d'un restaurant au moment où, à mon étonnement, il a semblé prêt à m'engager. « Vous croyez-vous capable d'apprendre ? » a-t-il demandé, et j'ai répondu que non. D'après son expression, il a paru n'avoir jamais entendu personne reconnaître une chose pareille. Mais je disais vrai. Je ne pensais pas pouvoir apprendre quoi que ce soit, pas en vitesse, pas en public. Je serais pétrifiée. Les seules choses que je pouvais apprendre rapidement étaient les complications de la guerre de Trente Ans.

À dire vrai, bien sûr, je n'y étais pas obligée. Chess m'entretenait, à notre niveau très modeste. Je n'étais pas obligée de me propulser dans le monde parce que lui l'avait fait. Les hommes y étaient obligés, eux.

Je me suis dit que je serais peut-être à la hauteur d'un emploi à la bibliothèque, alors je m'y suis présentée, bien qu'ils n'aient pas mis d'annonce. Une femme a mis mon nom sur une liste. Elle était polie mais pas encourageante. Ensuite, je suis allée dans des librairies, choisissant celles qui avaient l'air de ne pas avoir dc caisse enregistreuse. Plus elles étaient vides et en désordre, mieux c'était. Les propriétaires étaient en train de fumer ou de somnoler à la caisse et, chez les bouquinistes, cela sentait souvent le chat.

« Notre activité est insuffisante en hiver », déclaraient-ils.

Une femme a dit que je pourrais revenir au printemps.

« Bien qu'il n'y ait pas beaucoup d'activité à cette époque-là non plus. »

L'hiver à Vancouver ne ressemblait à aucun hiver que j'aie jamais connu. Pas de neige, ni même grand-chose à titre de vent froid. En milieu de journée, parfois, je sentais une odeur proche du caramel : je crois que cela venait des câbles du trolleybus. Je longeais Hastings Street où aucune autre femme ne mettait les pieds : ce n'étaient qu'ivrognes, clochards, viellards misérables, Chinois aux pas traînants. Personne ne me parlait mal. Je passais devant des entrepôts, des terrains envahis de mauvaises herbes où il n'y avait même pas un homme en vue. Ou je traversais Kitsilano, avec ses hautes maisons de bois bourrées de gens aux petits moyens, comme nous, jusqu'au quartier propret de Dunbar, avec ses bungalows aux façades enduites de stuc et ses arbres étêtés. Ensuite, je passais par Kerrisdale où les arbres plus distingués apparaissaient, des bouleaux sur les pelouses. Poutres Tudor, symétrie de l'époque des rois George, créations fantasmatiques de style Blanche-Neige avec de faux toits de chaume. Ou de vrais toits de chaume, peut-être, comment pouvais-je savoir ?

Dans tous ces endroits habités, les lampes s'allumaient vers quatre heures de l'après-midi, puis c'était le tour des réverbères et de l'éclairage des trolleybus ; souvent, aussi, les nuages s'écartaient à l'ouest au-dessus de la mer, laissant percer les traînées rouges du couchant. Dans le parc que je traversais pour rentrer chez moi, les feuilles des arbustes hivernaux luisaient dans l'air humide d'un crépuscule légèrement rosé. Les gens qui étaient allés faire des courses rentraient chez eux, ceux qui travaillaient pensaient qu'ils allaient rentrer, ceux qui étaient restés à la maison toute la journée sortaient faire un petit tour qui rendrait le foyer plus attrayant. Je rencontrais des femmes avec des landaus et des bébés grincheux, sans penser que dans si peu de temps je serais dans le même cas. Je rencontrais des vieilles gens avec leurs chiens et d'autres vieilles gens, se déplaçant lentement ou en fauteuil roulant, poussées par leur conjoint ou leur accompagnateur. Je rencontrai Mrs. Gorrie poussant Mr. Gorrie. Elle portait une cape et un béret de laine violette (à cette époque, j'avais déjà été informée qu'elle faisait elle-même la plupart de ses vêtements) et une grande quantité de fard rose. Mr. Gorrie était coiffé d'une casquette et avait le cou enveloppé d'une écharpe épaisse. La salutation qu'elle m'adressa était acérée et possessive, celle de son mari inexistante. Il n'avait pas l'air d'apprécier la promenade. Mais à vrai dire, les gens en fauteuil roulant avaient rarement l'air d'être autres que résignés. Certains avaient l'air offensés ou franchement méchants.

« Voyons, quand nous vous avons vue dans le parc l'autre jour, a dit Mrs. Gorrie, vous n'étiez pas sur le chemin du retour après avoir cherché du travail, n'est-ce pas ?

– Non », ai-je répondu, mentant. Mon instinct me dictait de lui mentir à propos de tout.

« Ah, bon. Parce que j'allais juste vous dire, vous savez, que si vous cherchez du travail, il faudrait vraiment que vous vous habilliez un petit peu mieux. Mais vous vous en rendez compte. »

Oui, ai-je reconnu.

« Je ne comprends pas l'état dans lequel certaines femmes sortent de nos jours. Je ne mets jamais le pied dehors en souliers plats et sans maquillage, même si je vais seulement à l'épicerie. Encore bien moins si j'allais demander à quelqu'un de me donner un emploi. »

Elle savait que je mentais. Elle savait que j'étais pétrifiée derrière la porte du sous-sol quand je ne répondais pas à son coup frappé. Cela ne m'aurait pas étonnée qu'elle fouille dans notre poubelle, découvrant et lisant les pages brouillonnes et froissées où s'étalaient mes désastres prolixes. Pourquoi ne me laissait-elle pas tranquille ? Elle en était incapable. Je représentais un travail tout désigné pour elle : peut-être que mes bizarreries, mon incompétence étaient du même ordre que les lésions de Mr. Gorrie et que ce qui ne pouvait pas être redressé devait être supporté.

Elle descendit l'escalier un jour quand je me trouvais dans la partie principale du sous-sol en train de faire notre lessive. J'avais le droit de me servir de sa lessiveuse-essoreuse et de ses baquets tous les mardis.

« Alors, qu'est-ce que ça donne, les perspectives d'emploi ? » demanda-t-elle. Une inspiration instantanée me fit dire que la bibliothèque m'avait laissée entrevoir quelque chose ultérieurement. Je pensai que je pouvais faire semblant d'y avoir un travail : j'irais m'y installer tous les jours à l'une des longues tables, pour lire ou même m'exercer à l'écriture, comme je l'avais fait de temps à autre par le passé. Bien sûr, la vérité se ferait jour si jamais Mrs. Gorrie entrait dans la bibliothèque, mais elle n'était pas capable de pousser Mr. Gorrie aussi loin, en montée. Ou si jamais elle parlait de mon emploi à Chess, mais je ne croyais pas que cela arriverait, non plus. Elle avait parfois peur de lui dire bonjour, disait-elle, tellement il avait l'air renfrogné.

« Eh bien, suggéra-t-elle, peut-être qu'en attendant… L'idée vient de me traverser l'esprit qu'en attendant, vous aimeriez peut-être un petit boulot : rester auprès de Mr. Gorrie l'après-midi ? »

On lui avait proposé de donner un coup de main à la boutique de cadeaux de l'hôpital Saint-Paul trois ou quatre après-midi par semaine, expliqua-t-elle. « Ce n'est pas rémunéré, sinon je vous aurais envoyée vous informer. C'est juste du bénévolat. Mais le docteur pense que cela me ferait du bien de sortir de la maison. “Vous allez vous épuiser”, a-t-il déclaré. Ce n'est pas que j'aie besoin d'argent, Ray est tellement bon pour nous, mais simplement un petit emploi volontaire, j'ai pensé… » Elle jeta un coup d'œil dans le baquet de rinçage et vit les chemises de Chess dans la même eau claire que ma chemise de nuit à fleurs et nos draps bleu pâle.

« Oh là là ! s'exclama-t-elle. Vous n'avez pas mis le blanc et la couleur ensemble ?

– Juste les couleurs claires. Elles ne déteignent pas.

– Les couleurs claires sont quand même des couleurs. Vous pouvez croire que les chemises sont blanches comme ça, mais elles ne seront pas aussi blanches qu'elles pourraient l'être. »

J'ai répondu que je me le rappellerais la fois suivante.

« Il s'agit simplement de la façon dont vous vous occupez de votre homme, dit-elle avec son petit rire scandalisé.

– Chess s'en fiche », répondis-je, sans me rendre compte que cela allait devenir de moins en moins vrai dans les années à venir et comment toutes ces tâches qui semblaient contingentes et presque ludiques, aux marges de ma vraie vie, allaient se trouver à l'avant et au centre.

J'ai accepté ce travail, rester auprès de Mr. Gorrie l'après-midi. Sur un guéridon à côté de la chaise longue verte, un torchon était étalé – pour étancher ce que l'on renversait –, supportant ses flacons de pilules, ses sirops et une petite pendule pour qu'il sache l'heure. De la lecture était entassée sur la table de l'autre côté. Le journal du matin, celui de la veille au soir, des numéros de *Life*, de *Look* et de *Maclean's* qui étaient tous de gros magazines souples à l'époque. Sur l'étagère basse de cette table se trouvait une pile d'albums de découpages, du genre que les enfants utilisent à l'école, en papier bulle épais, à bords rugueux. Il en émergeait des coupures de presse et des photographies. C'étaient des albums que Mr. Gorrie avait tenus au cours des années, jusqu'à ce qu'il ait son attaque et ne puisse plus rien découper. Il y avait un rayonnage dans la pièce, mais tout ce qu'il contenait, c'étaient d'autres magazines, d'autres albums et une demi-étagère de manuels du secondaire, appartenant sans doute à Ray.

« Je lui lis toujours le journal, dit Mrs. Gorrie. Il n'en a pas perdu la capacité, mais il ne peut plus le tenir des deux mains, et ses yeux s'épuisent. »

Alors je lisais à Mr. Gorrie pendant que Mrs. Gorrie, sous son parapluie à fleurs, partait d'un pas léger vers l'arrêt de l'autobus. Je lui lisais les nouvelles sportives, les nouvelles municipales, les nouvelles du monde et tout ce qui concernait les assassinats, les cambriolages et le mauvais temps. Je lisais les lettres au rédacteur en chef, les lettres au docteur qui donnait des conseils médicaux et les lettres à Ann Landers, ainsi que ses réponses. Ce qui l'intéressait le plus, apparemment, c'était les nouvelles sportives et Ann Landers. Il arrivait que je prononce mal le nom d'un joueur ou que je confonde la terminologie, si bien que ce que je lisais n'avait pas de sens : il me poussait alors par des grognements mécontents à faire une nouvelle tentative. Lorsque je lisais la page des sports, il était toujours tendu, attentif et renfrogné. Mais lorsque je lisais Ann Landers, son visage se détendait et il émettait des bruits que je tenais pour favorables : une sorte de gargouillis et d'ébrouement. Il faisait entendre ces bruits en particulier lorsque les lettres avaient trait à quelque problème spécifiquement féminin ou insignifiant (une femme écrivait que sa belle-sœur affirmait avoir fait un gâteau elle-même, alors que le napperon en papier de la pâtisserie se trouvait encore dessous quand il avait été servi) ou quand elles avaient trait – à la manière précautionneuse de l'époque – à la sexualité.

Pendant la lecture d'un éditorial ou de quelque long discours confus sur ce qu'avaient dit les Russes et ce qu'avaient dit les Américains aux Nations unies, ses paupières s'abaissaient – tout au moins, la paupière de son œil valide s'abaissait presque entièrement et celle de son œil malade, voilé, s'abaissait légèrement – et les mouvements de sa poitrine devenaient plus perceptibles, si bien que je m'interrompais un instant pour voir s'il s'était endormi. Il faisait alors un autre genre de bruit, brusque et réprobateur. À mesure que je m'habituais à lui, et lui à moi, ce bruit sembla moins destiné à réprouver, plus à rassurer. Il ne rassurait pas seulement en démontrant qu'il ne dormait pas, mais aussi qu'à cet instant il n'était pas en train de mourir.

Qu'il meure sous mes yeux avait représenté au départ une considération horrible. Pourquoi ne mourrait-il pas, alors qu'il paraissait déjà à moitié mort ? Son œil voilé comme une pierre sous de l'eau sombre et ce côté de la bouche ouvert de force, exposant ses cruelles dents d'origine (la plupart des vieilles gens avaient des dentiers en ce temps-là) avec la menace de leurs plombages noirs luisant à travers l'émail mouillé. Qu'il fût vivant et au monde me semblait une erreur qui risquait d'être effacée à tout instant. Mais aussi, comme je l'ai dit, je me suis habituée à lui. Il était bâti à une échelle impressionnante, avec sa grande tête noble, sa large poitrine au souffle laborieux, sa main droite impuissante posée sur sa longue cuisse en pantalon, envahissant mon regard tandis que je lisais. Il ressemblait à une relique, un vieux guerrier des temps barbares. Eric le Rouge. Le roi Knut.

> *Mes forces me trahissent vite, dit le chef pirate à ses gens.*
> *Jamais plus ne parcourrai les mers, à nouveau conquérant.*

C'est à cela qu'il ressemblait. Sa carcasse à demi ruinée mettant les meubles en danger, martelant les murs tandis qu'il effectuait sa progression impressionnante vers les toilettes. Son odeur, qui n'était pas forte mais pas non plus réduite à une propreté infantile de savon et de talc, une odeur de vêtements épais imprégnés d'un résidu de tabac (bien qu'il ne fume plus) et de la peau enserrée que j'imaginais épaisse et coriace, avec ses excrétions seigneuriales et sa chaleur animale. Une odeur d'urine légère mais persistante, en fait, qui m'aurait dégoûtée chez une femme mais paraissait dans son cas non pas simplement pardonnable mais d'une façon quelconque l'expression d'un privilège ancien. Lorsque j'allais aux toilettes après lui, elles ressemblaient au repaire d'une bête galeuse mais encore puissante.

Chess me dit que je perdais mon temps à faire du babysitting auprès de Mr. Gorrie. Le temps devenait beau et les journées s'allongeaient. Les magasins refaisaient leurs vitrines, émergeant de leur torpeur hivernale. Tout le monde était plus enclin à embaucher. Je devrais donc être dehors en ce moment, en train de chercher du travail sérieusement. Mrs. Gorrie ne me payait que quarante cents l'heure.

« Mais je lui ai promis », dis-je.

Un jour, il me raconta qu'il l'avait vue descendre d'un autobus. Il l'avait vue depuis la fenêtre de son bureau. Et c'était très loin de l'hôpital Saint-Paul. « Elle profitait peut-être d'une pause, suggérai-je.

– Je ne l'avais jamais vue dehors en plein jour. Seigneur. »

Je proposai à Mr. Gorrie de l'emmener promener dans son fauteuil roulant, maintenant que le temps était plus beau. Mais les bruits par lesquels il rejeta l'idée m'apportèrent la certitude qu'il éprouvait un désagrément à être propulsé en public, ou peut-être au fait qu'une personne comme moi, visiblement payée pour le faire, l'emmène.

J'avais interrompu ma lecture du journal pour faire cette proposition et quand je tentai de la reprendre, d'un geste et par des bruits il m'informa qu'il était las d'écouter. Je posai le journal. Il agita la bonne main en direction de la pile d'albums de découpages sur l'étagère inférieure de la table à côté de lui. Il émit d'autres bruits. Je n'ai d'autres termes pour les décrire que grognements, ébrouements, graillonnements, aboiements, marmonnements. Mais j'en étais arrivée à les entendre presque comme des mots. Ils ressemblaient vraiment à des mots. Je les entendais non seulement comme des affirmations et des exigences péremptoires (« Ne veux pas. » « Aidez-moi à me lever. » « Permettez-moi de voir l'heure. » « J'ai besoin de boire. ») mais aussi comme des déclarations plus compliquées : « Seigneur, pourquoi est-ce que ce chien ne la boucle pas ? » ou « Rien que du vent » (ceci après que j'eusse lu quelque discours ou éditorial dans le journal).

Je tirai la pile d'albums de l'étagère et je m'installai avec eux par terre à ses pieds. Les couvertures portaient, inscrites en grands caractères au crayon de couleur, les dates d'années récentes. Je passai rapidement à travers 1952 et vis une coupure de journal rendant compte de l'enterrement de George VI. Au-dessus, les caractères au crayon de couleur : Albert Frederik George. Né en 1885. Mort en 1952. La photographie des trois reines avec leurs voiles de deuil.

À la page suivante, un reportage sur la grand-route de l'Alaska.

« Ce dossier est intéressant, dis-je. Voulez-vous que je vous aide à entreprendre un autre album ? Vous pourriez choisir ce que vous voulez que je découpe et colle dedans, et je le ferai. »

Son bruit signifia : « Trop de peine » ou « Pourquoi se donner ce mal maintenant ? » ou même « Quelle idée stupide ». Il écarta le roi George VI et souhaita voir les dates sur les autres albums. Ce n'étaient pas celles qu'il voulait. Il fit un signe en direction du rayonnage. J'en sortis une autre pile. Je compris qu'il cherchait l'album d'une année particulière et je les levai à tour de rôle pour qu'il puisse en voir la couverture. De temps à autre je les feuilletai malgré son rejet. Je vis un article sur les pumas de l'île de Vancouver, un autre sur la mort d'un trapéziste et un enfin sur un enfant qui survécut après avoir été pris dans une avalanche. Nous remontions à travers les années de guerre, les années trente, l'année où je suis née, et encore près d'une décennie avant qu'il soit satisfait. Et donnât l'ordre. Regardez celui-ci. 1923.

Je commençai à le lire par le commencement.

« Chute de neige en janvier ensevelit des villages en… »

Ce n'est pas ça. Dépêchez-vous. Avancez.

Je me mis à passer des pages.

Plus lentement. Du calme. Plus lentement.

Je soulevai les pages une à une sans m'arrêter pour lire quoi que ce soit jusqu'à ce que nous ayons atteint celle qu'il voulait.

Là. Lisez celle-là.

Il n'y avait ni illustration ni gros titre. Les caractères au crayon de couleur disaient : « Vancouver Sun, 17 avril 1923. »

« Cortes Island, ai-je lu. Ça va ? »

Lisez-le. Continuez.

> CORTES ISLAND. De bonne heure dimanche matin ou tard dans la nuit de samedi, la maison d'Anson James Wild à l'extrémité sud de l'île a été entièrement détruite par un incendie. La maison était très éloignée de toute autre demeure ou habitation, si bien que les flammes n'ont été remarquées par aucun habitant de l'île. On rapporte qu'un incendie a été repéré dimanche en début de matinée par un bateau de pêche se dirigeant vers Desolation Sound mais ceux qui étaient à bord ont pensé que quelqu'un faisait brûler des broussailles. Sachant qu'un tel feu ne posait aucun problème étant donné l'actuelle humidité des bois, ils poursuivirent leur route.
>
> Mr. Wild était propriétaire des vergers Wildfruit et résidait dans l'île depuis quinze ans environ. C'était un homme solitaire qui avait fait carrière auparavant dans l'armée mais il était chaleureux avec tous ceux qu'il rencontrait. Il avait été marié en d'autres temps et avait un fils. Il semble qu'il soit né dans les Provinces atlan-

tiques. La maison a été détruite par la conflagration et la charpente s'est effondrée. Le cadavre de Mr. Wild a été retrouvé parmi les restes carbonisés, brûlé au point d'être à peine reconnaissable.

Un bidon noirci qui aurait contenu du pétrole a été retrouvé dans les ruines.

L'épouse de Mr. Wild était absente de la maison à ce moment-là, ayant accepté le mercredi précédent de faire une promenade sur le bateau qui venait chercher un chargement de pommes à transporter du verger de son mari à Comox. Elle avait l'intention de revenir le même jour mais était restée partie trois jours et quatre nuits, le bateau ayant eu des ennuis mécaniques. Le dimanche matin, elle est revenue avec l'ami qui lui avait proposé la promenade et ils ont découvert la tragédie ensemble.

Le sort du jeune fils des Wild qui ne se trouvait pas dans la maison lors de l'incendie a suscité des craintes. Des recherches ont été entreprises aussitôt que possible et avant la nuit le dimanche soir l'enfant a été retrouvé dans les bois à un kilomètre et demi de chez lui. Il avait souffert du froid et de l'humidité des sous-bois, y ayant passé plusieurs heures, mais sinon était indemne. Il semble qu'il ait emporté à manger lorsqu'il a quitté la maison car il avait quelques morceaux de pain lorsqu'il a été retrouvé.

Une enquête sera diligentée à Courtenay sur la cause de l'incendie qui a détruit le domicile des Wild et a entraîné le décès de Mr. Wild.

« Connaissiez-vous ces gens ? » ai-je demandé.
Tournez la page.

Le 4 août 1923. Une enquête diligentée à Courtenay dans l'île de Vancouver sur l'incendie ayant causé la mort d'Anson James Wild, de Cortes Island, en avril dernier, a conclu que le soupçon d'incendie volontaire du fait du défunt ou de personnes inconnues ne peut être étayé. La présence d'un bidon de pétrole vide sur le lieu de l'incendie n'a pas été retenue comme preuve suffisante. Mr. Wild achetait et utilisait du pétrole couramment, selon Mr. Percy Kemper, commerçant, Manson's Landing, Cortes Island.

Le fils du défunt, âgé de sept ans, n'a pu fournir aucun témoignage sur l'incendie. Une équipe de personnes parties à sa recherche l'a retrouvé au bout de plusieurs heures errant dans les bois à peu de distance de chez lui. En réponse aux interrogations, il a expliqué que son père lui avait donné du pain et des pommes en lui disant d'aller à Manson's Landing, mais qu'il s'était perdu. Cependant, par la suite, il a affirmé ne pas se rappeler que ce soit le cas et ne comprend pas comment il a pu se perdre, ayant pris ce chemin de nombreuses fois auparavant. Le docteur Anthony Helwell, de Victoria, a déclaré avoir examiné l'enfant et pense qu'il a pu se sauver dès qu'il a vu le feu, ayant peut-être le temps de saisir quelque nourriture à emporter, ce dont il n'a plus aucun souvenir à présent. Il est également possible que le récit de l'enfant soit exact et qu'il en ait supprimé le souvenir ultérieurement. Le médecin a jugé qu'il ne serait pas utile d'interroger le garçon plus avant parce qu'il est probablement incapable de faire la part de la réalité et de son imagination en cette matière.

Mrs. Wild ne se trouvait pas chez elle au moment de l'incendie, s'étant rendue à l'île de Vancouver sur un bateau appartenant à James Thompson Gorrie de Union Bay.

La mort de Mr. Wild a été déclarée accidentelle, sa cause étant un incendie d'origine inconnue.

Fermez l'album maintenant.

Rangez-le. Rangez-les tous.

Non. Non. Pas comme ça. Rangez-les dans l'ordre. Année après année. C'est mieux. Exactement comme ils étaient.

Elle n'arrive pas encore ? Regardez par la fenêtre.

Bien. Mais elle va arriver bientôt.

Vous voilà au courant, qu'en pensez-vous ?

Ça m'est égal. Ça m'est égal de savoir ce que vous en pensez.

Avez-vous jamais songé que la vie des gens pouvait ressembler à ça et se terminer comme ceci ? Eh bien, c'est possible.

Je n'en ai jamais parlé à Chess, bien qu'ayant l'habitude de lui raconter tout ce que je pensais susceptible de l'intéresser ou de l'amuser des faits de ma journée. À présent, il avait coutume d'écarter toute allusion aux Gorrie. Il avait trouvé un mot pour les désigner. C'était « grotesque ».

Dans le parc, tous les petits arbres à l'aspect terne se couvrirent de fleurs. Elles étaient d'un rose vif, comme du pop-corn teinté artificiellement.

Et je décrochai un emploi véritable.

La bibiliothèque de Kitsilano me téléphona pour me demander de venir travailler quelques heures un samedi après-midi. Je me trouvai à l'accueil, de l'autre côté de la table, en train de tamponner la date de retour dans les livres des gens. Certaines de ces personnes m'étaient familières parce que nous avions été camarades en emprunt. Et maintenant je leur souriais, de la part de la bibliothèque. Je disais : « On se verra dans quinze jours. »

Certains riaient et disaient : « Oh, bien avant », étant des mordus comme moi.

Il apparut que ce travail était à ma portée. Pas de caisse enregistreuse : quand des amendes étaient payées, on sortait la monnaie d'un tiroir. Et je connaissais déjà l'endroit sur les étagères où se trouvaient la plupart des livres. En ce qui concernait les fiches, je savais l'alphabet.

On me proposa plus d'heures. Bientôt, un remplacement à plein temps. Une des employées avait fait une fausse couche. Elle resta absente pendant deux mois et à la fin de cette période elle fut enceinte de nouveau ; le médecin lui conseilla de ne pas reprendre le travail. Je rejoignis ainsi le personnel permanent et conservai cet emploi jusqu'à ce que je fusse moi-même à mi-chemin de ma première grossesse. Je travaillais avec des femmes que je connaissais de vue depuis longtemps. Mavis et Shirley, Mrs. Carlson et Mrs. Yost. Elles se rappelaient toutes comme j'entrais traînasser – c'était leur expression – pendant des heures à la bibliothèque. Je regrettai qu'elles m'aient tant remarquée. Je regrettai d'y être venue si souvent.

Quel plaisir simple cela me procurait de m'installer à mon poste de travail, de me trouver derrière mon bureau face aux gens, d'être capable et vive et amicale lorsqu'ils avaient recours à moi. D'être vue par eux comme une personne à son affaire, qui avait une fonction claire dans le monde. De renoncer à me tapir, à errer, à rêver et devenir la jeune femme de la bibliothèque.

Évidemment, je disposais de moins de temps pour lire maintenant et il m'arrivait de tenir un livre en main pendant un instant, au cours de mon travail – je tenais un livre dans ma main en objet, pas en récipient qu'il me fallait vider immédiatement –, en ressentant une chiquenaude d'angoisse, comme dans un de ces rêves où l'on se trompe de bâtiment, ou bien l'on oublie la date de l'examen, et où l'on comprend qu'il s'agit seulement de la partie visible de quelque cataclysme ténébreux ou de l'erreur de toute une vie.

Mais cette frayeur se dissipait dans l'instant.

Les femmes avec lesquelles je travaillais se rappelaient les fois où elles m'avaient vue écrire à la bibliothèque.

J'expliquai que j'écrivais des lettres.

« Vous écrivez vos lettres sur du papier de brouillon ?

– Bien sûr. C'est moins cher. »

Le dernier cahier refroidit, caché dans le tiroir parmi le fouillis de mes chaussettes et de mes dessous. Il se refroidit : à sa vue, j'étais remplie de doutes et d'humiliation. J'avais l'intention de m'en débarrasser, mais je ne le fis pas.

Mrs. Gorrie ne me félicita pas d'avoir obtenu cet emploi.

« Vous ne m'avez pas annoncé que vous cherchiez encore », dit-elle.

Je lui expliquai que je figurais sur une liste d'attente à la bibliothèque depuis longtemps et que je le lui avais dit.

« Ça c'est avant que vous commenciez à travailler pour moi. Alors, que va-t-il advenir de Mr. Gorrie ?

– Je suis désolée.

– Le voilà bien avancé, n'est-ce pas ? »

Elle leva ses sourcils roses et me parla de la voix prétentieuse que je l'avais entendue utiliser au téléphone pour s'adresser au boucher ou à l'épicier qui avaient fait une erreur dans sa commande.

« Et que suis-je censée faire ? demanda-t-elle. Vous m'avez laissée en plan, n'est-ce pas ? J'espère que vous tenez vos promesses aux autres un peu mieux que celles que vous m'avez faites. »

C'était absurde, bien sûr. Je ne lui avais fait aucune promesse quant à la durée de mon engagement. Et pourtant, j'éprouvai une gêne coupable, sinon une culpabilité véritable. Je ne lui avais rien promis, mais que dire du nombre de fois où je n'avais pas répondu à son coup frappé à la porte, où j'avais tenté d'entrer et de sortir furtivement, en baissant la tête quand je passais devant la fenêtre de sa cuisine ? Et de la façon dont j'avais entretenu un semblant d'amitié ténu mais doucereux en réponse à ses offres – assurément – authentiques ?

« C'est tout aussi bien, en fait, dit-elle. Je ne voudrais pas que quelqu'un de peu fiable s'occupe de

Mr. Gorrie. Je n'étais pas absolument satisfaite de la manière dont vous preniez soin de lui, de toute façon, sachez-le. »

Elle trouva bientôt une autre garde-malade, une petite femme araignée avec des cheveux noirs retenus par un filet. Je ne l'ai jamais entendue parler. Mais j'ai entendu Mrs. Gorrie lui parler. La porte en haut de l'escalier restait ouverte pour me permettre de le faire.

« Elle ne lavait même pas sa tasse à thé. La moitié du temps, elle ne lui préparait même pas le thé. Je ne sais pas à quoi elle servait. Rester assise et lire le journal. »

À présent, lorsque je quittais la maison, la fenêtre de la cuisine s'ouvrait violemment et sa voix résonnait au-dessus de ma tête, bien qu'elle fût ostensiblement en train de parler à Mr. Gorrie.

« La voilà qui s'en va. En route. Elle ne prend même pas la peine de nous faire signe de la main maintenant. Nous lui avons donné du travail quand personne d'autre n'en voulait, mais elle ne prend pas la peine. Oh, non. »

Je ne faisais pas signe. Il fallait que je passe devant la fenêtre sur la rue derrière laquelle se trouvait Mr. Gorrie, mais j'avais l'impression que si je faisais signe maintenant, ou même si je le regardais, il serait humilié. Ou irrité. Tout ce que je ferais risquait de ressembler à une moquerie.

Avant d'atteindre le milieu du pâté de maisons, je les avais oubliés tous les deux. Les matinées étaient lumineuses et je me déplaçais avec un sentiment de libération et de motivation. Dans ces moments-là, mon passé récent pouvait paraître vaguement honteux. Les heures passées derrière le rideau de l'alcôve, les heures à la table de la cuisine en train de remplir page après page de tentatives avortées, les heures dans une pièce surchauffée avec un vieil homme. Le tapis à longs poils et les sièges recouverts en panne de velours, l'odeur de ses vêtements, de son corps et des albums de collages desséchés, les hectares de journaux qu'il m'avait fallu parcourir. L'histoire sinistre qu'il avait conservée et qu'il m'avait fait lire. (Il ne m'est pas venu à l'esprit un seul instant qu'elle appartenait à la catégorie des tragédies humaines que j'admirais, dans les livres.) Se remémorer tout cela, c'était comme se remémorer le temps d'une maladie dans mon enfance où j'avais été piégée de bon gré dans des draps de finette douillets avec leur odeur d'huile camphrée, piégée par ma lassitude et les messages fiévreux, difficiles à déchiffrer, des branches d'arbres que je voyais par ma fenêtre en haut de la maison. De tels moments n'étaient pas tant regrettés que naturellement mis au rebut. Et, semblait-il, c'était une part de moi-même – une part maladive ? – qui partait maintenant au rebut. Vous auriez pensé que le mariage aurait amené cette transformation, mais cela n'avait pas été le cas, pendant un certain temps. J'avais hiberné et ruminé en restant la même : butée, sans féminité, cachottière de façon irrationnelle. À présent, je m'étais ressaisie et je reconnaissais ma chance d'être transformée en épouse et en employée. Belle et suffisamment compétente quand je m'en donnais la peine. Pas bizarre. J'étais acceptable.

Mrs. Gorrie vint à ma porte me montrer une taie d'oreiller. Souriant de toutes ses dents avec hostilité, elle demanda si par hasard elle m'appartenait. Je répondis sans hésiter que non. Les deux taies d'oreiller que je possédais enveloppaient les deux oreillers sur notre lit.

« Eh bien, reprit-elle d'un ton martyrisé, elle n'est certainement pas à moi.

– Comment pouvez-vous le savoir ? »

Lentement, avec une pointe vénéneuse, son sourire devint plus assuré.

« Ce n'est pas le genre de tissu que je mettrais jamais sur le lit de Mr. Gorrie. Ni sur le mien. »

Pourquoi pas ?

« Parce – qu'il – n'est – pas – assez – beau. »

Alors il me fallut aller enlever les taies des oreillers du lit dans l'alcôve et les lui apporter : il se révéla qu'effectivement elles ne constituaient pas une paire, bien que je l'aie prise pour telle. L'une d'elles était en « beau » tissu – c'était la sienne – et celle qu'elle tenait était la mienne.

« Je n'aurais pas cru que vous ne l'aviez pas remarqué, dit-elle, s'il s'était agi de quelqu'un d'autre que vous. »

Chess avait entendu parler d'un autre appartement. Un appartement véritable, pas une « suite » : il avait une salle de bains complète et deux chambres à coucher. Un de ses amis de bureau le quittait parce que sa femme et lui avaient acheté une maison. Il se trouvait dans un immeuble à l'angle de First Avenue et de Macdonald Street. Je pourrais encore aller à pied au travail et lui prendrait le même autobus qu'à présent. Avec deux salaires, c'était dans nos moyens. L'ami et sa femme abandonnaient quelques meubles qu'ils vendraient à bas prix. Ils ne conviendraient pas à leur nouvelle maison, mais à nous ils paraissaient d'une respectabilité splendide. Nous arpentions les pièces claires au troisième étage, en admirant la peinture couleur crème des murs, le parquet en chêne, les placards de cuisine spacieux, la salle de bains carrelée. Il y avait même un balcon minuscule qui donnait sur les feuillages du parc Macdonald. Nous sommes tombés amoureux l'un de l'autre d'une manière nouvelle : amoureux de notre nouvelle situation sociale, de notre ascension vers la vie adulte depuis le sous-sol qui n'avait représenté qu'une étape très temporaire. Elle allait figurer dans notre conversation comme plaisanterie, épreuve d'endurance, pendant des années à venir. Chacun de nos déménagements – la maison louée, notre première maison à nous, la deuxième, la première maison dans une autre ville – allait produire ce sentiment euphorique de progression et resserrer notre relation. Jusqu'à la dernière maison, de loin la plus somptueuse, où je m'installai avec des soupçons de désastre et les plus vagues pressentiments de fuite.

Nous avons donné un préavis à Ray, sans en parler à Mrs. Gorrie. Cela la fit accéder à un nouveau niveau d'hostilité. En fait, elle se mit à déraisonner.

« Oh, elle se croit si maligne. Elle n'est même pas capable de tenir deux pièces propres. Quand elle balaie par terre, tout ce qu'elle fait c'est pousser la poussière dans un coin. »

Lorsque j'avais acheté mon premier balai, j'avais oublié d'y joindre une pelle à poussière et, pendant un certain temps, c'est effectivement ce que j'avais fait. Mais elle ne pouvait le savoir qu'en entrant chez nous avec une clé à elle pendant que j'étais sortie. Ce qui était le cas, de toute évidence.

« C'est une faux jeton, vous savez. Dès que je l'ai vue j'ai su quelle faux jeton c'était. Et menteuse. Elle est un peu dingue. Elle restait assise là, disant qu'elle écrivait des lettres, et elle écrivait indéfiniment la même chose : ce ne sont pas des lettres, c'est toujours la même chose. Elle est un peu dingue. »

Maintenant, je savais qu'elle avait dû défroisser les pages dans ma corbeille à papier. J'essayais souvent de commencer une histoire avec les mêmes mots. Comme elle le disait, indéfiniment.

Le temps était devenu assez chaud, et je partis travailler sans veste, avec un chandail bien ajusté enfilé dans ma jupe et une ceinture tirée jusqu'au dernier trou.

Elle ouvrit la porte d'entrée et cria à mon intention :

« Traînée. Regardez-moi cette traînée, la façon dont elle sort la poitrine et tortille son arrière-train. Vous vous prenez pour Marilyn Monroe ? »

Puis : « On n'a pas besoin de vous dans notre maison. Le plus tôt vous partirez, le mieux ce sera. »

Elle téléphona à Ray pour lui dire que j'essayais de voler son linge de maison. Elle se plaignit que je colportais des ragots sur elle dans toute la rue. Elle avait ouvert la porte pour être certaine que j'entendrais et elle criait au téléphone, mais ce n'était pas vraiment nécessaire puisque nous étions sur la même ligne et pouvions l'écouter quand nous en avions envie. Je ne le faisais jamais – mon instinct était de me boucher les oreilles – mais un soir, alors que Chess était à la maison, il prit l'appareil et parla.

« Ne lui prêtez aucune attention, Ray, ce n'est qu'une vieille femme cinglée. Je sais que c'est votre mère, mais il faut que je vous dise qu'elle est cinglée. »

Je lui demandai ce que Ray avait dit, si ça l'avait mis en colère.

« Il a juste dit : "Bien sûr, d'accord." »

Mrs. Gorrie avait raccroché et criait dans l'escalier : « Je vais vous le dire, moi, qui est cinglée. Je vais vous dire qui est une menteuse cinglée qui fait courir des bruits sur mon mari et moi…

– Nous ne vous écoutons pas, dit Chess. Laissez ma femme tranquille. » Plus tard, il me demanda : « Que veut-elle dire à propos de son mari et elle ?

– Je n'en sais rien.

– Elle s'en prend à toi. Parce que tu es jeune et jolie et qu'elle, c'est une vieille sorcière. N'y pense plus, ajouta-t-il en faisant une plaisanterie douteuse pour me réconforter. À quoi servent les vieilles femmes de toute façon ? »

Nous avons rejoint le nouvel appartement en taxi, avec nos valises, simplement. Nous avons attendu sur le trottoir, en tournant le dos à la maison. Je m'attendais à quelques derniers cris à ce moment-là, mais il n'y eut pas le moindre bruit.

« Et si elle a un pistolet et me tire dans le dos ? ai-je dit.

– Ne parle pas comme elle.

– J'aimerais faire signe à Mr. Gorrie s'il est là.

– Il vaut mieux pas. »

Je ne regardai pas la maison pour la dernière fois et je n'ai jamais plus longé cette rue, cette partie d'Arbutus Street face au parc et à la mer. Je ne me rappelle pas clairement à quoi elle ressemblait, quoique je me souvienne de certaines choses – le rideau de l'alcôve, la vitrine à porcelaines, la chaise longue verte de Mr. Gorrie – si bien.

Nous avons fait la connaissance d'autres jeunes couples qui avaient débuté comme nous, en habitant des espaccs bon marché dans les maisons des autres. Nous avons entendu parler de rats, de cafards, de toilettes maléfiques, de propriétaires cinglées. Et nous avons parlé de notre propriétaire cinglée. Paranoïa.

Sinon, je ne pensais pas à Mrs. Gorrie.

Mais Mr. Gorrie intervenait dans mes rêves. Dans mes rêves, je paraissais l'avoir connu avant qu'il la connaisse, elle. Il était agile et fort, mais il n'était pas jeune et il n'avait pas l'air d'aller mieux que lorsque je lui faisais la lecture au salon. Peut-être qu'il parlait, mais ses propos étaient au niveau de ces bruits que j'avais appris à interpréter : ils étaient brusques et péremptoires, commentaires essentiels de l'action mais sans doute méprisés. Et l'action était explosive, car ces rêves étaient érotiques. Pendant tout le temps où j'étais une jeune femme puis, sans trop tarder, une jeune mère, active, fidèle, comblée régulièrement, j'eus de temps à autre des rêves où l'assaut, la réponse, les possibilités dépassaient tout ce que la vie offrait. D'où le sentiment amoureux était banni. La pudeur également. Notre lit – celui de Mr. Gorrie et le mien – était la plage caillouteuse ou le pont rugueux du bateau ou les rouleaux punitifs de corde graisseuse. Ce que vous pourriez appeler laideur avait du charme. Son odeur âcre, son œil gélatineux, ses dents de chien. Je m'éveillais de ces rêves païens vidée, même d'étonnement ou de honte, je me rendormais et me réveillais avec un souvenir que je m'habituais à nier au matin. Pendant de longues années, assurément bien après sa mort, Mr. Gorrie est intervenu dans ma vie nocturne de cette façon. Jusqu'à ce que je l'épuise, je suppose, de la façon dont nous épuisons les morts. Mais il ne sembla jamais que c'était comme cela, que c'était moi qui étais responsable, qui l'avais amené là. On aurait dit que c'était à double sens, comme si lui m'avait amenée là aussi et que c'était autant son expérience que la mienne.

Et le bateau, le ponton et le gravier sur la plage, les arbres tendus vers le ciel ou accroupis, penchés au-dessus de l'eau, le profil compliqué des îles alentour et de montagnes à la fois vagues et distinctes, semblaient exister dans une confusion naturelle, plus extravagante et cependant plus banale que rien que je puisse rêver ou inventer. Comme un endroit qui va continuer à exister que vous y soyez ou pas, et qui est encore là effectivement.

Mais je n'ai jamais vu les poutres carbonisées de la maison effondrées sur le cadavre du mari. Cela s'était passé longtemps auparavant et la forêt avait tout enfoui.

Jakarta

1

Kath et Sonje ont une place attitrée sur la plage, derrière de gros rondins. Elles l'ont choisie non seulement pour s'abriter du vent aigre qui se lève parfois – elles ont le bébé de Kath avec elles – mais parce qu'elles veulent s'isoler d'un groupe de femmes qui fréquentent la plage tous les jours. Elles appellent ces femmes des Monica.

Les Monica ont trois ou quatre enfants chacune. Elles sont toutes sous la conduite de la véritable Monica, qui a traversé la plage pour se présenter la première fois qu'elle a repéré Kath et Sonje et le bébé. Elle les a invitées à se joindre à la bande.

Elle l'ont suivie, trimballant à elles deux le porte-bébé. Que pouvaient-elles faire d'autre ? Mais depuis ce jour-là, elles se terrent derrière les rondins.

Le campement des Monica est meublé de parasols, draps de bain, sacs pour les couches-culottes, paniers à pique-nique, radeaux et cachalots gonflables, jouets, lotions, vêtements de rechange, chapeaux de soleil, thermos de café, gobelets et assiettes en carton, boîtes isothermes dans lesquelles elles apportent des glaces à l'eau faites à la maison avec des jus de fruits.

Soit elles sont franchement enceintes, soit elles le paraissent parce qu'elles ont perdu la ligne. Elles s'approchent lourdement du bord de l'eau, braillant les prénoms de leurs enfants qui chevauchent des rondins, ou les cachalots gonflables, et en tombent.

« Où est ton chapeau ? Où est ton ballon ? Y a assez longtemps que tu es sur ce truc, c'est au tour de Sandy de le prendre. »

Même quand elles parlent entre elles, il faut que leurs voix soient haussées, au-dessus des cris et des disputes de leurs enfants.

« Vous trouverez du gîte haché aussi bon marché que le hamburger si vous allez chez Woodward.

– J'ai essayé la pommade à l'oxyde de zinc mais ça n'a pas marché.

– Maintenant il a un abcès à l'aine.

– On ne peut pas se servir de levure chimique, il faut du bicarbonate. »

Ces femmes ne sont pas tellement plus âgées que Kath et Sonje, mais elles ont atteint un stade de la vie que redoutent Kath et Sonje. Elles transforment la plage tout entière en estrade. Leurs fardeaux, leurs ribambelles de marmots et leur mise en fourrière maternelle, leur autoritarisme sont à même d'anéantir l'eau éclatante, la petite crique parfaite avec ses arbousiers aux branches rouges, les cèdres qui poussent tordus dans les rochers escarpés. Kath ressent particulièrement leur menace, puisqu'elle est mère elle-même maintenant. Pendant qu'elle allaite son bébé, elle lit souvent un livre, fume parfois une cigarette pour ne pas s'embourber dans sa fonction animale. Elle allaite pour rétrécir son utérus et aplatir son ventre, pas simplement pour fournir au bébé – Noelle – de précieux anticorps maternels.

Kath et Sonje ont leur propre thermos de café et leurs draps de bain supplémentaires avec lesquels elles ont monté un abri pour Noelle. Elles ont leurs cigarettes et leurs livres. Sonje a un livre de Howard Fast *. Son mari lui a dit que si elle doit lire des romans, c'est cet auteur-là qu'il lui faut lire. Kath lit les nouvelles de Katherine Mansfield et celles de D.H. Lawrence. Sonje a pris l'habitude de poser son livre et de prendre

* Écrivain d'extrême gauche américain. *(N.d.T.)*

celui de Kath que celle-ci n'est pas en train de lire à ce moment-là. Elle s'en tient à une seule nouvelle puis revient à Howard Fast.

Quand elles ont faim, l'une d'elles affronte l'ascension d'une grande volée de marches en bois. Cette crique est entourée de maisons, juchées sur les rochers sous les pins et les cèdres. Tous ces cottages étaient autrefois des résidences d'été, datant d'avant la construction du pont de Lions Gate, quand les gens de Vancouver traversaient l'eau pour aller prendre leurs vacances. Certains – comme celui de Kath et Sonje – sont encore assez primitifs, avec un loyer accessible. D'autres, comme celui de la véritable Monica, sont très améliorés. Mais personne n'envisage de s'établir ici : tout le monde prévoit d'aller s'installer ailleurs, dans une vraie maison. À l'exception de Sonje et de son mari, dont les projets paraissent plus mystérieux que ceux de n'importe qui.

Une route en arc de cercle, sans revêtement, dessert les maisons et rejoint Marine Drive à chaque extrémité. Le demi-cercle enclos est rempli de grands arbres, d'un sous-bois de fougères et de framboisiers avec divers sentiers entrecroisés, raccourcis pour se rendre à la boutique de Marine Drive. C'est là que Kath et Sonje achètent des frites à emporter pour leur déjeuner. Le plus souvent, c'est Kath qui entreprend cette expédition, parce que c'est un bonheur pour elle de marcher sous les arbres, chose qu'elle ne peut plus faire avec le landau.

Quand elle est venue vivre ici, avant la naissance de Noelle, elle passait à travers le bois presque tous les jours sans jamais penser à sa liberté. Un jour, elle rencontra Sonje. Toutes deux avaient travaillé à la bibliothèque municipale de Vancouver peu de temps auparavant, mais elles n'appartenaient pas au même service et ne s'étaient jamais parlé. Kath en était partie au sixième mois de grossesse, suivant le règlement, de crainte que votre aspect ne perturbe les lecteurs, et Sonje était partie à cause d'un scandale.

Ou, du moins, à cause d'une histoire qui s'était retrouvée dans la presse. Son mari, Cottar, journaliste qui travaillait pour un magazine dont Kath n'avait jamais entendu parler, avait fait un voyage en Chine communiste. Dans le journal on le désignait comme écrivain de gauche. La photographie de Sonje était également publiée et son travail dans la bibliothèque mentionné. On craignait que son emploi lui permette de promouvoir des livres rouges et d'influencer les enfants qui fréquentaient cette bibliothèque, de sorte qu'ils risquaient de devenir communistes. Personne ne disait que c'était le cas : simplement que c'était un risque. Il n'était pas non plus illégal pour un ressortissant du Canada de voyager en Chine. Mais il apparut que Cottar et Sonje étaient tous deux américains, ce qui rendait leur comportement plus inquiétant, peut-être plus prémédité.

« Je connais cette fille, avait dit Kath à son mari, Kent, quand elle avait vu la photographie de Sonje. Enfin, je la connais de vue. Elle a toujours l'air plutôt timide. Cette histoire va la gêner.

– Sûrement pas, avait répliqué Kent. Ces gens-là aiment se sentir persécutés, c'est leur but dans la vie. »

Selon les propos rapportés du bibliothécaire en chef, Sonje ne s'occupait nullement de choisir les livres ni d'influencer les jeunes : elle passait la plupart de son temps à dactylographier des listes.

« Ce qui était drôle », avait dit Sonje à Kath, une fois qu'elles s'étaient reconnues et avaient passé près d'une demi-heure à se parler sur le sentier. Ce qui était drôle, c'est qu'elle ne savait pas taper à la machine.

Elle n'avait pas été licenciée, mais elle était partie parce que des changements étaient prévus dans leur avenir, à Cottar et elle.

Kath se demanda si un des changements pouvait être un bébé. Il lui semblait que la vie continuait, après le lycée, comme une série d'examens ultérieurs à réussir. Le premier, c'était le mariage. S'il n'était pas accompli à l'âge de vingt-cinq ans, cet examen était virtuellement raté. (Elle signait toujours son nom « Mrs. Kent Mayberry » avec un sentiment de soulagement et de légère exaltation.) Ensuite, il fallait penser au premier bébé. Attendre un an avant de tomber enceinte. Attendre deux ans représentait un excès de prudence. Et trois ans mettait en train les supputations. Puis, quelque part en aval, se trouvait le deuxième bébé. Ensuite, la progression devenait plus floue et vous discerniez mal le moment précis où vous aviez atteint l'endroit vers lequel vous vous dirigiez.

Sonje n'était pas le genre d'amie qui vous raconterait qu'elle cherchait à avoir un bébé, depuis quand elle essayait et quelles techniques elle utilisait. Elle ne parlait jamais de sexualité de cette façon, ni de ses règles ni d'aucun comportement de son corps, bien qu'elle ne tardât pas à raconter à Kath des choses que la plupart des gens auraient trouvées beaucoup plus choquantes. Elle était d'une dignité gracieuse : elle avait voulu être danseuse classique avant de devenir trop grande et n'avait jamais cessé de le regretter jusqu'à ce qu'elle rencontre Cottar qui avait dit : « Oh, encore une jeune bourgeoise qui espère se transformer en cygne mourant. » Elle avait un visage large, calme, un teint rose – elle ne portait jamais de maquillage, Cottar était contre – et ses cheveux blonds épais étaient relevés en chignon touffu. Kath lui trouvait une beauté merveilleuse, à la fois séraphique et intelligente.

En mangeant leurs frites sur la plage, Kath et Sonje parlent des personnages dans les nouvelles qu'elles sont en train de lire. Comment se fait-il qu'aucune femme n'ait pu aimer Stanley Burnell * ? À quoi cela tient-il ? C'est un tel gamin, avec son amour ramenard, sa gloutonnerie, son autosatisfaction. Tandis que Jonathan Trout – oh, la femme de Stanley, Linda, aurait dû épouser Jonathan Trout, Jonathan qui glisse comme un poisson alors que Stanley fait gicler l'eau et souffle comme un phoque. « Mes hommages, fleur de pêcher céleste », dit Jonathan de sa voix de basse veloutée. Il est plein d'ironie, il est subtil et las. « La brièveté de la vie, la brièveté de la vie », déplore-t-il. Et le monde présomptueux de Stanley s'effondre, déconsidéré.

Quelque chose tourmente Kath. Elle ne peut pas en parler ni y penser. Kent serait-il un peu comme Stanley ?

Un jour, elles ont une discussion. Kath et Sonje ont une discussion inattendue et troublante au sujet d'un roman de D.H. Lawrence. Ce roman est intitulé *Le Renard.*

À la fin de ce roman, les amoureux – un soldat et une femme qui s'appelle March – sont assis sur les falaises tournées vers l'Atlantique, vers leur futur foyer au Canada. Ils vont quitter l'Angleterre, commencer une nouvelle vie. Ils tiennent l'un à l'autre, mais ils ne sont pas vraiment heureux. Pas encore.

Le soldat sait qu'ils ne seront vraiment heureux que lorsque la femme lui abandonnera sa vie d'une façon qu'elle n'a pas faite jusqu'alors. March lutte encore pour rester séparée de lui, elle les rend tous les deux obscurément malheureux par ses efforts pour se cramponner à son âme féminine, son esprit féminin. Elle doit cesser de le faire, elle doit cesser de penser, de vouloir, laisser sa conscience s'enfoncer jusqu'à ce qu'elle soit submergée par celle de son homme. Comme les roseaux qui ondulent sous l'eau. Plongez

* Dans la nouvelle « Sur la baie », de Katherine Mansfield. *(N.d.T.)*

le regard, plongez-le : voyez comme les roseaux ondulent dans l'eau, ils sont vivants mais ils n'émergent jamais à la surface. C'est ainsi que sa nature féminine doit vivre au sein de la nature masculine de l'homme. Alors elle sera heureuse et lui sera fort et apaisé. Alors ils auront réussi un véritable mariage.

Kath dit qu'elle trouve cela stupide.

Elle commence à exposer son point de vue. « Il parle de sexe, d'accord ?

– Pas seulement, réplique Sonje. De leur vie tout entière.

– Oui, mais de sexe. Le sexe entraîne la grossesse. Je veux dire dans le cours normal des choses. Alors March a un bébé. Elle en a probablement plus d'un. Il faut qu'elle s'en occupe. Comment peux-tu le faire si ton esprit est en train d'onduler entre deux eaux dans la mer ?

– Ça, c'est une interprétation très littérale, dit Sonje d'un ton légèrement condescendant.

– Ou bien tu peux penser et prendre des décisions ou bien tu ne peux pas. Par exemple, le bébé est sur le point de ramasser une lame de rasoir. Qu'est-ce que tu fais ? Te contentes-tu de dire : Oh, je crois que je vais juste rester là à flotter jusqu'à ce que mon mari revienne et puisse donner son avis, c'est-à-dire notre avis, sur la sagesse de ce geste.

– Là c'est pousser les choses à l'extrême. »

Leurs voix, à l'une et à l'autre, se sont durcies. Kath est brusque et méprisante, Sonje grave et obstinée.

« Lawrence ne voulait pas d'enfants, indique Kath. Il était jaloux de ceux qu'avait Frieda d'un premier mariage. »

Sonje a les yeux baissés sur ses genoux écartés, et laisse glisser du sable entre ses doigts.

« Je trouve simplement que ce serait beau, dit-elle. Je trouve que ce serait beau, si une femme en était capable. »

Kath sait que quelque chose s'est faussé. Il y a quelque chose de faux dans sa propre argumentation. Pourquoi s'est-elle fâchée et excitée à ce point ? Et pourquoi s'est-elle mise à parler de bébés, d'enfants ? Parce qu'elle a un bébé et que Sonje n'en a pas ? A-t-elle évoqué cette histoire de Lawrence et Frieda parce qu'elle subodore qu'il y a en partie le même problème chez Cottar et Sonje ?

Quand vous fondez l'argumentation sur les enfants, sur le fait que la femme doit s'occuper des enfants, vous êtes irréprochable. On ne peut pas vous désapprouver. Mais quand Kath le fait, c'est pour se couvrir. Elle ne supporte pas ces propos sur les roseaux et l'eau, elle sent monter une protestation incohérente qui la suffoque. Ainsi, c'est à elle qu'elle pense, non à quelque enfant. C'est elle-même, la femme à laquelle Lawrence s'en prend. Elle ne peut pas le révéler franchement parce que cela pourrait faire entrevoir à Sonje – cela pourrait faire entrevoir à Kath elle-même – un appauvrissement dans sa vie.

Sonje qui a dit, au cours d'une autre conversation alarmante : « Mon bonheur dépend de Cottar. »

Mon bonheur dépend de Cottar.

Cette déclaration avait secoué Kath. Elle ne l'aurait jamais dit à propos de Kent. Elle ne voulait pas que ce soit vrai d'elle-même.

Mais elle ne voulait pas que Sonje pense qu'elle était passée à côté de l'amour. Qu'elle n'avait pas envisagé, que l'on ne lui avait pas offert, l'anéantissement dans l'amour.

2

Kent se rappela le nom de la ville dans l'Oregon où Cottar et Sonje s'étaient installés à la fin de l'été. Elle, elle devait s'occuper de la mère de Cottar pendant que lui faisait un circuit journalistique aux frais de sa revue en Extrême-Orient. Un problème, réel ou imaginaire, se posait : de savoir si Cottar pourrait revenir aux États-Unis après son voyage en Chine. À son prochain retour, Sonje et lui projetaient de se retrouver au Canada, peut-être également d'y installer la mère.

Il était peu probable que Sonje vive dans cette ville à présent. Il restait juste un faible espoir que la mère y fût. Kent dit que cela ne justifiait pas de s'y arrêter, mais Deborah insista : Pourquoi pas, ne serait-ce pas intéressant d'enquêter ? Et une demande au bureau de poste apporta des renseignements.

Kent et Deborah quittèrent la ville en passant par les dunes. C'était Deborah qui conduisait, comme elle l'avait fait la plupart du temps pendant ce long périple tranquille. Ils avaient rendu visite à la fille de Kent, Noelle, qui habitait Toronto, et aux deux fils qu'il avait de sa deuxième femme, Pat : l'un à Montréal et l'autre dans le Maryland. Ils avaient séjourné chez de vieux amis de Kent et Pat qui vivaient maintenant au sein d'une communauté en Arizona, et chez les parents de Deborah – qui avaient à peu près l'âge de Kent. Maintenant, ils remontaient la côte ouest pour rentrer chez eux à Vancouver, mais sans forcer l'allure, pour ne pas épuiser Kent.

Les dunes étaient couvertes d'herbe. On aurait dit des collines ordinaires, sauf là où le sable affleurait sur un épaulement dénudé, pour apporter de la fantaisie au paysage. Une construction enfantine, à une échelle hypertrophiée. La route se terminait devant la maison qui leur avait été indiquée. Impossible de se tromper. Il y avait l'enseigne ÉCOLE DE DANSE DU PACIFIQUE. Ainsi que le nom de Sonje, et une pancarte À VENDRE en dessous. Une vieille femme était en train de tailler à la cisaille un arbuste dans le jardin.

Alors la mère de Cottar était encore en vie. Mais Kent se rappela que la mère de Cottar était aveugle.

C'est pour cela que quelqu'un avait dû aller vivre avec elle, après la mort du père de Cottar.

Que faisait-elle à s'escrimer avec cette cisaille si elle était aveugle ?

Il avait fait l'erreur habituelle, en ne mesurant pas combien d'années – de décennies – s'étaient écoulées. Et quel grand âge devrait avoir à présent la mère de Cottar. De même que Sonje devait être âgée, comme il devait l'être lui-même. Car cette personne, c'était Sonje, et au départ elle ne le reconnut pas non plus. Elle se pencha pour ficher la cisaille en terre et s'essuya les mains sur son jean. Il éprouva la raideur de ses mouvements dans ses propres articulations. Elle avait les cheveux blancs et clairsemés, voletant dans la brise légère de l'océan qui parvenait jusqu'ici entre les dunes. Ses os étaient dépouillés d'une part de leur enveloppe de chair ferme. Elle avait toujours eu la poitrine plutôt plate, mais son tour de taille était moins fin autrefois. Un genre de fille nordique, large de carrure et de visage. Bien que son prénom ne soit pas issu de cette ascendance : il se souvint avoir entendu qu'on l'avait appelée Sonje parce que sa mère adorait les films de Sonja Henie. Elle avait changé l'orthographe elle-même, méprisant la frivolité de sa mère. À cette époque-là, tout le monde méprisait ses parents, pour une raison ou une autre.

Il ne distinguait pas très bien son visage, au soleil éblouissant. Mais il vit deux taches argentées luisantes là où probablement des cancers de la peau avaient été excisés.

« Ça alors, Kent, dit-elle. Comme c'est ridicule. J'ai cru que tu étais quelqu'un qui venait acheter ma maison. Et c'est Noelle ? »

Ainsi, elle aussi s'était trompée.

En fait, Deborah avait un an de moins que Noelle. Mais elle n'était en rien la femme-enfant. Kent l'avait rencontrée après sa première opération. C'était une physiothérapeute, jamais mariée, et lui était veuf. Une femme sereine, solide, se défiant de la mode et de l'ironie : elle portait une tresse dans le dos. Elle lui avait fait connaître le yoga, en plus des exercices recommandés, et à présent elle lui faisait aussi prendre des vitamines et du ginseng. Pleine de tact, elle manifestait un manque de curiosité à la limite de l'indifférence. Une femme de sa génération considérait peut-être comme allant de soi que tout le monde eût un passé abondamment peuplé et intransmissible.

Sonje les invita à entrer dans la maison. Deborah dit qu'elle les laisserait à leurs retrouvailles : elle voulait trouver un magasin diététique (Sonje lui en indiqua un) et faire une promenade sur la plage.

La première caractéristique de la maison que remarqua Kent, c'est qu'elle était glaciale. Par une belle journée d'été. Mais les maisons de la côte nord-ouest sur le Pacifique sont trompeuses, il y fait rarement aussi bon que l'on penserait : sortez du soleil et vous sentez aussitôt un souffle humide et glacé. Les brouillards et le froid pluvieux de l'hiver avaient dû entrer dans cette maison depuis longtemps sans rencontrer de résistance. C'était un grand bungalow en bois, délabré mais pas austère, avec sa véranda et ses mansardes. Autrefois, il y avait beaucoup de maisons de ce style dans West Vancouver, où Kent habitait encore. Mais la plupart avaient été vendues pour être démolies.

Les deux grandes pièces communicantes sur le devant étaient dépourvues de mobilier, à l'exception d'un piano droit. À force de frottements, le milieu du plancher était devenu gris et l'encaustique avait foncé les coins. Il y avait une barre le long d'un mur, face à une glace poussiéreuse dans laquelle il vit passer deux silhouettes maigres à cheveux blancs. Sonje raconta qu'elle essayait de vendre cette baraque – évidemment, l'écriteau avait dû l'éclairer là-dessus – et puisque cette partie-ci était installée en studio de danse, elle s'était dit qu'elle ferait aussi bien de la laisser telle quelle.

« On pourrait encore en tirer quelque chose de chouette », ajouta-t-elle. Elle expliqua qu'elles avaient ouvert l'école vers 1960, peu de temps après avoir appris que Cottar était mort. La mère de Cottar, Delia, jouait du piano. Elle jouait encore à près de quatre-vingt-dix ans, jusqu'à ce qu'elle perde la boule. (« Excuse-moi, dit Sonje, mais on devient vraiment un peu désinvolte à propos de certaines choses. ») Sonje avait été obligée de la mettre dans une maison de santé où elle allait tous les jours la faire manger, bien que Delia ne la reconnût plus. Elle avait engagé d'autres personnes pour jouer du piano, mais cela n'allait pas. Avec l'âge, également, elle ne pouvait plus rien montrer aux élèves, seulement leur expliquer. Donc elle avait compris qu'il était temps d'abandonner.

C'était une fille si digne autrefois, pas très expansive. À vrai dire, peu chaleureuse, trouvait-il alors. Et la voilà qui s'agitait et babillait à la manière des gens qui sont trop souvent seuls.

« Cela marchait bien au début, à l'époque les petites filles se passionnaient toutes pour le ballet et puis ce genre de chose est passé de mode, tu sais, c'était trop conventionnel. Mais jamais complètement, et ensuite dans les années quatre-vingt les gens sont venus s'installer ici avec des enfants jeunes : ils avaient plein d'argent, apparemment, comment faisaient-ils pour en avoir tant ? Ça aurait pu réussir de nouveau mais je n'étais pas tout à fait à la hauteur. »

Elle dit que peut-être l'inclination ou le besoin s'en étaient retirés lorsque sa belle-mère était morte.

« Nous étions les meilleures des amies, dit-elle, de tout temps. »

La cuisine était une grande pièce également, que les placards et les appareils ménagers ne remplissaient pas suffisamment. Le sol était revêtu de carreaux gris et noirs, ou peut-être de carreaux noirs et blancs, le blanc rendu gris par une eau de lavage sale. Ils longèrent un couloir tapissé d'étagères, des étagères qui montaient jusqu'au plafond, bourrées de livres et de magazines en lambeaux, peut-être même de journaux. L'odeur du vieux papier friable. Ici, le sol était recouvert de sisal tressé qui se poursuivait dans une véranda latérale où Kent eut enfin la possibilité de s'asseoir. Des fauteuils et un canapé en rotin, articles authentiques qui auraient pu valoir quelque argent s'ils n'avaient pas été délabrés. Des stores en bambou, pas au mieux de leur forme, eux non plus, remontés ou à moitié baissés, et à l'extérieur des arbustes trop touffus qui se collaient aux fenêtres. Kent ne connaissait pas beaucoup de noms de plantes, mais il identifia ces arbustes comme étant de ceux qui poussent là où le sol est sablonneux. Ils avaient des feuilles coriaces et luisantes, comme si elles avaient été trempées dans l'huile.

Tandis qu'ils traversaient la cuisine, Sonje avait mis la bouilloire sur le feu pour faire du thé. Maintenant, elle se laissa tomber dans un des fauteuils, heureuse de se poser elle aussi. Elle leva ses mains terreuses, avec leurs grosses jointures.

« Je vais me nettoyer en un instant, dit-elle. Je ne t'ai pas demandé si tu voulais du thé. Je pourrais faire du café. Ou bien, si tu veux, je pourrais les oublier tous les deux et nous préparer un gin tonic. Ce serait une bonne idée, il me semble. »

Le téléphone sonna, une sonnerie dérangeante, bruyante, désuète. D'après le son, on avait l'impression que l'appareil se trouvait juste à l'extérieur, dans le couloir, mais Sonje retourna précipitamment à la cuisine.

Elle parla pendant quelque temps, s'interrompant pour enlever la bouilloire du feu quand elle siffla. Il l'entendit dire « un visiteur en ce moment » et espéra qu'elle ne dissuadait pas quelqu'un qui voulait voir la maison. Son ton agacé lui fit penser que ce n'était pas un appel amical et qu'il avait peut-être un rapport quelconque avec l'argent. Il s'efforça de ne plus rien entendre.

Les livres et journaux entassés dans le couloir lui avaient rappelé la maison que Sonje et Cottar habitaient au-dessus de la plage. En fait, l'impression globale d'inconfort, de laisser-aller, la lui rappelait. La salle de séjour avait été chauffée par une cheminée en pierre à une extrémité et, bien qu'un feu ait été allumé – la seule fois où il y était allé –, des cendres anciennes s'en échappaient ainsi que des pelures d'orange carbonisées, des détritus divers. Et il y avait des livres, des brochures, partout. En guise de canapé, il y avait un lit de camp : il fallait s'asseoir avec les pieds par terre et rien pour soutenir le dos, ou bien reculer et s'appuyer contre le mur en ramenant ses pieds sous ses fesses. C'est ainsi que s'asseyaient Kath et Sonje. Elles étaient restées à l'écart de la conversation la plupart du temps. Kent s'était assis dans un fauteuil d'où il avait retiré un livre à reliure terne intitulé *La Guerre civile en France*. Est-ce le nom que l'on donne maintenant à la Révolution française ? s'était-il demandé. Puis il avait vu le nom de l'auteur : Karl Marx. Et même auparavant, il avait senti l'hostilité, le jugement porté, dans cette pièce. De même que vous les sentiriez dans une pièce pleine de brochures pieuses et d'images de Jésus sur un âne, Jésus sur la mer de Galilée, un jugement porté sur vous de haut. Cela ne venait pas seulement des livres et des journaux, mais des déchets dans le foyer, du tapis au dessin effacé par l'usure, des rideaux en toile de jute. La chemise et la cravate de Kent détonnaient. Il s'en était douté à la manière dont Kath les avait regardées, mais puisqu'il les avait mises, il allait les porter de toute façon. Elle, elle portait une vieille chemise de Kent sur un jean attaché avec une chaîne d'épingles de nourrice. Il avait trouvé que c'était une tenue débraillée pour dîner dehors, mais avait fini par penser qu'elle n'avait rien trouvé d'autre à sa taille.

Cela se passait juste avant la naissance de Noelle.

C'était Cottar qui faisait la cuisine : un curry, qui se révéla très bon. Ils avaient bu de la bière. Cottar, la trentaine, était plus vieux que Sonje et Kath et Kent. Grand, les épaules étroites, avec un vaste front dégarni et des favoris effilochés. Une façon de parler précipitée, d'une voix sourde, confidentielle.

Un couple plus âgé était également présent, une femme à la poitrine tombante, aux cheveux grisonnants enroulés sur la nuque et un homme, petit et raide, avec des vêtements plutôt miteux mais dont le maintien, la voix précise et nerveuse et l'habitude de dessiner des formes de boîtes avec les mains avaient une certaine élégance. Il y avait aussi un jeune homme, rouquin, avec des yeux bouffis et larmoyants, une peau tachetée. Il était étudiant à mi-temps et gagnait sa vie en conduisant la camionnette qui déposait les colis de journaux destinés aux livreurs à domicile. Il venait apparemment de débuter dans cet emploi et l'homme plus âgé, qui le connaissait, se mit à le taquiner sur la honte de livrer un tel journal. Outil de classe des capitalistes, porte-parole de l'élite.

Même si c'était dit d'une façon un peu plaisante, Kent fut incapable de laisser passer cette remarque. Pensant qu'il ferait tout aussi bien de se jeter à l'eau maintenant que plus tard, il déclara qu'il ne voyait pas grand-chose à critiquer dans ce journal.

Ils attendaient justement une opinion de ce genre. L'homme plus âgé avait déjà soutiré l'information que Kent était pharmacien et travaillait pour un drugstore appartenant à une chaîne. Le jeune homme avait déjà demandé : « Vous avez un poste de direction en vue ? » d'une manière qui suggérait que les autres y verraient une plaisanterie, mais pas Kent. Il avait répondu qu'il avait bon espoir.

Le curry fut servi et mangé. Ils burent encore de la bière, on remit du bois dans le feu, le ciel de printemps s'assombrit, les lumières de Point Grey se mirent à briller de l'autre côté de l'anse Burrard, et Kent entreprit de défendre le capitalisme, la guerre de Corée, les armes nucléaires, John Foster Dulles, l'exécution des Rosenberg : tout ce que les autres lui lançaient. Il se gaussa de l'affirmation que les compagnies américaines poussaient les mères africaines à acheter du lait en poudre et à ne pas allaiter leurs bébés, que la police montée royale canadienne traitait les Indiens avec brutalité et, par-dessus tout, de l'idée que le téléphone de Cottar puisse être sur écoute. Il cita le magazine *Time* et en fit état.

L'homme plus jeune se tapa sur les genoux, agita la tête de part en part et fabriqua un rire incrédule.

« Il est pas croyable, ce mec. Vous le trouvez crédible ? Moi pas. »

Cottar ne cessait de mobiliser des arguments en tentant de maîtriser son exaspération, car il se croyait apte à raisonner. L'homme plus âgé s'élançait sur des tangentes professorales et la femme aux seins tombants émettait des observations d'un ton de politesse venimeuse.

« Pourquoi êtes-vous si pressé de défendre l'autorité partout où elle dresse sa tête exquise ? »

Kent ne savait pas. Il ne savait pas ce qui le poussait. Il ne prenait même pas ces gens au sérieux, en tant qu'ennemis. Ils traînaient aux marges de la vraie vie, discourant et se croyant importants, comme le font les fanatiques de toute sorte. Ils n'avaient pas de caractère, comparés aux hommes avec lesquels travaillait Kent. Dans le travail qu'il faisait, les erreurs avaient de l'importance, la responsabilité était constante, l'on n'avait pas le temps de ratiociner pour établir si les chaînes de drugstores étaient une mauvaise chose ou de s'abandonner à une paranoïa quelconque à propos des sociétés pharmaceutiques. C'était ça le monde réel, et il entrait dedans tous les jours en portant le poids de son avenir et de celui de Kath sur ses épaules. Il l'acceptait, en était même fier, il n'allait pas faire des excuses à une pleine salle de geignards.

« La vie s'améliore en dépit de ce que vous dites, leur avait-il répondu. Vous n'avez qu'à regarder autour de vous. »

À présent, il n'était pas en désaccord avec ce *lui* plus jeune. Il pensa que s'il avait peut-être été cassant, il ne s'était pas trompé malgré tout. Mais il se posa des questions sur la colère dans cette pièce, toute cette énergie agressive ; qu'était-elle devenue ?

Sonje avait raccroché. Elle le héla depuis la cuisine : « Je suis décidée à attaquer ce gin tonic. »

Quand elle apporta les boissons, il lui demanda depuis combien de temps Cottar était mort et elle lui dit qu'il y avait plus de trente ans. Il aspira bruyamment et hocha la tête. Depuis si longtemps ?

« Il est mort très brutalement de quelque bestiole tropicale, expliqua Sonje. Il a été enterré avant même que j'apprenne qu'il était malade. Jakarta s'appelait Batavia autrefois, le savais-tu ?

– Vaguement, dit Kent.

– Je me rappelle votre maison. La salle de séjour était une véranda en réalité, elle faisait toute la longueur de la maison, comme la nôtre. Il y avait des vélums à rayures vertes et marron. Kath aimait la lumière qui les traversait : elle disait que c'était une lumière de jungle. Toi tu l'appelais une cabane améliorée. Chaque fois que tu en parlais. “La cabane améliorée.”

– Elle était posée sur des poteaux enfoncés dans du ciment. Ils étaient pourris. C'est un miracle qu'elle ne se soit pas effondrée.

– Kath et toi, vous alliez vous promener en regardant les maisons. Vos jours de congé, vous faisiez le tour d'un lotissement quelconque en poussant Noelle dans son landau. Vous regardiez toutes les maisons neuves. Tu te rappelles comment étaient ces lotissements à l'époque. Il n'y avait jamais de trottoirs parce que les gens étaient censés ne plus marcher ; ils avaient abattu tous les arbres et les maisons étaient collées les unes aux autres, se dévisageant par les baies vitrées.

– Que pouvait-on s'acheter d'autre, pour commencer ? interrogea Kent.

– Je sais. Je sais. Mais tu disais : "Laquelle te plaît ?" et Kath ne voulait jamais répondre. Alors tu as fini par t'exaspérer et demander, eh bien, quel genre de maison lui plaisait, n'importe où, et elle avait répondu : "La cabane améliorée." »

Kent ne se rappela pas cette histoire. Mais il la supposa vraie. En tout cas, c'est ce que Kath avait raconté à Sonje.

3

Cottar et Sonje donnaient une fête pour leur départ, avant que Cottar parte aux Philippines ou en Indonésie ou quelque autre destination, et que Sonje aille dans l'Oregon s'installer chez la mère de Cottar. Tous ceux qui vivaient le long de la plage étaient invités : puisque la fête allait avoir lieu dehors, c'était la seule ligne de conduite raisonnable. Des gens avec lesquels Sonje et Cottar avaient vécu dans un phalanstère, avant de venir à la plage, avaient également été invités, ainsi que des journalistes que connaissait Cottar et des gens avec lesquels Sonje avait travaillé à la bibliothèque.

« La terre entière, en somme », avait dit Kath, et Kent avait ajouté joyeusement : « Encore des gauchos ? » Elle ne savait pas, avait-elle répondu, la terre entière.

La Monica véritable avait engagé sa baby-sitter habituelle et tous les enfants devaient être amenés chez elle, les parents payant leur quote-part. Kath apporta Noelle dans son porte-bébé juste au moment où la nuit commençait à tomber. Elle expliqua à la baby-sitter qu'elle reviendrait avant minuit, quand Noelle allait probablement se réveiller pour la tétée. Elle aurait pu apporter le biberon de complément qui était préparé à la maison, mais elle ne l'avait pas fait. Elle avait des doutes sur la fête et pensait qu'une occasion de s'échapper serait peut-être bienvenue.

Sonje et elle n'avaient jamais parlé du dîner chez Sonje où Kent s'en était pris à tout le monde. C'était la première fois que Sonje rencontrait Kent et tout ce qu'elle avait dit ensuite, c'est qu'il était vraiment plutôt beau. Kath avait eu l'impression qu'un physique agréable était conçu comme une sorte de prix de consolation.

Ce soir-là, elle était restée assise le dos appuyé au mur et un coussin serré contre son ventre. Elle avait pris l'habitude de tenir un coussin à l'endroit où le bébé donnait des coups de pied. Le coussin était fané et poussiéreux, comme tout ce qu'il y avait chez Sonje (ils avaient loué la maison meublée). Le motif de fleurs et de feuilles bleues était devenu argenté. Kath ne le quitta pas des yeux pendant qu'ils faisaient perdre les pédales à Kent sans qu'il s'en rende compte. Le jeune homme lui parlait avec la rage théâtrale d'un fils s'adressant à son père et Cottar parlait avec la patience usée d'un professeur à un élève. L'homme plus âgé manifestait un amusement amer et la femme était pleine de répugnance morale, comme si elle tenait Kent pour personnellement responsable de

Hiroshima, des jeunes filles asiatiques carbonisées dans des usines aux portes verrouillées, de tous les mensonges ignobles et de l'hypocrisie claironnée. Et Kent n'avait pas volé ce qui lui tombait dessus, autant que Kath pût en juger. Elle avait redouté quelque chose de cet ordre quand elle avait vu sa chemise et sa cravate et qu'elle avait décidé de mettre un jean au lieu de sa jupe de grossesse convenable. Maintenant, étant là, il fallait qu'elle tienne bon jusqu'au bout, en tordant le coussin dans tous les sens pour saisir la lueur argentée.

Tout le monde était si certain de tout dans cette pièce. Quand ils s'interrompaient pour reprendre haleine, ils cherchaient juste à puiser dans un courant infini de vertu pure, de certitude absolue.

À l'exception de Sonje, peut-être. Sonje ne disait rien. Mais Sonje puisait dans Cottar : c'était lui sa certitude. Elle se leva pour refaire passer le curry, parlant pendant un des brefs silences hargneux.

« Personne ne veut de noix de coco, apparemment.

– Oh, Sonje, vas-tu jouer l'hôtesse pleine de tact ? demanda la femme plus âgée. Comme un personnage de Virginia Woolf ? »

Ainsi, Virginia Woolf était également en défaveur, semblait-il. Il y avait tant de choses que Kath ne comprenait pas, mais elle savait au moins qu'elles existaient, elle n'était pas prête à dire qu'elles étaient ineptes.

Malgré tout, elle aurait voulu perdre les eaux. N'importe quoi pour la tirer de là. Si elle se levait laborieusement et répandait une mare devant eux, ils seraient obligés de s'arrêter.

Après coup, Kent ne parut pas troublé par la façon dont la soirée s'était passée. D'abord, il pensait avoir gagné. « Ce sont tous des gauchos, il faut qu'ils parlent comme ça, dit-il. C'est tout ce qu'ils savent faire. »

Kath avait envie de ne plus parler de politique alors elle changea de sujet, lui racontant que le couple plus âgé avait habité avec Sonje et Cottar dans le phalanstère. Il y avait aussi un autre couple qui avait déménagé depuis. Un échange méthodique de partenaires sexuels avait eu lieu. L'homme plus âgé avait une maîtresse en dehors et elle participait à l'échange de temps à autre.

« Tu veux dire que des types jeunes coucheraient avec cette vieille ? Elle doit avoir cinquante ans, dit Kent.

– Cottar a trente-huit ans, fit remarquer Kath.

– Quand même. C'est dégoûtant. »

Mais Kath trouvait l'idée de ces copulations prescrites et obligatoires excitante autant que dégoûtante. S'offrir docilement, sans risquer de réprobation, à celui dont le nom arrivait sur la liste, cela ressemblait à de la prostitution sacrée. La luxure transmuée en devoir. Y penser lui procurait un frisson obscène profond.

Sonje n'avait pas ressenti de frisson. Elle n'avait pas éprouvé de libération sexuelle. Cottar lui demandait si c'était le cas, lorsqu'elle le retrouvait, et elle était obligée de répondre que non. Il était déçu et elle, elle était déçue pour lui. Il lui expliqua qu'elle était trop exclusive, trop assujettie à l'idée de propriété sexuelle, et elle savait qu'il avait raison.

« Je sais qu'il pense que si je l'aimais assez ça se passerait mieux, dit-elle. Mais je l'aime vraiment, à en mourir. »

En dépit de toutes les pensées tentantes qui lui passaient par la tête, Kath était persuadée qu'elle ne pourrait coucher avec quelqu'un d'autre que Kent, jamais. Le sexe paraissait une chose qu'ils avaient inventée à eux deux. L'essayer avec quelqu'un d'autre entraînerait un changement de circuits : sa vie tout entière lui exploserait à la figure. Pourtant elle ne pouvait pas dire qu'elle aimait Kent à en mourir.

En longeant la plage entre la maison de Monica et celle de Sonje, elle vit les gens qui attendaient la fête. Ils étaient debout, par petits groupes, ou assis sur les rondins à regarder la fin du coucher de soleil. Ils buvaient de la bière. Cottar et un autre homme étaient en train de laver une poubelle dans laquelle ils allaient préparer le punch. Miss Campo, la bibliothécaire en chef, était assise seule sur un rondin. Kath lui fit signe avec vivacité mais n'alla pas la rejoindre. Si vous rejoigniez quelqu'un à ce stade, vous étiez coincée. Ensuite vous étiez deux à être isolées. Ce qu'il fallait faire, c'était rejoindre un groupe de trois ou quatre, même si vous vous aperceviez que la conversation – qui de loin avait paru animée – était absolument indigente. Mais cette démarche était hors de question pour elle, après avoir fait signe à Miss Campo. Elle était forcée de se diriger quelque part. Alors elle poursuivit son chemin, passant devant Kent, en discussion avec le mari de Monica sur le temps nécessaire pour débiter un des rondins de la plage, monta les marches de la maison de Sonje et entra dans la cuisine.

Sonje touillait une grosse marmite de *chili con carne* et la femme plus âgée du phalanstère disposait des tranches de pain de seigle, du salami et du fromage sur un grand plat. Elle était habillée exactement comme elle l'avait été le soir du dîner au curry : d'une jupe informe et d'un chandail terne mais collant, les seins auxquels il collait descendant vers sa taille. Cela devait avoir un rapport avec le marxisme, pensa Kath : Cottar aimait que Sonje ne porte pas de soutien-gorge, de bas ni de rouge à lèvres. Cela avait également un rapport avec le sexe sans entraves, sans jalousie, l'appétit généreux, non corrompu, qui ne calait pas devant une femme de cinquante ans.

Il y avait aussi là une fille de la bibliothèque, en train de couper en tranches des poivrons verts et des tomates, et une femme que Kath ne connaissait pas, assise sur le tabouret de cuisine, fumant une cigarette.

« Est-ce qu'on a jamais eu un compte à régler avec toi, demanda la fille de la bibliothèque à Kath. Nous toutes au boulot. Nous apprenons que tu as le bébé le plus adorable et tu n'es pas venue nous le montrer. Où est-elle en ce moment ?

– Endormie, j'espère », répondit Kath.

Le prénom de la fille était Lorraine, mais Sonje et Kath, à l'époque où elles étaient à la bibliothèque, l'avaient surnommée Debbie Reynolds. C'était une battante.

« Mmm », fit-elle.

La femme aux seins tombants lui lança, ainsi qu'à Kath, un regard d'aversion pensive.

Kath décapsula une canette de bière et la tendit à Sonje qui dit : « Oh, merci, je me concentrais tellement sur le chili que j'avais oublié que je pouvais boire un coup. » Elle s'inquiétait parce qu'elle ne faisait pas aussi bien la cuisine que Cottar.

« Heureusement que c'est pas toi qui allais boire ça, dit la fille à Kath. Pas question si tu allaites.

– Moi j'ai lampé de la bière tout le temps que j'ai allaité, signala la femme sur le tabouret. Je crois que c'était recommandé. De toute façon, tu en pisses la plus grande partie. »

Les yeux de cette femme étaient soulignés d'un trait noir qui allongeait les coins, et ses paupières étaient peintes de bleu violacé jusqu'à la hauteur de ses sourcils noirs et lisses. Le reste de son visage était très pâle, ou maquillé de façon à le paraître, et ses lèvres étaient d'un rose si clair qu'il était presque blanc.

Kath avait déjà vu des visages comme celui-ci, mais seulement dans les magazines.

« Voici Amy, annonça Sonje. Amy, voici Kath. Je suis désolée de ne pas vous avoir présentées.

– Sonje, tu es toujours désolée », dit la femme plus âgée.

Amy prit un morceau de fromage qui venait d'être coupé et le mangea.

Amy était le prénom de la maîtresse. La maîtresse du mari de la femme plus âgée. C'était quelqu'un que Kath eut brusquement envie de connaître, d'avoir pour amie, tout comme elle avait eu envie autrefois d'être amie avec Sonje.

Le soir était devenu nuit et les petits groupes de personnes sur la plage étaient moins distincts, plus enclins à se confondre. Au bord de l'eau, les femmes ayant enlevé leurs chaussures, relevé leurs jupes et retiré leurs bas, si elles en portaient, effleuraient l'eau de leurs orteils. La plupart des gens avaient abandonné la bière et buvaient du punch, lequel avait déjà commencé à changer de nature. Au début, il était composé principalement de rhum et de jus d'ananas, mais d'ores et déjà d'autres variétés de jus de fruits, de l'eau gazeuse, de la vodka et du vin y avaient été ajoutés.

On poussait celles qui enlevaient leurs chaussures à enlever autre chose. Certaines se précipitaient dans l'eau presque entièrement vêtues, puis se déshabillaient et lançaient leurs vêtements sur la plage, où ils étaient rattrapés. D'autres se dévêtaient là où elles se trouvaient, s'encourageant mutuellement en disant qu'il faisait trop noir pour y voir quoi que ce soit. Mais en fait, l'on voyait des corps nus s'éclabousser, courir et tomber dans l'eau sombre. Monica avait apporté une grande pile de draps de bain de sa maison et criait à tout le monde de s'enrouler dedans en sortant de l'eau pour ne pas attraper la crève.

La lune se leva entre les arbres noirs au sommet des rochers, paraissant si énorme, solennelle et saisissante qu'il y eut des cris d'étonnement. Qu'est-ce que c'est ? Même lorsqu'elle monta plus haut dans le ciel, devenant, une fois rétrécie, d'une dimension plus normale, les gens y faisaient allusion de temps en temps, disant : « C'est la lune de septembre » ou « L'as-tu vue lorsqu'elle s'est montrée ?

– J'ai vraiment cru que c'était un ballon monstrueux.

– Je ne pouvais pas imaginer ce que c'était. Je ne pensais pas que la lune puisse atteindre une taille pareille, jamais. »

Kath était descendue au bord de l'eau : elle parlait à l'homme dont elle avait vu la femme et la maîtresse dans la cuisine de Sonje. Sa femme était en train de nager, un peu à l'écart de ceux qui piaillaient et s'éclaboussaient. Dans une autre vie, raconta l'homme, il avait été pasteur.

« "Il fut un temps où la mer de la foi aussi était dans son plein, dit-il avec humour. Et ceignant les rivages de la terre, se posait comme les plis d'une éclatante ceinture ferlée *" – j'étais marié à une femme absolument différente à l'époque. »

Il soupira et Kath pensa qu'il cherchait le reste du poème.

« "Mais à présent je n'entends, dit-elle, que le long grondement mélancolique de son retrait sur les vastes bords désolés et les grèves du monde." » Elle s'interrompit alors, parce que poursuivre avec « Oh mon amour soyons fidèles » paraissait un peu osé.

* Citation de *Dover Beach,* de Matthew Arnold (1822-1888). *(N.d.T.)*

Sa femme nagea vers eux et prit pied là où l'eau lui arrivait seulement aux genoux. Ses seins ballottaient et dispersaient des gouttes autour d'elle tandis qu'elle émergeait.

Son mari ouvrit les bras. « Europa, cria-t-il d'un ton de camaraderie accueillante.

– Ce qui fait de vous Zeus », dit Kath hardiment. Elle avait envie qu'à l'instant même un homme comme celui-ci l'embrasse. Un homme qu'elle connaissait à peine et pour lequel elle n'avait aucun sentiment. Et il l'embrassa effectivement, agitant à l'intérieur de sa bouche une langue fraîche.

« Figurez-vous un continent auquel on donne le nom d'une vache », dit-il. Sa femme se tenait devant eux, tout près, soufflant avec bonheur après l'effort de la nage. Elle était si près que Kath eut peur d'être frôlée par ses longs mamelons foncés ou sa toison de poils pubiens noirs.

Quelqu'un avait allumé un feu et celles qui avaient été dans l'eau étaient sorties maintenant, enveloppées dans des couvertures ou des draps de bain, ou accroupies derrière les rondins en train d'enfiler leurs vêtements laborieusement.

Il y avait de la musique. Les voisins de Monica possédaient une jetée et un hangar à bateaux. On avait descendu un tourne-disque et les gens commençaient à danser. Sur la jetée et, plus difficilement, sur le sable. Même sur l'arête d'un rondin, quelqu'un esquissait parfois un ou deux pas de danse, avant de trébucher, de tomber ou de sauter à terre. Les femmes qui s'étaient rhabillées, ou ne s'étaient jamais déshabillées, les femmes qui ne tenaient pas en place comme Kath, marchaient le long de l'eau (personne ne nageait plus, l'idée de nager était complètement reléguée dans le passé et oubliée) : elles marchaient différemment à cause de la musique. En se déhanchant d'une façon un peu affectée, d'un air moqueur, puis avec plus d'insolence, comme des beautés dans un film.

Miss Campo était toujours installée au même endroit, avec un sourire sur les lèvres.

La fille que Kath et Sonje appelaient Debbie Reynolds était assise sur le sable, adossée à un rondin, en train de pleurer. Elle fit un sourire à Kath et dit : « Ne crois pas que je sois triste. »

Son mari avait été footballeur universitaire et tenait à présent un club de remise en forme. Quand il venait chercher sa femme à la bibliothèque, il ressemblait toujours à un vrai footballeur, vaguement dégoûté du reste du monde. Mais à l'instant, il s'agenouilla à côté d'elle et lui caressa les cheveux.

« C'est pas grave, dit-il. Ça lui prend toujours comme ça. N'est-ce pas, ma biche ?

– C'est vrai. »

Kath trouva Sonje qui tournait autour du cercle installé devant le feu, distribuant des marshmallows. Certains surent les fixer sur des bâtons pour les faire griller, d'autres se les lancèrent et les perdirent dans le sable.

« Debbie Reynolds pleure, raconta Kath. Mais tout va bien. Elle est heureuse. »

Elles se mirent à rire et s'étreignirent, écrasant le sac de marshmallows entre elles.

« Oh, comme tu vas me manquer, dit Sonje. Comme notre amitié va me manquer.

– Oui, oui », répliqua Kath. Elles prirent chacune un marshmallow froid et le mangèrent en riant, les yeux dans les yeux, pleines d'émotion douce et désolée.

« Fais ceci en mémoire de moi, dit Kath. Tu es mon amie la plus véritable, la plus loyale.

– Et toi tu es la mienne, dit Sonje. La plus véritable, la plus loyale. Cottar dit qu'il veut coucher avec Amy ce soir.

– Ne le lui permets pas, conseilla Kath. Ne le lui permets pas si ça te rend malheureuse.

– Oh, ce n'est pas permettre qui est en question », expliqua Sonje, courageusement. Elle cria : « Qui veut du chili ? Cottar distribue du chili là-bas. Chili ? Chili ? »

Cottar avait descendu la marmite de chili en bas des marches et l'avait posée sur le sable.

« Attention à la marmite, répétait-il d'une voix paternelle. Attention à la marmite, elle est chaude. »

Il s'accroupit pour servir les gens, seulement vêtu d'un drap de bain qui s'ouvrait sans cesse. Amy était à côté de lui, distribuant des écuelles.

Kath tendit les mains en creux devant Cottar.

« S'il vous plaît, Monseigneur, dit-elle, je ne suis pas digne d'une écuelle. »

Cottar se leva d'un bond, lâchant la louche, et lui posa les mains sur la tête.

« Bénie sois-tu, mon enfant, les derniers seront les premiers. » Il embrassa son cou incliné.

« Ahh », dit Amy, comme si c'était elle qui recevait ou donnait ce baiser.

Kath leva la tête et dirigea son regard au-delà de Cottar.

« Comme j'aimerais porter ce genre de rouge à lèvres, déclara-t-elle.

– Viens donc, dit Amy. On va te faire la totale. » Elle déposa les écuelles, prit doucement Kath par la taille et lui fit monter les marches.

Dans la salle de bains minuscule derrière la chambre de Cottar et Sonje, Amy étala des petits pots, des tubes et des crayons. Il n'y avait nulle part où les poser que sur le siège des toilettes. Kath fut obligée de s'asseoir sur le rebord de la baignoire, le ventre d'Amy lui frôlant presque la figure. Amy lui passa un liquide sur les joues et lui enduisit les paupières d'une pâte. Ensuite, l'ayant poudrée, elle brossa et lustra ses sourcils, puis lui appliqua trois couches de mascara sur les cils. Ayant souligné les contours de la bouche de Kath et lui ayant peint les lèvres, elle les tamponna avec un kleenex puis les peignit de nouveau. Elle leva le visage de Kath entre ses mains et le tourna vers la lumière.

Quelqu'un frappa à la porte puis la secoua.

« Un instant », cria Amy, puis : « Ça va pas ? Vous pouvez pas aller pisser derrière un rondin ? »

Elle ne permit pas à Kath de regarder dans la glace avant que le travail soit terminé.

« Et ne souris pas, dit-elle. Ça gâche l'effet. »

Kath laissa tomber les coins de sa bouche et dévisagea son image d'un air maussade. Ses lèvres ressemblaient à des pétales charnus, des pétales de lis. Amy la tira de côté. « C'est pas comme ça que je voulais dire, expliqua-t-elle. Il vaut mieux que tu ne te regardes pas du tout, n'essaie pas de prendre une expression. Tu vas en jeter.

« Accrochez-vous à votre foutue vessie, nous sortons », cria-t-elle à la nouvelle personne ou peut-être la même qui martelait la porte. Elle rangea son arsenal dans un sac qu'elle poussa sous la baignoire. « Viens, beauté », dit-elle à Kath.

Kath et Amy dansèrent sur la jetée en riant et en se provoquant. Des hommes tentèrent de s'introduire entre elles mais elles réussirent pendant un certain temps à les en empêcher. Elles y renoncèrent enfin, l'air désolé, battant des bras comme des oiseaux tombés du nid lorsqu'elles se trouvèrent isolées, chacune d'elles attirée dans l'orbite d'un cavalier.

Kath dansa avec un homme qu'elle ne se rappelait pas avoir vu de toute la soirée. Il semblait avoir à peu près l'âge de Cottar. Grand, avec un tour de taille épaissi, il avait des cheveux bouclés ternes et hirsutes, et quelque chose de meurtri et de ravagé autour des yeux.

« Je risque de tomber, annonça Kath, j'ai le vertige. Je risque de tomber à l'eau.

– Je t'attraperai, dit-il.

– J'ai le vertige mais je ne suis pas saoule. »

Il sourit et elle pensa : c'est ce que disent toujours les gens saouls.

« C'est vrai », insista-t-elle, et ça l'était, car elle n'avait même pas bu une canette de bière entière, ni touché au punch.

« Sauf si je l'ai absorbé par la peau, dit-elle. Osmose. »

Il ne répondit pas, mais l'attira contre lui, puis la relâcha, retenant ses yeux.

L'activité sexuelle de Kath et de Kent était enthousiaste et vigoureuse, mais réservée cependant. Ils ne s'étaient pas séduits mutuellement : c'était presque fortuitement qu'était née leur intimité, ou ce qu'ils prenaient pour de l'intimité, et ils en étaient restés là. Si vous vous en tenez à un seul partenaire dans votre vie, ce n'est pas la peine de rendre une chose spéciale : elle l'est déjà. Ils s'étaient regardés nus, mais dans ces moments-là, sauf par hasard, ils ne s'étaient pas regardés dans les yeux.

C'est ce que faisait Kath à présent, tout le temps, avec son cavalier inconnu. Ils avançaient, reculaient, tournoyaient et esquivaient, paradant l'un devant l'autre en se regardant dans les yeux. Leurs yeux déclaraient que cette parade n'était rien, rien comparée au corps à corps âpre dont ils seraient capables lorsqu'ils le voudraient.

Pourtant c'était tout pour rire. Dès qu'ils se touchaient, ils se détachaient l'un de l'autre. Rapprochés, ils ouvraient la bouche et s'émoustillaient la langue en la passant sur leurs lèvres, reculant aussitôt, feignant la langueur.

Kath portait un chandail à manches courtes en laine grattée, commode pour allaiter puisqu'il était décolleté en V et boutonné devant.

Lorsqu'ils se rapprochèrent de nouveau, son cavalier leva le bras comme pour se protéger et passa le dos de sa main, son poignet et son avant-bras nus sur les seins durs de Kath sous la laine électrique. Ils en titubèrent, interrompant presque leur danse. Mais ils continuèrent, Kath faible et chancelante.

Elle entendit appeler son nom.

Mrs. Mayberry. Mrs. Mayberry.

C'était la baby-sitter qui la hélait, ayant descendu la moitié de l'escalier de Monica.

« Votre bébé. Votre bébé est réveillé. Pouvez-vous venir lui donner la tétée ? »

Kath s'arrêta. Elle se fraya un chemin d'un pas peu assuré entre les autres danseurs. Hors du champ éclairé, elle sauta en bas et trébucha dans le sable. Elle savait que son cavalier la suivait, l'ayant entendu sauter derrière elle. Elle était prête à lui offrir sa bouche ou son cou. Mais il la saisit par les hanches, la fit virevolter, tomba à genoux et lui embrassa l'entrecuisse à travers sa culotte de coton. Puis il se releva avec légèreté pour un homme si important et ils s'écartèrent l'un de l'autre au même instant. Kath regagna la lumière hâtivement et gravit les marches vers la maison de Monica. Haletante et se hissant à l'aide de la rampe, comme une vieille femme.

La baby-sitter était dans la cuisine.

« Oh, votre mari, dit-elle. Votre mari vient d'arriver avec le biberon. Je ne savais pas ce que vous aviez prévu, sinon j'aurais pu me dispenser de brailler. »

Kath alla vers la salle de séjour de Monica. Là, le seul éclairage venait du couloir et de la cuisine, mais elle vit que c'était une vraie pièce, pas une véranda aménagée comme celle de Sonje et la sienne. Il y avait une table basse danoise moderne, des sièges rembourrés, des doubles rideaux.

Kent était assis dans un fauteuil, donnant le biberon de complément à Noelle.

« Salut, dit-il, parlant doucement bien que Noelle fût en train de téter avec trop de vigueur pour être même à demi endormie.

– Salut, dit Kath en s'asseyant sur le canapé.

– J'ai pensé que ce serait une bonne idée de le lui donner, expliqua-t-il, au cas où tu aurais bu.

– Mais non. Je n'ai pas bu. » Elle porta une main sur ses seins pour voir s'ils étaient pleins, mais la friction de la laine lui provoqua un tel choc de désir qu'elle ne put maintenir la pression.

« Eh bien, tu peux maintenant, si tu en as envie », dit Kent.

Elle était assise à l'extrême bord du canapé, penchée en avant, brûlant de lui demander : était-il venu par-derrière ou par-devant ? C'est-à-dire, en passant par la route ou le long de la plage ? S'il était venu le long de la plage, il pouvait difficilement ne pas avoir vu les danseurs. Mais il y avait pas mal de monde en train de danser sur la jetée maintenant, alors il n'aurait peut-être pas remarqué des danseurs en particulier.

Toutefois, la baby-sitter l'avait repérée. Et il aurait entendu la baby-sitter l'appeler, criant son nom. Alors il aurait regardé pour voir dans quelle direction la baby-sitter lançait son appel.

En supposant qu'il soit venu par la plage. S'il était venu par la route et qu'il soit entré dans la maison par le couloir et pas par la cuisine, il n'aurait pas vu les danseurs du tout.

« L'as-tu entendue m'appeler ? demanda Kath. Est-ce pour cela que tu es retourné à la maison chercher le biberon ?

– J'y avais déjà pensé. Je me disais qu'il était temps. » Il leva le biberon pour voir quelle quantité Noelle avait bu. « Elle avait faim, commenta-t-il.

– Oui.

– Alors profite de l'occasion, maintenant. Si tu veux te beurrer.

– C'est ce que tu es, toi ? Beurré ?

– J'ai eu mon content, répondit-il. Continue si tu en as envie. Amuse-toi bien. »

Elle trouva que son enjouement paraissait triste et simulé. Il l'avait sûrement vue danser. Sinon, il aurait demandé : « Qu'est-ce que tu t'es fait à la figure ? »

« Je préfère t'attendre », dit-elle.

Il fronça les sourcils en regardant le bébé et pencha le biberon.

« Presque fini, annonça-t-il. D'accord, si tu veux.

– Il faut juste que j'aille à la salle de bains », dit Kath. Et là, comme elle s'y était attendue de la part de Monica, il y avait une bonne provision de kleenex. Elle fit couler l'eau, attendit qu'elle soit chaude, trempa et frotta, trempa et frotta, tirant la chasse d'eau de temps à autre sur un tampon de mouchoirs en papier noirs et violets.

4

Au milieu de leur deuxième verre, alors que Kent parlait des prix actuels ahurissants, véritablement obscènes, de l'immobilier dans West Vancouver, Sonje déclara : « Tu sais, j'ai une théorie.

– Ces maisons où nous habitions autrefois, dit-il. Elles ont été vendues il y a belle lurette. Pour une bouchée de pain, comparé avec maintenant. Aujourd'hui, je ne sais pas ce que l'on en tirerait. Rien que pour le terrain. Rien que pour les démolir. »

Quelle était sa théorie ? Au sujet du prix de l'immobilier ?

Non. C'était au sujet de Cottar. Elle ne le croyait pas mort.

« Si, je l'ai cru, au départ, dit-elle. Il ne m'était pas venu à l'esprit d'en douter. Et puis tout d'un coup, je me suis réveillée et j'ai compris que cela ne devait pas forcément être vrai. Cela ne devait pas être vrai du tout. »

Réfléchis aux circonstances, dit-elle. Un médecin lui avait écrit. De Jakarta. C'est-à-dire, la personne qui lui écrivait se disait médecin. Il expliquait que Cottar était mort et indiquait de quoi il était mort, employant le terme médical qu'elle avait oublié à présent. En tout cas, il s'agissait d'une maladie infectieuse. Mais comment pouvait-elle savoir si cette personne était vraiment médecin ? Ou même, en admettant qu'il fût médecin, comment savoir s'il disait la vérité ? Cottar n'aurait pas eu de mal à faire la connaissance d'un médecin. De s'en être fait un ami. Cottar avait toutes sortes d'amis.

« Ou même de l'avoir payé, ajouta-t-elle. Ça aussi, c'est dans le domaine du possible.

– Pourquoi l'aurait-il fait ?

– Ce ne serait pas le premier médecin à faire quelque chose de cet ordre. Il avait peut-être besoin de l'argent pour financer une consultation pour les pauvres, qui sait ? Peut-être qu'il en voulait simplement pour lui. Les médecins ne sont pas des saints.

– Non, dit Kent. Je voulais dire Cottar. Pourquoi l'aurait-il fait ? Et avait-il de l'argent ?

– Non. Lui n'en avait pas, mais… je ne sais pas. Ce n'est qu'une hypothèse entre autres, de toute façon. L'argent. Et moi j'étais ici, tu sais. J'étais ici pour prendre soin de sa mère. Il tenait vraiment à sa mère. Il savait que je ne l'abandonnerais jamais. Alors il n'y avait pas de problème. Il n'y avait vraiment pas de problème, poursuivit-elle. J'aimais beaucoup Delia.

Ce n'était pas un fardeau pour moi. Finalement, j'étais peut-être mieux faite pour prendre soin de Delia que pour être mariée à Cottar. Et tu sais, quelque chose d'étrange : Delia pensait comme moi. Au sujet de Cottar. Elle avait les mêmes soupçons. Elle ne m'en avait jamais parlé et moi je n'avais jamais parlé des miens. Chacune de nous pensait que cela briserait le cœur de l'autre. Et puis un soir, pas tellement longtemps avant qu'elle… soit obligée de partir, je lui lisais une nouvelle fantastique qui se passait à Hong Kong et elle a dit : “ Peut-être que c'est là qu'est Cottar. Hong Kong. ”

« Elle avait ajouté qu'elle espérait ne pas m'avoir bouleversée. Alors je lui avais raconté ce que j'avais pensé et elle avait ri. Nous avions ri toutes les deux. Tu t'attendrais qu'une vieille mère soit accablée de douleur en parlant de l'endroit où son fils unique s'était taillé en l'abandonnant, mais non. Peut-être que les personnes âgées ne sont pas comme ça. Les personnes vraiment âgées. Elles ne sont plus accablées de douleur. Elles doivent estimer que cela ne vaut pas la peine.

« Il savait que je prendrais soin d'elle, bien qu'il n'ait probablement pas su combien de temps cela durerait, poursuivit-elle. Je regrette de ne pas pouvoir te montrer la lettre du médecin, mais je l'ai balancée. C'était très bête, mais j'étais folle de douleur à ce moment-là. Je ne voyais pas comment j'allais passer le reste de ma vie. Je n'ai pas réfléchi que je devais suivre l'affaire et demander quels étaient ses titres, un certificat de décès et tout ça. J'y ai pensé plus tard et, à ce moment-là, je n'avais plus d'adresse. Je ne pouvais pas écrire à l'ambassade des États-Unis parce que c'étaient les derniers avec lesquels Cottar aurait eu des relations. Et il n'était pas citoyen canadien. Peut-être même qu'il avait un autre nom. Une fausse identité dans laquelle se faufiler. Des faux papiers. Il faisait allusion à des choses de ce genre. Cela faisait partie de sa séduction, pour moi.

– Il pouvait y avoir une part d'autodramatisation là-dedans, dit Kent. Tu ne crois pas ?

– Bien sûr que je le crois, répondit Sonje.

– Il n'avait pas d'assurance ?

– Ne dis pas de sottises.

– S'il avait eu une assurance, ils auraient découvert la vérité.

– Oui, mais il n'en avait pas, dit Sonje. Aussi, c'est ce que j'ai l'intention de faire, moi. »

Elle expliqua que c'était l'unique chose dont elle n'avait jamais parlé à sa belle-mère. Qu'une fois qu'elle serait seule, elle allait partir enquêter. Elle allait trouver Cottar, ou trouver la vérité.

« Tu dois penser qu'il s'agit d'une espèce de fantasme insensé ? » demanda-t-elle.

Elle débloque, se dit Kent avec un choc désagréable. À chaque visite, au cours de ce voyage, était venu un moment de déception amère. Le moment où il se rendait compte que la personne à laquelle il s'adressait, celle qu'il avait tenu à retrouver, n'allait pas lui offrir ce qu'il était venu chercher. Le vieil ami qu'il avait vu en Arizona était obsédé d'insécurité, malgré la résidence coûteuse où il habitait au sein d'une communauté sous haute protection. L'épouse du vieil ami, âgée de plus de soixante-dix ans, voulut lui montrer des photographies d'elle et de quelque autre vieille femme déguisées en danseuses de bastringue du Klondike pour un show musical qu'elles avaient monté. Quant à ses enfants adultes, ils étaient absorbés par leurs propres vies, ce qui était parfaitement naturel et ne constituait pas une surprise. La surprise résidait dans le fait que ces vies, celles que vivaient ses fils et sa fille, paraissaient closes, prévisibles d'une certaine façon. Même les changements qu'il pouvait y prévoir ou dont on lui apprit l'imminence – Noelle était sur le point de quitter son second mari – n'étaient pas très intéressants. Il n'en avait rien avoué à Deborah – l'avait à peine reconnu en lui-même – mais c'était un fait. Et maintenant Sonje. Sonje, qu'il n'avait pas particulièrement appréciée, dont il s'était méfié d'une certaine manière, mais qu'il avait respectée, pour sa part de mystère : Sonje était devenue une vieille femme bavarde avec une araignée secrète au plafond.

Et puis il avait eu un motif pour venir la voir dont ils ne se rapprochaient aucunement, avec ce délire sur Cottar.

« Eh bien, pour parler franchement, dit-il, ça ne semble pas être une entreprise bien raisonnable. Franchement.

– Une entreprise désespérée, renchérit Sonje gaiement.

– Il y a des chances qu'il soit mort à présent de toute façon.

– En effet.

– Et il a pu aller n'importe où et vivre n'importe où. En admettant que ta théorie soit correcte.

– En effet.

– Alors le seul espoir s'il est vraiment mort à cette époque-là et que ta théorie soit fausse, c'est que tu aurais la possibilité de faire des investigations qui ne t'avanceraient pas plus loin que tu ne te trouves actuellement.

– Oh, je crois que si.

– Tu ferais aussi bien dans ce cas de rester ici et d'écrire des lettres. »

Sonje dit qu'elle n'était pas d'accord. L'on ne pouvait pas passer par des voies officielles dans ce genre de problème.

« Il faut se faire connaître dans les rues. »

Dans les rues de Jakarta : c'est là qu'elle avait l'intention de partir. Dans des endroits comme Jakarta, les gens ne s'enferment pas. Les gens vivent dans la rue et on connaît des choses à leur sujet. Les commerçants sont au courant, il y a toujours quelqu'un qui connaît quelqu'un d'autre et ainsi de suite. Elle poserait des questions et sa présence serait signalée. Un homme comme Cottar n'aurait pas pu simplement ne pas laisser de traces. Même après tout ce temps il y aurait quelque souvenir. Des renseignements d'une sorte ou d'une autre. Onéreux dans certains cas, pas toujours véridiques. Cependant…

Kent eut envie de lui demander de quel argent elle comptait disposer. Avait-elle pu hériter quelque chose de ses parents ? Il croyait se rappeler qu'ils l'avaient déshéritée quand elle s'était mariée. Peut-être pensait-elle tirer une bonne somme de cette propriété. C'était hasardeux, mais elle pouvait avoir raison.

Même dans ce cas, elle pouvait le dilapider en quelques mois. Sa présence serait signalée, pas de problème.

« Ces villes ont beaucoup changé » fut sa seule remarque.

« Ce n'est pas que je laisse de côté les voies habituelles, reprit-elle. J'irai voir tout ce qui sera à ma portée. L'ambassade, le registre des décès, les archives médicales si elles existent. En fait, j'ai déjà écrit des lettres. Mais tu te fais seulement mener en bateau. Il faut les confronter en personne. Il faut y être. Être présente. Se pointer constamment et leur casser les pieds, chercher leurs faiblesses et être prête à faire passer quelque chose sous la table si ça s'impose. Je ne me figure pas que ce sera facile.

« Par exemple, je suppose que la température sera accablante. Il ne semble pas que ce soit bien situé du tout, Jakarta. C'est entouré de marécages et de terres basses. Je ne suis pas idiote. Je me ferai vacciner et je prendrai toutes les précautions. J'emporterai mes vitamines et, Jakarta ayant été fondée par les Hollandais, le gin ne devrait pas manquer. Les Indes orientales hollandaises. Ce n'est pas une ville très ancienne, tu sais. Je crois qu'elle a été construite en 1600 environ. Un instant. J'ai toutes sortes de – je vais te montrer – j'ai… »

Elle posa son verre qui était vide depuis un certain temps, se leva précipitamment et, après avoir fait deux pas, se prit le pied dans le sisal déchiré et bascula en avant, mais retrouva l'équilibre en se retenant au chambranle et ne tomba pas. « Faut que je me débarrasse de cette vieille natte », dit-elle, rentrant vite dans la maison.

Il entendit ouvrir des tiroirs apparemment coincés, puis un bruit comme la chute d'une pile de papiers, pendant qu'elle ne cessait de parler, à la façon rassurante, à demi affolée, des gens qui cherchent désespérément à retenir votre attention. Il ne comprenait rien à ce qu'elle disait, ou bien n'écoutait pas. Il en profita pour avaler une pilule, chose à laquelle il pensait depuis une demi-heure. C'était une petite pilule qui ne l'obligeait pas à boire en même temps – son verre était vide, aussi – et il aurait probablement pu la mettre dans sa bouche sans que Sonje le remarque. Mais un genre de timidité ou de superstition le retint d'essayer. Que Deborah soit constamment consciente de son état ne le gênait pas et il fallait évidemment que ses enfants soient au courant, mais il semblait exister une sorte d'interdiction de le révéler à ses contemporains.

Il était juste temps pour la pilule. Une vague de faiblesse, de chaleur inamicale, de désintégration menaçante se propagea en lui et éclata en gouttes de sueur sur les tempes. Pendant quelques minutes, il sentit cette présence gagner du terrain mais grâce à une respiration calme et maîtrisée et à un nouveau positionnement détendu de ses membres, il lui résista. Pendant ce temps, Sonje était réapparue avec une liasse de papiers : des cartes et des feuilles imprimées qu'elle avait dû copier dans des livres de bibliothèque. Certaines d'entre elles lui glissèrent des mains lorsqu'elle s'assit. Elles gisaient éparpillées sur le sisal.

« Voyons, ce qu'ils appellent l'ancienne Batavia, dit-elle. Dessinée de façon très géométrique. Très hollandaise. Il y a une banlieue appelé Weltevreden. Cela signifie "parfaitement satisfait". Ce serait drôle, non, que je découvre qu'il habite là ? Il y a la vieille église portugaise. Construite à la fin des années 1600. C'est un pays musulman, évidemment. Ils possèdent la plus grande mosquée de l'Asie du Sud-Est. Le capitaine Cook y relâcha pour réparer ses navires, il admira ses chantiers navals. Mais il trouva infects les fossés dans les marécages. Ils le sont probablement encore. Cottar n'a jamais eu l'air très vigoureux, mais il prenait plus grand soin de lui que tu ne le croirais. Il ne serait pas allé baguenauder dans des marécages pleins de malaria ou acheter des boissons à un vendeur dans la rue. Enfin, naturellement, s'il s'y trouve, je suppose qu'il est complètement acclimaté à l'heure qu'il est. Je ne sais pas à quoi m'attendre. Je le vois devenu totalement indigène ou je le vois bien installé avec sa petite femme brune en train de le servir. Mangeant des fruits à côté d'une piscine. Ou demandant l'aumône pour les pauvres. »

En fait, il y avait une chose dont Kent se souvenait. Le soir de la fête sur la plage, Cottar vêtu seulement d'une serviette éponge inadéquate était venu le trouver pour l'interroger, en tant que pharmacien, sur ses connaissances en matière de maladies tropicales.

Mais cela n'avait rien eu de surprenant. N'importe qui partant là où il allait aurait pu en faire autant.

« Tu penses à l'Inde », dit Kent à Sonje.

Il se sentait de nouveau dans son assiette, la pilule ayant restauré une certaine fiabilité de son fonctionnement interne, interrompant ce qu'il ressentait comme la fuite de sa moelle épinière.

« Sais-tu pour quelle raison je suis sûre qu'il n'est pas mort ? demanda Sonje. Parce que je ne rêve pas de lui. Je rêve des morts. Je rêve de ma belle-mère tout le temps.

– Moi je ne rêve pas, dit Kent.

– Tout le monde rêve. On ne s'en souvient pas, c'est tout. »

Il hocha la tête.

Kath n'était pas morte. Elle habitait l'Ontario. Dans la région de Haliburton, pas très loin de Toronto.

« Ta mère sait-elle que je suis ici ? avait-il demandé à Noelle.

– Oh, je crois. Certainement. »

Mais il ne s'était pas fait relancer. Quand Deborah lui avait demandé s'il voulait faire un détour, il avait répondu : « N'allongeons pas le parcours. Ça ne vaudrait pas la peine. »

Kath habitait seule au bord d'un petit lac. L'homme avec lequel elle avait vécu longtemps et qui avait construit la maison avec elle était mort. Mais elle avait des amis, dit Noelle, elle allait bien.

Lorsque Sonje avait prononcé le nom de Kath, au début de la conversation, il avait eu le sentiment agréable et dangereux que ces deux femmes étaient encore en relation. Il courait donc le risque d'entendre quelque chose qu'il ne voulait pas savoir mais avait également l'espoir idiot que Sonje raconte à Kath l'air de santé qu'il avait (et il croyait l'avoir effectivement, avec un poids à peu près stable et le hâle attrapé dans le Sud-Ouest) et comme il était heureux en ménage. Noelle avait peut-être rapporté quelque chose de cet ordre, mais pour une raison quelconque, la parole de Sonje compterait plus que celle de Noelle. Il attendit que Sonje reparle de Kath.

Seulement Sonje ne s'était pas lancée sur cette voie. Au lieu de cela, il n'était question que de Cottar, de sornettes et de Jakarta.

La tourmente était à l'extérieur maintenant, pas en lui mais devant les fenêtres, là où le vent qui avait agité les arbustes pendant tout ce temps avait fraîchi pour les brutaliser. Et ce n'était pas le genre d'arbustes qui laissent flotter leurs longues branches souples sous un tel vent. Leurs branches étaient résistantes et leurs feuilles assez pesantes pour que chaque arbuste soit nécessairement ballotté à partir de ses racines. Les feuilles huileuses renvoyaient des éclats de soleil. Car le soleil brillait encore, le vent n'avait pas apporté de nuages, il ne signifiait pas la pluie.

« Un autre verre ? demanda Sonje. Avec moins de gin ? »

Non, après la pilule il ne pouvait pas.

Tout était fait à la hâte. Sauf quand c'était d'une lenteur désespérée. Pendant les trajets, il n'en finissait pas d'attendre, simplement que Deborah atteigne la ville suivante. Et quoi, alors ? Rien. Mais une fois de temps en temps arrivait l'instant où tout semblait avoir quelque chose à vous dire. Les buissons ballottés, la lumière blafarde. Tout en un éclair, précipitamment, quand vous n'aviez pas le temps de vous concentrer. Juste au moment où vous aviez besoin de faire le point, vous attrapiez au vol une perspective dingue, comme vue depuis des montagnes russes. Alors l'idée que l'on se faisait était fausse, sûrement fausse. Que quelqu'un de mort puisse être en vie et habiter Jakarta.

Mais quand vous saviez que ce quelqu'un était en vie, quand vous pouviez aller en voiture jusqu'à sa porte même, vous ne saisissiez pas cette possibilité.

Qu'est-ce qui ne vaudrait pas la peine ? De voir en elle une étrangère dont il ne pouvait pas croire qu'elle avait jamais été sa femme, ou de voir qu'elle ne pourrait jamais être une étrangère tout en étant éloignée de façon inexplicable ?

« Ils se sont tirés, dit-il. Tous les deux. »

Sonje laissa tomber les papiers qu'elle avait sur les genoux, par terre avec les autres.

« Cottar et Kath, ajouta-t-il.

– Cela arrive presque tous les jours, dit-elle. Presque tous les jours à cette époque de l'année, ce vent en fin d'après-midi. »

Les taches-pièces de monnaie sur son visage reflétaient la lumière tandis qu'elle parlait, comme des signaux dans une glace.

« Il y a longtemps que ta femme est partie, signala-t-elle. C'est bizarre, mais les jeunes ne comptent pas pour moi. Comme s'ils pouvaient disparaître de la surface de la terre et que cela n'ait pas vraiment d'importance.

– Juste l'inverse, dit Kent. C'est de nous que tu parles. C'est nous. »

À cause de sa pilule, ses pensées s'étirent, allongées, évanescentes, éclairées comme des traînées de brume. Il promène une pensée où il est question de rester ici, d'écouter Sonje parler de Jakarta tandis que le vent chasse le sable des dunes.

Une pensée où il est question de ne pas être obligé d'aller plus loin, de rentrer à la maison.

L’amour d’une honnête femme

Depuis deux décennies, Walley possède un musée, voué à la conservation de photographies, de barattes, d’un antique fauteuil de dentiste, d’un encombrant appareil à peler les pommes ainsi que de curiosités telles que les jolis petits isolateurs de verre et de porcelaine que l’on posait autrefois sur les poteaux télégraphiques.

S’y trouve également un coffret rouge, portant l’inscription D.M. WILLENS, OPTOMÉTRISTE, accompagné d’une notice expliquant : « Ce coffret d’instruments d’optométriste, bien que peu ancien, est pourvu d’une signification locale considérable puisqu’il a appartenu à MR. D.M. WILLENS, noyé dans la Peregrine River en 1951. Le coffret échappa à la catastrophe et fut sans doute trouvé par le donateur anonyme qui l’a envoyé pour en faire un fleuron de notre collection. »

L’ophtalmoscope pourrait vous faire penser à un bonhomme de neige. C’est-à-dire le dessus, la partie rattachée à la poignée creuse. Un grand disque, surmonté d’un disque plus petit. Un trou dans le plus grand des disques permet de regarder au travers lorsque les diverses lentilles sont déplacées. La poignée est lourde parce que les batteries se trouvent encore à l’intérieur. Si vous les enleviez et que vous insériez la tige qui est fournie, comportant un disque à chaque extrémité, vous pourriez brancher un fil électrique. Mais il fallait peut-être utiliser cet appareil dans des lieux dépourvus de courant électrique.

Le rétinoscope a l’air plus compliqué. Sous l’étau frontal arrondi il y a quelque chose qui ressemble à une tête d’elfe, avec un visage rond et plat coiffé d’un bonnet métallique pointu. Elle forme un angle de quarante-cinq degrés avec une mince colonnette, du sommet de laquelle doit briller une toute petite lumière. Le visage plat est en verre et constitue une sorte de miroir sombre.

Tout est noir, mais ce n'est que de la peinture. Par endroits, ceux sur lesquels la main de l'optométriste a dû passer le plus souvent, la peinture a disparu et vous ne voyez qu'une parcelle de métal argenté brillant.

1. Jutland

Cet endroit s'appelait Jutland. Un moulin s'y trouvait autrefois ainsi qu'une sorte de petite communauté, mais l'ensemble avait disparu dès la fin du siècle dernier et, de toute façon, l'endroit n'avait jamais eu beaucoup d'importance. Beaucoup de gens pensaient que ce nom lui avait été donné en l'honneur de la célèbre bataille navale au cours de la Grande Guerre, alors qu'en fait il était déjà entièrement en ruine bien des années avant que cette bataille ait eu lieu.

Les trois gamins qui y sont allés un samedi matin au début du printemps de 1951 croyaient, comme la plupart des enfants, que le nom lui venait des vieilles planches qui saillaient de la berge et d'autres, droites et épaisses, dressées dans l'eau à proximité, constituant une palissade irrégulière. (Celles-ci étaient en fait les restes d'un barrage, construit avant le temps du ciment.) Ces planches, un amas de pierres de fondations, un lilas, d'énormes pommiers déformés par un chancre ainsi que le fossé étroit du bief qui se remplissait d'orties chaque été fournissaient les seules indications sur l'état antérieur des lieux.

Il existait une route, ou piste, débouchant de la route départementale, mais elle n'avait jamais été empierrée et figurait en pointillé sur les cartes, passage autorisé. Elle était assez fréquemment utilisée en été par les gens qui allaient en voiture se baigner dans la rivière, ou la nuit par des couples en quête d'un lieu où se garer. On trouvait l'endroit où faire demi-tour avant d'atteindre le fossé, mais tout était tellement envahi d'orties, de berces et, les années humides, de ciguë sauvage, que les voitures étaient parfois obligées de rejoindre la vraie route en marche arrière.

Ce matin-là, les traces de pneus jusqu'au rivage étaient faciles à repérer, mais passèrent inaperçues des gamins qui ne songeaient qu'à nager. Enfin, eux appelleraient ça nager : ils allaient retourner chez eux, dire qu'ils s'étaient baignés à Jutland avant que la neige ait disparu.

Ici, en amont, il faisait plus froid que dans les marais près de la ville. Aucune feuille n'était apparue sur les arbres le long de la berge – le seul vert en vue était celui des ciboules sortant de terre et des soucis d'eau bordant n'importe quel petit ruisseau creusant son lit jusqu'à la rivière. Sur l'autre rive, sous les cèdres, ils virent ce qu'ils cherchaient avant tout : une longue congère basse, obstinée, d'un gris de pierre.

Pas disparue.

Alors ils sauteraient dans l'eau et sentiraient le froid les frapper comme des poignards de glace. Des poignards de glace jaillissant derrière leurs yeux et frappant le sommet de leur crâne de l'intérieur. Ensuite ils agiteraient une ou deux fois les bras et les jambes et se hisseraient à terre, grelottant, laissant claquer leurs dents : ils introduiraient leurs membres engourdis dans leurs vêtements, sentiraient leur sang surpris reprendre douloureusement possession de leur corps et seraient soulagés d'avoir réalisé leur fanfaronnade.

Les traces qu'ils n'avaient pas remarquées traversaient de part en part le fossé dans lequel il ne poussait rien à présent : ne s'y trouvait que l'herbe desséchée, couleur de paille, de l'an dernier. Franchir le fossé et se jeter dans l'eau sans essayer de revenir en arrière. Les gamins passèrent lourdement sur les herbes. Seulement, cette fois, ils étaient assez près de l'eau pour que leur attention soit retenue par quelque chose de plus extraordinaire que des traces de pneus.

Il y avait un miroitement bleu pâle qui n'était pas un reflet du ciel. C'était une voiture entière, gisant de guingois dans le réservoir, les roues avant et le capot fichés dans la vase, l'arrondi du coffre affleurant presque à la surface. Le bleu pâle était une couleur inhabituelle pour une voiture en ce temps-là et les formes renflées étaient également inhabituelles. Ils l'identifièrent aussitôt. La petite voiture anglaise, l'Austin, assurément la seule de son espèce dans le pays tout entier. Elle appartenait à Mr. Willens, l'optométriste. Au volant, étant petit mais trapu, il ressemblait à un personnage de bande dessinée, avec des épaules lourdes et une grosse tête. Il avait toujours l'air à l'étroit dans sa petite automobile, comme si c'était un costume qui tirait aux coutures.

Cette voiture comportait un toit ouvrant, que Mr. Willens faisait glisser par temps chaud. Il était béant à présent. Les enfants ne parvenaient pas bien à discerner ce qu'il y avait à l'intérieur. La couleur de la voiture mettait sa forme en évidence, mais le manque de limpidité de l'eau obscurcissait ce qui était peu éclatant. Les gamins s'accroupirent sur la berge, puis se mirent à plat ventre en sortant la tête comme des tortues pour essayer de voir. Il y avait quelque chose de sombre et de velu, semblable à une grosse queue d'animal, qui passait par l'orifice du toit et bougeait paresseusement dans le courant. Il apparut bientôt que c'était un bras, revêtu d'une manche de veste foncée en tissu épais et poilu. Apparemment, à l'intérieur de la voiture, le corps d'un homme – celui de Mr. Willens, forcément – s'était placé bizarrement. La puissance de l'eau, car même dans le bief sa puissance était grande à cette époque de l'année, avait dû le soulever de son siège d'une façon quelconque et le balader, si bien qu'une épaule s'était trouvée près du toit et qu'un bras s'était libéré. La tête avait dû être poussée contre la portière du conducteur et la vitre. Une des roues avant était enfoncée plus profondément dans la vase, ce qui signifiait que la voiture était inclinée d'un bord à l'autre aussi bien que d'arrière en avant. En fait, la vitre devait avoir été baissée et la tête sortie à l'extérieur pour que le corps ait pu se loger dans cette position. Cela, toutefois, ils ne parvenaient pas à le voir. Ils pouvaient se représenter le visage de Mr. Willens tel qu'ils le connaissaient : une grosse figure carrée, affichant souvent une mine renfrognée, théâtrale, qui n'était cependant jamais sérieusement intimidante. Sa chevelure ondulée et clairsemée était rousse ou cuivrée sur le dessus, coiffée en biais sur le front. Ses sourcils étaient plus foncés que ses cheveux, épais et frisottés : bourrus comme des chenilles collées au-dessus de ses yeux. Ce visage, ils le trouvaient déjà grotesque, comme beaucoup de visages d'adultes, et ils n'avaient pas peur de le voir noyé, mais tout ce qu'ils virent, c'était ce bras avec sa main pâle. Ils distinguèrent la main très nettement une fois qu'ils furent habitués à regarder dans l'eau. Elle voguait là, tremblante et irrésolue, comme une plume, bien qu'elle eût l'aspect massif de pâte à pain. Tout aussi banale, également, une fois que l'on était accoutumé à sa simple présence. Les ongles ressemblaient à des petits visages ordonnés, avec leur air de tous les jours, accueillant, intelligent, leur désaveu raisonnable des circonstances.

« Bon sang », dirent les gamins. Avec une énergie croissante et un ton de respect, voire de gratitude, qui s'intensifiait. « Bon sang de bon sang. »

C'était la première fois de l'année qu'ils sortaient. Ils avaient traversé le pont sur la Peregrine River, le pont à voie unique avec deux travées, connu localement sous l'appellation de Porte de l'Enfer ou Piège de la Mort, bien qu'en vérité la danger vînt plus du virage abrupt de la route à l'extrémité sud que du pont lui-même.

Il existait une voie réservée aux piétons, mais ils ne la prenaient pas. Ils n'avaient aucun souvenir de l'avoir jamais prise. Des années auparavant peut-être, quand ils étaient si jeunes qu'on les tenait par la main. Mais cette époque avait disparu de leur esprit : ils refusaient de la reconnaître même lorsqu'on leur en montrait le témoignage sur des photographies ou qu'ils étaient obligés d'en entendre parler dans les conversations familiales.

Ils marchaient à présent sur la corniche en fer qui faisait pendant à la voie piétonne, de l'autre côté du pont. Elle mesurait environ vingt centimètres de large et se trouvait à quelque quarante centimètres au-dessus du plancher. La Peregrine River charriait impétueusement la charge hivernale de glace et de neige, désormais fondues, vers le lac Huron. Elle venait à peine de réintégrer son lit après la crue annuelle qui transformait les marais en lacs, arrachait les jeunes arbres et fracassait tous les bateaux ou cabanes à sa portée. Avec le ruissellement venu des champs qui la troublait et le soleil pâle colorant la surface, l'eau ressemblait à du caramel au lait en ébullition. Mais si vous tombiez dedans, elle vous glacerait le sang et vous jetterait dans le lac, à moins qu'elle n'ait commencé par vous défoncer le crâne contre les piles du pont.

Des voitures klaxonnèrent à leur adresse – avertissement ou réprimande – mais ils n'y prêtèrent aucune attention. Ils avancèrent en file indienne, avec une assurance de somnambules. Ensuite, à l'extrémité nord du pont, ils prirent un raccourci en direction des marais, retrouvant les sentiers qu'ils se rappelaient de l'année précédente. L'inondation était si récente que ces sentiers n'étaient pas faciles à suivre. Il fallait se frayer un chemin à coups de pied dans les broussailles écrasées et sauter d'un monticule herbeux enduit de boue à l'autre. Quelquefois, ils sautaient imprudemment et atterrissaient dans la vase ou dans les flaques, restes de l'inondation : une fois qu'ils eurent les pieds mouillés, ils renoncèrent à se préoccuper de leur point de chute. Ils pataugèrent dans la vase et firent gicler les flaques, si bien que l'eau entra dans leurs bottes en caoutchouc. Le vent était tiède : il cardait les nuages en brins de vieille laine. Les mouettes et les corneilles se disputaient et plongeaient vers la rivière ; des buses décrivaient des cercles au-dessus, guettant de haut. Les rouges-gorges venaient d'arriver et les carouges à épaulettes écarlates s'élançaient par deux, leur éclat vous frappant les yeux comme s'ils avaient été trempés dans de la peinture.

« Z'aurions dû apporter un 22 long rifle.

– Z'aurions dû apporter un calibre 12. »

Ils étaient trop vieux pour lever des bâtons en l'air et imiter des bruits de tirs. Ils parlaient avec un regret détaché, comme s'ils pouvaient facilement disposer de fusils.

Ils gravirent les berges au nord, là où se trouvait une étendue de sable exposée. Les tortues étaient supposées y pondre leurs œufs. Il était encore trop tôt pour que ce soit fait et, à vrai dire, l'histoire des œufs de tortue remontait à bien des années : aucun de ces garçons n'en avait jamais vu. Mais ils donnèrent des coups de pied dans le sable et le piétinèrent, à tout hasard. Ensuite ils cherchèrent l'endroit où l'un d'entre eux, avec un autre gamin, avait trouvé l'an passé un os iliaque de vache, emporté d'une décharge d'abattoir par la crue. On pouvait compter sur la rivière tous les ans pour qu'elle arrache un grand nombre d'objets surprenants, encombrants, incongrus ou quelconques et les dépose ailleurs. Des rouleaux de fil de fer, une volée de marches intacte, une pelle tordue, une marmite à maïs. L'os de vache était accroché dans une branche de sumac, ce qui semblait approprié puisque toutes ces branches lisses ressemblaient à des cornes de vache ou à des bois de cerf, avec des pointes coniques rouillées pour certaines.

Ils fourragèrent pendant un certain temps – Cece Ferns leur montra la branche exacte – sans rien découvrir.

C'est Cece Ferns et Ralph Diller qui avaient fait cette trouvaille. Quand on leur demandait où elle se trouvait à présent, Cece Ferns disait : "C'est Ralph qui l'a prise." Les deux garçons qui l'accompagnent maintenant – Jimmy Box et Bud Salter – en connaissent la raison. Cece ne pouvait jamais rien rapporter à la maison qui ne soit d'une taille facile à cacher à son père.

Ils parlèrent de trouvailles plus utiles qui pourraient se faire ou avaient été faites dans le temps. On pouvait utiliser des barres de clôture pour construire un radeau, on pouvait ramasser des bois flottés pour réaliser un projet de bateau ou de cabane. Le vrai bonheur, ce serait de tomber sur des pièges à rats musqués : c'est alors qu'ils auraient le moyen de se lancer dans les affaires. On pouvait se procurer suffisamment de bois pour faire des planches où étirer les peaux, et voler les couteaux à écorcher. Ils parlèrent de s'approprier une remise vide qu'ils connaissaient, dans l'impasse derrière ce qui était autrefois l'écurie de louage. Elle était cadenassée, mais il était probablement possible d'y pénétrer par la fenêtre en enlevant les planches le soir et en les remettant au point du jour. On pouvait travailler à la lumière d'une lampe de poche. Non – d'une lanterne. On pourrait écorcher les rats musqués, étirer les peaux et les vendre très cher.

Ce projet-ci prit un tour tellement réel qu'ils commencèrent à s'inquiéter du risque à laisser toute la journée des peaux de valeur dans la remise. Il faudrait que l'un d'eux monte la garde pendant que les autres iraient voir les pièges. (L'école n'entra pas dans leurs considérations.)

C'est ainsi qu'ils parlaient quand ils étaient hors de la ville. Ils parlaient comme s'ils étaient des individus libres – ou quasiment libres –, comme s'ils n'étaient pas obligés d'aller en classe, de vivre en famille ou de supporter aucun des affronts qui leur étaient infligés en raison de leur âge. Comme si, également, la campagne et les maisons d'autres gens leur fourniraient tout ce dont ils avaient besoin pour leurs entreprises et leurs aventures, n'exigeant d'eux que le risque et l'effort le plus infime.

Ici, ce qui changeait aussi dans leur conversation, c'est qu'ils renonçaient pratiquement à faire usage de noms propres. De toute façon, ils ne s'appelaient pas beaucoup par leurs vrais noms, même pas par les surnoms donnés en famille comme Bud. Mais à l'école, presque tout le monde avait un autre nom, dont certains étaient en rapport avec l'aspect ou la façon de parler, comme Bigleux ou Jacasseur, d'autres comme Cul-Botté ou Baise-Poulet se référant à des incidents véritables ou mythiques dans la vie de ceux qui étaient ainsi désignés, ou dans les vies – car des noms de ce genre se transmettaient sur des décennies – de leurs frères, pères ou oncles. Ces noms, ils les abandonnaient quand ils se trouvaient dans les bois ou les marais. Lorsque l'un d'entre eux voulait attirer l'attention d'un autre, tout ce qu'il disait c'était « Hé ». Dans ces moments, ils avaient le sentiment que l'apparence, les habitudes, la famille et l'histoire personnelle de chacun allaient entièrement de soi :

l'emploi de noms scandaleux ou obscènes que les grandes personnes étaient censées ne jamais entendre gâcherait cette impression.

Pourtant, ils ne se concevaient pas vraiment en amis. Ils n'auraient jamais dit de quelqu'un que c'était le meilleur ami ou le presque-meilleur, ni fait valser les garçons autour de ces situations comme le faisaient les filles. N'importe lequel d'une douzaine de gamins au moins aurait pu remplacer n'importe lequel de ces trois-là et se faire accepter par les autres de la même manière. La plupart des membres de cette compagnie avaient entre neuf et douze ans, trop vieux pour être retenus par des jardins ou des quartiers mais trop jeunes pour avoir des petits boulots, même pas balayer le trottoir devant les commerces ou livrer à bicyclette les commandes pour l'épicier. La plupart d'entre eux vivaient dans le nord de la ville, ce qui signifiait qu'ils seraient tenus de trouver un travail dès qu'ils en auraient l'âge et qu'aucun d'eux ne serait jamais envoyé au lycée d'Appleby ou du Haut Canada. Aucun d'eux ne vivait dans une cabane ni n'avait un parent en taule. Quand même, il y avait des différences insignes entre la façon dont ils vivaient chez eux et ce que l'on attendait d'eux dans la vie. Mais ces différences s'éclipsaient dès qu'ils perdaient de vue la prison du comté, le silo à grain, les clochers, et n'entendaient plus le tintement de l'horloge du tribunal.

Ils marchèrent d'un pas rapide sur le chemin du retour. Parfois, ils trottinaient, mais ne couraient pas. Sauter, folâtrer, s'éclabousser, il n'en était plus question et les bruits qu'ils avaient faits au départ, les hululements, les rugissements, ceux-là étaient supprimés aussi. Chaque aubaine apportée par l'inondation était notée, mais laissée de côté. En fait, ils cheminaient comme le feraient les adultes, à une allure assez régulière et par la voie la plus raisonnable, accablés à l'idée du lieu où ils se rendaient et de ce qu'ils devaient faire ensuite. Quelque chose les précédait, à peu de distance, une image devant les yeux qui se dressait entre eux et le monde, la chose que la plupart des grandes personnes semblent avoir. La mare, la voiture, le bras, la main. Ils avaient en tête l'idée que lorsqu'ils atteindraient un certain lieu ils se mettraient à crier. Ils entreraient en ville en hurlant, en répandant leur nouvelle autour d'eux, et tout le monde serait cloué sur place, en train de l'assimiler.

Ils traversèrent le pont comme toujours, le long de la corniche. Mais ils n'avaient aucun sentiment de risque, de courage ou de nonchalance. Ils auraient aussi bien pu suivre la voie piétonne.

Au lieu de prendre la route au virage abrupt qui permettait d'accéder au port et à la place, ils gravirent la berge par un chemin qui aboutissait tout près des hangars du chemin de fer. La sonnerie du quart tinta. Midi et quart.

C'était l'heure où les gens rentraient déjeuner chez eux. Les employés de bureau avaient congé l'après-midi, mais ceux qui travaillaient dans les commerces n'avaient droit qu'à l'heure de pause habituelle, les boutiques restant ouvertes jusqu'à dix ou onze heures le samedi soir.

Pour la plupart, ils allaient trouver un repas chaud, nourrissant. Des côtelettes de porc, des saucisses, du pot-au-feu ou de l'épaule de porc roulée. Des pommes de terre assurément, en purée ou en frites, des légumes-racines conservés tout l'hiver, du chou ou des oignons à la crème. (Certaines ménagères, plus fortunées ou plus indolentes, auraient peut-être ouvert une boîte de petits pois ou de haricots beurre.) Du pain, des muffins, des confitures, des tartes. Même ceux qui n'avaient pas de chez eux où aller, ou pour une raison quelconque n'avaient pas envie d'y aller, seraient attablés devant une nourriture très similaire au Duke of Cumberland, à l'hôtel du Commerce ou, pour moins cher, derrière les vitres embuées de la crémerie Shervill.

La plupart de ceux qui rentraient étaient des hommes. Les femmes étaient déjà à la maison : elles y étaient tout le temps. Mais il y avait des femmes d'un certain âge, travaillant dans des magasins ou des bureaux pour une raison qui ne tenait pas à elles – des maris morts ou malades ou jamais de mari –, amies des mères des garçons : elles criaient des salutations, même depuis le trottoir d'en face (Bud Salter, qu'elles appelaient Buddy, en souffrait le plus), d'une façon particulière, amusée ou enjouée, qui évoquait tout ce qu'elles savaient des histoires de famille ou des petites enfances lointaines.

Les hommes ne se donnaient pas la peine de saluer les garçons par leur nom, même s'ils les connaissaient bien. Ils les appelaient « les gamins » ou « jeunes gens » ou, de temps en temps, « messieurs ».

« Je vous souhaite le bonjour, messieurs. »

« Alors, les gamins, vous rentrez tout droit chez vous à présent ? »

« Quel genre de bêtises avez-vous fait ce matin, jeunes gens ? »

Toutes ces salutations étaient empreintes d'une certaine jovialité, mais il existait des nuances. Les hommes qui disaient « jeunes gens » étaient mieux disposés – ou souhaitaient paraître mieux disposés – que ceux qui disaient « les gamins ». « Les gamins » signalait peut-être qu'ils allaient prendre un savon pour des offenses qui pouvaient être vagues ou précises. « Jeunes gens » indiquait que le locuteur avait lui aussi été jeune autrefois. « Messieurs » était ouvertement de la moquerie et du dénigrement mais n'ouvrait pas la voie à une réprimande quelconque, parce que celui qui les appelait ainsi ne s'en donnerait pas la peine.

Lorsqu'ils répondaient, le regard des garçons ne s'élevait pas plus haut que le sac à main des dames ou la pomme d'Adam des hommes. Ils disaient « Bonjour » distinctement parce que ne pas le faire pouvait entraîner des ennuis ; en réponse aux questions, ils répondaient « Ouim'sieur » ou « Nonm'sieur » et « Pas grand-chose ». Même ce jour-là, ces voix s'adressant à eux provoquèrent inquiétude et confusion, et ils répondirent avec la réticence habituelle.

Il leur fallait se séparer à un certain coin de rue. Cece Ferns, toujours le plus angoissé à l'idée de rentrer chez lui, s'en alla le premier. « On se verra après le déjeuner, dit-il.

– Ouais, répondit Bud Salter. C'est le moment où y faudra qu'on aille en ville. »

Cela signifiait, ainsi que tous le comprirent, « en ville au commissariat de police ». Il apparut que sans avoir besoin de se consulter ils avaient conçu une nouvelle ligne de conduite, une façon plus discrète de faire part de leur information. Mais il ne fut pas dit explicitement qu'ils n'allaient rien raconter à la maison. Il n'y avait aucune raison valable pour que Bud Salter et Jimmy Box ne puissent le faire.

Cece Ferns ne racontait jamais rien à la maison.

Cece Ferns était enfant unique. Ses parents étaient plus âgés que les parents de la plupart des autres garçons, ou peut-être donnaient-ils simplement cette impression, à cause de la vie mutilante qu'ils vivaient ensemble. Quand il quitta les autres gamins, Cece se mit au trot, allure qu'il prenait habituellement au dernier pâté de maisons avant d'arriver chez lui. Ce n'était pas parce qu'il avait hâte d'y être ni parce qu'il pensait pouvoir améliorer quelque chose en le faisant. C'était peut-être pour que le temps passe plus vite, parce que cette dernière étape serait forcément remplie d'appréhension.

Sa mère se trouvait dans la cuisine. Tant mieux. Elle était levée, mais encore en robe de chambre. Son père n'était pas là et ça aussi, c'était une bonne chose. Il travaillait au silo et avait congé le samedi après-midi ; s'il n'était pas encore rentré, c'est qu'il était probablement allé tout droit au Cumberland. Cela signifiait que la journée serait très avancée lorsqu'ils auraient à s'occuper de lui.

Le nom du père de Cece Ferns était également Cece Ferns. Ce nom était bien connu, en général amicalement, à Walley, et quelqu'un racontant une histoire même trente ou quarante ans plus tard tiendrait pour évident que tout le monde savait qu'il était question du père, pas du fils. Si quelqu'un, arrivé de relativement fraîche date, disait : « Ça ne ressemble pas à Cece », on lui répondrait que ce n'était pas de ce Cece-là qu'il s'agissait.

« Pas lui, c'est de son paternel qu'on cause. »

Ils évoquaient l'époque où Cece Ferns était allé à l'hôpital – ou y avait été emmené – à cause d'une pneumonie ou quelque autre mal grave : les infirmières l'avaient enveloppé de serviettes éponge ou de draps mouillés pour faire tomber la fièvre. Elle s'était évacuée par la transpiration et les serviettes, et les draps étaient tous devenus marron. C'était la nicotine qui l'imprégnait. Les infirmières n'avaient jamais rien vu de pareil. Cece était enchanté ; il affirmait avoir fumé et bu de l'alcool depuis l'âge de dix ans.

Et le jour où il était allé à l'église. On avait peine à s'imaginer pourquoi, mais c'était l'église baptiste : sa femme était baptiste, alors peut-être y était-il allé pour lui faire plaisir, bien que l'on eût encore plus de peine à l'imaginer. On y donnait la communion, le dimanche où il y était allé, et à l'église baptiste le pain est du pain, mais le vin, c'est du jus de raisin. « Qu'est-ce que c'est que ça ? s'était écrié Cece Ferns tout haut. Si c'est le sang de l'Agneau, il devait être bougrement anémique. »

Les préparatifs du repas de midi étaient commencés dans la cuisine des Ferns. Un pain prétranché était posé sur la table et une boîte de betteraves en dés était ouverte. Quelques rondelles de mortadelle avaient été poêlées – avant les œufs, alors qu'elles auraient dû passer après – et étaient tenues vaguement au chaud sur le dessus du fourneau. À présent, la mère de Cece mettait les œufs en train. Elle se penchait au-dessus de la cuisinière avec la spatule dans une main, se tenant le ventre avec l'autre, calmant une douleur.

Cece lui prit la spatule et baissa la température, qui était beaucoup trop forte. Il fut obligé d'enlever la casserole de la plaque électrique pour qu'elle refroidisse, afin d'éviter que les blancs d'œufs se racornissent ou que le pourtour grille. Il n'était pas arrivé à temps pour ôter la vieille graisse et mettre un peu de saindoux frais dans la poêle. Sa mère n'enlevait jamais la vieille graisse, la laissant en place d'un repas à l'autre, ajoutant un peu de saindoux quand il le fallait.

Quand la température fut plus à son goût, il posa la poêle et persuada la dentelle autour des œufs de se ranger en circonférences nettes. Il trouva une cuillère propre et fit goutter un peu de graisse chaude sur les jaunes pour qu'ils prennent. Sa mère et lui aimaient que leurs œufs soient cuits ainsi, mais il arrivait souvent que sa mère n'y parvienne pas. Son père voulait les siens retournés et aplatis comme des crêpes, racornis comme du cuir et noircis de poivre. Cece savait aussi les lui préparer à son goût.

Aucun des autres garçons ne connaissait ses compétences en cuisine, ni la cachette qu'il avait fabriquée à l'extérieur de la maison, par-delà la fenêtre de la salle à manger, derrière l'épine-vinette japonaise.

Sa mère resta assise dans le fauteuil près de la fenêtre tandis qu'il mettait la dernière main aux œufs. Elle guettait la rue : il restait un espoir que son père rentrerait manger quelque chose. Peut-être n'était-il pas encore saoul, mais son comportement ne dépendait pas toujours de son degré d'ébriété. S'il entrait maintenant dans la cuisine, il dirait peut-être à Cece de lui préparer aussi des œufs. Ensuite, il pourrait lui demander où il avait mis son tablier et lui dire qu'il ferait une chouette épouse pour quelque mec. C'est comme ça qu'il se comporterait s'il était de bonne humeur. Si l'humeur était différente, pour commencer il dévisagerait Cece d'une certaine façon – c'est-à-dire avec une expression excessive, absurdement menaçante – et lui dirait qu'il ferait bien de se méfier.

« Tu fais le mariolle, hein ? Eh ben, tout ce que j'ai à te dire c'est que t'as intérêt à te méfier. »

Ensuite, si Cece le regardait en retour, voire s'il ne le regardait pas, ou s'il laissait tomber la spatule ou la posait bruyamment – ou même s'il circulait à pas glissés en veillant particulièrement à ne rien laisser tomber et à ne pas faire de bruit –, son père était enclin à montrer les dents et à grogner comme un chien. C'eût été ridicule – c'était ridicule – sauf que c'était pour de bon. D'ici une minute, la nourriture et la vaisselle pouvaient se retrouver par terre et lui en train de poursuivre Cece tout autour de la pièce en hurlant que cette fois-ci serait la bonne, qu'il allait lui aplatir la figure sur la plaque chauffante, en demandant si ça lui plairait. Vous seriez persuadé qu'il était devenu fou. Mais si à cet instant on frappait à la porte – si un de ses amis venait, mettons, le chercher –, son visage se recomposerait en un rien de temps : il ouvrirait la porte et dirait le nom de son ami d'une voix sonore et gouailleuse.

« Je t'rejoins dans cinq minutes. J't'aurais demandé d'entrer, mais bobonne a encore fait valser la vaisselle. »

Il ne comptait pas être cru. Il disait ce genre de choses pour transformer en blague tout ce qui se passait chez lui.

La mère de Cece lui demanda si le temps se radoucissait et où il était allé ce matin.

« Ouais, répondit-il. Dans les marais. »

Elle pensait sentir l'odeur du vent sur ses vêtements, dit-elle.

« Sais-tu ce que je vais faire, dès que nous aurons mangé ? l'interrogea-t-elle. Je vais prendre une bouillotte chaude et retourner me coucher : peut-être que je retrouverai des forces et que j'aurai envie de m'activer. »

C'est l'intention qu'elle déclarait presque toujours, mais elle l'annonçait comme si c'était une idée qui venait de lui traverser l'esprit, une décision prometteuse.

Bud Salter avait deux sœurs plus âgées qui ne rendaient jamais aucun service sauf si leur mère les y obligeait. Elles ne restreignaient pas non plus leurs activités de coiffure, de manucure, d'astiquage de chaussures, de maquillage ni même d'habillement, dans leurs chambres ou à la salle de bains. Elles répandaient peignes, bigoudis, poudre de riz, vernis à ongles et cirage dans toute la maison. De même, elles encombraient tous les dossiers de chaise de leurs robes et chemisiers fraîchement repassés, et étalaient par terre leurs chandails à sécher sur des serviettes éponge là où il y avait des espaces libres. (Ensuite les sœurs vous assaillaient de cris si vous vous en approchiez.) Elles se postaient devant divers miroirs : celui du portemanteau de l'entrée, celui du buffet de la salle à manger, celui qui se trouvait à côté de la table de la cuisine au-dessus d'une étagère toujours encombrée d'épingles de nourrice, d'épingles à cheveux, de pièces de monnaie, de boutons, de bouts de crayon. Il arrivait que l'une d'elles s'immobilise devant la glace pendant une vingtaine de minutes, se passant en revue sous des angles variés, inspectant ses dents, tirant ses cheveux en arrière puis les faisant retomber en avant. Elle s'éloignait ensuite, apparemment satisfaite ou tout au moins prête, mais ce n'était que pour se rendre dans une autre pièce, devant une autre glace, où elle allait tout recommencer à zéro, comme si on lui avait livré une nouvelle tête.

À cet instant précis, sa sœur aînée, réputée belle, était en train d'ôter les épingles de ses cheveux devant la glace de la cuisine. Elle avait la tête couverte de boucles luisantes comme des escargots. L'autre sœur, ayant reçu des ordres de leur mère, écrasait les pommes de terre en purée. Son frère de cinq ans, installé à table, tapait avec sa fourchette et son couteau en braillant : « Veux du service. Veux du service. »

Il avait appris cela de son père, pour qui c'était une plaisanterie.

Bud passa derrière la chaise de son frère et dit doucement : « Regarde. Elle est encore en train de mettre des grumeaux dans la purée. »

Il avait réussi à persuader son frère que les grumeaux étaient quelque chose que l'on ajoutait, comme des raisins secs dans le gâteau de riz, tirés d'une provision dans le placard.

Son frère interrompit son antienne et entama une plainte.

« J'en mangerai pas si elle y met des grumeaux. M'man, j'en mangerai pas si elle met des grumeaux.

– Sois pas idiot, dit la mère de Bud. (Elle faisait frire des tranches de pomme et des rondelles d'oignon avec les côtelettes de porc.) Arrête de pleurnicher comme un bébé.

– C'est Bud qui l'a provoqué, signala la sœur aînée. Bud lui a raconté qu'elle y mettait des grumeaux. Il lui dit toujours ça et lui se fait avoir.

– On devrait lui mettre la tête au carré, à Bud », ajouta Doris, celle qui préparait la purée. Elle ne disait pas toujours ce genre de choses à la légère : un jour, elle avait donné un coup de griffe à Bud et sa joue en portait la cicatrice de haut en bas.

Bud s'approcha du dressoir où une tarte à la rhubarbe était en train de refroidir. Il prit une fourchette et entreprit soigneusement, secrètement, de l'explorer, laissant s'échapper une vapeur délicieuse, une odeur délicate de cannelle. Il essayait d'entrebâiller une des ouvertures sur le dessus pour goûter la garniture. Son frère vit ce qu'il était en train de faire, seulement il était trop effrayé pour dire quoi que ce soit. Il était gâté et ses sœurs prenaient toujours sa défense, mais Bud était la seule personne de la maison qu'il respectât.

« Veux du service », répéta-t-il, s'exprimant maintenant pensivement à mi-voix.

Doris s'approcha du dressoir, en quête d'un légumier pour la purée. Bud fit un geste malheureux et une partie de la croûte de la tarte s'effondra.

« Et voilà qu'il démolit la tarte, annonça Doris. Maman, il démolit ta tarte.

– Ferme ta foutue gueule, dit Bud.

– Laisse cette tarte tranquille, ordonna la mère de Bud avec une sévérité éprouvée, presque sereine. Arrêtez de jurer. Arrêtez de cafter. Devenez adultes. »

Jimmy Box prit place à la table du déjeuner pleine de monde. Il vivait avec son père, sa mère et ses sœurs âgées de quatre et six ans chez sa grand-mère, sa grand-tante Mary et son oncle célibataire. Son père avait un atelier de réparation de bicyclettes dans la remise derrière la maison et sa mère travaillait au grand magasin Honeker.

Le père de Jimmy était infirme à cause d'une poliomyélite attrapée à vingt-deux ans. Il marchait penché en avant à partir du bassin, en s'appuyant sur une canne. Cela ne se voyait pas tellement quand il travaillait à l'atelier, parce que ce genre de travail exige souvent que l'on soit penché de toute façon. C'est lorsqu'il marchait dans la rue qu'il avait l'air très bizarre, mais personne ne l'affublait de sobriquets ni ne l'imitait. Il avait été autrefois un remarquable joueur de hockey et de baseball pour la ville et restait auréolé d'un peu de la grâce et de la valeur du passé, mettant en perspective son état présent, si bien que celui-ci pouvait se concevoir comme une phase (quoique définitive). Il encourageait cette perception en faisant des plaisanteries idiotes et en prenant un ton optimiste, niant la douleur que trahissaient ses yeux caves, l'empêchant souvent de dormir la nuit. À la différence du père de Cece, il restait dans la même tonalité quand il rentrait chez lui.

Mais évidemment, ce n'était pas sa maison à lui. Sa femme l'avait épousé alors qu'il était déjà infirme, bien qu'ils eussent été fiancés avant, et il sembla naturel qu'il s'installe chez sa belle-mère qui pourrait s'occuper des enfants éventuels tandis que son épouse continuerait à travailler. Il parut également naturel à la mère de sa femme de se charger d'une autre famille, de même qu'il lui sembla naturel que sa sœur Mary vienne les rejoindre quand elle perdit la vue et que son fils Fred, d'une timidité extraordinaire, ne quitte pas la maison tant qu'il n'aurait pas trouvé un endroit qu'il préférerait. Cette famille acceptait les fardeaux de toutes sortes avec encore moins de difficultés que les intempéries. En fait, personne dans cette maison n'aurait parlé de la santé du père de Jimmy ou des yeux de tante Mary comme de fardeaux ou de problèmes, pas plus qu'ils ne l'auraient fait de la timidité de Fred. Il ne fallait pas remarquer les inconvénients et l'adversité, ne pas les distinguer de leurs contraires.

Une croyance traditionnelle dans la famille voulait que la grand-mère de Jimmy fût une excellente cuisinière, ce qui avait peut-être été vrai à une certaine époque, mais récemment un relâchement était apparu. Les économies pratiquées dépassaient ce qui s'imposait à présent : la mère de Jimmy et son oncle recevaient des salaires convenables, sa tante Mary touchait une pension, l'atelier de réparation de bicyclettes était assez actif, mais un seul œuf était utilisé au lieu de trois et le pain de viande s'augmentait d'une tasse supplémentaire de flocons d'avoine. Une compensation était tentée sous forme d'un excès de Worcestershire sauce ou d'une surabondance de muscade saupoudrée sur la crème anglaise. Mais personne ne se plaignait. Tout le monde faisait des compliments. Les plaintes étaient aussi rares que les boules de feu dans cette maison. Et ils disaient tous : « Pardon », même les fillettes disaient pardon quand elles se cognaient. On se passait les plats, et les s'il-vous-plaît et les merci pleuvaient à table comme s'il y avait des invités tous les jours. C'est ainsi qu'ils s'en tiraient, eux tous tellement à l'étroit dans ce lieu, avec des vêtements entassés sur chaque patère, les manteaux posés sur la rampe et des lits de camp installés en permanence dans la salle à manger pour Jimmy et son oncle Fred, le buffet disparaissant sous un tas de linge à repasser ou à raccommoder. Personne ne faisait résonner ses pas dans l'escalier ni ne claquait les portes ni ne mettait la radio trop fort ni ne disait rien de désagréable.

Cela explique-t-il que Jimmy soit resté bouche cousue au déjeuner ce samedi ? Ils restèrent tous bouche cousue, tous les trois. En ce qui concerne

Cece, c'était facile à comprendre : son père n'aurait jamais admis que Cece s'attribue une découverte aussi importante. Il l'aurait tout naturellement traité de menteur et la mère de Cece, jugeant de tout à l'aune de la réaction prévisible du père, aurait compris à juste titre que même aller raconter son histoire au commissariat provoquerait un tumulte à la maison, si bien qu'elle lui aurait demandé de bien vouloir ne rien dire. Mais les deux autres garçons vivaient dans des familles tout à fait raisonnables : eux auraient pu parler. Chez Jimmy on aurait manifesté de la consternation et une certaine désapprobation ; toutefois, ils n'auraient pas tardé à reconnaître que Jimmy n'y était pour rien.

Les sœurs de Bud lui auraient demandé s'il était dingue. Elles auraient peut-être même déformé les faits pour laisser entendre que ça lui ressemblait bien, avec ses habitudes répugnantes, de tomber sur un cadavre. Cependant son père, homme sensé et patient, avait l'habitude d'entendre quantité d'histoires abracadabrantes au cours de son travail d'employé du fret à la gare. Il aurait fait taire les deux sœurs de Bud et, après une conversation sérieuse pour s'assurer qu'il disait la vérité et n'exagérait pas, aurait téléphoné au commissariat.

Le problème, c'était simplement que chez eux, c'était trop plein. Il se passait déjà trop de choses. C'était aussi vrai chez Cece que chez les autres, parce que même en l'absence de son père, il planait constamment la menace et le souvenir de sa présence frénétique.

« T'as raconté ?

– Et toi ?

– Moi non plus. »

Ils cheminaient vers le centre-ville sans réfléchir à la direction qu'ils prenaient. Une fois entrés dans Shipka Street, ils s'aperçurent qu'ils passaient devant le pavillon enduit de stuc où habitaient Mr. et Mrs. Willens. Ils se trouvèrent juste devant avant de l'avoir reconnu. De part et d'autre de la porte d'entrée il y avait un petit bow-window et la marche du haut était suffisamment large pour que deux fauteuils y tiennent. Un ajout à toit plat était accolé à un côté de la maison, avec une autre porte ouvrant vers la rue et une allée séparée qui y menait. Une plaque près de la porte indiquait D.M. WILLENS, OPTOMÉTRISTE. Aucun des garçons n'était jamais entré dans ce cabinet, mais la tante Mary de Jimmy y allait régulièrement chercher ses collyres et sa grand-mère y achetait ses lunettes. La mère de Bud Salter aussi.

Le stuc était d'un rose boueux ; les portes et les encadrements des fenêtres étaient peints en marron. On n'avait pas encore enlevé les contre-fenêtres, comme dans la plupart des maisons en ville. La construction n'avait aucune qualité particulière, mais le jardin de devant était renommé pour ses fleurs. Mrs. Willens, jardinière émérite, ne les plantait pas en longues rangées à côté du potager comme le faisaient la grand-mère de Jimmy et la mère de Bud. Elle les disposait en massifs ronds, en arc de cercle, dispersées, et en arrondi sous les arbres. D'ici une quinzaine de jours cette pelouse serait pleine de jonquilles, mais à présent la seule chose fleurie était un forsythia au coin de la maison. Il atteignait presque l'avant-toit et projetait des gerbes de jaune dans l'air comme une fontaine projette de l'eau.

Le forsythia s'agita sans que le vent en fût la cause et une silhouette voûtée et brune en sortit. C'était Mrs. Willens en tenue de jardinage fatiguée, petite femme boulotte au pantalon trop large, avec une veste déchirée et une casquette qui aurait pu appartenir à son mari – elle s'enfonçait trop, lui cachant presque les yeux. Mrs. Willens portait des cisailles.

Ils ralentirent résolument : c'était ça ou détaler. Ils pensaient peut-être qu'elle ne les remarquerait pas, qu'ils pourraient se transformer en poteaux. Mais elle les avait déjà vus : c'est pour cela qu'elle se hâtait vers eux.

« Je vous ai vus reluquer mon forsythia, dit Mrs. Willens. Vous voulez en rapporter à la maison ? »

Ce qu'ils avaient reluqué, ce n'était pas le forsythia mais la scène tout entière, la maison semblable à elle-même, la plaque à côté de la porte du cabinet, les rideaux qui laissaient passer la lumière. Rien de vide ni de menaçant, rien qui dise que Mr. Willens ne se trouvait pas à l'intérieur et que sa voiture n'était pas dans le garage derrière le cabinet mais dans le réservoir de Jutland. Et Mrs. Willens au travail dans son jardin, là où tout le monde s'attendait à la voir – en ville, c'était l'avis général – dès l'instant où la neige avait fondu. Hélant aussi le passant de sa voix familière, rendue rauque par le tabac, brusque et provocante mais bienveillante malgré tout, voix reconnaissable à un demi-pâté de maisons de distance ou sortant du fond de n'importe quel magasin.

« Attendez, dit-elle. Attendez un peu, je vais vous en cueillir. »

Elle s'y mit promptement, cassant les branches jaune vif qu'elle avait sélectionnées : lorsqu'elle eut tout ce qu'elle voulait, elle s'avança vers eux derrière un écran de fleurs.

« Voilà, annonça-t-elle. Emportez-les chez vous pour vos mères. Cela fait toujours du bien de voir du forsythia, c'est ce qui vient en tout premier au printemps. » Elle partageait les branches entre eux. « Comme la Gaule, expliqua-t-elle. Toute la Gaule est partagée en trois. Vous devez le savoir si vous faites du latin.

– Nous ne sommes pas encore au lycée, dit Jimmy, que sa vie familiale avait préparé, plus que les autres, à parler aux dames.

– Ah bon. Eh bien, vous avez toutes sortes de choses intéressantes en perspective. Dites à vos mères de le mettre dans de l'eau tiède. Oh, mais je suis sûre qu'elles le savent déjà. Je vous ai donné des branches qui ne sont pas encore complètement épanouies, alors elles devraient durer longtemps, longtemps. »

Ils dirent merci : Jimmy en premier, les autres le copiant. Les bras chargés, ils partirent vers le centre-ville. N'ayant pas la moindre intention de faire demi-tour et de rapporter les fleurs chez eux, ils escomptèrent qu'elle ne savait probablement pas au juste où ils habitaient. Après avoir parcouru une petite distance, ils regardèrent furtivement en arrière pour voir si elle les observait.

Ce n'était pas le cas. De toute façon, la grande maison près du trottoir bouchait la vue.

Le forsythia leur procura un sujet de réflexion. La gêne d'avoir à le porter, la difficulté de s'en débarrasser. Sinon, ils auraient été obligés de penser à Mr. Willens et à Mrs. Willens. De se demander comment elle pouvait s'activer dans son jardin pendant que lui était noyé dans sa voiture. Savait-elle où il se trouvait ou non ? Il leur apparut qu'elle ne pouvait pas le savoir. Savait-elle même qu'il était parti ? Elle s'était comportée comme s'il n'y avait rien d'anormal, rien du tout, et lorsqu'ils se tenaient devant elle, cela paraissait vrai. Ce qu'ils savaient, ce qu'ils avaient vu, sembla effectivement refoulé, anéanti, du fait qu'elle l'ignorait.

Deux filles à bicyclette prirent le virage. L'une d'elles était Doris, la sœur de Bud. Elles se mirent aussitôt à s'esclaffer et à pousser des cris.

« Oh, visez les fleurs, hurlèrent-elles. C'est quelle noce ? Visez les belles demoiselles d'honneur ! »

Bud hurla en retour ce qu'il trouva de pire.

« T'as du sang partout sur le cul. »

Ce n'était pas vrai, évidemment, mais cela l'avait réellement été une fois : elle était rentrée du collège avec du sang sur sa jupe. Tout le monde l'avait vu et ce ne serait jamais oublié.

Il était certain qu'elle allait le dénoncer à la maison, mais elle ne le fit pas. Elle avait tellement honte de cette autre fois qu'elle ne pouvait pas en parler, même pour qu'il ait des ennuis.

À ce moment-là, ils se rendirent compte qu'il fallait se défaire de ces fleurs tout de suite, alors ils jetèrent simplement les branches sous une voiture garée. Ils chassèrent quelques pétales épars de leurs vêtements lorsqu'ils abordèrent la place.

Les samedis avaient encore de l'importance à cette époque : ils amenaient en ville les gens de la campagne. Des voitures étaient déjà garées autour de la place et dans les rues adjacentes. De jeunes campagnards robustes, garçons et filles, ainsi que des enfants de la ville et des alentours étaient en route pour la séance de l'après-midi au cinéma.

Il fallait passer devant le magasin Honeker, dans le premier pâté de maisons, et là, bien en vue dans une des vitrines, Jimmy vit sa mère. De nouveau au travail, elle était en train de mettre un chapeau d'aplomb sur la tête d'un mannequin, d'ajuster la voilette, puis de tripoter les épaules de la robe. Elle était petite, ce qui l'obligeait à se tenir sur la pointe des pieds pour bien s'y prendre. Les coussins roses dodus de ses talons transparaissaient à travers ses bas et, quand elle s'étirait, on voyait l'arrière de son genou par la fente de sa jupe. Au-dessus se dessinait un postérieur large mais bien fait et la marque de sa culotte ou de sa gaine. Jimmy entendait mentalement les petits grognements qu'elle émettait certainement et sentait l'odeur des bas qu'elle enlevait parfois dès qu'elle rentrait à la maison, pour éviter de leur faire des accrocs. Les bas et les dessous, même les dessous féminins propres, avaient une légère odeur personnelle qui était à la fois séduisante et répugnante.

Il espérait deux choses. Que les autres ne l'aient pas remarquée (en vérité, ils l'avaient vue, mais l'idée d'une mère sur son trente et un tous les jours, dans le monde de la ville, leur paraissait si étrange qu'ils étaient incapables de faire un commentaire, ne pouvaient que passer le fait sous silence) et qu'elle ne se retourne pas, de grâce, au risque de l'apercevoir. Elle était fichue, dans cette éventualité, de taper sur la vitre et de lui dire un bonjour muet. Au travail, elle perdait la discrétion retenue, la douceur étudiée qui prévalaient à la maison. Son obligeance passait de l'humilité à l'impertinence. Jimmy était enchanté de cet autre aspect de sa personnalité, de cette espièglerie, ainsi que du magasin Honeker, avec ses comptoirs outranciers de verre et de bois verni, ses grandes glaces en haut des escaliers dans lesquelles il se voyait monter jusqu'au deuxième étage : CONFECTION POUR DAMES.

« Voilà mon jeune lascar », disait sa mère, lui glissant parfois une pièce de dix cents. Il ne restait jamais plus d'une minute : Mr. ou Mrs. Honeker risquait de les observer.

Jeune lascar.

Le plaisir que lui avaient autrefois apporté ces mots était égal à la honte sournoise que lui infligeait maintenant le tintement des pièces de dix et de cinquante cents.

Ils étaient passés sans encombre.

Dans le pâté de maisons suivant, il leur fallait franchir la façade du Duke of Cumberland, mais Cece n'avait aucune inquiétude. Si son père n'était pas rentré déjeuner, cela signifiait qu'il allait encore rester là pendant des heures. Mais le mot « Cumberland » s'abattait toujours lourdement sur son esprit. Depuis l'époque où il ne savait même pas ce que ce nom signifiait, un sentiment de chute douloureuse l'habitait. Un poids frappant l'eau noire, à une grande profondeur.

Entre le Cumberland et l'hôtel de ville il y avait une ruelle sans pavés et derrière l'hôtel de ville se trouvait le commissariat. Ils prirent cette ruelle et furent surpris bientôt par un grand bruit, dominant celui de la rue. Il ne provenait pas du Cumberland : le bruit qui s'y faisait était étouffé, le bar n'ayant que de petites fenêtres haut placées, comme dans les toilettes publiques. Il venait du commissariat. La porte du bureau était ouverte en raison du temps doux, et l'odeur de pipe et de cigare se répandait jusque dans la ruelle. Parmi les personnes qui s'installaient là, il n'y avait pas seulement des policiers, surtout le samedi après-midi, avec le poêle qui marchait en hiver et le ventilateur en été, ou la porte ouverte pour laisser entrer l'air frais par un jour entre-deux comme aujourd'hui. Le colonel Box y serait : en fait, ils entendaient déjà sa respiration sifflante, les effets à retardement interminables de son rire asthmatique. C'était un parent de Jimmy, mais la famille était en froid parce qu'il avait désapprouvé le mariage du père de Jimmy. Il parlait au gamin, quand il le reconnaissait, d'un ton de voix surpris et ironique. « Si jamais il t'offre une pièce de vingt-cinq cents ou autre chose, tu dis que tu n'en as pas besoin », avait recommandé la mère de Jimmy à son fils. Mais le colonel Box n'avait jamais fait d'offre semblable.

Mr. Pollock, retraité du drugstore, serait là également, ainsi que Fergus Solley, qui n'était pas simple d'esprit mais le paraissait parce qu'il avait été gazé pendant la Grande Guerre. Toute la journée, ces hommes et d'autres jouaient aux cartes, fumaient, racontaient des histoires et buvaient du café, aux frais de la ville (disait le père de Bud). Quiconque désirait porter plainte ou faire un rapport était obligé de le faire sous leurs yeux et probablement à portée de leurs oreilles.

Courir le risque.

Ils tombèrent presque à l'arrêt devant la porte ouverte. Personne ne les avait remarqués. Le colonel Box disait : « Je ne suis pas encore mort », répétant la chute de quelque histoire. Ils passèrent lentement, tête baissée, donnant des coups de pied dans le gravier. Après avoir contourné le bâtiment, ils prirent de la vitesse. Près de l'entrée des toilettes pour hommes, il y avait une trace récente de vomi grumeleux sur le mur et deux bouteilles vides sur le gravier. Ils furent obligés de marcher entre les poubelles et les hautes fenêtres sous le regard vigilant du secrétaire de mairie, puis ils en finirent avec le gravier, étant de retour sur la place.

« J'ai de l'argent », annonça Cece. Cette déclaration terre à terre les soulagea tous. Cece fit tinter la monnaie dans sa poche. C'était ce que sa mère lui avait donné pour avoir fait la vaisselle, quand il était entré dans la grande chambre la prévenir qu'il sortait. « Prends cinquante cents sur le buffet », lui avait-elle dit. Elle avait parfois de l'argent, bien qu'il ne vît jamais son père lui en donner. Chaque fois qu'elle lui disait « Sers-toi » ou lui donnait quelques pièces, Cece comprenait qu'elle avait honte de leur existence, honte pour lui et devant lui, et c'était les moments où il ne pouvait pas la supporter (bien que l'argent lui fît plaisir). Surtout si elle lui disait qu'il était gentil et ne devait pas croire qu'elle n'était pas reconnaissante de tout ce qu'il faisait.

Ils prirent la rue qui descendait au port. À côté de la station-service Paquette se trouvait une échoppe où

Mrs. Paquette vendait hot-dogs, glaces, confiseries et cigarettes. Elle avait refusé de leur vendre des cigarettes même quand Jimmy avait dit que c'était pour son oncle Fred. Mais elle ne les blâmait pas d'avoir tenté leur chance. C'était une jolie femme plantureuse, canadienne-française.

Ils achetèrent des crèmes à la réglisse, noires et rouges, avec l'intention d'acheter des glaces plus tard, quand ils seraient moins bourrés par le déjeuner. Deux vieilles banquettes de voiture avaient été placées contre la palissade, sous un arbre qui procurait de l'ombre en été : ils allèrent s'installer sur l'une d'entre elles et partagèrent les crèmes.

Le capitaine Tervitt était assis sur l'autre banquette.

Il avait été un vrai capitaine, pendant de longues années, sur les bateaux du lac. À présent, il était employé comme supplétif dans la police. Il faisait arrêter les voitures pour permettre aux élèves de traverser la rue devant l'école, mais il empêchait les enfants de faire de la luge dans la petite rue. Il donnait un coup de sifflet et levait une grosse main, qu'on aurait dite de clown, gantée de blanc. Il était resté grand et droit, avec de larges épaules, malgré l'âge et les cheveux blancs. Les voitures faisaient ce qu'il disait, et les enfants aussi.

Le soir, il effectuait une tournée pour vérifier si les portes de toutes les boutiques étaient bien verrouillées et s'assurer que personne à l'intérieur n'était en train de cambrioler. Pendant la journée, il dormait souvent en public. Quand le temps était mauvais, il dormait à la bibliothèque et quand le temps était beau, il choisissait quelque banc en plein air. Il ne s'attardait pas au commissariat, probablement parce qu'il était trop sourd pour suivre la conversation sans avoir mis sa prothèse auditive qu'il détestait, comme beaucoup de sourds. Qui plus est, d'avoir fixé le lac par-dessus la proue des bateaux l'avait sûrement habitué à la solitude.

Il avait les yeux fermés et la tête rejetée en arrière pour exposer sa figure au soleil. Quand ils allèrent lui parler (laquelle décision fut prise sans consultation préalable, en dehors d'un regard résigné et dubitatif), ils furent obligés de le tirer de son assoupissement. Il fallut un certain temps pour que son visage enregistre, où et quand et qui. Ensuite, il tira de sa poche une grosse montre de gousset ancienne, comme s'il s'attendait à ce que les enfants veuillent toujours connaître l'heure. Mais ils continuaient à lui parler d'un air agité et légèrement honteux. Ils disaient : « Mr. Willens est dans la mare de Jutland » et « On a vu l'auto » et « Noyé ». Il fut obligé de lever une main et de leur faire signe de se taire pendant que, de l'autre, il fourrageait dans la poche de son pantalon et en extrayait sa prothèse. Il hocha la tête sérieusement, les encourageant, comme pour dire « Patience, patience », le temps qu'il installe la prothèse dans son oreille. Puis les deux mains levées – « Ne bougez pas, ne bougez pas » – pendant qu'il faisait des essais. Pour finir, un autre signe de tête, plus vif, et d'une voix sévère, tournant toutefois sa sévérité en plaisanterie : « Je vous écoute. »

Ce fut Cece, le plus réservé des trois, comme Jimmy était le plus poli et Bud le plus fort en gueule, qui chamboula tout.

« Votre braguette est ouverte », dit-il.

Alors ils s'esclaffèrent tous et se sauvèrent.

Leur jubilation ne s'effaça pas tout de suite. Cependant, on ne pouvait ni la partager ni en parler : il fallait se séparer.

Cece rentra s'occuper de sa cachette. Le sol en carton qui avait été gelé pendant tout l'hiver était détrempé maintenant et avait besoin d'être remplacé. Jimmy monta dans les combles du garage où il avait récemment découvert un carton de magazines *Doc Savage* ayant appartenu à son oncle Fred. Bud rentra chez lui, où il ne trouva que sa mère, en train d'encaustiquer le parquet de la salle à manger. Après avoir regardé des bandes dessinées pendant une heure ou deux, il lui raconta tout. Il pensait qu'elle n'avait aucune expérience ni autorité en dehors de la maison et qu'elle ne déciderait pas de la marche à suivre avant d'avoir téléphoné à son père. À sa surprise, elle appela immédiatement le commissariat. Puis son père. Et quelqu'un partit cueillir Cece et Jimmy.

Une voiture de police se rendit à Jutland par la route départementale et tout fut confirmé. Un policier et un prêtre anglican allèrent voir Mrs. Willens.

« Je ne voulais pas vous ennuyer, aurait-elle dit. J'allais lui donner jusqu'à la tombée de la nuit. »

Elle leur expliqua que Mr. Willens était parti la veille, dans l'après-midi, porter un collyre à un vieil aveugle. Il lui arrivait d'être retardé par des consultations ou parce que la voiture s'embourbait.

« Était-il déprimé ou quelque chose de ce genre ? lui avait demandé le policier.

– Oh, certainement pas, avait répondu le prêtre. C'était le pilier de la chorale.

– Ce mot ne faisait pas partie de son vocabulaire », ajouta Mrs. Willens.

Que les garçons se soient attablés et aient déjeuné sans mot dire suscita des commentaires. Ainsi que d'avoir acheté des crèmes à la réglisse. Un nouveau sobriquet – le Mort – fut trouvé et attribué à chacun d'eux. Jimmy et Bud le portèrent jusqu'à ce qu'ils quittent la ville et Cece, qui se maria jeune et trouva du travail au silo, le vit passer à ses deux fils. À cette époque-là, personne ne pensait plus à ce qui l'avait inspiré.

L'insulte au capitaine Tervitt resta secrète.

Chacun d'eux s'attendait à quelque rappel, quelque regard hautain exprimant l'offense ou la réprobation, la prochaine fois qu'ils devraient passer sous son bras dressé pour traverser la rue devant l'école. Mais il leva sa main gantée, sa main blanche noble et clownesque, avec son calme bienveillant habituel. Il donnait son consentement.

Je vous écoute.

2. Arrêt du cœur

« Glomérulonéphrite », transcrivit Enid sur son bloc-notes. C'était le premier cas qu'elle eût connu. De fait, les reins de Mrs. Quinn étaient en train de lâcher et l'on n'y pouvait rien. Ils se desséchaient et devenaient des boules granuleuses, dures et inutiles. Son urine était peu abondante et d'aspect enfumé, l'odeur que diffusaient son haleine et sa peau était âcre et de mauvais augure. Il y avait également une autre odeur, moins prononcée, évoquant les fruits pourris, liée, pensait Enid, aux taches d'un brun-lavande pâle qui apparaissaient sur le corps de Mrs. Quinn. Des mouvements nerveux de ses jambes trahissaient des spasmes de douleur soudaine et sa peau était sujette à de violentes démangeaisons, obligeant Enid à lui faire des applications de glace. Elle l'enveloppait dans des serviettes éponge qu'elle appliquait sur les endroits suppliciés.

« En fin de compte, comment est-ce qu'on contracte ce genre de maladie ? » demanda la belle-sœur de Mrs. Quinn. Elle s'appelait Mrs. Fayre. Lucy Fayre. (L'effet que pourrait produire ce nom ne lui était pas venu à l'idée, disait-elle, jusqu'à ce qu'elle se marie et que tout le monde s'en moque aussitôt.) Elle habitait une ferme à quelques kilomètres de là, sur la grand-route, et venait régulièrement chercher les draps, les serviettes de toilette et les chemises de nuit pour les laver. Elle prenait aussi le linge des enfants et rapportait le tout bien repassé et plié, même les rubans des chemises de nuit. Enid lui était reconnaissante : il lui était arrivé dans certaines places d'avoir à faire la lessive elle-même ou, pire encore, d'en charger sa mère qui payait pour la faire faire en ville. Ne voulant pas être offensante mais voyant dans quelle direction les questions s'orientaient, elle répondit : « C'est difficile de savoir.

– Parce qu'on entend des tas de choses. On entend qu'une femme prend parfois des pilules. Elle se fait donner ces pilules à prendre quand il y a un retard de règles et si elle les prend comme le docteur il a dit, avec une bonne intention, ça va, mais si elle en prend trop et avec une mauvaise intention, ses reins sont détruits. J'ai raison ou pas ?

– Je n'ai jamais rencontré de cas semblable », répliqua Enid.

Mrs. Fayre était grande et corpulente. Comme son frère Rupert, qui était le mari de Mrs. Quinn, elle avait une figure ronde, agréablement ridée, avec un nez retroussé, le genre dont la mère d'Enid aurait dit qu'elle était « irlandaise à patates ». Mais derrière l'expression bonhomme de Rupert se tapissait de la défiance et de la dissimulation. Derrière celle de Mrs. Fayre, il y avait un désir. De quoi, Enid n'en savait rien. Au cours de la conversation la plus simple, Mrs. Fayre transmettait une demande énorme. Peut-être simplement un désir de nouvelles. Des nouvelles de quelque chose de très important. Un événement.

Évidemment, un événement allait se produire, quelque chose de très important, au moins dans cette famille : Mrs. Quinn allait mourir, à l'âge de vingt-sept ans. (C'était l'âge qu'elle s'attribuait ; Enid y aurait ajouté quelques années, mais une fois qu'une maladie avait atteint ce stade, l'âge était difficile à deviner.) Quand ses reins auraient complètement cessé de fonctionner, son cœur flancherait et elle mourrait. Le médecin avait dit à Enid : « Ceci vous amènera jusqu'en été, mais il y a de fortes chances que vous preniez des vacances avant la fin de la saison chaude. »

« Rupert l'a rencontrée quand il est monté dans le Nord, expliqua Mrs. Fayre. Il est parti tout seul, il travaillait dans les bois là-haut. Elle, elle avait un boulot quelconque dans un hôtel, je sais pas vraiment lequel. Style femme de chambre. Mais c'est pas là qu'elle a grandi : elle dit qu'elle a été élevée dans un orphelinat à Montréal. C'est pas sa faute. Vous croiriez qu'elle parlerait français, mais si c'est le cas, elle le montre pas.

– Une vie intéressante, dit Enid.

– Vous pouvez répéter ?

– Une vie intéressante. » Parfois, elle ne pouvait pas s'en empêcher : elle tentait une plaisanterie là où elle avait peu de chances de marcher. Elle fit un mouvement de sourcils encourageant et Mrs. Fayre sourit effectivement.

Mais était-elle blessée ? C'était exactement comme cela que Rupert souriait, au lycée, parant quelque moquerie éventuelle.

« Il avait jamais eu de petite amie avant », dit Mrs. Fayre.

Enid avait été dans la même classe que Rupert, mais n'en parla pas à Mrs. Fayre. Elle éprouvait une certaine gêne maintenant parce qu'il avait fait partie des garçons – en fait, c'était lui surtout – que ses amies et elle taquinaient et tourmentaient. « En avaient après lui », selon leur expression. Elles en avaient après Rupert, le suivaient dans la rue en criant : « Salut Rupert. Salut, Ru-pert », le mettant à la torture, regardant son cou s'empourprer. « Rupert a la scarlatine, disaient-elles. Rupert, on devrait te mettre en quarantaine. » Elles prétendaient aussi que l'une d'entre elles – Enid, Joan McAuliffe, Marian Denny – s'était amourachée de lui. « Elle aimerait causer avec toi, Rupert. Pourquoi est-ce que tu l'invites jamais à sortir ? Tu pourrais au moins lui passer un coup de fil. Elle crève d'envie de te parler. »

Elles ne s'attendaient pas vraiment à ce qu'il réagisse à ces avances implorantes. Mais quelle jubilation s'il l'avait fait. Il se serait vu repousser sur-le-champ et l'histoire aurait été diffusée dans le lycée tout entier. Pourquoi ? Pourquoi le traitaient-elles ainsi, désiraient-elles l'humilier ? Simplement parce qu'elles en avaient le pouvoir.

Il était impossible qu'il eût oublié. Cependant, il se comportait avec Enid comme si c'était une nouvelle connaissance, l'infirmière de sa femme, entrée dans sa famille en venant de n'importe où. Et Enid lui emboîtait le pas.

L'on s'était arrangé de façon exceptionnelle ici pour lui éviter un supplément de travail. Rupert dormait chez Mrs. Fayre et y prenait également ses repas. Les deux petites filles auraient aussi pu y aller, mais cela aurait entraîné un changement d'école, or il restait à peine un mois de classe avant les vacances d'été.

Rupert venait à la maison le soir parler à ses enfants.

« Vous êtes bien sages, les petites ? demandait-il.

– Montre à papa ce que tu as construit avec tes cubes, disait Enid. Montre-lui tes images dans le cahier de coloriages. »

Les cubes, les crayons de couleur, les cahiers de coloriages étaient tous fournis par Enid. Elle avait téléphoné à sa mère pour lui demander de regarder ce qu'elle pouvait trouver dans les vieilles malles. C'est ce qu'elle avait fait, apportant également un cahier ancien de poupées à découper que quelqu'un lui avait donné : les princesses Elizabeth et Margaret Rose avec leurs nombreuses tenues. Enid n'avait pas réussi à faire dire merci aux fillettes jusqu'à ce qu'elle installe toutes ces choses sur une étagère élevée et annonce qu'elles y resteraient tant qu'elles n'auraient pas remercié. Lois et Sylvie, âgées de sept et six ans, étaient aussi sauvages que des chats harets.

Rupert ne s'enquit pas de l'origine des jouets. Il recommanda à ses filles d'être sages et demanda à Enid si elle avait besoin de quelque chose en ville. Un jour, elle lui dit qu'elle avait remplacé l'ampoule électrique dans l'entrée de la cave et qu'il pouvait acheter des ampoules de rechange.

« J'aurais pu le faire, déclara-t-il.

– Les ampoules ne me posent pas de problème, l'assura Enid. Ni les fusibles, pas plus que taper sur des clous. Ma mère et moi, nous nous sommes passées d'homme à la maison depuis belle lurette. » Elle voulait être un peu taquine, pour faire preuve d'amitié, mais cela ne marcha pas.

Finalement, Rupert posait des questions sur sa femme et Enid répondait que sa tension avait légèrement baissé ou qu'elle avait mangé un peu d'omelette pour son souper, sans vomir, ou que les poches de glace semblaient calmer ses démangeaisons et qu'elle dormait mieux. Alors Rupert disait que si elle était en train de dormir, il ferait mieux de ne pas entrer.

Enid disait : « Sottises. » Voir son mari serait plus bénéfique à une femme que de faire un somme. C'est alors qu'elle emmenait les enfants au lit, pour donner aux époux un moment d'intimité. Mais Rupert ne restait jamais plus de quelques minutes. Lorsque Enid redescendait et entrait dans le salon – à présent chambre de malade – préparer la patiente pour la nuit, Mrs. Quinn était renversée en arrière sur les oreillers, l'air agité mais pas mécontent.

« Y traîne pas longtemps par ici, hein ? dit Mrs. Quinn. Ça me fait rigoler. Ha-ha-ha, comment vas-tu ? Ha-ha-ha, fichons le camp. Pourquoi est-ce qu'on la sort pas pour la jeter sur le fumier ? Pourquoi est-ce qu'on s'en débarrasse pas comme d'un chat crevé ? C'est ce qu'il pense. N'est-ce pas ?

– J'en doute », répondit Enid, apportant la cuvette et les serviettes de toilette, l'alcool pour la friction et le talc.

« J'en doute », reprit Mrs. Quinn, tout à fait haineusement, mais se laissant enlever sa chemise de nuit, dégager les cheveux du visage et glisser une serviette éponge sous les hanches sans trop se faire prier. Enid était habituée à voir les gens faire des histoires à l'idée de se trouver nus, même lorsqu'ils étaient très âgés ou très malades. Elle était parfois obligée de les taquiner ou de les forcer à faire preuve de bon sens. « Croyez-vous que je n'ai encore jamais vu de bas-ventre ? disait-elle. Bas-ventres, torses, c'est plutôt barbant à la longue. Vous savez, il s'agit simplement des deux façons dont nous sommes faits. » Mais Mrs. Quinn n'avait aucune pudeur, écartant les jambes en se soulevant un peu pour faciliter le travail. C'était une petite femme à l'ossature d'oiseau, d'une forme bizarre à présent, avec son abdomen et ses membres enflés et ses seins réduits en poches minuscules avec des mamelons comme des raisins secs.

« Gonflée comme une espèce de cochon, dit Mrs. Quinn. Sauf les tétons, et eux ils ont jamais servi à grand-chose. J'ai jamais eu des grosses mamelles comme vous. Vous en avez pas marre de me voir ? Vous serez pas contente quand je serai morte ?

– Si c'était mon sentiment, je ne serais pas ici.

– Bon débarras. Voilà ce que vous direz tous. Bon débarras. Je lui sers plus à rien, hein ? Je suis plus utile à aucun homme. Il sort d'ici tous les soirs et va ramasser des filles, hein ?

– Pour autant que je sache, il va chez sa sœur.

– Pour autant que vous sachiez. Mais vous savez peu de choses. »

Enid croyait savoir ce que cela signifiait, cette animosité et ce venin, cette énergie conservée pour les imprécations. Mrs. Quinn se débattait en quête d'ennemi. Les malades finissaient par en vouloir aux bien-portants : c'était parfois vrai des maris et des femmes ou même de mères et de leurs enfants. Dans le cas de Mrs. Quinn, il s'agissait à la fois du mari et des enfants. Un samedi matin, Enid appela les petites qui jouaient sur la véranda pour qu'elles voient comme leur maman était jolie. Sa toilette du matin venait d'être faite : elle portait une chemise de nuit propre et ses fins cheveux blonds clairsemés étaient brossés et retenus en arrière par un ruban bleu. (Enid emportait une provision de ces rubans quand elle allait soigner une malade, ainsi qu'un flacon d'eau de Cologne et une savonnette parfumée.) C'est vrai qu'elle était jolie, enfin on voyait au moins qu'elle avait été jolie autrefois, avec son front large et ses pommettes saillantes (elles lui transperçaient presque la peau à présent, comme des boutons de porte en porcelaine), ses grands yeux verdâtres, ses dents enfantines translucides et son petit menton volontaire.

Les enfants entrèrent docilement, quoique sans enthousiasme, dans la chambre.

« Empêchez-les de monter sur mon lit, dit Mrs. Quinn, elles sont crasseuses.

– Elles ont juste envie de vous voir, plaida Enid.

– Eh ben, maintenant elles m'ont vue. Elles peuvent s'en aller maintenant. »

Cette réaction ne parut ni surprendre ni décevoir les petites. Elles regardèrent Enid, qui leur dit : « Bon, ça va, il vaut mieux que votre mère se repose », alors elles sortirent en courant, claquant la porte de la cuisine.

« Vous pouvez pas les empêcher de faire ça ? demanda Mrs. Quinn. Chaque fois qu'elles le font, c'est comme si une brique me frappait en pleine poitrine. »

Vous pourriez croire que ses deux filles étaient une paire d'orphelines turbulentes qui lui avaient été infligées pour un séjour illimité. Mais c'est ainsi que certaines personnes se comportaient, jusqu'à ce qu'elles se consacrent au travail de mourir et parfois même jusqu'à ce que la mort survienne. Il arrivait que des gens d'un naturel plus doux, mettons, que Mrs. Quinn, disent qu'ils savaient à quel point leurs frères, sœurs, maris, femmes et enfants les avaient toujours détestés, quelle déception ils avaient toujours représenté pour les autres et les autres pour eux, et comme tout le monde, pensaient-ils, se réjouirait de leur disparition. Il arrivait qu'ils disent cela au terme de vies paisibles et utiles au sein de familles aimantes où il n'y avait pas l'ombre d'une explication pour de tels accès. Et habituellement les accès se calmaient. Mais souvent, aussi, au cours des ultimes semaines ou même jours de vie, ils ruminaient d'anciens différends ou affronts, ou bien ils pleurnichaient à cause de quelque punition injuste subie soixante-dix ans auparavant. Un jour, une femme avait demandé à Enid de lui apporter un plat décoré à la chinoise, rangé dans le placard. Enid avait pensé qu'elle cherchait un réconfort en regardant pour la dernière fois cet unique joli objet lui appartenant. Mais il s'avéra qu'elle désirait employer ses forces ultimes et surprenantes à le fracasser contre la colonne de lit.

« Maintenant je sais que ma sœur ne va jamais mettre la main dessus », dit-elle.

Les gens affirmaient souvent que leurs visiteurs ne venaient que pour se repaître du spectacle et que le médecin était responsable de leurs souffrances. Ils détestaient la vue même d'Enid, en raison de sa force infatigable, de ses mains patientes et de la façon dont les fluides vitaux, si admirablement équilibrés, circulaient en elle. Enid y était accoutumée et elle était capable de comprendre leur affliction, l'affliction de mourir et aussi l'affliction de leurs vies, qui surpassait parfois l'autre.

Mais avec Mrs. Quinn, elle était désemparée.

Cela ne tenait pas simplement au fait qu'elle ne pouvait pas apporter de réconfort dans un tel cas. Cela venait de ce qu'elle ne pouvait pas avoir envie de le faire. Elle ne parvenait pas à surmonter son dégoût de cette malheureuse jeune femme condamnée. Ce corps qu'il lui fallait laver, poudrer, apaiser avec de la glace et des frictions alcoolisées la dégoûtait. À présent, elle comprenait ce que les gens voulaient dire quand ils reconnaissaient détester la maladie et les corps malades. Elle comprenait les femmes qui lui avaient dit : « Je ne sais pas comment vous y arrivez. Je ne pourrais jamais être infirmière, voilà ce que je ne pourrais jamais être. » Elle détestait ce corps-ci, tous les signes particuliers de sa maladie. Son odeur et sa décoloration, les petits mamelons à l'air maléfique et les dents de furet pitoyables, y voyant l'indice d'une corruption voulue. Elle était aussi mauvaise que Mrs. Fayre, flairant l'impureté déchaînée. Bien qu'en tant qu'infirmière elle soit aguerrie et que sa profession – et son tempérament, assurément – exigent de faire preuve de compassion. Elle ne discernait pas la cause de ce qui se passait. Mrs. Quinn lui rappelait d'une certaine façon des filles qu'elle avait connues au lycée, habillées pauvrement, à l'air maladif, aux avenirs mornes, affichant malgré tout l'autosatisfaction sur leurs visages durs. Elles ne restaient qu'un an ou deux, tombaient enceintes : la plupart se mariaient. Enid en avait soigné certaines, par la suite, qui avaient accouché chez elles : elle avait trouvé leur assurance épuisée et leur effronterie changée en soumission, voire en piété. Elle les plaignait, même quand elle se rappelait comme elles avaient été décidées à obtenir ce qu'elles avaient obtenu.

Le cas de Mrs. Quinn était plus obscur. Elle avait beau s'effondrer, ce qui se révélait d'elle n'était que malice maussade, pourriture.

Que Mrs. Quinn ait connaissance de la révulsion qu'éprouvait Enid était pire encore que le fait lui-même. Aucune patience, douceur ou gaieté dont Enid pouvait faire preuve n'empêcherait que Mrs. Quinn sache. Et de cette connaissance, Mrs. Quinn tirait son triomphe.

Bon débarras.

Alors qu'Enid, âgée de vingt ans, avait presque terminé sa formation d'infirmière, son père était en train de mourir à l'hôpital de Walley. C'est à ce moment-là qu'il lui dit : « Je suis pas sûr qu'elle me plaise, cette carrière que tu t'es choisie. Ça me dit pas que tu travailles dans un endroit comme celui-ci. »

Enid se pencha au-dessus de lui et lui demanda dans quel type d'endroit il pensait se trouver. « C'est seulement l'hôpital de Walley, dit-elle.

– Je sais bien, répliqua son père, du ton calme et raisonnable qu'il avait toujours eu (il était agent immobilier et assureur). Je sais de quoi je parle. Promets-moi que tu le feras pas.

– Promettre quoi ?

– Que tu feras pas ce genre de travail », dit son père. Elle ne put en tirer aucune autre explication. Il serra les lèvres comme si les questions d'Enid le dégoûtaient. Tout ce qu'il accepta de dire, c'était « Promets ».

« De quoi s'agit-il donc ? » demanda Enid à sa mère, qui lui dit : « Oh, vas-y. Promets-le-lui. Quelle différence est-ce que ça fera ? »

Enid trouva ces paroles choquantes, mais ne fit aucun commentaire. Elles étaient conformes à la manière dont sa mère voyait beaucoup de choses.

« Je ne vais pas promettre quelque chose que je ne comprends pas, affirma-t-elle. Je ne vais probablement rien promettre du tout, de toute façon. Mais si tu sais de quoi il parle, tu devrais me le dire.

– C'est juste cette idée qu'il s'est faite maintenant, cette idée que les soins aux malades rendent une femme grossière.

– Grossière », fit Enid.

Sa mère expliqua que dans les soins, ce qui rebutait son père était la familiarité qu'avaient les infirmières avec les corps masculins. Son père pensait – il avait décidé – qu'une telle familiarité allait transformer une jeune fille et, qui plus est, allait transformer la façon dont les hommes verraient cette jeune fille. Cela gâcherait ses chances et lui donnerait beaucoup d'autres chances qui n'étaient pas aussi bonnes. Certains hommes ne s'intéresseraient plus à elle et d'autres s'y intéresseraient pour de mauvaises raisons.

« Je suppose que tout ça, c'est mêlé au désir de te voir mariée, dit sa mère.

– Alors c'est bien dommage. »

Mais Enid finit par promettre. Et sa mère dit : « Eh bien, j'espère que ça te rend heureuse. » Pas « ça le rend heureux ». « *Te* rend. » Il apparut que sa mère avait su avant Enid comme cette promesse serait tentante. La promesse au mourant, l'abnégation, le sacrifice intégral. Plus il était absurde, plus il avait de prix. C'est à cela qu'elle avait cédé. Pas par amour pour son père, non plus (laissait entendre sa mère), mais pour le frisson procuré. Pure perversité noble.

« S'il t'avait demandé de renoncer à une chose à laquelle tu ne tenais pas du tout, tu lui aurais probablement dit : "Pas question", supposa sa mère. Si, par exemple, il t'avait demandé de ne plus mettre de rouge à lèvres. Tu en mettrais encore. »

Enid écouta ces observations d'un air patient.

« As-tu prié à ce sujet ? » demanda sa mère brusquement.

Enid dit que oui.

Elle quitta l'école d'infirmières, resta à la maison et s'occupa. Il y avait suffisamment d'argent pour qu'elle n'ait pas besoin de travailler. En fait, sa mère n'avait pas souhaité pour commencer qu'Enid devienne infirmière, affirmant que c'était quelque chose que faisaient les jeunes filles pauvres, une issue pour les filles dont les parents n'avaient pas les moyens de les entretenir ou de les envoyer à l'université. Enid ne lui rappela pas cette contradiction. Elle peignit une clôture, elle butta les rosiers pour l'hiver. Elle apprit à faire les gâteaux et à jouer au bridge, prenant la place de son père dans les parties hebdomadaires que faisait sa mère avec les gens d'à côté, Mr. et Mrs. Willens. En un clin d'œil, elle devint, selon les termes de Mr. Willens, une joueuse d'un talent scandaleux. Il prit l'habitude de lui apporter des chocolats ou une rose rose, pour compenser ses propres insuffisances comme partenaire.

Elle allait patiner les soirs d'hiver. Jouait au badminton.

Elle n'avait jamais manqué d'amis et n'en manquait pas à présent. La plupart de ceux qui étaient avec elle en terminale au lycée achevaient maintenant leurs études universitaires ou travaillaient déjà ailleurs, enseignants ou infirmières ou comptables. Mais elle se lia à d'autres qui avaient quitté le lycée avant terme pour être employés de banque, de magasin ou de bureau, pour devenir plombiers ou modistes. Les filles de ce groupe tombaient comme des mouches, disaient-elles les unes des autres : elles tombaient dans le mariage. Enid organisait les fêtes de remise de cadeaux et donnait un coup de main pour la confection des trousseaux. Deux ans après arriveraient les baptêmes, où elle pouvait s'attendre à être privilégiée comme marraine. Des enfants qui ne lui étaient pas apparentés grandiraient en l'appelant Tante. Et elle était déjà une sorte de fille honoraire pour des femmes de l'âge de sa mère ou plus âgées, la seule jeune femme qui disposât de temps pour le club de lecture et la société d'horticulture. Ainsi, rapidement et facilement, elle se coulait dans ce rôle essentiel, central et pourtant isolé.

Mais à vrai dire, ce rôle avait été le sien de tout temps. Au lycée, elle était toujours déléguée de classe ou animatrice. Elle était populaire, pleine d'entrain, bien habillée et jolie, mais se trouvait légèrement en retrait. Elle avait des amis garçons mais jamais de petit ami. Cela ne semblait pas provenir d'un choix de sa part, cependant elle ne s'en inquiétait pas non plus. Elle avait été préoccupée par son ambition : être missionnaire, pendant une phase embarrassante, puis être infirmière. Cette profession ne lui était jamais apparue comme une simple activité jusqu'à ce qu'elle se marie. Son espoir était d'être bonne et de faire le bien, pas nécessairement de la façon habituelle, ordonnée, conjugale.

À la Saint-Sylvestre, elle alla au bal de l'hôtel de ville. L'homme qui dansa avec elle le plus souvent, qui la raccompagna et lui dit bonne nuit d'une pression de la main était le directeur de la laiterie, la quarantaine, jamais marié, excellent danseur, ami avunculaire des jeunes filles en mal de partenaires. Aucune femme ne le prenait jamais au sérieux.

« Tu devrais peut-être faire des études commerciales, suggéra sa mère. Ou pourquoi n'irais-tu pas à l'université ? »

Où les hommes l'apprécieraient peut-être mieux, devait-elle se dire.

« Je suis trop vieille », répondit Enid.

Sa mère en rit. « Cela ne fait que démontrer comme tu es jeune », commenta-t-elle, paraissant soulagée de s'apercevoir que sa fille souffrait d'une touche de folie normale à son âge, en pensant que vingt et un ans était immensément éloigné de dix-huit.

« Je ne vais pas m'amener avec une bande de mômes qui sortent du lycée, expliqua Enid. C'est non. Pourquoi donc veux-tu te débarrasser de moi ? Je me sens bien ici. » Cette réaction maussade ou sèche sembla également satisfaire et rassurer sa mère, mais au bout d'un petit moment elle soupira et dit : « Tu seras étonnée de t'apercevoir comme le temps passe vite. »

Ce mois d'août-là, il y eut beaucoup de cas de rougeole et quelques-uns de poliomyélite en même temps. Le médecin qui avait soigné le père d'Enid et qui avait observé comme elle était compétente à l'hôpital lui demanda si elle était prête à donner un coup de main pendant quelque temps pour s'occuper de malades à domicile. Elle répondit qu'elle allait y réfléchir.

« Tu veux dire prier ? » demanda sa mère, et le visage d'Enid prit une expression butée, renfermée, qui dans le cas d'une autre jeune fille aurait pu avoir trait à un rendez-vous avec son petit ami.

‹ Cette promesse, demanda-t-elle à sa mère le lendemain. C'était à propos du travail dans un hôpital, n'est-ce pas ? »

Sa mère dit que oui, c'était ainsi qu'elle l'avait comprise.

« Et de passer des examens et d'être infirmière diplômée ? »

Oui, oui.

Alors, s'il y avait des gens qui avaient besoin de soins à domicile, qui n'avaient pas les moyens d'aller à l'hôpital ou ne voulaient pas y aller, et si Enid se rendait chez eux pour s'en occuper, non en tant qu'infirmière diplômée mais comme ce qu'on appelait aide-soignante, elle ne serait pas vraiment en train de manquer à sa promesse, n'est-ce pas ? Et puisque la plupart de ceux qui auraient besoin de ses soins seraient des enfants, des femmes en couches ou des vieillards mourants, elle ne courrait pas grand risque de devenir grossière, n'est-ce pas ?

« Si les seuls hommes que tu vas voir sont des hommes qui ne sortiront jamais plus de leur lit, ton argument est valable », dit sa mère.

Mais elle ne put s'empêcher d'ajouter que ce que tout ceci signifiait, c'était qu'Enid avait décidé de renoncer à la possibilité d'un emploi convenable dans un hôpital afin de faire un travail misérable et éreintant dans des maisons misérables et primitives pour trois francs six sous. Enid allait se trouver en train de pomper de l'eau dans des puits contaminés, de casser la glace dans les cuvettes en hiver, de lutter contre les mouches en été, d'utiliser des toilettes extérieures. Des planches de blanchisseuse et des lampes à pétrole au lieu de machines à laver et de l'électricité. D'essayer de soigner des malades dans ces conditions et de s'occuper du ménage et de malheureux enfants gringalets en plus.

« Mais si tel est ton objectif dans la vie, dit-elle, je vois que plus je noircis le tableau, plus tu t'y accroches. La seule chose, c'est que je vais te demander de me faire deux promesses. Promets-moi de faire bouillir l'eau que tu bois. Et de ne pas épouser un fermier.

– En voilà une idée aberrante. »

Cela se passait seize ans auparavant. Au cours des premières années, les gens devinrent de plus en plus pauvres. Il y en eut de plus en plus qui n'avaient pas les moyens d'aller à l'hôpital et les lieux où travaillait Enid en étaient presque arrivés à l'état de détérioration que sa mère avait décrit. Il fallait laver à la main les draps et les langes dans les maisons où la machine à laver était en panne et irréparable, dans celles où l'électricité avait été coupée, là où en premier lieu il n'y avait jamais eu l'électricité. Enid ne travaillait pas gratuitement, parce que cela n'aurait pas été juste envers les autres femmes qui assuraient le même genre de soins et qui ne bénéficiaient pas des mêmes avantages qu'elle. Mais elle rendait l'argent en grande partie, sous forme de chaussures pour les enfants, de manteaux d'hiver, de visites chez le dentiste et de jouets à Noël.

Sa mère faisait des tournées auprès de ses amies pour recueillir des vieux berceaux, des chaises hautes, des couvertures et des draps usés qu'elle découpait et ourlait pour faire des langes. Tout le monde disait comme elle devait être fière d'Enid et, oui, répondait-elle, c'était vrai.

« Mais c'est parfois un travail de tous les diables, indiquait-elle, d'être la mère d'une sainte. »

Ensuite vint la guerre et un grand manque de médecins et d'infirmières, aussi Enid fut-elle plus utile que jamais. Elle le fut pendant un certain temps après la guerre, à cause du grand nombre de naissances. Mais à présent, les hôpitaux ayant été agrandis et beaucoup de fermes devenant prospères, il apparut que ses reponsabilités risquaient de se réduire aux soins de personnes atteintes de maux bizarres et désespérés, ou de caractère si irrémédiablement difficile que les hôpitaux les avaient expulsées.

Cet été-là, il y eut des pluies torrentielles fréquentes, puis un soleil très chaud brilla, faisant scintiller les feuilles et l'herbe détrempées. Les débuts de matinée étaient embrumés – ils étaient si près de la rivière ici – et même lorsque la brume se dissipait, le regard ne pouvait porter loin dans aucune direction, tant l'été était foisonnant et dense. Les arbres lourds, les buissons enlacés de lianes et de vigne vierge, les cultures de maïs, d'orge, de blé et de foin. Les gens disaient que tout avait pris de l'avance. Le foin était prêt à être fauché en juin et Rupert fut obligé de le rentrer précipitamment dans la grange avant qu'il soit gâché par une averse.

Il arrivait de plus en plus tard à la maison, ayant travaillé jusqu'à la tombée de la nuit. Un soir, lorsqu'il rentra, la maison était plongée dans l'obscurité, à l'exception d'une bougie allumée sur la table de la cuisine.

Enid alla vite ôter le crochet de la porte-moustiquaire.

« Courant coupé ? demanda Rupert.

– Chut », fit Enid. Elle chuchota qu'elle permettait aux petites de dormir en bas parce qu'il faisait tellement chaud à l'étage. Elle avait rapproché des fauteuils et leur avait fabriqué des lits avec des édredons et des oreillers. Et bien sûr, il lui avait fallu éteindre les lumières pour qu'elles puissent s'endormir. Elle avait trouvé une bougie dans un des tiroirs : cela lui permettait d'y voir suffisamment pour écrire dans son calepin.

« Elles se souviendront toujours d'avoir dormi ici, dit-elle. Vous vous souvenez toujours des fois où, enfant, vous avez dormi dans un endroit différent. »

Il posa un carton contenant un ventilateur pour la chambre de malade, qu'il était allé acheter à Walley. Il avait aussi acheté un journal, qu'il tendit à Enid.

« J'ai pensé que vous aimeriez peut-être savoir ce qui se passe dans le monde », dit-il.

Elle déploya le journal à côté de son calepin, sur la table. On y voyait deux chiens qui s'ébattaient dans une fontaine.

« Il raconte qu'il y a une vague de chaleur, indiqua-t-elle. C'est gentil de nous en informer, non ? »

Rupert sortait soigneusement le ventilateur de son emballage.

« Ce sera merveilleux, dit Enid. Il y fait moins chaud maintenant, mais demain ça va lui apporter un tel réconfort.

– Je viendrai de bonne heure le monter. » Il demanda ensuite dans quel état sa femme avait passé la journée.

Enid expliqua que les douleurs des jambes s'étaient apaisées et que les nouvelles pilules prescrites par le médecin semblaient lui permettre de prendre du repos.

« Le seul ennui, c'est qu'elle s'endort si tôt. Du coup, vous ne pouvez pas la voir facilement.

– Le repos vaut mieux », dit Rupert.

La conversation chuchotée rappela à Enid des conversations au lycée quand ils étaient tous les deux en terminale et que la taquinerie, ou badinage amoureux cruel, ou quoi que ce fût des débuts avait depuis longtemps été abandonné. Pendant toute cette dernière année, Rupert s'était installé derrière elle et ils avaient souvent échangé des propos brefs, toujours avec un but immédiat. Est-ce que tu as une gomme à encre ? Comment écris-tu « astreindre » ? Où se trouve la mer Tyrrhénienne ? D'habitude, c'était Enid, se retournant à demi, capable seulement de sentir, pas de voir, la proximité de Rupert, qui entamait ces conversations. C'est vrai qu'elle voulait emprunter une gomme, qu'elle avait besoin d'un renseignement, mais il y avait aussi qu'elle voulait se montrer amicale. Elle voulait également faire amende honorable, ayant honte de la façon dont ses amies et elle l'avaient traité. Des excuses ne serviraient à rien, sinon à l'embarrasser de nouveau. Il n'était à l'aise que lorsqu'il se trouvait derrière elle, sachant qu'elle ne pouvait pas le regarder en face. S'ils se croisaient dans la rue, il détournait le regard jusqu'à la dernière minute, puis marmonnait un bonjour à peine perceptible tandis qu'elle lui disait : « Salut, Rupert » d'une voix sonore, entendant l'écho des anciennes intonations suppliciantes qu'elle désirait bannir.

Mais quand il allait jusqu'à poser un doigt sur son épaule, requérant son attention, quand il se penchait en avant, touchant presque, ou touchant peut-être vraiment – elle ne pouvait pas en être sûre – ses cheveux épais, qui même coupés court étaient indisciplinés, elle avait l'impression d'être pardonnée. D'une certaine façon, elle se sentait honorée. Rétablie dans le sérieux et le respect.

Où, où au juste, se trouve la mer Tyrrhénienne ?

Elle se demanda s'il se rappelait quoi que ce soit de tout cela maintenant.

Elle partagea le journal en deux parties. Margaret Truman voyageait en Angleterre et avait fait la révérence à la famille royale. Les médecins du roi essayaient de le guérir de sa maladie de Buerger avec de la vitamine E.

Elle proposa la première partie à Rupert. « Moi, je vais regarder les mots croisés, dit-elle. J'aime bien les faire : ça me détend à la fin de la journée. »

Rupert s'assit et commença à lire le journal et elle lui demanda s'il voulait une tasse de thé. Il lui répondit que ce n'était pas la peine d'en faire. Bien sûr elle n'en tint pas compte et la prépara de toute façon, comprenant que cette réponse pouvait aussi bien signifier oui en langage paysan.

« On y traite des choses de la vie ? Plein de lettres, dit-elle en regardant ses mots croisés. Oh. Oh. J'ai de la veine ce soir. Faits divers ! Vous voyez comme c'est bête, tout ça », dit-elle en se levant pour verser le thé.

S'il se rappelait, lui en voulait-il ? Les témoignages d'amitié joyeuse qu'elle lui avait prodigués en terminale lui avaient peut-être paru aussi malvenus, d'apparence aussi condescendante, que les brocards du début.

La première fois qu'elle l'avait vu dans cette maison, elle avait trouvé qu'il n'avait guère changé. Jeune homme, il avait été grand, massif, avec un visage rond ; homme, il était grand, lourd, avec un visage rond. Il avait toujours porté les cheveux coupés si court que cela ne faisait pas grande différence qu'il y en ait moins à présent et qu'ils soient passés du châtain clair au poivre et sel. Un hâle permanent avait remplacé ses rougissements. Et la gêne qu'il éprouvait, se peignant sur son visage, était peut-être la même gêne qu'autrefois, le problème d'occuper un espace dans le monde et d'avoir un nom que les gens pouvaient vous donner, d'être quelqu'un qu'ils croyaient pouvoir connaître.

Elle les revit, assis en terminale. Une classe restreinte à ce moment-là : en cinq ans, les peu travailleurs, les insouciants et les indifférents avaient été éliminés, laissant ces enfants grandis trop vite, graves et dociles, en train d'apprendre la trigonométrie, le latin. À quelle sorte de vie pensaient-ils se préparer ? Quelle sorte de gens pensaient-ils devenir ?

Elle voyait la couverture vert foncé, avachie, d'un livre appelé *Histoire de la Renaissance et de la Réforme.* Il était de seconde main, ou de dixième main : personne n'achetait jamais un manuel neuf. À l'intérieur étaient inscrits les noms de tous les propriétaires précédents, parmi lesquels des ménagères quinquagénaires ou des commerçants de la ville. L'on ne pouvait pas les imaginer en train d'apprendre ces choses, de souligner « Édit de Nantes » à l'encre rouge et d'écrire « N. B. » dans la marge.

« Édit de Nantes. » L'inutilité même, le caractère exotique du contenu de ces livres et de ces têtes d'étudiants, de sa propre tête alors et de celle de Rupert lui inspirèrent de la tendresse et de l'émerveillement. Ce n'était pas qu'ils avaient eu l'intention de devenir ce qu'ils n'étaient pas devenus. Rien de tel. Rupert n'aurait pas pu imaginer faire autre chose que cultiver cette ferme. C'était une bonne ferme et il était fils unique. Quant à elle, en fin de compte elle avait fait exactement ce qu'elle avait dû souhaiter faire. On ne pouvait pas dire qu'ils s'étaient trompés dans leur choix de vies ou avaient choisi contre leur gré ou n'avaient pas mesuré leurs choix. C'était simplement qu'ils n'avaient pas compris comme le temps passerait, les laissant non pas grandis mais peut-être un peu amoindris par rapport à ce qu'ils avaient été.

« Pain de l'Amazone, dit-elle. Pain de l'Amazone ?

– Manioc », suggéra Rupert.

Enid compta. « Sept lettres, dit-elle. Sept.

– Cassave ? proposa-t-il.

– Cassave ? Avec deux *s* ? Cassave. »

De jour en jour, Mrs. Quinn devenait de plus en plus capricieuse pour la nourriture. Elle disait parfois qu'elle voulait du pain grillé, ou des bananes arrosées de lait. Un jour, elle demanda des gâteaux au beurre de cacahuètes. Enid les prépara – les enfants les mangeraient de toute façon – et quand ce fut prêt, Mrs. Quinn n'en supporta ni l'aspect ni l'odeur. Elle ne supportait même pas l'odeur du Jell'O.

Certains jours, elle détestait tout bruit : elle ne voulait même pas que le ventilateur tourne. D'autres jours, elle voulait écouter la radio, elle demandait la station qui diffusait les disques demandés pour des anniversaires ou des commémorations et qui appelait les gens pour leur poser des questions. Si vous donniez la bonne réponse, vous gagniez un voyage aux chutes du Niagara, un plein d'essence, une cargaison de provisions ou des billets de cinéma.

« C'est tout truqué, dit Mrs. Quinn. Ils font juste semblant de téléphoner à quelqu'un, qui se trouve dans la pièce à côté et à qui on a déjà donné la réponse. J'ai connu une personne autrefois qui travaillait à la radio, c'est la vérité pure. »

Ces jours-ci, son pouls était rapide. Elle parlait très vite, d'une voix légère, haletante. « C'est quel genre de voiture qu'elle a, votre mère ? demanda-t-elle.

– Une voiture rouge foncé.

– Quelle marque ? »

Enid dit qu'elle n'en savait rien, ce qui était la vérité. Elle l'avait su, mais elle avait oublié.

« Elle était neuve quand elle l'a achetée ?

– Oui. Mais c'était il y a trois ou quatre ans.

– Elle habite cette grande maison en moellons à côté de chez les Willens ? »

Oui, répondit Enid.

« Elle a combien de pièces ? Seize ?

– Trop.

– Vous avez été à l'enterrement de Mr. Willens quand il s'est noyé ? »

Non, dit Enid. « Je n'aime pas trop les enterrements.

– Moi, j'aurais dû y aller. J'étais pas tellement mal en point à l'époque, je devais y aller avec les Hervey qui habitent plus loin sur la nationale, ils avaient dit qu'ils m'emmèneraient mais alors sa mère à elle et sa sœur ont voulu y aller et y avait plus assez de place à l'arrière. Ensuite Clive et Lucy sont partis dans le camion et j'aurais pu me recroqueviller à l'avant mais ils ont pas pensé à me le proposer. Vous croyez qu'il s'est noyé volontairement ? »

Enid pensa à Mr. Willens en train de lui tendre une rose. Sa galanterie badine qui lui agaçait les dents, commme un excès de sucre.

« Je n'en sais rien. J'ai peine à le croire.

– Ils s'entendaient bien, lui et Mrs. Willens ?

– À ma connaissance, ils s'entendaient à merveille.

– Ah vraiment ? dit Mrs. Quinn, en essayant d'imiter le ton circonspect d'Enid. À meer-ve-eille. »

Enid dormait sur le canapé dans la chambre de Mrs. Quinn. Les démangeaisons effroyables de celle-ci, ainsi que son besoin d'uriner avaient pratiquement disparu. Elle dormait presque toute la nuit, bien que par moments sa respiration devînt stridente et rageuse. Ce qui réveillait Enid et la maintenait éveillée, c'était des ennuis personnels. Elle s'était mise à faire d'affreux rêves. Ils étaient différents de tous les rêves qu'elle avait eus auparavant. Elle pensait autrefois qu'un mauvais rêve, c'était se trouver dans une maison inconnue dont les pièces changeaient sans arrêt et où il y avait toujours plus de travail à faire qu'elle ne pouvait en accomplir, du travail pas fait qu'elle croyait avoir mené à bien, d'innombrables oublis. Elle faisait aussi ce qu'elle voyait comme des rêves romanesques, dans lesquels un homme lui avait passé le bras autour des épaules ou, même, l'embrassait. Cela pouvait être un étranger ou quelqu'un qu'elle connaissait, parfois un homme qu'il était absolument risible d'imaginer dans ce contexte. Ces rêves la rendaient pensive ou un peu triste mais soulagée d'une certaine façon de savoir que de tels sentiments lui étaient accessibles. Il leur arrivait d'être embarrassants, mais ce n'était rien, rien du tout, en comparaison avec les rêves qu'elle faisait maintenant. Dans ceux-ci, elle copulait ou essayait de copuler (elle en était parfois empêchée par des intrus ou des changements de situation) avec des partenaires totalement interdits ou impensables. Avec de gros bébés qui se tortillaient ou des malades entourés de bandages ou sa propre mère. Elle était en proie à la luxure qui la rongeait et la faisait gémir : elle se mettait à l'œuvre avec brutalité et une attitude de pragmatisme maléfique. « Oui, il faut se contenter de ceci, se disait-elle. Ceci fera l'affaire si rien de mieux ne se présente. » Et cette sécheresse de cœur, cette dépravation terre à terre ne faisaient qu'exaspérer sa concupiscence. Elle se réveillait dénuée de repentir, en sueur, épuisée, et restait étendue comme une carcasse jusqu'à ce que sa personne véritable, sa honte et son incrédulité, réintègrent son corps. La sueur se glaçait sur sa peau. Dans la chaleur de la nuit, elle grelottait de dégoût et d'humiliation, n'osant pas se rendormir. Elle s'accoutumait à l'obscurité et les longs rectangles des fenêtres aux rideaux de tulle se remplissaient d'une faible clarté. Avec le souffle de la malade, strident et rageur puis disparaissant presque.

Si elle avait été catholique, se disait-elle, était-ce le genre de chose qui pouvait se dire en confession ? Cela ne lui paraissait même pas relever de ce qu'elle pouvait évoquer dans une prière personnelle. Elle ne priait plus beaucoup, sinon pour la forme, et porter à l'attention de Dieu les expériences qu'elle venait d'endurer paraissait absolument inutile, irrespectueux. Il serait insulté. Elle, c'était son propre esprit qui l'insultait. Sa religion était pleine d'espérance et de bon sens et ne laissait de place à aucun drame vulgaire, tel que l'irruption du diable dans son sommeil. L'ordure dans son esprit faisait partie d'elle : cela ne servait à rien de la dramatiser et donner l'impression qu'elle avait de l'importance. Sûrement pas. Ce n'était rien, simplement le rebut de l'esprit.

Dans le petit pré entre la maison et la berge de la rivière, il y avait des vaches. Elle les entendait mâchonner et se bousculer, se nourrissant la nuit. Elle pensait à leurs formes amples et douces, là-bas au milieu du mimulus et de la chicorée, des herbes en fleur, et se disait : « Quelle belle vie elles ont, les vaches. »

Elle s'achève, évidemment, à l'abattoir. La fin, c'est le désastre.

Mais c'est pareil pour tout le monde. Le mal s'empare de nous pendant notre sommeil : la douleur et la désintégration sont tapies en attente. Les horreurs animales, toutes pires que ce que vous pouvez imaginer d'avance. Les réconforts du lit et du souffle des vaches, le dessin des étoiles la nuit, tout cela peut être versé cul par-dessus tête en un instant. Et la voilà, voilà Enid épuisant sa vie au travail pour feindre qu'il n'en était pas ainsi. À essayer de soulager les gens. À essayer d'être bonne. Ange de miséricorde, comme disait sa mère, de moins en moins ironique avec le passage du temps. Les patients et les médecins le disaient eux aussi.

Et pendant tout ce temps-là, combien de personnes pensaient qu'elle était sotte ? Les gens auxquels elle consacrait ses efforts la méprisaient peut-être secrètement. Se disant qu'ils n'en feraient jamais autant à sa place. Jamais aussi sots. Non.

Misérables pécheurs, lui vint à l'esprit. *Misérables pécheurs. Rétablis ceux qui se repentent.*

Alors elle se levait et allait travailler : en ce qui la concernait, c'était la meilleure façon de se repentir. Elle travaillait très silencieusement mais sans relâche pendant la nuit entière, à laver les verres troubles et les assiettes poisseuses rangées dans les placards, mettant de l'ordre là où il n'y en avait pas auparavant. Aucun. Les tasses à thé étaient posées entre le ketchup et la moutarde, le papier hygiénique au-dessus d'un pot de miel. Les étagères n'étaient pas tapissées de toile cirée ni même de papier journal. La cassonade dans son sac était dure comme de la pierre. Que les choses aient été à vau-l'eau ces derniers mois était compréhensible, mais il semblait qu'il n'y ait eu ici ni soin ni organisation, à aucun moment. Tous les rideaux de tulle étaient gris de fumée et les vitres étaient grasses. On avait laissé moisir un fond de confiture et une eau à l'odeur putride dans laquelle avait trempé quelque bouquet ancien n'avait jamais été vidée de son pot. Mais c'était encore une bonne maison, qu'un lessivage et de la couleur fraîche pouvaient restaurer.

Cependant, que faire de cette vilaine peinture marron qui avait récemment été étalée à la va-vite sur le plancher du salon ?

Elle profitait d'un moment de tranquillité en cours de journée pour arracher les mauvaises herbes dans les plates-bandes de la mère de Rupert, déraciner la bardane et le chiendent qui étouffaient les vaillantes vivaces.

Elle apprit aux fillettes à tenir leurs cuillères comme il fallait et à dire le bénédicité :

Maître du ciel et des saisons
Bénis le pain que nous mangeons
À tous ceux qui ont froid et faim
Donne la maison et le pain.

Elle leur apprit à se brosser les dents et à dire leurs prières ensuite.

« Que Dieu bénisse maman et papa et Enid et tante Lucy et oncle Clive et les princesses Elizabeth et Margaret Rose. » Puis chacune ajoutait le nom de l'autre. Elles le faisaient depuis un certain temps quand Sylvie demanda : « Qu'est-ce que ça veut dire ?

– Qu'est-ce que quoi veut dire ?

– Qu'est-ce que ça veut dire "Dieu bénisse" ? »

Enid préparait des laits de poule qu'elle faisait ingurgiter à Mrs. Quinn avec une cuillère. Elle lui donnait peu du liquide nourrissant à la fois et Mrs. Quinn parvenait à garder ce qui lui était donné en petites quantités. Si elle n'y arrivait pas, Enid lui faisait absorber des cuillérées de soda au gingembre plat et tiède.

À présent, Mrs. Quinn trouvait la lumière du soleil, toute lumière à vrai dire, aussi détestable que le bruit. Enid fut obligée de suspendre des courtepointes épaisses devant les fenêtres, même quand les stores étaient baissés. Le ventilateur étant arrêté, selon le désir de Mrs. Quinn, la pièce devenait étouffante et la transpiration dégouttait du front d'Enid lorsqu'elle se penchait au-dessus du lit pour s'occuper de la malade. Mrs. Quinn fut atteinte de frissons : elle ne parvenait jamais à avoir assez chaud.

« Cela traîne en longueur, dit le médecin. Ce doit être à cause de ces milk-shakes que vous lui donnez, qui la maintiennent en vie.

– Laits de poule », rectifia Enid, comme si cela avait une importance quelconque.

Mrs. Quinn était souvent trop fatiguée ou trop faible maintenant pour parler. Elle gisait parfois dans un état de léthargie avec une respiration si ténue et un pouls si absent et erratique qu'une personne moins expérimentée qu'Enid l'aurait crue morte. Mais à d'autres moments elle se ranimait, demandait qu'on allume la radio, puis qu'on l'éteigne. Elle savait encore parfaitement bien qui elle était, et qui était Enid : elle semblait parfois observer celle-ci avec un regard spéculatif ou interrogateur. Il y avait longtemps que son teint et même ses lèvres étaient privés de couleur, mais ses yeux paraissaient plus verts que par le passé, un vert laiteux, trouble. Enid essaya de répondre au regard posé sur elle.

« Voulez-vous que je fasse venir un prêtre pour vous parler ? »

Mrs. Quinn eut l'air prête à cracher.

« Vous me prenez pour une Irlandaise ?

– Un pasteur ? » dit Enid. Elle savait que c'était ce qu'il fallait demander, mais l'esprit dans lequel elle le faisait n'était pas le bon : il était froid et vaguement malicieux.

Non. Ce n'était pas ce que désirait Mrs. Quinn. Elle grogna de déplaisir. Il lui restait de l'énergie et Enid eut l'impression qu'elle la retenait dans un but précis. « Voulez-vous parler à vos enfants ? l'interrogea-t-elle, en s'efforçant de parler d'un ton compatissant et encourageant. C'est ça que vous voulez ? »

Non.

« Votre mari ? Votre mari sera là dans un petit moment. »

Enid ne pouvait pas en être certaine. Rupert arrivait si tard certains soirs, après que Mrs. Quinn eut avalé ses dernières pilules et se fut endormie. Il restait ensuite assis aux côtés d'Enid. Il lui apportait toujours le journal. Qu'écrivait-elle dans ses calepins – il avait remarqué qu'il y en avait deux –, avait-il voulu savoir, et elle le lui avait dit. Un pour le médecin, mentionnant la tension, le pouls et la température, décrivant ce qui avait été mangé, vomi, excrété, les médicaments absorbés, un résumé général de l'état de la patiente. Dans l'autre calepin, qu'elle se réservait, elle écrivait en gros les mêmes choses mais de façon moins précise peut-être, en ajoutant des détails sur le temps qu'il faisait et sur ce qui se passait alentour. Également ce qu'elle souhaitait se rappeler.

« Par exemple, j'ai noté quelque chose l'autre jour, raconta-t-elle. Une chose que Lois a dite. Lois et Sylvie sont entrées quand Mrs. Fayre était ici. Elle remarquait que les ronces s'étaient développées le long du chemin, passant par-dessus la route. Lois a dit que cela faisait penser à *La Belle au bois dormant*. Parce que je leur avais lu le conte. Ça, je l'ai noté.

– Va falloir que je m'occupe de les rabattre, ces ronces », dit Rupert.

Enid eut le sentiment qu'il était content de ce que Lois avait dit et du fait qu'Enid l'ait noté mais qu'il n'avait pas les moyens de l'exprimer.

Un soir, il lui expliqua qu'il allait s'absenter pendant quelques jours, pour une vente aux enchères de bétail. Il avait demandé au docteur si ça ne posait pas de problème et celui-ci lui avait donné le feu vert.

Ce soir-là, il était arrivé avant que les dernières pilules aient été données et Enid supposa qu'il avait tenu à voir sa femme éveillée avant cette brève absence. Elle lui dit d'aller tout droit dans la chambre de Mrs. Quinn, ce qu'il fit, fermant la porte derrière lui. Enid prit le journal, pensant monter le lire à l'étage, mais les petites ne dormaient probablement pas encore : elles trouveraient des excuses pour lui demander d'entrer. Elle aurait pu sortir sur la véranda, mais il y avait des moustiques à cette heure-ci, surtout après une pluie comme celle de l'après-midi.

Elle craignait de surprendre quelque confidence ou l'indication d'un conflit et d'être obligée ensuite d'affronter Rupert quand il sortirait. Mrs. Quinn s'était préparée à faire un éclat, Enid en était convaincue. Seulement, avant qu'elle ait décidé où aller, elle entendit effectivement quelque chose. Pas les récriminations ou (si c'était possible) les mots tendres, ou peut-être même les sanglots qu'elle attendait à moitié, mais un rire. Elle entendit Mrs. Quinn rire faiblement et ce rire était teinté de la moquerie et de la satisfaction qu'Enid avait déjà perçues, mais aussi de quelque chose qu'elle n'avait jamais entendu auparavant, de toute sa vie, quelque chose de délibérément immonde. Elle ne bougea pas, bien qu'elle eût dû le faire : elle était rivée devant la table, les yeux toujours fixés sur la porte de la chambre, lorsqu'il sortit un instant après. Il n'évita pas son regard et elle n'évita pas le sien. Elle en fut incapable. Pourtant, elle n'aurait pas pu dire avec certitude qu'il l'avait vue. Il la regarda simplement et sortit. Il donnait l'impression d'avoir empoigné un fil électrique et de demander pardon – à qui ? – d'avoir livré son corps à cette catastrophe idiote.

Le lendemain, Mrs. Quinn retrouva des forces considérables, de la façon anormale et trompeuse qu'Enid avait vue une ou deux fois chez d'autres. Mrs. Quinn voulait s'asseoir, adossée aux oreillers. Elle voulait qu'on mette le ventilateur en marche.

« Quelle bonne idée, dit Enid.

– Je pourrais vous raconter quelque chose que vous ne croirez jamais.

– Les gens me racontent des tas de choses.

– C'est sûr. Des mensonges, dit Mrs. Quinn. Je parie que c'est rien que des mensonges. Savez-vous que Mr. Willens s'est trouvé ici même, dans cette pièce ? »

3. L'erreur

Mrs. Quinn avait été assise dans le fauteuil à bascule pour se faire examiner les yeux et Mr. Willens s'était trouvé devant elle, tout près, levant le truc contre ses yeux : ni l'un ni l'autre n'avaient entendu Rupert entrer, parce qu'en principe il devait être en train de couper du bois près de la rivière. Mais il était revenu en douce. Il était entré à pas de loup par la cuisine sans faire de bruit – de voir la voiture de Mr. Willens dehors avait dû l'y inciter – puis il avait ouvert la porte de cette pièce très doucement, jusqu'à ce qu'il voie Mr. Willens à genoux, tenant le truc devant son œil et s'appuyant de l'autre main sur la jambe de Mrs. Quinn pour rester en équilibre. Il lui avait attrapé la jambe pour rester en équilibre : elle avait senti que sa jupe s'était retroussée et que sa jambe était dénudée mais elle n'y pouvait rien, il fallait qu'elle se concentre pour rester immobile.

Alors Rupert était entré sans qu'ils l'entendent ni l'un ni l'autre et d'un bond il s'était abattu sur Mr. Willens comme la foudre : Mr. Willens n'avait pas pu se lever ni se retourner, il était à terre avant d'avoir compris. Rupert lui avait cogné et recogné la tête sur le plancher, Rupert l'avait cogné à mort : elle avait bondi du fauteuil si vite qu'il s'était renversé et le coffret où Mr. Willens rangeait ses affaires avait été culbuté, toutes ses affaires s'étaient répandues. Rupert l'avait seulement rossé et peut-être qu'il avait heurté le pied du poêle, elle ne savait pas bien. Elle avait pensé : Après c'est mon tour. Mais elle ne pouvait pas les contourner pour se sauver de la pièce. Ensuite, elle avait vu que Rupert n'allait pas s'en prendre à elle, après tout. Il avait la respiration coupée, alors il avait redressé le fauteuil et s'était assis dedans. Elle, elle s'était approchée de Mr. Willens et l'avait tiré, lourd comme il l'était, pour le mettre à l'endroit. Ses yeux n'étaient pas vraiment ouverts, pas fermés non plus, et il y avait de la bave qui lui sortait de la bouche. Mais la peau de son visage n'était pas abîmée et on ne voyait pas de traces de coups : elles n'étaient peut-être pas encore sorties. La matière qui lui coulait de la bouche ne ressemblait même pas à du sang. C'était rose, et si vous voulez savoir à quoi ça ressemblait, eh bien c'était exactement comme l'écume qui monte quand vous faites de la confiture de fraises. Il en avait le visage barbouillé, du fait que Rupert l'avait mis à plat ventre. Il avait fait un bruit, aussi, quand elle l'avait retourné. *Glou-glou*. C'est tout ce qui s'était passé. *Glou-glou,* et il était étendu raide comme une pierre.

Rupert avait bondi du fauteuil qui avait continué à basculer et il s'était mis à ramasser toutes les affaires et à remettre chacune à l'endroit où elle devait aller dans le coffret de Mr. Willens. Mettant tout en ordre correctement. Perdant du temps de cette façon. C'était un coffret spécial, tapissé de panne rouge, avec un emplacement pour chacune des choses qu'il utilisait et il fallait tout mettre au bon endroit sinon le couvercle ne se fermait pas. Rupert était arrivé à fermer le couvercle puis il s'était simplement assis de nouveau dans le fauteuil et avait commencé à se taper sur les genoux.

Sur la table il y avait une de ces nappes inutiles, un souvenir de quand le père et la mère de Rupert étaient partis dans le Nord voir les quintuplées Dionne. Elle l'avait enlevée de la table et en avait enveloppé la tête de Mr. Willens pour absorber cette substance rose et pour qu'ils ne soient pas obligés de continuer à le regarder.

Rupert continuait à taper avec ses grosses mains plates. « Rupert, avait-elle dit, il faut qu'on l'enterre quelque part. »

Rupert l'avait juste regardée, comme pour dire : « Pourquoi ? »

Elle avait proposé de l'enterrer dans la cave, dont le sol était en terre battue.

« Bonne idée, avait dit Rupert. Et la voiture, où on va l'enterrer ? »

Elle avait suggéré de la mettre dans la grange et de la couvrir de foin.

Il avait répondu que trop de gens venaient fouiner dans la grange.

Alors, avait-elle pensé, mettons-le dans la rivière. Elle le voyait assis dans sa voiture sous l'eau. Ça lui était venu comme une image. Rupert n'avait rien dit, pour commencer, alors elle était allée à la cuisine chercher de l'eau pour nettoyer Mr. Willens et empêcher la bave de se répandre. L'écume ne lui sortait plus de la bouche. Elle avait trouvé ses clés, qui étaient dans sa poche : à travers le tissu de son pantalon, elle avait senti la partie charnue de sa jambe, encore chaude.

« Bouge-toi », avait-elle dit à Rupert.

Il avait pris les clés.

À eux deux, ils avaient soulevé Mr. Willens, elle par les pieds et Rupert par la tête, il pesait une tonne. Comme du plomb. Mais tandis qu'elle le portait, une de ses chaussures lui avait donné une sorte de coup de pied entre les jambes et elle avait pensé : T'y voilà encore, toujours le même, espèce de vieux lubrique. Même son vieux pied mort qui la pelotait. Non pas qu'elle lui ait jamais rien laissé faire, mais il était toujours prêt à mettre la main s'il le pouvait. Comme de lui empoigner la jambe sous sa jupe quand il lui collait ce truc devant l'œil, sans qu'elle puisse l'arrêter : il avait fallu que Rupert s'amène en douce et comprenne de travers.

Passer le seuil, traverser la cuisine et la véranda, descendre les marches du perron. Personne à l'horizon. Mais il y avait du vent qui avait tout de suite arraché la nappe dont elle avait couvert le visage de Mr. Willens.

On ne voyait pas leur jardin depuis la route, heureusement. Rien que la pointe du toit et la fenêtre du haut. La voiture de Mr. Willens n'était pas visible.

Rupert avait réfléchi à ce qu'il fallait faire ensuite. L'emmener à Jutland où l'eau était profonde, avec la piste qui allait jusqu'au bord : ça pouvait donner l'impression qu'il était arrivé de la route en se trompant de chemin. Comme s'il s'était engagé sur la route de Jutland, à cause de l'obscurité peut-être, terminant sa course dans l'eau avant de savoir où il était. Comme s'il s'était simplement trompé.

C'était vrai. Mr. Willens s'était certainement trompé.

L'ennui, c'était qu'il fallait quitter leur chemin et prendre la route jusqu'au tournant vers Jutland. Mais personne n'y habitait et, après le tournant, il y avait un cul-de-sac, alors il restait sept ou huit cents mètres où prier de ne rencontrer personne. Ensuite Rupert mettrait Mr. Willens à la place du conducteur en le poussant et ferait rouler la voiture de la berge dans l'eau. Pousserait tout le bazar dans le réservoir. Ce ne serait pas de la tarte, mais Rupert était costaud, au moins. S'il n'avait pas été si costaud, ils ne se seraient pas trouvés dans ce pétrin pour commencer.

Rupert avait eu du mal à faire démarrer la voiture parce qu'il n'en avait jamais conduit de semblable, mais une fois qu'il y était arrivé il avait fait demi-tour et avait pris le chemin avec Mr. Willens qui ballottait un peu contre lui. Il lui avait mis son chapeau, le chapeau qui était posé sur le siège de la voiture.

Pourquoi l'avoir enlevé avant d'entrer dans la maison ? Pas seulement par politesse mais pour pouvoir l'empoigner elle plus facilement et l'embrasser. Si vous pouviez appeler ça embrasser, cette façon de se coller contre elle, tenant encore le coffret d'une main en continuant à l'empoigner de l'autre, lui suçant les lèvres avec sa vieille bouche baveuse. Lui suçant et lui mordillant les lèvres et la langue, se collant contre elle, avec l'angle du coffret qui lui rentrait dedans et lui meurtrissait les fesses. Elle avait été tellement étonnée et il avait une telle poigne qu'elle n'avait pas su comment s'en sortir. Se collant, suçant, bavant, lui rentrant dedans et lui faisant mal tout à la fois. C'était un vieux saligaud.

Elle était allée chercher la nappe des Quintuplées sur la palissade où elle s'était accrochée. Elle avait cherché attentivement du sang sur les marches ou des saletés sur la véranda ou dans la cuisine, mais n'en avait trouvé que dans le séjour ou sur ses chaussures. Elle avait savonné à la brosse dure ce qui était par terre ainsi que ses chaussures, qu'elle avait enlevées : c'est seulement lorsqu'elle eut fait tout cela qu'elle avait vu une traînée sur tout le devant de sa robe. Comment était-elle venue ? Au moment même où elle la voyait, elle avait entendu un bruit qui l'avait pétrifiée. Le bruit d'une voiture, une voiture qu'elle ne connaissait pas et qui longeait le chemin.

Elle avait regardé à travers le rideau de tulle : c'était bien ça. Une voiture à l'air neuf, vert foncé. Le devant de sa robe taché, ses pieds sans chaussures et le plancher mouillé. Elle avait reculé pour ne pas être vue mais n'avait pas su où se cacher. La voiture s'était arrêtée, une portière s'était ouverte mais le moteur avait continué à tourner. Elle avait entendu la porte claquer, puis la voiture avait fait demi-tour et elle l'avait entendue s'éloigner sur le chemin. Ensuite, elle avait entendu Lois et Sylvie sur la véranda.

C'était la voiture du petit ami de l'institutrice. Il la raccompagnait tous les vendredis après-midi, et on était vendredi. Alors l'institutrice lui avait dit : « Pourquoi ne pas emmener ces gamines chez elles : ce sont les plus petites, celles qui habitent le plus loin, et on dirait qu'il va pleuvoir. »

Il avait plu, effectivement. La pluie avait commencé avant le retour de Rupert, rentrant à pied le long de la rivière. Elle avait dit : « Bonne chose, ça va mettre de la boue dans tes pas là où tu es allé pour pousser la voiture. » Il lui avait expliqué qu'il avait enlevé ses chaussures, travaillant en pieds de bas. « Alors tu avais dû retrouver tes esprits », avait-elle commenté.

Au lieu d'essayer d'enlever cette substance en mettant la nappe souvenir ou sa blouse à tremper, elle avait décidé de les brûler dans le poêle. Elles avaient produit une odeur horrible et cette odeur lui avait donné envie de vomir. C'était là le commencement de sa maladie. Ça et la peinture. Après avoir nettoyé le plancher, elle voyait encore l'endroit où elle croyait détecter une tache, alors elle avait pris la peinture marron qui restait de quand Rupert avait peint les marches et elle avait peint le plancher tout entier. C'est ce qui avait déclenché ses vomissements, d'être penchée et de respirer cette peinture. Ainsi que les douleurs dans le dos, c'est là qu'elles avaient commencé.

Une fois que le plancher avait été peint, elle avait à peu près cessé d'aller au salon. Mais un jour, elle s'était dit qu'il valait mieux qu'elle mette une autre nappe sur la table. Ça aurait l'air plus normal. Si elle ne le faisait pas, sa belle-sœur allait certainement venir fouiner et demander : « Où elle est, la nappe que maman et papa ont rapportée la fois qu'ils ont été voir les Quintuplées ? » Si elle avait une nappe différente, elle pouvait dire : « Oh, j'avais juste envie de changer. » Mais pas de nappe paraîtrait bizarre.

Alors elle en avait trouvé une que la mère de Rupert avait brodée de corbeilles de fleurs et l'avait portée au salon où elle sentait encore l'odeur. Et là, sur la table, était installé le coffret rouge foncé contenant les affaires de Mr. Willens, avec son nom marqué dessus : il avait été installé là pendant tout ce temps. Elle ne se rappelait même pas l'y avoir mis ou avoir vu Rupert l'y mettre. Elle l'avait complètement oublié.

Elle avait pris le coffret et l'avait caché dans un endroit, puis dans un autre. Elle n'avait jamais révélé où elle l'avait caché et elle n'allait pas le faire. Elle l'aurait réduit en miettes, mais comment réduire en miettes tous ces instruments ? Des instruments pour vous examiner. Oh, madame, voulez-vous que j'examine vos yeux, asseyez-vous simplement ici, détendez-vous, fermez un œil et gardez l'autre grand ouvert. Grand ouvert, attention. C'était le même manège chaque fois et elle n'était pas supposée se douter de ce qui allait se passer : quand il sortait le truc pour lui regarder l'œil, il voulait qu'elle garde sa culotte, et lui ce sale vieux bonhomme qui haletait, les doigts bien enfoncés, qui haletait. Et elle qui ne devait rien dire jusqu'à ce qu'il s'arrête et remette le truc pour examiner dans son coffret ; alors elle devait dire : « Oh, Mr. Willens, voyons, combien est-ce que je vous dois pour aujourd'hui ? »

Ce qui était le signal pour qu'il la couche par terre et se mette à la cogner comme un vieux bouc. À même le sol, la cognant en essayant de la fracasser. La folie le prenant comme une colique.

Ça vous aurait plu, ça ?

Ensuite la nouvelle avait paru dans les journaux. Mr. Willens trouvé noyé.

On avait dit qu'il avait été assommé quand sa tête avait heurté le volant. Qu'il était vivant quand il était entré dans l'eau. Quelle rigolade.

4. Mensonges

Enid ne ferma pas l'œil de la nuit, n'essayant même pas de dormir. Elle ne put pas se coucher dans la chambre de Mrs. Quinn mais resta dans la cuisine pendant des heures. Tout mouvement représentait un effort, même faire une tasse de thé ou aller aux toilettes. Bouger son corps agitait l'information qu'elle essayait d'ordonner dans sa tête pour s'y habituer. Elle ne s'était pas déshabillée, n'avait pas défait ses cheveux, et quand elle se brossa les dents il lui sembla qu'elle faisait quelque chose de laborieux et d'inhabituel. Le clair de lune entra par la fenêtre de la cuisine – elle était assise dans le noir – et elle observa une tache de lumière qui se déplaça au cours de la nuit sur le linoléum, puis disparut. Cette disparition la surprit, ainsi que le réveil des oiseaux, le début de la nouvelle journée. La nuit avait paru si longue, puis trop courte, parce que rien n'était décidé.

Elle se leva, ankylosée, déverrouilla la porte et s'assit sur la véranda dans le jour commençant. Ce seul déplacement agglutina ses pensées. Il lui fallut les trier de nouveau et les partager en deux. D'un côté, ce qui s'était passé, ou le récit de ce qui s'était passé. De quelle façon y réagir, de l'autre. De quelle façon y réagir, c'est ce qui refusait de s'élucider dans son esprit.

Les vaches avaient été déplacées du petit pré entre la maison et la berge de la rivière. Elle pouvait ouvrir la barrière si elle le souhaitait et partir dans cette direction. Elle savait qu'elle devrait plutôt rentrer, s'assurer de l'état de Mrs. Quinn. Mais elle se trouva en train de tirer le verrou de la barrière.

Les vaches n'avaient pas brouté toutes les herbes. Détrempées, elles frôlaient ses bas. Mais le sentier était dégagé sous les arbres bordant la rivière, ces grands saules envahis de vigne sauvage comme des bras poilus de singe s'y accrochant. À cause de la brume qui montait, l'on voyait à peine la rivière. Il fallait fixer le regard, se concentrer, puis une parcelle d'eau transparaissait, aussi calme que dans un pot. Un courant devait exister, mais elle ne parvint pas à le trouver.

Ensuite, elle vit un mouvement, mais il ne se passait pas dans l'eau. C'était un bateau qui bougeait. Amarré à une branche, un vieux bateau à rames ordinaire était soulevé très légèrement, soulevé puis lâché. Maintenant qu'elle l'avait trouvé, elle continua de l'observer, comme s'il pouvait lui dire quelque chose. Ce qu'il fit. Il dit quelque chose de tranquille et de définitif.

Tu sais. Tu sais.

Quand les fillettes se réveillèrent, elles la trouvèrent d'humeur joyeusement épanouie, fraîchement lavée et habillée, les cheveux libres. Elle avait déjà préparé le

Jell'O bourré de fruits qui serait prêt pour leur repas de midi et elle était en train de pétrir la pâte des petits gâteaux pour les faire cuire avant qu'il fasse trop chaud pour pouvoir utiliser le four.

« C'est le bateau de votre père ? demanda-t-elle. En bas, sur la rivière ?

– Oui, répondit Lois. Mais nous ne sommes pas supposées y jouer. Si vous veniez avec nous, nous pourrions. »

Elles avaient tout de suite saisi l'ambiance privilégiée de cette journée, ses possibilités festives, le mélange de langueur et d'excitation inhabituel chez Enid.

« On verra », dit-elle. Elle voulait en faire une journée particulière, particulière en dehors du fait – dont elle était déjà presque certaine – que ce serait le jour où leur mère allait mourir. Elle voulait qu'elles conservent quelque chose en tête qui projette une lumière salvatrice sur ce qui allait s'ensuivre. C'est-à-dire sur elle-même et la manière, quelle qu'elle soit, dont elle interviendrait ultérieurement dans leurs vies.

Ce matin-là, elle eut du mal à trouver le pouls de Mrs. Quinn qui n'avait pas été capable, apparemment, de lever la tête ou d'ouvrir les yeux. Le changement depuis hier était considérable, mais Enid n'en fut pas surprise. Elle avait pensé que cette grande poussée d'énergie, ce flot de paroles abominable, marquait la fin. Elle porta une cuillérée d'eau à la bouche de Mrs. Quinn qui aspira un peu du liquide. Elle émit une sorte de miaulement, assurément le dernier vestige de toutes ses plaintes. Enid n'appela pas le médecin parce qu'il devait passer de toute façon plus tard dans la journée, probablement en début d'après-midi.

Elle fit mousser du savon dans un bocal, courba un bout de fil de fer, puis un autre, pour confectionner des tiges à bulles. Elle montra comment faire aux petites filles, soufflant régulièrement, soigneusement, jusqu'à ce qu'une vessie brillante aussi grande que possible tremble au bout du fil, puis la dégageant délicatement. Les fillettes couraient après les bulles dans le jardin, les maintenant en l'air jusqu'à ce que la brise s'en empare et les suspende dans les arbres ou sur l'auvent de la véranda. Ce qui prolongeait leur existence à ce moment-là semblait être les cris d'admiration, les hurlements de joie qui montaient d'en dessous. Enid n'établit aucune restriction aux bruits qu'elles faisaient et quand la mousse de savon fut épuisée elle en prépara d'autre.

Le docteur appela pendant le déjeuner des petites : du Jell'O, une assiettée de petits gâteaux saupoudrés de sucre coloré et des verres de lait mélangé de sirop chocolaté. Il expliqua qu'il était retenu par la chute d'un enfant, tombé d'un arbre, et qu'il ne viendrait probablement pas avant l'heure du dîner. « Je pense qu'elle est peut-être en train de passer, dit Enid doucement.

– Eh bien, empêchez-la de souffrir si vous le pouvez. Vous savez comment faire aussi bien que moi. »

Enid ne téléphona pas à Mrs. Fayre. Elle savait que Rupert ne serait pas encore rentré de la vente aux enchères et ne pensa pas que Mrs. Quinn, si jamais elle retrouvait un instant de lucidité, aurait envie de voir ou d'entendre sa belle-sœur dans la chambre. Il semblait également peu probable qu'elle eût envie de voir ses enfants. Et de la voir ne leur apporterait rien de bon à se rappeler.

Elle se dispensa d'essayer de prendre la tension de Mrs. Quinn, ou sa température : elle se contenta de lui passer une éponge sur le visage et les bras et de lui proposer de l'eau, qui ne l'intéressait plus. Elle fit marcher le ventilateur dont le bruit avait si souvent irrité Mrs. Quinn. L'odeur que dégageait le corps paraissait se transformer, perdre son aigreur ammoniacale. Devenir l'odeur habituelle de la mort.

Elle sortit s'asseoir sur les marches. Elle enleva ses chaussures et ses bas et étira ses jambes au soleil. Les fillettes se mirent à la harceler prudemment, lui demandant de les emmener à la rivière, de leur permettre de s'asseoir dans le bateau, ou, si elles trouvaient les rames, de leur faire faire un tour. Elle était assez avisée pour ne pas s'égarer aussi loin dans la voie de la désertion, mais elle leur demanda : aimeraient-elles avoir une piscine ? Deux piscines ? Alors elle sortit deux baquets, les posa sur l'herbe et les remplit d'eau pompée à la citerne. Ayant ôté leurs vêtements à l'exception de leurs culottes, Lois et Sylvie paressèrent dans l'eau, devenant la princesse Elizabeth et la princesse Margaret Rose.

« Qu'en pensez-vous, demanda Enid, assise dans l'herbe, la tête renversée en arrière, les yeux fermés, qu'en pensez-vous, si quelqu'un fait quelque chose de vraiment mal, faut-il le punir ?

– Oui, répondit Lois aussitôt. Il faut lui flanquer une raclée.

– Qui l'a fait ? demanda Sylvie.

– Je pense à n'importe qui, dit Enid. Voyons, et si c'était quelque chose de très mal mais que personne ne sache qui l'a fait ? Faudrait-il que ce quelqu'un dise que c'était lui et soit puni ?

– Moi je saurais qu'ils l'avaient fait, affirma Sylvie.

– C'est pas vrai, rétorqua Lois. Comment tu le saurais ?

– Je l'aurais vu.

– C'est pas vrai.

– Vous savez pourquoi je pense qu'il faudrait le punir ? dit Enid. C'est parce qu'il va se croire tellement mauvais, intérieurement. Même si personne ne l'a vu et que personne n'a rien su. Si vous faites quelque chose de vraiment mal sans être puni, vous vous sentez plus mal, et encore plus mal, que si vous êtes puni.

– Lois elle a volé un peigne vert, raconta Sylvie.

– C'est pas vrai.

– Je veux que tu t'en souviennes, dit Enid.

– Il était par terre au bord de la route », expliqua Lois.

Enid allait dans la chambre de malade toutes les demi-heures environ pour essuyer le visage et les mains de Mrs. Quinn avec un linge humide. Elle ne lui adressait jamais la parole et ne lui touchait jamais la main, sauf avec le linge. Elle ne s'était jamais absentée ainsi quand quelqu'un était en train de mourir. Lorsqu'elle ouvrit la porte vers cinq heures trente, elle sut qu'il n'y avait personne de vivant dans la pièce. Le drap était tiré à l'extérieur et la tête de Mrs. Quinn pendait sur le côté, chose qu'Enid ne nota pas et dont elle ne dit mot à quiconque. Le corps était redressé et nettoyé et le lit refait avant l'arrivée du médecin. Les petites jouaient encore au jardin.

« 5 JUILLET. Pluie début de matinée. L. et S. jouent sur la véranda. Ventilateur marche et arrêt, plaintes bruit. Demi-tasse lait de poule 1 cuillère à la fois. Tension + élevée, pouls rapide, aucune plainte douleur. Pluie peu rafraîchissante. R. Q. le soir. Foin terminé.

6 JUILLET. Chaleur, t. lourd. Essaie ventilateur mais non. Épongée souvent. R.Q. le soir. Commence moisson blé demain. Tout 1 ou 2 semaines avance cause chaleur, pluie.

7 JUILLET. Chaleur continue. Lait de poule refusé. Soda gingembre à la cuillère. T. faible. Grosse pluie hier soir, vent. R.Q. pas pu moissonner, blé versé par endroits.

8 JUILLET. Pas de lait de poule. Soda gingembre. Vomissement matin. Plus vive. R.Q. part vente veaux, absent 2 jours. Doc. dit d'y aller.

9 JUILLET. T. agitée. Propos terribles.

10 JUILLET. Patiente Mrs. Rupert (Jeanette) Quinn morte aujourd'hui 17 heures environ. Arrêt cardiaque suite urémie. (Glomérulonéphrite.) »

Enid n'avait pas pour habitude d'attendre les obsèques des personnes qu'elle avait soignées. Il lui semblait séant de quitter la maison dès qu'elle pouvait le faire décemment. Sa présence ne pouvait manquer de rappeler la période précédant le décès, peut-être morne et lourde de déchéance physique, qui allait maintenant s'effacer par la grâce des cérémonies, de l'hospitalité, des fleurs et des gâteaux.

Qui plus est, quelque parente se trouvait habituellement sur les lieux pour se charger de la maison, mettant brusquement Enid dans la position d'invitée indésirable.

De fait, Mrs. Fayre arriva chez les Quinn avant l'entrepreneur des pompes funèbres. Le docteur se trouvait à la cuisine, en train de boire une tasse de thé et de parler à Enid d'un autre cas dont elle pourrait s'occuper maintenant qu'elle en avait terminé ici. Enid ergotait, prétextant le désir de s'accorder un congé. Les petites étaient à l'étage : on leur avait dit que leur mère était partie au ciel, ce qui avait constitué pour elles le couronnement de cette journée rare et pleine d'imprévus.

Mrs. Fayre se tint coite jusqu'au départ du docteur. Elle resta près de la fenêtre pour le regarder exécuter son demi-tour et s'éloigner. Puis elle déclara : « Je ne devrais peut-être pas en parler tout de suite, mais je vais le faire. Je suis contente que ça se soit passé maintenant et pas plus tard, après l'été quand elles auraient repris la classe. Maintenant, je vais avoir le temps de les habituer à vivre chez nous et à l'idée d'aller dans une nouvelle école. Et Rupert, il va falloir qu'il s'y habitue aussi. »

C'était la première fois qu'Enid se rendait compte que Mrs. Fayre avait l'intention d'emmener les fillettes vivre chez elle, pas simplement pour un petit séjour. Elle était impatiente d'organiser ce déménagement, l'attendait sans doute depuis un certain temps. En toute vraisemblance, elle avait préparé les chambres des petites et acheté du tissu pour leur coudre de nouveaux vêtements. Elle avait une grande maison et pas d'enfants à elle.

« Vous-même devez avoir envie de rentrer chez vous », dit-elle à Enid. Tant qu'il y aurait une autre femme dans la maison, ce foyer-ci pourrait faire figure de rival et son frère aurait peut-être plus de mal à concevoir la nécessité de laisser partir les petites pour de bon. « Rupert pourra vous accompagner en ville quand il rentrera. »

Enid répondit de ne pas s'inquiéter, que sa mère venait la chercher.

« Oh, j'avais oublié votre mère, dit Mrs. Fayre. Elle et sa petite auto dernier cri. »

Rassérénée, elle entreprit d'ouvrir les portes des placards, vérifiant l'état des tasses et des verres : étaient-ils propres pour les obsèques ?

« Quelqu'un s'est activé », constata-t-elle, à présent soulagée en ce qui concernait Enid et prête à faire des compliments.

Mr. Fayre attendait dehors, dans le camion, avec le chien des Fayre, Général. Mrs. Fayre héla Lois et Sylvie qui descendirent en courant, emportant leurs vêtements dans des sacs en papier kraft. Elles traversèrent la cuisine au galop et claquèrent la porte, sans prêter aucune attention à Enid.

« Voilà quelque chose qui va devoir changer », dit Mrs. Fayre, en parlant des portes claquées. Enid entendit les enfants crier des salutations à Général qui aboyait frénétiquement en réponse.

Enid fut de retour deux jours plus tard, conduisant elle-même la voiture de sa mère. Elle arriva en fin d'après-midi, une fois les obsèques bien terminées. Aucune voiture supplémentaire n'était garée dehors, ce qui signifiait que toutes les femmes qui avaient aidé à la cuisine étaient rentrées chez elles, remportant les chaises et les tasses d'appoint ainsi que la grande cafetière qui appartenait à leur église. L'herbe était marquée de traces de voitures et parsemée de fleurs tombées, écrasées.

À présent, il lui fallait frapper à la porte, attendre qu'on lui demande d'entrer.

Elle entendit les pas lourds et réguliers de Rupert. Lorsqu'il se trouva en face d'elle de l'autre côté de la porte-moustiquaire, elle lui adressa un salut, sans le regarder en face. Il était en bras de chemise, mais portait encore le pantalon de son costume. Il ôta le crochet de la porte.

« Je n'étais pas sûre qu'il y aurait quelqu'un ici, dit Enid. Je pensais que vous seriez peut-être encore dans la grange.

– Tout le monde a donné un coup de main pour les corvées », expliqua Rupert.

Elle sentit le whiskey lorsqu'il parla, mais il ne donnait pas l'impression d'être ivre.

« J'ai pensé qu'une des femmes avait oublié quelque chose et était revenue le chercher, dit-il.

– Je n'ai rien oublié. Je me demandais simplement, comment vont les enfants ?

– Elles vont très bien. Elles sont chez Lucy. »

Il n'était pas certain que Rupert lui demande d'entrer. Ce qui le retenait, c'était le trouble, pas l'hostilité. Enid ne s'était pas préparée à ce début de conversation embarrassé. Pour ne pas avoir à le regarder, elle promena son regard sur le ciel.

« On sent que les soirées raccourcissent, remarqua-t-elle. Même s'il est passé moins d'un mois depuis le jour le plus long.

– C'est vrai », dit Rupert. Enfin, il ouvrit la porte et s'écarta : elle entra. Il y avait une tasse sans soucoupe sur la table. Enid s'assit à l'opposé de l'endroit où il avait été installé. Elle portait une robe en crêpe de soie vert foncé et des chaussures en daim assorties. Lorsqu'elle les avait mises, elle s'était dit que c'était peut-être la dernière fois qu'elle s'habillait et les derniers vêtements qu'elle porterait jamais. Elle s'était relevé les cheveux en tresse et s'était poudrée. Son soin, sa vanité lui paraissaient sottes mais lui étaient nécessaires. Voilà trois nuits d'affilée qu'elle restait éveillée, éveillée à chaque instant, et elle n'avait pas pu manger, même pour tromper sa mère.

« Était-ce particulièrement pénible cette fois ? » avait demandé celle-ci. Elle détestait que l'on parle de maladies ou de lits de mort et le fait qu'elle se soit résolue à poser cette question indiquait que le bouleversement d'Enid était évident.

« T'étais-tu attachée aux fillettes ? l'interrogea-t-elle. Les pauvres petites luronnes. »

Enid répondit que le problème, c'était de retrouver son calme après une longue période de soins, et qu'une maladie désespérée représentait évidemment une épreuve particulière. Elle ne sortait pas de la maison de sa mère pendant la journée, mais allait se promener le soir, quand elle était sûre de ne rencontrer personne et de ne pas avoir à parler. Il lui arriva de s'apercevoir qu'elle longeait les murs de la prison du comté. Elle savait que derrière ces murs se trouvait une cour où l'on procédait autrefois aux pendaisons. Mais pas depuis de longues années. À présent, cela devait se passer dans quelque grande prison centrale, quand il le fallait. Et il y avait longtemps que personne de cette communauté n'avait commis de crime suffisamment grave.

Assise en face de Rupert, de l'autre côté de la table, tournée vers la porte de la chambre de Mrs. Quinn, elle avait presque oublié son prétexte, cessé de connaître la marche à suivre. Elle sentit son sac sur ses genoux, le poids de son appareil photographique à l'intérieur, cela servit de rappel.

« Il y a une chose que j'aimerais vous demander, dit-elle. J'ai pensé qu'il valait mieux le faire maintenant, parce que je n'aurai pas d'autre occasion.

– De quoi s'agit-il ? demanda Rupert.

– Je sais que vous avez un bateau à rames. Alors je voulais vous demander de m'emmener au milieu de la rivière. De là je pourrais faire une photographie. J'aimerais photographier la berge. Elle est belle à cet endroit, avec les saules qui la longent.

– Très bien », acquiesça Rupert, avec le manque d'étonnement prudent que manifestent les gens de la campagne confrontés à la frivolité – voire le sans-gêne – des visiteurs.

C'est ce qu'elle était maintenant : une visiteuse.

Son projet était d'attendre qu'ils soient arrivés au milieu de la rivière, puis de lui dire qu'elle ne savait pas nager. D'abord lui demander quelle était d'après lui la profondeur de l'eau à cet endroit-là : il allait certainement dire qu'avec toute la pluie qui était tombée, elle pouvait être de sept, de huit ou même de dix pieds. Ensuite lui dire qu'elle ne savait pas nager. Ce qui ne serait pas un mensonge : elle avait grandi à Walley, au bord du lac, elle avait joué sur la plage chaque été de son enfance, elle était vigoureuse et sportive mais elle avait peur de l'eau et aucune tentative pour la persuader, lui expliquer, lui faire honte n'avait jamais eu d'effet : elle n'avait pas appris à nager.

Rupert n'aurait qu'à lui donner une poussée avec une des rames, la faire basculer dans l'eau et la laisser couler. Puis il laisserait le bateau sur la rivière et rejoindrait la rive à la nage, changerait de vêtements et raconterait qu'il était arrivé de la grange ou d'une promenade, avait trouvé la voiture chez lui et elle, où était-elle ? Même l'appareil photographique, s'il était retrouvé, rendrait le récit plus plausible. Elle avait pris le bateau pour faire une photographie, puis était tombée à l'eau on ne savait comment.

Une fois qu'il verrait l'avantage dont il disposait, elle lui dirait. Elle demanderait : « Est-ce vrai ? »

Si ce n'était pas vrai, il la détesterait d'avoir posé la question. Si c'était vrai – et avait-elle cessé d'en être convaincue à aucun moment ? – il la détesterait d'une autre manière, plus dangereuse. Même si elle déclarait tout de suite – en le pensant, car elle le penserait – qu'elle n'allait jamais rien révéler.

Elle parlerait très doucement tout le temps, se rappelant comme les voix portent au-dessus de l'eau par une soirée d'été.

Je ne vais rien révéler, mais toi tu vas le faire. Tu ne peux pas continuer à vivre en gardant ce genre de secret.

Tu ne peux pas vivre dans le monde avec un tel fardeau. Tu ne pourras pas supporter ta vie.

Si elle en était arrivée là et qu'il n'avait pas nié ce qu'elle avançait ni ne l'avait poussée dans la rivière, Enid saurait qu'elle avait gagné son pari. Il faudrait encore parler, encore faire preuve de persuasion absolument ferme mais calme pour l'amener au point où il se déciderait à tourner le bateau vers la rive.

Ou bien, désemparé, il dirait : « Que vais-je faire ? » et elle le guiderait pas à pas en disant d'abord : « Retourne vers la berge. »

Le premier pas d'un long parcours terrible. Elle lui indiquerait les pas un à un et resterait auprès de lui autant qu'elle le pourrait. Amarre le bateau maintenant. Gravis la berge. Traverse le pré. Ouvre la barrière. Elle marcherait derrière lui, ou devant, comme

Rupert préférerait. Traverse le jardin, passe sur la véranda, entre dans la cuisine.

Ils se diraient au revoir, monteraient chacun dans sa voiture, puis la direction qu'il prendrait le regarderait. Et le lendemain, elle ne téléphonerait pas au commissariat. Elle attendrait, eux l'appelleraient et elle irait le voir en prison. Tous les jours, ou aussi souvent qu'ils le lui permettraient, elle resterait assise à lui parler et elle lui écrirait aussi des lettres. S'ils l'emmenaient dans une autre prison, elle s'y rendrait : même si elle n'avait le droit de le voir qu'une fois par mois, elle serait tout près. Et au tribunal, oui, tous les jours au tribunal, elle s'assiérait là où il pourrait la voir.

Elle ne pense pas qu'on puisse être condamné à mort pour ce genre d'assassinat, accidentel d'une certaine façon, et sûrement passionnel, mais cette ombre est présente pour la dégriser quand elle sent que ces images de dévouement, d'un lien semblable à l'amour mais le dépassant, sont en train de devenir indécentes.

Maintenant c'est enclenché. Par sa demande de promenade sur l'eau, l'excuse de la photographie. Ils sont debout tous les deux et elle se trouve face à la porte de la chambre de malade – redevenu le salon – qui est fermée.

Elle dit quelque chose d'idiot.

« A-t-on enlevé les courtepointes des fenêtres ? »

Pendant un instant, il paraît ne pas savoir de quoi elle parle. Puis il répond : « Les courtepointes. Oui. Je crois que c'est Lucy qui les a descendues. C'est dans cette pièce que la cérémonie a eu lieu.

– Je m'étais juste demandé. Le soleil les ferait passer. »

Il ouvre la porte, elle contourne la table et ils regardent immobiles l'intérieur de la pièce. « Vous pouvez entrer si vous voulez, dit-il. Pas de problème. Entrez. »

Le lit est parti, bien sûr. Les meubles sont poussés contre les murs. Le milieu de la pièce, là où ils ont dû placer les chaises pour la cérémonie, est vide. Ainsi que l'espace entre les fenêtres au nord : c'est là que devait être installé le cercueil. La table où Enid mettait la cuvette et disposait les linges, le coton hydrophile, les cuillères, les médicaments est repoussée dans un coin et supporte un bouquet de delphiniums. Les hautes fenêtres conservent encore beaucoup de lumière.

« Mensonges » est le mot qu'Enid entend maintenant, de tous les mots que Mrs. Quinn a dits dans cette pièce. *Mensonges. Je parie que c'est rien que des mensonges.*

Une personne était-elle capable d'inventer quelque chose d'aussi détaillé et de diabolique ? La réponse est oui. L'esprit d'une malade, d'une mourante, pouvait se remplir de toute sorte d'immondices et organiser ces immondices de la façon la plus convaincante. L'esprit d'Enid elle-même, lorsqu'elle avait dormi dans cette pièce, s'était rempli des inventions les plus répugnantes, d'ordures. Des mensonges de cet ordre pouvaient se trouver en attente dans les recoins de l'esprit d'une personne, suspendus comme des chauves-souris, attendant de profiter de n'importe quelle obscurité. L'on n'était jamais en droit de dire : « Personne ne pourrait inventer une chose pareille. » Voyez comme les rêves sont complexes, couche après couche, si bien que la partie dont vous vous souvenez et que vous pouvez formuler avec des mots n'est que la pellicule que vous parvenez à détacher du dessus.

Quand Enid avait quatre ou cinq ans, elle avait raconté à sa mère qu'elle était entrée dans le bureau de son père et l'avait vu assis à sa table avec une femme sur les genoux. Tout ce qu'elle se rappelait de cette femme était qu'elle portait un chapeau orné d'un grand nombre de fleurs et d'une voilette (chapeau complètement démodé même à cette époque), que le haut de son vêtement était déboutonné et qu'un sein nu en sortait, dont la pointe disparaissait dans la bouche du père d'Enid. Elle avait raconté cela à sa mère dans la certitude absolue de l'avoir vu. Elle avait dit : « Un de ses devants était fourré dans la bouche de papa. » Elle ne connaissait pas le mot pour seins, bien qu'elle sût quand même qu'ils allaient par deux.

« Voyons, Enid, dit sa mère. De quoi parles-tu ? Que diable est un devant ?

– Comme un cornet de glace », répondit Enid.

Et c'est ainsi qu'elle le voyait, exactement. Elle le voyait encore comme cela. Le cornet couleur de biscuit avec sa boule de crème glacée à la vanille écrasée contre la poitrine de la femme et le mauvais bout collé dans la bouche de son père.

Sa mère fit alors quelque chose de très inattendu. Elle défit sa propre robe et en tira un objet à la peau terne qui s'étala mollement sur sa main. « Comme ceci ? demanda-t-elle.

– Non, dit Enid. Un cornet de glace.

– Alors c'était un rêve, affirma sa mère. Les rêves sont parfois totalement bêtes. N'en parle pas à papa. C'est trop bête. »

Enid ne crut pas sa mère sur-le-champ, mais un ou deux ans plus tard elle vit que cette explication devait être la bonne parce que les cornets de glace ne se disposaient jamais de cette manière sur les poitrines des dames et n'étaient jamais aussi gros. Lorsqu'elle fut encore plus grande, elle se rendit compte que le chapeau devait sortir de quelque tableau.

Mensonges.

Elle ne lui avait pas encore posé de question, elle n'avait rien dit. Rien encore ne l'obligeait à interroger. C'était encore *avant*. Mr. Willens, au volant de sa voiture, s'était encore jeté dans le réservoir de Jutland volontairement ou par accident. Tout le monde le croyait encore et, en ce qui concernait Rupert, Enid le croyait aussi. Tant qu'il en serait ainsi, cette pièce, cette maison et sa vie réservaient une perspective différente, entièrement différente de celle avec laquelle elle avait vécu (ou dont elle s'était glorifiée, selon votre façon de l'interpréter) ces derniers jours. Cette perspective différente se rapprochait d'elle et tout ce qu'il lui fallait faire, c'était rester tranquille et la laisser venir. Par son silence, sa collaboration à un silence, que de bienfaits pouvaient fleurir. Pour d'autres, et pour elle.

C'est ce que savaient la plupart des gens. Une chose simple qui lui avait pris si longtemps à comprendre. Comment faire pour que le monde reste habitable.

Elle s'était mise à pleurer. Pas de chagrin mais d'un accès de soulagement qu'elle n'avait pas recherché consciemment. Elle examina le visage de Rupert et vit que ses yeux étaient injectés de sang et la peau alentour fripée et desséchée comme si lui aussi avait pleuré.

« Elle n'a pas eu de chance dans la vie », dit-il.

Enid s'excusa et alla chercher son mouchoir qui était dans son sac sur la table. Elle était mal à l'aise à présent de s'être parée en prévision d'un destin si mélodramatique.

« Je ne sais pas ce qui m'est passé par la tête, déclara-t-elle. Je ne peux pas descendre jusqu'à la rivière avec ces chaussures. »

Rupert ferma la porte du salon.

« Si vous voulez y aller, nous pouvons encore le faire, indiqua-t-il. Il devrait y avoir une paire de bottes en caoutchouc à votre taille quelque part. »

Pas celles de Mrs. Quinn, espéra Enid. Les siennes seraient trop petites.

Rupert ouvrit un coffre dans le bûcher, tout près de la porte de la cuisine. Enid n'avait jamais mis le nez dans ce coffre : elle pensait qu'il contenait du petit bois dont elle n'avait certainement pas eu besoin cet été-là. Rupert en tira plusieurs bottes en caoutchouc esseulées et même des après-ski, en quête d'une paire.

« Je pense que celles-ci feront l'affaire, dit-il. Peut-être qu'elles étaient à maman. Ou même à moi, avant que mes pieds aient fini de grandir. »

Il retira quelque chose qui ressemblait à un élément de tente, puis, le tenant par une lanière cassée, un vieux cartable.

« J'avais oublié tous les trucs qui se trouvaient là-dedans », expliqua-t-il, les laissant retomber et jetant par-dessus les bottes inutilisables. Il baissa le couvercle et émit un soupir intime, douloureux, conventionnel d'apparence.

Une maison comme celle-ci, habitée par une seule famille sur une si longue période, négligée pendant ces dernières années, recélerait nombre de coffres, tiroirs, étagères, valises, malles, recoins remplis de choses qu'il reviendrait à Enid de trier, en conservant et en étiquetant certaines, remettant d'autres en service, en envoyant des charretées au rebut. Quand elle en aurait l'occasion, elle ne s'y déroberait pas. Elle transformerait cette maison en un endroit qui n'aurait pas de secrets pour elle et où l'ordre serait celui qu'elle aurait établi.

Il posa les bottes à ses pieds tandis qu'elle était penchée pour défaire les boucles de ses chaussures. Elle sentit sous le whiskey l'haleine aigre consécutive à une nuit sans sommeil et à une longue et rude journée : elle sentit la peau profondément imbibée de sueur d'un travailleur de force qu'aucune toilette – en tout cas pas celle qu'il faisait – ne pouvait entièrement purifier. Aucune odeur corporelle – même celle de sperme – ne lui était inconnue, mais il y avait quelque chose de nouveau et d'envahissant dans l'odeur d'un corps qui échappait si nettement à son pouvoir et à ses soins.

Elle s'en réjouit.

« Essayez de voir si vous pouvez marcher », dit-il.

Elle pouvait marcher. Elle le précéda jusqu'à la barrière. Il se pencha par-dessus son épaule pour la lui ouvrir. Elle attendit pendant qu'il la verrouillait puis s'écarta pour le laisser aller en tête, parce qu'il avait apporté une hachette prise dans le bûcher pour dégager le passage.

« Les vaches étaient supposées contrôler la pousse, indiqua-t-il. Mais il y a des choses que les vaches refusent de manger.

– Je ne suis venue ici qu'une fois, dit-elle. De bonne heure le matin. »

Son état d'esprit désespéré à l'époque lui semblait forcément puéril maintenant.

Rupert avançait en donnant des coups de hachette aux grands chardons pulpeux. Le soleil répandait une lumière égale et poussiéreuse sur la masse d'arbres devant eux. Par endroits, l'air était transparent, puis l'on pénétrait soudain dans un nuage de moucherons minuscules. Des moucherons pas plus gros que des grains de poussière, constamment en mouvement et restant cependant groupés en forme de pilier ou de nuage. Comment y parvenaient-ils ? Et comment choisissaient-ils un endroit plutôt qu'un autre pour le faire ? Cela devait avoir un rapport avec la nourriture. Mais ils ne semblaient jamais rester immobiles assez longtemps pour se nourrir.

Quand ils passèrent, Rupert et elle, sous le toit de feuillage d'été, c'était le crépuscule, presque la nuit. Il fallait faire attention à ne pas trébucher sur les racines qui émergeaient du sentier, ou heurter de la tête les vignes pendantes aux tiges étonnamment coriaces. Ensuite un éclat d'eau traversait les branches noires. L'eau éclairée près de la rive opposée, les arbres là-bas encore parés de lumière. De ce côté-ci – ils descendaient la berge à présent – l'eau était couleur de thé mais transparente.

Et le bateau attendait, flottant au milieu des ombres, tout pareil.

« Les rames sont cachées », dit Rupert. Il s'enfonça parmi les saules pour les trouver. Enid le perdit de vue dans l'instant. Elle s'approcha du bord de l'eau, là où ses bottes s'enfonçaient dans la vase et la retenaient. Si elle tendait l'oreille, elle entendait bouger Rupert dans les broussailles. Mais si elle se concentrait sur le mouvement du bateau, un mouvement léger, sur son quant-à-soi, elle avait le sentiment qu'alentour, sur une grande distance, tout s'était tu.

Table

Imprimé en France
Achevé d'imprimer en février 2003
sur les presses de l'Imprimerie Maury-Eurolivres
45300 Manchecourt
pour le compte
des Éditions Payot & Rivages
106, bd Saint-Germain - 75006 Paris

Dépôt légal : février 2003
N° d'imprimeur : 99536